# 唐宋诗词
# 走读

杨　昇/著

中国原子能出版社

图书在版编目 (CIP) 数据

唐宋诗词走读 / 杨昇著 . —— 北京：中国原子能出版社，2022.9

ISBN 978-7-5221-2144-4

Ⅰ . ①唐… Ⅱ . ①杨… Ⅲ . ①唐诗—诗歌研究②宋诗—诗歌研究③唐宋词—诗歌研究 Ⅳ . ① I207.2

中国版本图书馆 CIP 数据核字（2022）第 170435 号

## 内 容 简 介

本书选取了75首经典的唐宋诗词，对其创作地点或涉及的场域进行考察，结合考察时的所见所闻和所感所悟，对作品进行全方位、立体式的重新解读。对于文学而言，"走读"是必要且有益的，通过"走读"，可以获得文字之外的观感，从而使作品浮出纸面，变得更为立体、鲜活和生动，我们对这些传统经典的理解也得以进一步深入。在实地考察的过程中，也经常能够得到很多意想不到的收获和启迪，并因之提出不同于以往的全新观点。本书对每首诗词的解读单独成篇，并按照写作时间进行排列。

**唐宋诗词走读**

| | |
|---|---|
| 出版发行 | 中国原子能出版社（北京市海淀区阜成路 43 号 100048） |
| 责任编辑 | 张　琳 |
| 责任校对 | 冯莲凤 |
| 印　　刷 | 北京亚吉飞数码科技有限公司 |
| 经　　销 | 全国新华书店 |
| 开　　本 | 710 mm×1000 mm　1/16 |
| 印　　张 | 20.75 |
| 字　　数 | 329 千字 |
| 版　　次 | 2024 年 3 月第 1 版　2024 年 3 月第 1 次印刷 |
| 书　　号 | ISBN 978-7-5221-2144-4　　定　价　88.00 元 |

网　　址：http://www.aep.com.cn　　E-mail:atomep123@126.com
发行电话：010-68452845　　　　　　版权所有　侵权必究

# 前　言

　　文字是文学的载体,却远非其全部,在中国文学的教学工作中,我始终对学生强调,必须将作品和当时当地的写作背景结合起来,在脑海中形成一个立体的文学场域,才能得到更为深刻和全面的理解。为了达到这样的教学效果,我要求每位学生心中必须有一张中国地图,对祖国的地理环境和各地的人文风貌必须加以熟悉,当某一篇文章或某一首诗歌提到某一个地名时,应该有能力对该地的大致情况形成一个基本的判断和了解。将文学和地理结合起来,通过这样的方式对古诗文进行解读,收获显然会更大。

　　中国地域辽阔,资源丰富,各处的地理环境和人文风貌各异,正是这样的一片沃土,孕育了源远流长的文学传统。中国的文人,不论古今,都非常重视游历。行走不仅是一种容易激发创作热情的生活方式,也是积累经验、结交同好、丰富阅历的重要途径。无论是少壮时的壮游,还是后来的宦游、游幕、旅行等活动,都催生了大量优秀的文学作品,而这些作品又往往成为吸引后代文人前往其地寻幽访胜的动力,由此一代一代,传承不断,直至今日。中国古代有多少诗文是作者在行旅的途中为秀美山川形胜或悠久文化古迹所激发而写就,恐怕难以胜数,也正因为如此,近年来,越来越多的学者或文学爱好者开始重走这些文学之路,并由此产生了一大批激动人心的佳作。

　　最早吸引我的,当属马来西亚籍唐史学者赖瑞和先生,他的《杜甫的五城》(清华大学出版社,2008年版)和《坐火车游盛唐》(中华书局,2009年版)都极为精彩,尤其是前者,我读过多遍,深为其发自肺腑的爱国情怀(赖先生为马来西亚华人,祖籍广东梅县)和追根寻源的探索精神所感动。中国深厚的文学传统,也折服了很多西方人士,吸引他们不远万里来到这个伟大的国度,进行文学、哲学、艺术等领域的较为深入的实地寻访和探索,其中的佼佼者,当属美国作家比尔·波特(Bill Porter),他长期在中国游历,写下了一系列精彩的纪实文学作品,其中记述自己对中国隐士传统的调研的《空谷幽兰》（当代中国出版社，2006年版）和对中国古代诗人遗迹进行寻踪的《寻人不遇》（四川文艺出版社，2016年版）都令人过目难忘。比尔·波特对中国文化的挚爱和熟稔，使他的作品绝不因其为外国人所写而显得浮泛和肤浅，反而因其独特的视角而显得别具一格。

近年来，国内的很多学者也开始大力进行文史之路的踏勘，并形成了一大批富有价值的成果，如左汉林的《朝圣：重走杜甫之路》（东方出版社，2018年版）、薛天纬的《从长安到天山：丝绸之路访唐诗》（北京大学出版社，2020年版）、包伟民的《陆游的乡村世界》（社会科学文献出版社，2020年版）、肖鹏和王兆鹏合著的《重返宋词现场》（东方出版中心，2021年版）、马鸣谦的《唐诗洛阳记：千年古都的文学史话》（浙江人民出版社，2022年版）、聂作平的《天地沙鸥：杜甫的人生地理》（中州古籍出版社，2022年版）等等，相关的成果呈现出日益丰富的可喜趋势，这也是中国文学地理学理论研究日新月异、不断繁荣在另一个侧面的表现。

我的硕士论文作于浙江，便以浙江绍兴籍的著名诗人陆游为主题；博士论文作于江苏，又以苏州的著名文人文徵明及其家族作为三年博士生涯研究的主要对象。在学习和研究的过程中，我始终非常重视对作家所处地域环境和相关文化背景的研究和探讨，因此本书的写作，也可以说是这一习惯的延续。

本书的写作前后历时五年，在开始动笔的2017年，还没有如此之多的类似作品问世，但在当时，我已经充分认识到相关考察和研究的独特意义和重要价值。通过自己的努力将研究工作和自己的兴趣相结合，这对我来说极富吸引力，因此本书的写作过程并不困难，甚至充满了乐趣。2020年初开始的新型冠状病毒肺炎疫情曾一度打断了我的考察计划，此后的两年间，疫情此起彼伏，并未完全平息，我只能见缝插针，趁着疫情的间隙，努力完成相关的考察工作，其间也曾"有幸"尝到过被集中隔离的滋味，但"兴趣"始终是本书写作最大的动力，最终，对75首唐宋诗词作品的现场考察和相关记录圆满完成，也宣告这项旷日持久的工作得以告一段落。

将唐宋诗词放在一个较新的视野中进行考察，并在集成中力争创新，对作品进行重新解读，是本书写作的初衷，作品产生的地理环境和由之带来的作者创作心境和创作状态的变化，作品的外在空间（地理）

和内在空间(作品本身)之间的联系,都是观照的重点,从而在作品客体空间、主体空间、文本空间和传受空间等之间的不断转换中实现对作品全方位的解读。通过对作品的场景还原实现对作者的精神探原,也是本书写作中试图努力去做到的,尽管最终得到的效果与先前的期许可能难以匹配,但通过本书的写作,我也得到了极大的内在升华,并努力通过文字将之呈现出来,应该说,这是非常有意义的。

入选本书的75首唐宋诗词,绝大多数都是脍炙人口的名作,为普通读者所熟悉。写作的体例,大致是先对原文进行必要的释读,并交代写作背景,然后结合实地考察所得,加以说明和赏析。随着我国经济的日益发展和人民生活水平的不断提高,旅游成为大众娱乐的重要方式,以文史遗迹为目标进行的旅行,对于提高个人素养、陶冶文史情操而言,都是十分有益的,而阅读本书,对于文学遗迹的寻访方式和相关旅游线路的设计,也能提供一定的参考。

# 目　录

# 寒 食

唐·韩翃

春城无处不飞花,寒食东风御柳斜。

日暮汉宫传蜡烛,轻烟散入五侯家。

在古代,寒食是一个重要的日子,具体日期在冬至后第 150 天,所以也叫"百五日"。这一天禁止用火,只能吃冷食,故得名。

这个节日源于春秋时期,晋国的公子重耳流亡各国,历尽艰辛,得到了包括介子推在内的很多臣僚的忠心辅助。重耳后来归国即位,就是著名的晋文公,他当然要大大封赏这些功臣,但介子推无意名利,功成身退,回到家乡奉养老母,在绵山深处隐居起来。晋文公多次寻觅不得,心中不快,竟下令放火烧山,想把介子推逼出来,不料介子推骨头更硬,坚决不肯出山,最终被活活烧死。事后晋文公悔恨不已,遂下令每逢介子推殉难之日,全国禁火,以示对故人的怀念,介子推的家乡也因此得名"介休",沿用至今,在山西省境内。

由于这个充满忧伤色彩的起源,古人多在寒食节举行祭祀活动,又由于寒食与清明两节相连,所以后来祭扫先人坟墓的行为也就延及清明,再后来两节渐渐合一,寒食不举火的习俗也就不为今人所熟知了。

寒食在古代是很受重视的节日,大家都坚守当日不用火这一古老的传统,以示对先贤的推崇和纪念。由于火种已经熄灭,所以过完这个节日,就要重新钻木取火。在唐代,寒食这一天的傍晚,太监就会举着从宫中带来的蜡烛,向王公贵族之家逐户传递新火,场面十分温馨而愉悦。于是,诗人韩翃就写下了这首著名的七绝《寒食》。

春天的长安城里弥漫着飞舞的柳絮,更衬托出暖意融融,嫩绿的柳枝随着节日的东风摇摆飘拂,目睹这明丽的春色,诗人的心情自然非常愉快。到了暮色将至之时,他又看到宦官们手举着宫里用刚取的新火点燃的蜡烛在王公贵族们的府门进进出出,阵阵的轻烟裹挟着皇家的恩惠袭来,但毕竟,得到这种待遇的只是统治阶层,普通人家,还得劳动自己的双手,以获取光明和温暖。

这首诗前两句写浓丽的春光,后两句说皇家的恩宠,在当时人看来,两者都是值得欣羡并为之愉悦的。作者韩翃因为写了这首诗,一生的命运也得以改变。唐德宗读了这首诗后大为赞赏,从此把作者的名字记在心里,直到"知制诰"这个官位出缺,德宗就想让韩翃来做这个主要负责起草朝廷文书的工作,但当时的江淮刺史也叫韩翃,两人姓名完全相同,有关部门就请示德宗,到底把这个职务给哪个"韩翃"呢?德宗就在纸上把这首诗默写一遍,说:"给这个韩翃!"韩翃虽然中过进士,但一直不受重用,当时还在幕府里充任小吏,朋友跑去告诉他这个好消息的时候,韩翃还不敢相信,于是朋友问他:"春城无处不飞花"这首诗是你写的吗?韩翃点头。"那就不会错啦!圣上在纸上把这首诗写了一遍,明确指示把官位授给写它的人呐!"才华横溢却不受重用的韩翃,从此才算是走上了仕途的正轨,这真的是这首诗的功劳。

韩翃诗文俱佳,和卢纶、钱起、司空曙等诗人共同享有中唐时期"大历十才子"的美誉。

（2017.4.3）

# 金陵五题之二·乌衣巷

唐·刘禹锡

朱雀桥边野草花,乌衣巷口夕阳斜。

旧时王谢堂前燕,飞入寻常百姓家。

南京是一座可敬又可爱的城市,因为她历史悠久,且充满了传奇。她曾名"金陵",因战国时楚威王在此建城时,望见山上有所谓的"王气",便下令埋金以镇压之,故此地被叫做"金陵驿"。秦始皇统一后南巡,术士向他报告说此地仍有帝王之气,始皇乃下令开掘运河贯通地脉,以流泄王气,并改金陵为"秣陵",秣就是牧草,这里显然含有贬抑的意思,至于那条运河,至今仍在流淌,那就是著名的秦淮河。三国时吴帝孙权建都于此,改"秣陵"为"建业",此后东晋、宋、齐、梁、陈均以建业(后改名"建邺""建康")为首都,这就是南京被称为"六朝故都"的原因。

隋唐统一天下之后,国家政治的重心回归北方,南京被有意无意地冷落了,城市逐渐走向衰败,但她毕竟曾经辉煌过,所以很多诗人书写南京的作品,都有怀古和咏史的意味,其中最为著名的,大概要算是刘禹锡的这首《乌衣巷》了:朱雀桥边野草花,乌衣巷口夕阳斜。旧时王谢堂前燕,飞入寻常百姓家。

这首诗语言直白,几乎不需要解释,唯一值得注意的是第一句里的"花"是动词,开花的意思,对应下联的"斜"字。

朱雀桥是秦淮河上的一座浮桥,始建于东晋,今天已难觅其踪影,只是在离其故址不远的地方,有一群建筑,题额为"乌衣巷",乌衣巷本为东吴时驻军之地,因军士身着黑色军服,故此得名,到了东晋时,这里已经成为达官贵人的聚居之地,最著名的,便是王谢两家。

东晋立国之初,北方贵族南渡未久,发展比较艰难,王导处心积虑,联合南北方的豪门大族,共同支持晋元帝司马睿,功劳很大,司马睿也很敬畏他,登基之日,居然拉王导共坐龙床以接受百官的朝贺。王导的堂兄敦手握重兵,负责征伐,王氏兄弟一文一武,成为晋室再造的首功之臣,因此当时民间有"王与马,共天下"的说法。谢氏的代表人物是谢安,他在孝武帝时执掌朝政,有治国安邦之才,在著名的淝水之战中他运筹帷幄,终于以少胜多,击溃了来势汹汹的前秦大军,保全了东晋的半壁江山。在这场战役中,敌后总指挥是谢安,前线统帅是他的弟弟谢石,前锋是谢安的侄子谢玄,他的儿子谢琰也以辅国将军的身份参战,可见谢家的显赫。

魏晋时期采用九品中正制选拔官吏,名义上要求对一个人的家庭背景和品行才能进行综合考量,确定等级以便政府录用和授予官职,但到了后来演变为只看重家庭出身而不问品行能力,这一制度也逐渐成为门阀士族垄断统治权的工具,并造成上品无寒门、下品无世族的不公局面,最终把这种畸形发展的政局推向毁灭。九品中正制在隋朝时终于被更为合理公平的科举制取代。

王谢这样的大家族,曾经因为有作为的人物而辉煌一时,但他们的后代却可以因此不通过努力而轻易获取高官厚禄,他们中的多数成了不劳而获的寄生虫,最终的结果是无法继续发展下去,并造成家族衰败、国家沦亡。到了刘禹锡的时代,谁还能给王氏和谢氏家族带来新的骄傲呢？燕子依然在他们旧居的厅堂前飞舞，但房屋的主人早已变成了普通百姓。

　　野草幽花，夕阳西下，刘禹锡笔下展现的是一条衰落了的乌衣巷，但在作者看来，这一切并不值得忧伤，因为世间任何事物都不可能持久，国家治乱兴衰的更替和家族起伏不定的命运，皆如眼前乳燕翻飞的图景一样，自自然然，平平淡淡。刘禹锡通过这一日常图景的展现，指出了一个真理：任何家族都不可能永远辉煌，唯有不懈的努力才是个人取得成功的基础。

　　这首诗本为《金陵五题》组诗的第二首，刘禹锡在写这组诗的时候，正在离金陵不远的和州（今天的安徽和县）做知州，当时的他还未去过金陵，他对这座城市的书写全凭书本知识和想象，但作品却在不经意间成为千古流传的名篇。

（2017.4.5）

今日朱雀桥

乌衣巷

距朱雀桥不远处的"来燕桥",得名于刘禹锡的名句

# 静夜思

唐·李白
床前明月光，疑是地上霜。
举头望明月，低头思故乡。

　　李白的故乡在哪里？至今仍是一个谜。他的祖籍是陇西成纪，在今天的甘肃天水，那也是李姓的郡望。李白的先人在隋代时因罪被流放到条支都督府辖地，位于今天的中亚地区，李白就出生在那里一个叫碎叶的小城，今天这个地方叫托克马克市，在吉尔吉斯斯坦境内。唐中宗的时候，年幼的李白跟随全家从西域逃回内地，迁居到绵州昌隆县（今四川江油）。李白的父亲被当地人叫做李客，考虑到中国人很少用"客"字作为名字，推断"李客"很可能是"姓李的外来户"的简称。所以很难说李白的祖籍地是不是真的在这个地方。

　　李家在江油靠经商为生，生活比较富足。李白5岁开始读书，但他接受的思想比较博杂，性格也日渐豪放，25岁时腰挎宝剑，辞别双亲，顺长江而下，离开四川，从此开始浪游天下的生涯。

　　李白胸怀天下，一生都在漫游与漂泊中度过，对于家庭和故乡他很少涉笔，在他谋求官职时所写的一份自我介绍中他说自己是陇西的一个普通百姓，但陇西只是李氏的郡望，现在甚至没有证据证明李白去过那里。

　　《静夜思》这首诗里所说的故乡究竟是哪里呢？应该是江油，那是现今最有理由称为"太白故里"的地方，因为李白的童年和青少年时代都是在江油度过的，中国最伟大的诗魂在那里塑造了雏形。

　　《静夜思》很有可能是李白离开四川不久后写下的。我们至今仍然可以展开这样的想象，年轻的李白突然在夜半醒来，目光朦胧中触到了床榻前那一片亮白，深秋的寒意攀上孤独的胸怀，白日不曾感知的冷寂伴随着失眠的痛苦触碰了心灵最柔软的深处，当他彻底苏醒，思念伴随窗外的明月倾泻而来，故乡虽然只是一个模糊的符号，但双亲和兄弟姊妹们仍然生活在那里,连心系臂的牵挂仍会投射到那里,即便那里不是真正的故乡,但是,何必还去在乎呢?

所以,当我们说自己在思念某个地方的时候,我们多半是在思念某些人。

(2017.4.6)

# 台 城

唐·韦庄

江雨霏霏江草齐,六朝如梦鸟空啼。

无情最是台城柳,依旧烟笼十里堤。

韦庄字端己,他一生跨越了晚唐和五代两个历史时期,他既是非常优秀的政治家,也是了不起的诗人和词人,在晚唐五代与温庭筠齐名。

韦庄成名很晚,将近60岁时才考上进士,这时唐王朝已经日薄西山,不仅朝政混乱,还经受了黄巢暴动的沉重打击,首都长安一度沦陷。广明元年(880)韦庄赴长安应科举失败,次年初,黄巢军攻入长安,韦庄被困城中,目睹了战火中京城的惨状,从而为他写下以此为题材的长篇叙事诗《秦妇吟》做了铺垫,这首诗由于其真实和惨痛,问世后被广为传布,韦庄也因此声名远扬,得到了“秦妇吟秀才”的称号。

乾宁元年(894)韦庄终于考中进士,在朝中做官,后来他到成都宣旨时,得到西川节度使王建的赏识。光化三年(900),唐昭宗在宦官发动的宫廷政变中被俘,韦庄意识到唐王朝已经无可救药,于是入蜀辅佐王建。907年李唐灭亡后,王建在成都称帝,建立了五代十国中的蜀国,史称“前蜀”,韦庄官至宰相,居功至伟。

韦庄崇拜杜甫,他和弟弟韦蔼合编的唐人诗选《又玄集》是迄今所见唯一选入杜诗的唐人选本。在成都做官时他还在原址重修了杜甫在浣花溪畔的草堂故居并住在那里,并将自己的诗集命名为《浣花集》。

韦庄在黄巢乱后曾有一段浪迹江南的时光,也曾到访过金陵,这首《台城》就是在那时写下的。唐王朝虽未灭亡,却明显日薄西山,颓势似乎已经无法挽回，对于这一切，敏感的诗人早已心知肚明，所以当他在某一年的早春时节来到金陵，登上曾经作为六朝政治中枢的台城城墙之时，心情一定是十分复杂的。李唐的朝政早已衰败不堪，金陵城市的衰败也一定远甚于中唐诗人刘禹锡笔下"万户千门成野草"（《金陵五题·台城》）之时，更不用说跟六朝在此建都时相比了。

台城，指的是六朝时的宫城，因以尚书台为核心的中央政府也在其中，故名"台城"，这里也是六朝诸多帝王享乐之地，故被看作是六朝繁华的象征。作为怀古伤今之作，该诗起句不写眼前实景，而以"梦""空"二字营造出如烟似梦的感伤境界，首句中霏霏细雨已足以令人断魂，而江草颜色明绿，鸟啼声音清脆，本可带来一息生机，然草色为江雨所阻，更有江风阵阵使其载沉载浮，鸟啼凄苦而孤单，难以集群成韵，如此一切，皆牵引思绪从怀古向伤今涌动。末二句以台城下所栽柳树之生生不息反衬人事的沧桑变幻，责之以无情且"最"，方见末世文人胸怀的悲情与苍凉。全诗简单明炼，却蕴蓄无穷，实为咏史诗的巅峰之作。

六朝时的台城故址位于今天南京城内大行宫和总统府一带。今天一般所说的台城则在鸡鸣寺旁玄武湖外围。那里高耸着明代建筑的城墙。去年夏天，我和父亲曾经怀揣着访古的愿景专程去那里凭吊。但时间已晚，城楼已经关闭，我们只好随着晚饭后散步锻炼的人流穿过城门，来到开阔轩朗的玄武湖。在这里不仅有明媚的湖光，还可远观雄丽的紫金山。当然更为吸引我的是依着城墙栽种的那一排柳树。当时是夏天，并没有展现烟笼十里堤的场景，但随风飘拂的绿柳仍使我激动不已。我望着作为柳树背景的高大城墙，想象自己登临其上，极目西望，可以看到长江边成片的芦苇，在江风的吹拂下齐刷刷地起伏不止的样子……后来我在地图上量了一下，那里离长江还有至少七八公里的样子，按常理是不可能望见江岸的（唐代的长江流经今清凉山石头城下，离台城故址大约三公里远，故此韦庄可以在台城之上看到长江）。于是我又庆幸那时没有登临，使得端己先生带给我的这个迷离的诗梦得以延续下去……

值得一提的是，在很多唐诗选本，包括《唐诗三百首》里，这首诗的题目是《金陵图》，这是错误的。在《浣花集》里确有一首《金陵图》，诗云："谁谓伤心画不成，画人心逐世人情。君看六幅南朝事，老木寒云满故城。"诗人在欣赏完描绘南朝金陵旧景的六幅组图之后极为感慨，抚今追昔，写下此诗。同是晚唐人的高蟾曾写过一首著名的《金陵晚望》："曾伴浮云归晚翠,犹陪落日泛秋声。世间无限丹青手,一片伤心画不成。"
这也是一首访古伤今之作,尤其是后两句,表现出一种绝望之余的倾颓
心态。韦诗的首句即接续高诗末句,并对其加以反驳。诗意谓艺术作品
对社会真实的表现与艺术家的观感和创作意图密切关联,太多平庸的艺
术家一心迎合世俗的喜好而过度美化甚至歪曲了现实,从而背离了艺术
创作的原则和初衷。诗人从六幅与众不同的金陵旧景中看到了古今局
势的某些共同之处,联想到宋齐梁陈四个王朝混乱短促的历史进程恰与
眼下晚唐的时局类似,从而突破了怀古伤今的老套,使人进入一种更为
开放流动的思考空间,诗的格调也因此得以拨高。韦庄以很高的智慧写
诗填词,他的作品在晚唐诗坛和花间词界,都显得独树一帜,王国维《人
间词话》中说,飞卿"句秀",端己"骨秀",后主"神秀",评价得恰到好处。

(2017.4.9)

**玄武湖及明代城墙**

# 黄鹤楼送孟浩然之广陵

唐·李白

故人西辞黄鹤楼，烟花三月下扬州。
孤帆远影碧空尽，唯见长江天际流。

　　如果你到了武汉，那么黄鹤楼是必须要去凭吊的古迹，它之所以著名，并不在于那个关于仙人骑鹤的传说，而是仰赖两首伟大的唐诗，一首是崔颢的《黄鹤楼》，另一首就是李白的《黄鹤楼送孟浩然之广陵》。

　　黄鹤楼位于长江边蛇山的黄鹤矶上，始建于东吴时期，千余年来屡毁屡建，1957 年建造武汉长江大桥时被拆毁，1981 年移址重建于蛇山峰岭之上。唐代的黄鹤楼已经是江夏城（今湖北武汉市）的胜迹，很多文人墨客在此宴饮题诗，这首诗就记录了两位大诗人的友谊。

　　李白出蜀后游历江南，后来到湖北安陆，入赘于当地的豪族许氏，从此暂时结束了漂泊无依的生活，除了安家落户之外，在湖北他还有一大收获，那就是结识了当地的大诗人孟浩然。孟浩然比李白大 12 岁，两人一见如故，青年李白对孟浩然的人品和诗歌十分爱戴和推崇，曾写了一首赞美他的七律："吾爱孟夫子，风流天下闻。红颜弃轩冕，白首卧松云。醉月频中圣，迷花不事君。高山安可仰，徒此揖清芬。"（《赠孟浩然》）这种感情与后来杜甫对李白的崇敬有些相似，杜甫写诗赞美他说："李白斗酒诗百篇，长安市上酒家眠。天子呼来不上船，自称臣是酒中仙。"（《饮中八仙歌》）——李白比杜甫大 11 岁，这种感情大概就是现在所说的小弟对大哥的敬仰之情吧。

　　在李白婚后不久的一次江夏之旅中与孟浩然再度碰面，后者正打算从这里坐船顺江而下，前往江南一带游历，其实年逾不惑的孟浩然刚刚去长安应试进士失败，心内不快，想远离家乡出去散散心。孟浩然把江南之行的第一站设在广陵，就是今天的扬州。南朝宋的竟陵王刘诞曾以此为根据地造反，兵败被杀，城市也就荒芜起来，一度被称为"芜城"。隋统一以后，金陵作为前朝首都被有意无意地冷落了，而离金陵不远的广陵则因位于长江和大运河两条黄金水道的交叉点上而迅速繁荣起来，隋炀帝登基前曾担任九年的扬州总管，登基后又三下扬州，扬州作为江南地区核心都会的地位得以奠定。

至唐朝，扬州的富庶和繁华已经闻名遐迩，李白初出蜀地之时，就曾在扬州游历。李白在这首送行诗中用烟花三月来形容江南阳春季节草长莺飞、花团锦簇、杨花飞舞的秾丽美景，这也是扬州春季的景色给他留下的曼妙印象。一想到自己崇敬的风流名士即将前往自己一直在思念着的扬州，青年李白不由得心生艳羡之情，以他的性格，一定很想同去吧，可是安家入赘于此，只得暂且留下。他送孟浩然上了江船，并一直伫立在那里，不忍移步，甚至他可能匆匆登楼，在最高处眺望那船上的孤帆渐渐远去，直至消失在蓝天和碧波的交界之处，最后映入他眼帘的，就只剩那滔滔的江水，依然仿佛流荡在遥远的天边，李白此刻的心情是落寞的，但这首诗的结尾却为我们展示了一幅壮美宏伟的长江画卷，大诗人的非凡气魄可见一斑。

在写武昌的诗篇中，这首诗足可与崔颢的《黄鹤楼》一诗相争辉，而烟花三月，也从此成为扬州专有的词语而为人广为传颂，这也是诗人给这两座城市的最佳回馈。

（2017.4.27）

黄鹤楼故址所在地，现已为武汉长江大桥的一部分

今日黄鹤楼

# 游子吟

唐·孟郊

慈母手中线，游子身上衣。

临行密密缝，意恐迟迟归。

谁言寸草心，报得三春晖。

　　去年12月，曾与父亲坐杭宁高铁去南京，与沪宁高铁沿线繁忙的工厂和高楼林立的苏南城市群迥然不同，在浙西北境内，列车不停地穿越长长短短的隧道，车窗外也基本是荒烟蔓草的山村，连车站附近都显得冷清偏远，仿佛车站都设在远离城市的郊外，当然我之所以有这种感觉,也可能和当时的季节和天气有关吧。

德清是杭宁线上的小站,在这条高速铁路修成之前,这个地方连普通火车都不曾通过。列车经停这里时我眺望窗外,发现站台上的旅客很少,车站所处的位置也似乎十分偏僻,冬天的凄风冷雨,更给这一场景平添了几分萧瑟之感,我突然想到了《诗人主客图》里对一位诗人的定位:"清奇僻苦",哦,我想起来了,这里是孟东野先生的家乡啊!顿时,窗外枯淡无比的景物,立刻充满了孟郊式的诗意。

孟东野,德清武康人,他的一生充满了悲凉的意味,从而也决定了他的诗歌风格。孟郊的父亲曾出任过昆山县尉,唐代的县尉属从九品官员,事务繁剧,俸禄低微。孟郊幼年丧父,生性孤僻,青年时代曾经在嵩山隐居过一段时间,此后两次应进士试失败,直到46岁时才考上,又过了六年,他终于得到了溧阳县尉的官职,这首著名的游子吟,就作于溧阳任上,诗题下自注:迎母溧上作。

饱经人世沧桑的孟郊,在年过半百之后才做了一个卑微的小官,尽管不甚理想,但生活好歹有了着落,于是在溧阳安顿下来之后,匆匆把母亲从武康接过来迎养。母子终得团聚,生活的困难也得到了一时的纾解,欣喜之余,作者联想到自己曾经的一次次辞亲远游之前,母亲为自己缝制布衣的场景,有感而发,写下这首在后世妇孺皆知的五言古诗。前四句勾画游子远行之际的典型场景,凸显母亲对游子的关切和依恋,并将情感付诸针线,用细密的针脚来寄托关切与爱护之情,以及对游子早日归来的期盼。后两句抒情,极言游子对母亲所怀的愧疚之情,以寸草之心比自身回报之渺小些微,以春日的阳光比母爱的博大温煦,入情入理,感人至深,而这首古体诗只有六句,更给人一种言已尽而意无穷的感觉。

在中国人抒写父母对子女之爱的诗篇中,以这一首影响最为深远,古往今来,子女拜别父母,外出求学或工作之际,几乎都会联想到这首诗,从而更使得这种离别,平添了一种催人泪下的氛围,所以古人说:"亲在远游者难读(此诗)",言下之意,读了便要哽咽流泪。仅凭这首诗,孟郊就无愧为唐代最伟大的诗人之一。

然而溧阳的生活却无法让孟郊感到快乐,县尉的职务低微,却要查访户籍、协理治安,甚至征课租税,孟郊本就不擅长处理人际关系,秉性又孤直不阿,缺乏策略,他在仕途的遭际和心情也就可想而知。工作很不顺心的孟郊最终采取了逃避现实的对策，经常一个人跑到溧阳郊外去游荡赋诗，政务因此荒废，上级只好又聘请了一个人来代理他的工作。但这个人的工资要从孟郊的俸禄中扣除，孟郊因此更为困顿，心情也益发忧闷，不久就辞了职。后来他经朋友引荐跑去洛阳做事，然而就在生活又有了一些转机之时，他又遭遇了老年丧子之痛，真是打击频仍，凄惨以极。814年，64岁的诗人又准备南下寻找新的营生，最终死在路上。

孟郊一生贫苦，作诗亦多苦吟，情调幽冷，也常触及民间疾苦，并寄托自己对现实的失望之情。但我们不要忘了，他的个性和诗风并非天生造就，而是生活现实不断打击摧残的结果。在刚中进士之时，他也曾豪情满怀，写下"春风得意马蹄疾，一日看尽长安花"（《登科后》）的快意诗句，但科举中式并未能改变他穷愁潦倒的命运，他叹穷嗟悲的名句"出门即有碍，谁谓天地宽"（《赠别崔纯亮》）也被后人拿来当作他心胸不够宽广的证据，但我们又有什么理由去指责这样一位正直善良而不幸的诗人呢？苏轼虽然不喜欢孟郊的这种风格，却也承认孟氏"诗从肺腑出，出辄愁肺腑。"（《读孟郊诗》）真诚的文学作品是感动人心的最基本要素，孟郊的作品虽然反复抒发个人的悲苦和绝望之情，直至令很多后世的读者心生厌烦，但只要他的态度是真诚的，情感是真挚的，就总能在某时某刻，不经意间触发某些人的共鸣和同感。文学多元化的意义即在于此。所以，不要去轻易否定孟郊这样的诗人，更何况他曾经写出过《游子吟》呢！

我乘坐的高铁从德清开到溧阳，140多公里的路程，40多分钟就可以到达，不知道唐代时这段路需要走多久，我推测孟郊当年走的是水路，所以这一路上总是望着车窗外，希望能找到一条宽阔而平坦的河流……

（2017.4.28）

位于德清县城武康镇的孟郊祠

# 扬州慢

南宋·姜夔

淳熙丙申至日，予过维扬。夜雪初霁，荠麦弥望。入其城，则四顾萧条，寒水自碧，暮色渐起，戍角悲吟。予怀怆然，感慨今昔，因自度此曲。千岩老人以为有"黍离"之悲也。

淮左名都，竹西佳处，解鞍少驻初程。过春风十里，尽荠麦青青。自胡马窥江去后，废池乔木，犹厌言兵。渐黄昏，清角吹寒，都在空城。

杜郎俊赏，算而今重到须惊。纵豆蔻词工，青楼梦好，难赋深情。二十四桥仍在，波心荡、冷月无声。念桥边红药，年年知为谁生？

南宋建国后，高宗赵构一面坐镇扬州行都，一面也做好了继续南撤的准备。建炎三年（1129）二月，金兵完颜宗翰部突袭扬州，赵构仓皇渡江逃至京口（今镇江），然后一路南下直至杭州。金兵追至江边，苦无舟师，徘徊乃去，但对于赵构置之不顾的扬州，进行了大肆抢掠和屠戮，并举火焚城，以至于全城仅有几千人幸存下来。此后扬州便成为宋金交战的前沿阵地，再也难以重现隋唐以来的都会盛况。绍兴三十一年（1161）10月，金军再度攻陷扬州，举城军民皆逃亡。12月，金国发生内讧，海陵王完颜亮在瓜洲为部下所杀，金军北还。

宋孝宗淳熙三年（1176），23岁的姜夔刚刚经历了科举考试的失败，四处流寓谋生，来到扬州，这一天正是冬至日的清晨，在人烟稀少的城外，只见大片野生的荠菜和麦子（沈祖棻认为，荠麦指瓢儿菜，即江南人冬日爱食的青菜），从积雪中参差生长着，景色非常凄凉。进入城内，景况依然萧瑟冷寂，由于恰逢一年中日照最短的一天，暮色很快地笼罩了全城，不远处兵营中传来悲凉的号角之声。初入扬州的所见所闻，让本就多愁善感的词人悲从中来，于是自己创作了一首乐曲，抒发了对于扬州这座历史名城今昔变迁的无限感怀，曲调舒缓凄恻，乃命名为《扬州慢》。后来姜夔把这首词送给自号"千岩老人"的前辈诗人肖德藻过目，肖大为激赏，并说这首词堪与《诗经》中的名篇《王风·黍离》相提并论，因为它们抒发的悲情十分类似。《黍离》描写的是东周的一位士大夫来到故都镐京的旧址，只看到大片茂盛的黍苗在生长，完全没有了往日的繁盛场面，于是满怀凄楚地吟唱："知我者谓我心忧，不知我者谓我何求，悠悠苍天！此何人哉？"

这首词的开头写扬州的地理，"淮左"就是淮河以东，人面朝南时，东边位于左侧，故云。"竹西"指竹西寺，即禅智寺，在城北蜀冈之上，本隋炀帝行宫，后舍为寺庙。唐代诗人张祜《纵游淮南》诗云："人生只合扬州死，禅智山光好墓田。"可见扬州对他的吸引力之大。杜牧《题扬州禅智寺》中也说："谁知竹西路，歌吹是扬州。"姜夔此次从长江中游前往江南，至扬州可谓初抵，故云"解鞍少驻初程"，可以休整片刻了。"春风十里"，典出杜牧《赠别》诗："春风十里扬州路，卷上珠帘总不如。"荠麦青青，则是实写当前所见。古今对比，引出扬州城衰败的缘由——战争。但扬州是一座诗城，宋国黯弱的军力也不能给这座城市以英豪之气，军事上的一再失利，带来了蛮族对这座城市的一再蹂躏，而那些历史悠久的文化和自然遗迹虽然已经残破不堪，却依然挣扎地求活在这乱世，"废池乔木，犹厌言兵"这种拟人化的语句，说尽了作者对战争的厌恶和唾弃，以及对国家现状的无奈和不安。

　　词的下片,围绕着杜牧——一个与扬州有着不解之缘的大诗人,他对扬州的歌咏如此迷人,以至于后人不由自主地把他和这座城市联系在一起。杜牧31岁时来到扬州担任淮南节度使牛僧孺幕府的掌书记一职,年轻风流的杜牧出入于繁华都市的歌楼酒肆,留下很多著名的诗篇,前面提到的"春风十里""竹西歌吹"都是他这段经历的真实写照,"豆蔻""青楼"二语亦是,《赠别》云:"娉娉袅袅十三余,豆蔻梢头二月初",《遣怀》云:"落魄江湖载酒行,楚腰纤细掌中轻。十年一觉扬州梦,赢得青楼薄幸名。"两年后杜牧离开扬州赴长安任监察御史,他对扬州十分激赏,对自己在扬州的经历也十分怀念,在寄给同僚好友韩绰的诗中他写道:"青山隐隐水迢迢,秋尽江南草未凋。二十四桥明月夜,玉人何处教吹箫?"(《寄扬州韩绰判官》)姜夔此词的最后五句,即本于此诗。杜牧念念不忘的二十四桥依旧存在,桥边的红芍药花也年年盛开,但是,人事已非,那桥头的明月、桥边的芍药姿态依旧旖旎,但在这凄冷的荒城中,谁还会有赏玩她们的心思呢? 抚今追昔、借古讽今,本是怀古咏史诗词常用的手法,但这首词结尾的两相对比,恰如无言地荡漾在冷寂水波中的那轮苍白的月色那样,给读者以触目惊心的感受。姜夔这首词的最妙之处,在于不断地化用唐人诗句入词,以他人言语抒自身情怀,且能做到天衣无缝,堪称已入化境,成为姜夔的代表名作。

　　需要说明的是,杜牧在扬州的风流生活,在当时的士大夫中是屡见不鲜的,也不受到社会舆论和道德的谴责,否则,作为名门之后、政府官员的杜牧也不会一再在诗中津津乐道于此。杜牧一生不仅创作了这些缘情绮靡的作品,也有不少肩担道义心系家国的篇章,他曾说:"某苦心为诗"(《献诗启》),其创作态度是端正的,佳作也有不少,这一点是不能否定的。而他描写扬州经历的作品,很多已经融入了这座城市的血脉,尤以瘦西湖景区内的二十四桥为最,所以,他对扬州城市文化涵育有着很大的功劳。

　　文化遗产相较于物质遗产,总是表现出锤打不断的韧性。扬州虽然在金、元、清诸朝屡遭重创,但又每每能浴火重生,历久弥新,至今仍闪现出其独特的魅力。可以说,正是包括姜夔在内的历代文人墨客用自己的不断实践延续着文化的香火,使之不绝如缕。姜夔因超人的才华深受千岩老人肖德藻的器重,后来肖德藻把自己的侄女嫁给姜夔。肖德藻出任乌程(今湖州)县令时,姜夔一家也随行前往,并在弁山苕溪的白石洞天安家,自号"白石道人"。晚年的姜夔迁居杭州,以布衣终老,他生活困顿,去世后由友人集资葬于杭州西马塍。

　　我曾想去考察一番姜白石的墓址,然杭州西马塍这个地名早已湮没无闻,查考各种史料,大致得知西马塍的位置,在昭庆寺东的溜水桥(今天的圣塘闸亭一带)往西北,经松木场,沿着西溪河经过上宁桥、下宁桥直到西隐桥旧址(今保俶北路和文一路交界处)这一狭长的地带。既然今天连西马塍这个地方的范围都不十分了然,我自然也打消了亲身前往探访一番的想法。

(2017.4.30)

# 青玉案

北宋·贺铸

凌波不过横塘路,但目送、芳尘去。锦瑟华年谁与度?

月台花榭,琐窗朱户,只有春知处。

碧云冉冉蘅皋暮,彩笔新题断肠句。试问闲愁都几许?

一川烟草,满城风絮,梅子黄时雨。

　　前天省气象台宣布浙江入梅,果然连下了三天雨,空气湿度骤然变大,人也更容易烦闷了。每当梅雨季节来临,我都会想起贺铸的那首《青玉案》,在那首词的结尾,他说:你如果问我,我的忧愁究竟有多少?我来告诉你,我那愁绪啊,就像河边迷雾笼罩着的一望无际的苇草,又像春天满城飘飞的柳絮,还像黄梅季节那绵延不绝的降雨。我读过一篇鉴赏文章,说贺铸别出心裁地连用三个比喻,写尽了愁绪的宽度、密度和(持续时间的)长度,令人读后耳目一新,终生难忘,分析得真是恰切。正因如此,贺铸从此得了一个雅号"贺梅子"。

　　这首词写隐居者的一种闲情,其确切的背景已经不可追考。比较流行的一种说法是,作者当时正居住在苏州郊外的横塘,并且曾经有一段邂逅的爱情,但是经历十分短暂,后来对方就没了音信,留给词人的就只剩下孤独和怅惘。凌波,出典自曹植的《洛神赋》:"凌波微步,罗袜生尘。"后人用以指代女子的步态。既然那位女士的"凌波"再也没有登临到横塘来,那么男方就只剩单相思的臆想了:你的美好时光最终与谁共度了呢?哦,大概是嫁了好人家吧——精致的园林,花前月下的亭台楼阁……只有春知处——天晓得!

下片写单相思的加深,直至抑郁。第一句写眼前之景,横塘是一个水网密布的地方,所以能看到"蘅皋"——长满香草的水边高地,这句是说,我一直在想着你啊,一直到暮色昏黄,于是我拿起笔啊,写下这首忧伤的小词对你一诉衷肠。"彩笔"源自《南史·江淹传》,江淹是南朝著名的才子,但到了中年以后就很少有好作品问世,于是有了这样一个传说:"(淹)尝宿于冶亭,梦一丈夫自称郭璞,谓淹曰:'吾有笔在卿处多年,可以见还。'淹乃探怀中得五色笔一以授之。"没有了那支五彩斑斓的神来之笔,江淹也从此"江郎才尽"。这里用"彩笔"的典故,彰显了作者对自己文笔的高度自信,尽管那位女士似乎并不太看重这一点。

贺铸的祖上是山阴(今浙江绍兴)人,据说他是唐代诗人贺知章的后裔,因为贺知章退隐后居住在镜湖边,所以贺铸把自己的诗文集命名为《庆湖遗老集》。庆湖,是镜湖的一个别称。作为宋太祖赵匡胤的孝惠皇后的族孙,贺铸也堪称是宋朝的贵族,并且他的妻子也是宗室之女。总之,从家庭出身来看,他应该算一个幸运儿。然而事与愿违,贺铸的一生并没有因此而顺遂畅达。由于孝惠皇后早亡,她的族人大概没有受到太多的荫庇,贺铸祖上基本上都是武官,这也造就了贺铸任侠仗义的性格基础。贺铸的长相可能不太好,史书上说他脸色晦暗,眉骨高耸,人称"贺鬼头",不过他的挫折恐怕不应该仅仅归罪于外貌的丑陋,更多的是因为其人耿直,经常严厉地批评时政,抵触了权贵所致。

贺铸17岁离开出生地卫州共城(今河南辉县),来到东京出任低级武官"右班殿直、监军器库门"。在东京,他甚有才名,文章锦绣,又长于度曲,得到很多人的推崇,曾有一首《六州歌头》词,其上片生动地描绘了自己的青年时代:"少年侠气,交结五都雄。肝胆洞,毛发耸。立谈中,死生同。一诺千金重。推翘勇,矜豪纵。轻盖拥,联飞鞚,斗城东。轰饮酒垆,春色浮寒瓮,吸海垂虹。闲呼鹰嗾犬,白羽摘雕弓,狡穴俄空。乐匆匆。"但他为人又有些狂傲,喜欢与人争辩,所以又为俗世所不喜,这也奠定了他一生的基调,就是很难被普通人理解,在官场上,也是郁郁不得志。后来他选择了退隐,定居在苏州,这很像比他早一些的诗人苏舜卿。贺铸在苏州隐居读书,心境很平和,但家里少了稳定的收入来源,经常靠借贷过活,生活十分困顿。贺铸的晚年,尤其是丧妻之后,景况愈发凄凉，又因为性格的原因，没什么朋友，最后在常州的一处僧舍中离开了人世。贺铸以词名世，有《东山词》传世，东山，也是绍兴的地名，可见他对自己的祖籍地，还是非常认可的。

贺铸的词，多写旅途行役和恋情闺思，流传最广的，除了前文提到的《青玉案》之外，还有著名的悼亡词《鹧鸪天》：重过阊门万事非，同来何事不同归？梧桐半死清霜后，头白鸳鸯失伴飞。原上草，露初晞。旧栖新垅两依依。空床卧听南窗雨，谁复挑灯夜补衣？

贺铸的妻子赵氏出身皇族，夫妻之间的感情也很融洽，但是在迁居苏州以后，赵氏不幸去世，给本就穷愁潦倒的贺铸又一次重大的打击。重和元年（1118）贺铸因自己的贵族身份得到新的任命，迁朝奉郎，赐五品服，但在任只一年便辞职回到了苏州，这首词就是在他再次返苏时写的。阊门位于苏州城西，周边是著名的商业区，十分繁华，一直到现在，石路一带还是仅次于观前的老城区第二大商圈。过了阊门就算进了城，贺铸当然很高兴脱却官场的樊笼，又回到这第二故乡，但是这一次来苏州跟上一次不同，妻子已经不在人世，只剩他一个人孤苦伶仃地过活，这又怎能不教人悲从中来呢？眼前的热闹和内心的孤寂形成鲜明对比，阊门如故，人世沧桑，真如后来的女词人李清照所说的"物是人非事事休，欲语泪先流"。"梧桐""鸳鸯"二句，是比喻自己丧偶后的景况，语气愈发凄凉。

下片开头用古代挽歌《薤露》之典。《薤露》本为汉初人追挽义士田横之作，田横为秦末群雄之一，原为齐国贵族，后反秦自立，占据齐地为王。后汉高祖刘邦统一天下，田横不肯称臣，率五百门客逃亡海岛，刘邦派人招抚，田横被迫乘船赴洛，在途中自杀于首阳山。远在海岛的五百死士闻讯，亦集体自杀。《薤露》歌云："薤上露，何易晞！露晞明朝更复落，人死一去何时归！"薤是一种植物，叶细长，像韭菜，开紫色花，根茎像大蒜头，可食用，今天一般叫做"藠头"。晞者，干也。这里贺铸用此典追挽自己同为贵族出身的妻子，非常恰当。妻子的坟墓大概紧挨着两人的屋宅，故有"旧居新垅两依依"之说，而且也说明妻子去世的时间，大概在贺铸最后一次出仕前不久。这样的"两依依"，既感人，又悲怆，形骸相近，却天人永隔，怎不教人痛苦神伤？"空床"二句，极写自己鳏居生活的寂寞凄苦。贺铸早年有一首《问内》诗，写的也是妻子给他缝补衣服的景况："庚伏压蒸暑，细君弄咸缕。 乌绨百结裘，茹茧加弥补。劳问汝何为，经营特先期。妇工乃我职，一日安敢堕。尝闻古俚语，君子毋见嗤。瘿女将有行,始求然艾医。须衣待僵冻,何异斯人痴。蕉葛此时好,冰霜非所宜。"这首诗不为人所熟知,但我读了却很感动,因为它描写的是夫妻间日常生活中的一段对话,看起来微不足道,却又如此感人肺腑。那是一个炎热的夏日,赵氏夫人翻出了贺铸的冬衣——很粗弊,上面还全是补丁——进行缝补,贺铸笑话说,现在天气这么热,你缝补冬衣是不是着急了点?夫人却说,做家务活本身就是我们女人的天职,我怎么敢有所懈怠呢?况且你没有听说这样一个故事吗,古时候有户人家的女儿得了大脖子病,家长并不重视,直到女儿快要出嫁了才着急去给她治疗。你说要等到隆冬季节才去准备冬衣,岂不是那古人一样傻吗?芭蕉叶和葛布衣在夏天是能带给人凉爽,可到了冬天就没用了。

年轻时曾经笑话妻子太积极的贺铸,此时正在夜晚的寒窗下听雨,而当年那个贤惠的妻子,此时已经躺在坟茔之中,难起于九泉之下,"空床卧听南窗雨,谁复挑灯夜补衣?"这是多么痛苦的领悟,蕴涵着人间至深的悲慨。在我看来,这首词通篇所要说的就是两个字:孤寂。因为作者知道,自己已经永远失去了人生的伴侣,无论是肉体和灵魂层面上。

贺铸一生最好的两首词,都写于苏州,我在苏州读书三年,对这个城市可谓是情有独钟。我曾经常坐公交车从石路去石湖,中间必然要经过横塘,我知道唐伯虎最早就葬在这里,叶燮也曾隐居于此,当然还有,贺铸的那首《青玉案》也写于此。我也曾无数次进出于城西的阊门,虽然我知道此阊门是 20 世纪 80 年代重建之阊门,不是贺铸笔下那座阊门——位置、规格,肯定都有所变化了。但是每当我经过阊门,我都悚然于心,尤其与我所爱者在一起时,我害怕那句词——重过阊门万事非,同来何事不同归——却深为作者的真情所折服,这就是文学的力量。我发现很巧,这两首词的第一句,可以组成一首足以让人悲伤的小诗:凌波不过横塘路,重过阊门万事非。

（2017.6.11）

从姑苏城内西中市望阊门

# 春 晓

唐·孟浩然
春眠不觉晓,处处闻啼鸟。
夜来风雨声,花落知多少。

　　我们若问一个中国人一生中会背的第一首诗是哪一首？估计很多人都会说是这一首《春晓》,因为她简洁,晓畅,几乎不需要任何解释,幼童都可以从字面上体味她所表达的意义和情感。

　　在一个春天的早晨,年轻的孟浩然睡过了头,古人一般夙兴夜寐,起得很早,但由于春困的原因,加之不必从事任何工作,所以睡过了头,也没什么关系，否则，早就一骨碌爬起来做事去了，哪里还有雅兴作诗？醒来后听到到处都是鸟叫，这就说明天光已经不早了。这个学期我陪一岁半的女儿睡觉，幼儿一般夜里都要醒几次，一般是哼唧几下，我抱着她拍一拍，就会接着睡。然而小孩接着睡很容易，大人就不行了，有的时候被女儿吵醒以后，就会失眠，所以经常能听到一天中的第一声鸟叫。这个时候我就会看一下枕头旁边的夜光手表。根据我的总结，第一声鸟啼一般在凌晨四点左右出现，最早的时候三点四十五分，最晚不超过四点半，然后慢慢地就会有更多的鸟儿跟着叫，然后天光就慢慢放亮了。这也是我带娃时的一个有趣而无奈的发现。所以我知道，当"处处闻啼鸟"的时候，天光早已经大亮了，按照古人的生活作息，早该起床了。

　　然而我们的诗人却还躺在床上遐想，他听着鸟啼，回忆起昨晚依稀听到风雨大作的声音，不过还好，今天又是一个晴天，只不过，那些枝头的花朵，不知道跌落了多少呢！花，是春天的象征，怜惜花朵，即蕴涵惜春的意味，这首小诗就这样结束，诗人接下来干什么去了呢？也许又躺了一会，睡个回笼觉，再慵懒地爬起来，推开窗户，去探看一下花究竟落了多少……好一个洒脱自在的田园诗人！这首诗没有什么雕饰，一气流转，全凭胸臆说出，明白如话，却又意蕴无穷，颇耐玩味，堪称五言绝句的巅峰之作。

　　孟浩然是唐代著名的布衣诗人。他一生没有做官，这并不是因为他坚决不想做官，而可能是因为他的某些性格特点使他实在是不适宜做官。他也曾经去考进士，但是失败了。他也有机会去结交高官甚至于皇帝，但最终没能抓住那些所谓的机遇。所以他只好回到家乡湖北襄阳的鹿门山，长期隐遁，诗名很盛。张说、张九龄、王维、王昌龄等都与他保持良好的关系。李白恋慕他的悠然潇洒，而且他们有共同的嗜好——喝酒，于是写了一首著名的诗献给他，表达自己的崇拜："吾爱孟夫子，风流天下闻。红颜弃轩冕，白首卧松云。醉月频中圣，迷花不事君。高山安可仰，徒此揖清芬。"（《赠孟浩然》）孟浩然喝起酒来什么都不管不顾，《新唐书》本传说他在家乡隐居的时候，采访史韩朝宗看重他的才华，与之相约进京，以便向朝廷推荐他，结果临行前孟浩然与朋友喝得酩酊大醉，有人提醒他："可别忘了你跟韩大人的约定啊！"孟浩然一边狂饮一边说："酒都喝上了，还管那些干啥！"于是接着喝了个畅快，大概是第二天又起晚了，便没有赴约，韩朝宗一怒之下拂袖而去，荐举的事情自然也泡了汤，孟浩然倒觉得无所谓，依旧我行我素。估计他家里物质条件也比较优越，所以也不忧于做这个潇洒的隐士吧。

孟浩然一生的经历比较简单，诗主要写隐居的逸兴和行旅之所思，尤以山水田园之作闻名，诗风淡雅，却时见不凡的趣味和幽思。诗圣杜甫对孟浩然的评价也极高，说他"清诗句句尽堪传"（《解闷》十二首之六）。能得到李杜的一致推崇，是十分罕见和了不起的，但至今中国人最熟悉的孟浩然诗，就属这一首。

（2017.6.14）

# 长干行（其一，其二）

唐·崔颢

君家何处住？妾住在横塘。停船暂借问，或恐是同乡。

家临九江水，来去九江侧。同是长干人，生小不相识。

《长干行》又名《长干曲》，是乐府旧题"杂曲歌辞"调名，原为长江下游一带的民歌，内容多描写船家妇女生活。郭茂倩《乐府诗集》载有一首《长干曲》，云："逆浪故相邀，菱舟不怕摇。妾家扬子住，便弄广陵潮。"描写的是一位泼辣的船家女的形象。长干里，在今天的南京秦淮河南岸雨花台至下长干桥一带，当地人称山陇之间的长条形平地为"干"，南京城南绵延着雨花台、邓府山、菊花台等丘陇，中间的空地就被辟为生活区。长干里位于秦淮河和长江两条重要水路的交叉处，为商家、物流从业者的聚居之地，由于地域较大，还被分为"大长干""小长干""东长干"等区块。需要说明的是，在春秋战国时代，长江是紧靠今南京城西侧的石头城下流过的，后来江中洲渚渐生，长江也慢慢改道，向西北移动，离长干里地区越来越远。到唐代，白鹭洲还在长江河道中，石头城上还能听见江潮声，李白云："三山半落青天外，一水中分白鹭洲"（《登金陵凤凰台》）。刘禹锡云："山围故国周遭在，潮打空城寂寞回"（《金陵五题》之一《石头城》）是也。长干里的繁华一直延续到唐朝末年，五代十国时南唐烈祖李昪修筑金陵城墙时，把长干里隔绝在城外，还在墙外掘护城河（即今外秦淮河），加之长江改道，长干里的地理优势不再，遂日渐衰落,清代朱彝尊《卖花声·雨花台》词云:"衰柳白门湾,潮打城还。小长干接大长干。歌板酒旗零落尽,剩有渔竿。 秋草六朝寒,花雨空坛。更无人处一凭阑。燕子斜阳来又去,如此江山。"

春秋时越国大夫范蠡看中了长干里一带的地理优势,于此筑古越城,以扼守秦淮和长江口。秦汉六朝时期,长干里是南京城最为繁华的商业区和经济中心,社会名流聚居于此。而普通居民往来水上,男女互动,衍生出大量的爱情题材的民歌。唐代诗人向民歌学习,仿作《长干曲》,其中最为成功的,就是后来选入《唐诗三百首》的李白和崔颢的共三首作品。

崔颢的《长干曲》共四首,以前两首最为著名。这两首民歌体的小诗,以白描的手法,一问一答的形式,写出长干里青年男女的一次邂逅搭讪,其中寄寓了一层朦胧的爱情。第一首,是一个船家姑娘的问话,他大概是在水面上听到一个同样是船家的小伙子的乡音,于是停下船来问他家住哪里。这个泼辣大胆的姑娘,还没等小伙子回答,就自报家门说:"妾身家住在横塘。"此言出口,大约又觉得唐突,于是说:"之所以停下船来借问一声,就怕我们还是老乡呢!"一种一见钟情式的恋慕和对爱情的憧憬,浮然纸上,但又显得非常淳朴,毫无矫揉造作之态。这种性格在当时的普通人家女子身上,是难得一见的,清新可爱的民歌气息,展露无遗。东吴时在长江口沿秦淮河筑堤坝,称为"横塘",位置大约在今中华门到水西门一带的秦淮河两岸。这个地方离长干里是很近的,所以小伙子回答她时会说"同是长干人"。

唐代的小伙子,哪怕是经常在水上行走的船家青年,对于男女之事,可能也是比较羞涩的,我们来看这个小伙子如何回答姑娘的问话:"我家紧挨着长江住,行船来往于江两岸。我们都来自建康的长干,但是从小到大未曾谋面。"九江,指的是长江下游的众多支脉,并不是专指。看似平淡如水的回答,其实也蕴涵着内心的波澜。尤其是最后一句,大有相见恨晚之意,而"来去九江侧""同是长干人"两句,则强调了两人既是同乡又是同行。他们的结合,似乎有着天然的基础。这样的回答,表面是滴水不漏的,甚至显得有些木讷。干净明快,清新健康,是民间爱情歌曲的特质。孔子说"一言以蔽之,曰'思无邪'"(《论语·为政篇》),正是对民歌最完美的总结。民间有一种对南京人的戏谑称呼,叫做"大萝卜",是说南京人的朴实直白。明人顾起元《客座赘语》说:"南都风尚,最为醇厚"。事实上这位船上男子表现出来的个性特征,正是一位典型的"大萝卜"。但事实上,"大萝卜"往往是粗中有细的,从后面的两首作品来看,他不仅对姑娘的开门见山有些疑惑,还从内心里有些拒斥。他的话正是对自己内心活动的委婉表达,作为诗歌作品,此处不明白说出,反用周折语,更添一种韵味。后人对崔颢这组诗的评价,也多围绕着这一特点展开。明代顾璘说此诗"蕴藉风流";明代桂天祥言其"妙在无意有意、有意无意,正使长言说破,反不及此";清代王夫之评价说:"咫尺有万里之势"。(《姜斋诗话》)

在前两首诗里,长期漂流水上的女性显得比较主动,而男子则十分稳重。后两首是前文的延续,进一步突显了两位主人公的性格特点:"下渚多风浪,莲舟渐觉稀。那能不相待?独自逆潮归。"(其三)"三江潮水急,五湖风浪涌。由来花性轻,莫畏莲舟重。"(其四)在第三首中,女子以自己害怕自己落单而陷入危险,用反问的方式进一步向男子发出邀约,这是第一首中所表露出的态度的推进,表达出对进一步交往的迫切态度。而在第四首中,男子则一如既往地持续着自己"大萝卜"的特征,岿然未为对方的热情所动,他以江湖素有风浪,水上人早已习惯,否定了"相待而归"的必要性,同时对女子的主动表现出十分的疑虑和狐疑。女子此时大概正在采莲,故男子云:"由来花性轻,莫畏莲舟重。"指出船只并未重负,无需他来相助。同时,"花性轻"这样的字眼又语带双关,显得态度决绝,并无回旋的余地,甚至并不在意得罪对面这位情意绵绵的女子。

这组诗没有写到两人这次相会的结局,但我想,从这位"大萝卜"非常明确的大男子的态度即可得知,两人之间,尚未碰出火花便已擦肩而过。当男子说出"由来花性轻,莫畏莲舟重"这样的言语之后,可以想见女子的错愕、失望和怅然,两船相错而过,渐行渐远,各自驶向属于自己的方位,划开的波纹相互碰撞,很快便趋于平复。或许这也是一种美,甚至美于两人从此并舟而行。

(2017.6.17)

今日长干里

长干里"两小无猜"雕塑

# 玉楼春

宋·欧阳修

别后不知君远近,触目凄凉多少闷?
渐行渐远渐无书,水阔鱼沉何处问?
夜深风竹敲秋韵,万叶千声皆是恨。
故欹单枕梦中寻,梦又不成灯又烬。

　　这首词在欧阳修的作品中并不显得很突出,收录此作的作品选也不算多。我第一次注意这首词,是在听了邓丽君的专辑《淡淡幽情》之后,因为其中有一首歌叫作《万叶千声》,就是由音乐人刘家昌根据这首欧词谱曲而成的,非常优美,也很凄婉。而优美和凄婉,正是词的本色。

　　在古代,词的主要作者是士大夫,他们往往既是浪漫潇洒的诗人,又是一本正经的官员。今天你很难想象高级公务员们在宴会上一边欣赏歌伎们配乐演唱自己的文学作品一边击节叫好的场面了。但在宋代,这是文人政治生态中十分普遍的场景。词,是这些才华横溢而又精力旺盛的官员们的重要游乐活动,欧阳修在他著名的组词《采桑子》篇首的《西湖念语》中说:"因翻旧阕之辞,写以新声之调。敢陈薄伎,聊佐清欢。""薄伎"指的是自己的写作,"聊佐清欢"则指明了词的功用,中间的环节,需要歌伎来完成,他们会运用自己的音乐知识和才华,为词配乐演唱,增添宴会或游乐的兴致,激发和推动欢乐的气氛。

　　欧阳修的日常生活非常潇洒而富于艺术气息,他曾经在自传中这样解释自己的别号"六一居士"之来历:"吾家藏书一万卷,集录三代以来金石遗文一千卷,有琴一张,有棋一局,而常置酒一壶。……以吾一翁,老于此五物之间,是岂不为'六一'乎?"(《六一居士传》)他喜欢写词,并精通音乐,这也意味着他热爱这种现在看来非常高雅的社交活动,因此他与歌伎的交往就十分频繁,他曾说:"人生自是有情痴,此恨不关风与月"(《玉楼春·尊前拟把归期说》),其实他本人也算是一个"情痴"因此也传出了很多风流韵事。

皇祐元年（1049）正月，欧阳修出任颍州知州。他酷爱颍州西湖之美，常与朋友在此宴乐酬唱，也结识了不少的歌伎，次年七月改应天知府兼南京留司事。这首词应作于离颍别伎之时，寄托了自己的深情厚谊，而特用女子口吻诉出，这也是古代词人常用的形式。

古人和现代人相比最大的劣势，在于交通和通信，这二者也是现代科技带给我们的最大利好。不要说古人，就是几十年前的人们，也从未享受过如今天这般便利的交通和通信条件。我的父亲在20世纪60年代大学毕业后被分配到成都工作，而家乡却在两千公里外的浙江海宁，一旦与我的祖父母分别，用父亲的原话来说，路途上的情形，祖母就"只能用想象"来安慰自己思念而忧虑的心肠。当时的通讯主要靠书信，速度极为缓慢，至于长途电话和电报，因为价格昂贵，除非发生性命交关的事情，否则是没有人会去使用的——在过去的电影里，电报甚至是噩耗的象征——所以还是省省吧。当然，这一省，就是十几年，直到父亲费尽九牛二虎之力调回家乡，祖父母才结束了忧心忡忡的日子，然而不久祖父便离开了人世。

欧阳修时代的人，当然更是如此，所以第一句就点明愁绪的来源："别后不知君远近"，不知且无从知，只能用想象来代替联络。相思之苦，导致"触目凄凉"，又导致无限的烦闷，而后面两句，又跟第一句相呼应："渐行渐远渐无书，水阔鱼沉何处问？"今天人们常用的习语"渐行渐远"，大概本出于此。古人传书，公务人员才有专门的驿站可以使用，普通人只能靠熟人带信，刚刚离开的一段时间，因为尚未远离，总能碰上几个认识的人，给捎个书信或口信，报一声平安，等到渐行渐远，书信渐渐稀少以至断绝，这就给抒情主人公带来了更大的烦恼和愁闷。用鲤鱼来传递书信的典故，最早出现于汉乐府《饮马长城窟行》："青青河边草，绵绵思远道。远道不可思，宿昔梦见之。梦见在我旁，忽觉在他乡。他乡各异县，展转不可见。枯桑知天风，海水知天寒。入门各自媚，谁肯相为言。客从远方来，遗我双鲤鱼。呼儿烹鲤鱼，中有尺素书。长跪读素书，书中竟何如？上言加餐饭，下言长相忆。"在这首词中"水阔"指称两人相距遥远，"鱼沉"则是说书信无由传递，路途遥远、不通音信，两重痛苦相交迭，也难怪主人公如此伤心了。

下阕写深夜相思之苦，风吹竹叶，声音不绝于耳，这就是思妇的"秋韵"。欧阳修曾写过一篇著名的散文《秋声赋》，写秋天风吹树木之声带给自己的怅然感触。晚年身居高位的达官听闻秋声也会动容叹息，更何况良人远行的思妇呢？故云"万叶千声皆是恨"，此恨非怨恨，乃别恨——离别带来的无限愁苦。夜渐渐深了，思妇也在这愁苦中入睡，但她的姿态"欹枕"——斜靠在枕头上——说明其并非主动入睡，而是思念已致极度疲倦而在不知不觉中入睡，甚至入睡后还在思念爱人，并期待在梦中与他相逢，但，到头来又如何呢？美梦难成，一觉梦醒，看到的只是眼前的一片漆黑，原来灯火已灭，灯芯已灰，而这灯芯的灰烬，也映射着主人公内心的希望也已成灰。多么令人失落的结尾啊——感情越深，失落也就越深，这首词，可以说是欧词"情深"的典型诠释。

刘家昌为这首词所谱写的乐曲，也是深情而优美、高亢而曲婉的完美融合，极为上口，所以听了几遍就会唱，而唱着唱着，自然会反复玩味这首词的文本，也慢慢地对它的意境有了进一步的理解，并由此爱上了它。所以我体会"唱"其实也是学习古代诗词作品的一种理想途径，尤其词是一种重于抒情的文体，配乐演唱是它的本色担当。可惜的是，像邓丽君《淡淡幽情》这样非常优秀的古典诗词配乐作品还是太少，故此也希望更多的作曲家能够参与到这一项工作中来。

欧阳修晚年所编的五十卷本《居士集》中，舍弃了自己的全部的词作，这体现了他雅正的文学观念，以及对传统士大夫立场的坚持，却给后人带来了极大的困惑。欧阳修的很多词，都散见于其他著名词人的作品集中。这些词人包括韦庄、温庭筠、冯延巳、李煜、晏殊、张先、柳永、朱淑真等，至今难以甄别其真正的作者。这也是词史上的疑案。如果最终能确定这些词作的真正作者，文学史也许要被改写。比如冯延巳的多数名作，都见于后来的欧阳修的词集中。文学史上一般认为欧阳修的词风遥继冯延巳，但如果这些词最终都被确认为欧阳修所写，那么不仅这种说法难于成立，而且冯氏在文学史上的地位也要大打折扣了。这也许是一代文宗欧阳文忠公给我们开的一个最大的玩笑吧。

（2017.6.20）

# 在狱咏蝉(并序)

唐·骆宾王

余禁所禁垣西,是法厅事也,有古槐数株焉。虽生意可知,同殷仲文之古树;而听讼斯在,即周召伯之甘棠。每至夕照低阴,秋蝉疏引,发声幽息,有切尝闻,岂人心异于曩时,将虫响悲于前听?嗟乎,声以动容,德以象贤。故洁其身也,禀君子达人之高行;蜕其皮也,有仙都羽化之灵姿。候时而来,顺阴阳之数;应节为变,审藏用之机。有目斯开,不以道昏而昧其视;有翼自薄,不以俗厚而易其真。吟乔树之微风,韵姿天纵;饮高秋之坠露,清畏人知。仆失路艰虞,遭时徽纆。不哀伤而自怨,未摇落而先衰。闻蟪蛄之流声,悟平反之已奏;见螳螂之抱影,怯危机之未安。感而缀诗,贻诸知己。庶情沿物应,哀弱羽之飘零;道寄人知,悯余声之寂寞。非谓文墨,取代幽忧云尔。

西陆蝉声唱,南冠客思侵。

那堪玄鬓影,来对白头吟。

露重飞难进,风多响易沉。

无人信高洁,谁为表予心?

有几个中国人不是以那首脍炙人口的《咏鹅》作为自己与文学接触的开端的呢?根据南宋计有功《唐诗纪事》里的记载,写《咏鹅》时的骆宾王年方7岁,照此说来,真的堪称神童。但这首诗固绝妙,然只是摹写,并无寄兴,看来是少年时所作无疑。

谁料这个曾写下千古名篇《咏鹅》的神童,长大后命运却并不如意。少年时期的骆宾王,可能有些恃才傲物,又因为其门第不高,父亲早亡,生活过得也比较困顿。他先是在父亲的任所山东一带徘徊,后来又去投奔道王李元庆,得了一个太常寺奉礼郎的职务,后改东台详正学士,都是负责朝会祭祀时礼仪校正的低微官职。骆宾王当时还很年轻,可能干得也不太投入,被人家捉住了错漏,被贬到西域戍边。后来他又流落到四川,入姚州道大总管李义的幕府,为其起草文书。其后,骆宾王先后调任武功主簿、长安主簿,转侍御史,负责对朝官的监察。此时已是武后当政,所谓"牝鸡司晨"的时期,骆宾王内心的骚动狂傲的火苗再次吐舌,他忍不住多次上书讥刺当局,终于在仪凤三年(678)被罗织罪名关入大狱,这首《在狱咏蝉》,就写于监禁期间。

很多唐诗的选本,都只收录这首诗的正文而忽略诗前的小序,其实这篇序文对于我们理解骆宾王写这首诗时处境和心境而言是非常重要的材料。从序文中我们可以得知,骆宾王当时的关押地与法曹参军(负责断案判决的官吏)审讯案犯的公堂仅仅一墙之隔,"余禁所禁垣西,是法厅事也",这种说法很不平常,连用了两个"禁"字,表现出骆宾王当时的惶惑和不得自由的哀伤。再从公堂庭院里的几株古槐,引申到自己目前的艰危处境,东晋文人殷仲文曾经看着大司马府中的老槐树说:"此树婆娑,无复生意。"(《晋书》卷99《殷仲文传》)又因这是刑狱之旁的树木,联想到周召公在民间听讼时为了避免扰民而坐于其下的棠梨树。

"每当夕阳西下,秋蝉的鸣声就更显得清旷,但是断续轻飘,不比从前了。难道是听者心境不同于以往,从而觉得虫鸣声比以前更加悲凉吗?蝉的声音足以让人动容,蝉的品格堪比往昔的圣贤。所以它们身心洁净,以秉持君子达人的崇高品行;它们时而蜕皮,具有仙人弃世羽化的美妙姿态。夏天它们顺应时机来到这个世界,符合阴阳转化的定数,它们根据节令而变换外形乃至委身于尘土,明白进退藏露的玄机。当它们有了眼睛就及时睁开,不因外界的昏暗而闭目以对;当其翅膀展开时你会发现它们很薄,不因虚伪的俗世追求一切都要厚重而改变自己的本真。它们在高大的树木上迎风而歌,风姿神韵乃上天所恩赐;它们畅饮秋天高空中降下的甘露,清高正直却无意让人们去称道。现在的我因为迷失了方向而行路艰难且充满忧虑,以至于被囚禁起来。(徽,三股线合成的绳索;纆,两股线合成的绳索。徽纆在此引申为捆绑。)虽然不那么哀伤却难免自怨自艾,身体没有进入暮年心境却已经衰朽。我听到蟪蛄(一种体形较小的蝉)悠扬的鸣声,了悟到自己平凡的先声已经奏响;我看见螳螂紧跟着蟪蛄的影子,又害怕自己的危机也像这可怜的虫子一样未尝解除。我有感而发,凑成诗篇,送给好友们观看。大概人的感情会随着所看到的事物而波动,从而哀悼那弱小生物的飘零;人的本性中寄寓着天道伦常,所以怜悯那行将断绝的鸣叫。我写这些不是为了卖弄文采,只不过寄寓自己深切的忧虑而已。"

蝉的确是一种高蹈出尘的生物,无怪乎历代文人都喜欢吟咏它。夏天的蝉即便是死去了,仍然保持着充盈而洁净的体态,观之栩栩如生。我在路上看到了,都会把它们安放到路边草丛之中,不忍其被车辙鞋底所践踏。尤其不理解那些讨厌蝉声或为了经济利益去粘蝉捕蝉的行为。我也希望自己的孩子能善待像蝉这样美丽的动物。初唐有不少咏蝉诗,当时有名的诗人虞世南和李百药都曾写过,内容也都是歌颂蝉的高洁,寄寓自己清高的理想,但都不如骆宾王这首来得深切感人,只因为它是作者身陷囹圄之时所作,无须更多虚饰,情感发自肺腑。首句用二典故,"西陆"指秋天,《隋书·天文志》说:"日循黄道东行,一日一夜行一度,三百六十五日有奇而周天。行东陆谓之春,行南陆谓之夏,行西陆谓之秋,行北陆谓之冬。""南冠"指囚徒,《左传·成公九年》云:"晋侯观于军府,见钟仪。问之曰:'南冠而絷者,谁也?'有司对曰:'郑人所献楚囚也。'"因楚为南方国家,故云。颔联两句句意相承,且用比喻之法,"玄鬓"指黑色的鬓发,是由蝉黑亮的头部颜色联想而来的,"白头"与"玄鬓"相对,指作者愁容难解之貌。《白头吟》本为乐府民歌,传为卓文君为司马相如背叛时作,申明自己对待爱情的忠贞态度和与负心人决绝之心,充满愤怒与哀伤。此处用以比喻作者蒙冤被难后的心态。"露重"二句,通过秋蝉艰难的生存环境和逐渐消沉的前景,比喻自己政治上的失意与失语,以及在狱中的困窘与绝望。尾联直抒己臆,既为"清畏人知"的蝉儿代言,又表白了自己的高洁情操和坦荡胸怀,并阐发对内心能够被理解、冤案早日平反昭雪的希冀。设问的结尾,使诗的主体由"咏蝉"一转为"自咏",从而使前文和序言中高洁的树上蝉与孤直的狱中人形象相重叠,达到了"物我一体"的化境,这首诗也因此成为咏物诗中的巅峰之作而传唱千古。

也许是因为这首感人的作品起了作用,或者是有友人在外营救,(否则作者怎么会做出"悟平反之已奏"的猜想?)第二年,骆宾王终于被赦免出狱,又过了一年,被起用为临海县丞,后人也因此称他为"骆临海"。但骆宾王明显不喜欢这个带有一定惩罚性的微小边远的官职,不久就弃官而去,游于广陵(今江苏扬州市)。嗣圣元年(684),武则天废中宗自立,是年九月,徐敬业在扬州起兵反抗。徐敬业是唐初名将李勣之孙,李勣这个人一生改过两次姓名,他本名徐世勣,归顺唐朝后,唐高祖李渊赐姓国姓,改姓李,遂为李世勣。唐太宗李世民登基后,为避讳皇帝名字中的"世"字,又被迫改名,把"世"字去掉,就成了李勣,所以徐敬业是恢复了本姓,要跟武则天为皇帝的李唐王朝(当时武则天尚未更改国号)

斗到底。骆宾王当时为徐的府属，被任为艺文令，掌管文书机要。他起草了著名的《为徐敬业讨武曌檄》，文字慷慨激烈，动人心魄，连武则天看了都十分欣赏，责备下属说："宰相安得失此人！"然而起义只坚持了两个月便宣告失败，《新唐书》本传说骆宾王"亡命不知所之"，孟棨的《本事诗》则说徐敬业和骆宾王都得以逃生，两人都做了僧人。骆宾王遍游名山，圆寂于杭州的灵隐寺。唐中宗时，曾下诏搜罗骆宾王的诗文，共得数百篇。骆宾王一生命运多舛，但他的文采风流却得到了人们的一致推崇，他的家乡义乌和传说中的流亡地南通，都保有他的墓冢，义乌今天虽然已经成了贸易都市，却还没有忘记这位乡梓第一名人，当地不仅有宾王路，还有"骆宾王公园""宾王市场"。今天你去南通的第一名胜狼山游玩，骆宾王墓是不可不去凭吊的，南通紧邻长江，涛声浩荡，一如其笔下的易水寒光，富于壮士的豪迈气概，这与骆宾王先生的性格，是十分契合的。

（2017.9.7）

义乌骆宾王公园内的骆宾王像

临海东湖上的骆临海祠

# 送杨氏女

唐·韦应物

永日方戚戚，出行复悠悠。女子今有行，大江溯轻舟。
尔辈苦无恃，抚念益慈柔。幼为长所育，两别泣不休。
对此结中肠，义往难复留。自小阙内训，事姑贻我忧。
赖兹托令门，任恤庶无尤。贫俭诚所尚，资从岂待周。
孝恭遵妇道，容止顺其猷。别离在今晨，见尔当何秋。
居闲始自遣，临感忽难收。归来视幼女，零泪缘缨流。

　　早年读《唐诗三百首》的时候，我很少注意过这首作品。韦应物堪称中唐最重要的诗人之一，但我原本更喜欢他的《滁州西涧》《寄全椒山中道士》，甚至充满忧民情怀的《寄李儋元锡》《观田家》，而这首《送杨氏女》，不管是从辞藻还是描写对象角度来审视，怎么读都觉得过于平淡。多年以后,我也有了一个女儿,虽然她目下还小,但我怜爱她之余,经常会想到她的将来,她总要长大,然后结婚并且离开我们,过自己的家庭生活。想到这里我就会有些伤感,并对那个未来将成为我女婿的傻小子产生些微的敌意。我曾经很奇怪日本导演小津安二郎既然一生未曾婚育,为什么还如此热衷于拍女儿出嫁题材的影片,并把那种微妙的父女之情传递得如此贴切?后来才得知他一生都跟母亲生活在一起,如此看来,俄狄浦斯情结和恋父情结在本质上是共通的。

现在的新式婚礼,一般都会安排父亲牵着女儿的手,然后把自己挚爱的掌上明珠交给另一个男人的段落,我想我会拒绝这种安排,因为那对父亲而言毕竟十分残忍,并且女子绝不应该是男人的附属品,传来递去是不合适的。因此,有了女儿以后,再来读这首《送杨氏女》,感觉是完全不同的,甚至会令我鼻酸。

韦应物虽然系出名门,同时又是大诗人,官至从三品阶的苏州刺史,但奇怪的是,新、旧《唐书》都没有为他立传,因此关于他的生平仍有很多不甚了然之处。直到2007年,西安郊外出土了韦应物及其夫人、儿子、儿媳的墓志铭四方,一些细节才为我们所掌握。韦应物字义博,是京兆万年(今西安)人,韦氏为关中望族,韦应物的高祖韦挺在贞观年间曾拜御史大夫,封扶阳县男;曾祖韦待价,曾在武后摄政时出任宰相;祖父韦令仪,梁州都督;父亲韦銮,宣州司法参军,尤擅书画。韦应物自幼成长于良好的艺术环境之中,少年任侠的他,因曾祖父的官职的荫庇,15岁时得以出任玄宗皇帝的侍卫。从《逢杨开府》诗里的描写来看,他年轻时仗着背景雄厚,行为十分放浪:"身作田中横,家藏亡命儿。朝持樗蒲局,暮窃东邻姬。司隶不敢捕,立在白玉墀。骊山风雪夜,长杨羽猎时。一字都不识,饮酒肆顽痴。"安史之乱爆发后,明皇奔蜀,韦氏中落,韦应物也撤出三卫,留居长安,这时他才开始改邪归正,发奋读书,曾一度就学于太学。广德元年(763),出任洛阳丞,后改河南兵曹。永泰中因惩办不法军士被讼,后弃官闲居洛阳。大历九年(774)任京兆府功曹,后历任朝清郎、鄠县令、栎阳县令、尚书比部员外郎等职。建中四年(783)开始,先后出任滁州、江州、苏州刺史。贞元六年(790)罢苏州刺史,闲居苏州永定寺,次年,一直在等待朝廷任命、穷困潦倒的韦应物客死于苏州,年55。

天宝十五年(756),20岁的韦应物与16岁的元苹完婚,但两人只携手走过了20年的时光,大历11年(776)9月,元氏因病去世,年仅36岁。

根据韦应物亲自为夫人撰写的墓志铭,我们得知元苹出身于鲜卑贵族,北魏自孝文帝拓跋宏于太和十八年(494)自山西平城(大同)迁都洛阳后,于太和二十年(496)诏令改汉姓元氏,代居洛阳,后世称河南元氏。韦应物跟元苹感情甚好,夫人的早逝,让他常感愧悔与痛心。墓志说,元氏跟着他"生处贫约,殁无第宅",又云丧妻之后,自己"每望昏入门,寒席无主,手泽衣腻,尚识平生,香奁粉囊,犹置故处,器用百物,不忍复视。"(韦应物《故夫人河南元氏墓志铭》)由此使人联想到《韦集》卷六中有《伤逝》《送终》等悼亡诗十几首,诚挚感人。元氏与韦应物育有一子二女。她去世时,儿子庆复尚不满周岁,小女儿年方五岁,大女儿,也就是这首诗中所说的"杨氏女"——嫁给杨家的女儿——年岁缺考,但她当时尚未出嫁,估计不会超过 15 岁。因此韦应物在《送终》诗中写道:"童稚知所失,啼号捉我裳。"这真是一幅悲惨的丧礼画面。

韦应物的女婿杨凌博学多才,大历年间与两个哥哥杨凭、杨凝先后中进士,时称"三杨",后任大理评事。韦应物对杨凌青眼有加,时常与之唱和。为女儿选择这样一个佳婿,对于韦应物而言应该不是一个困难的决定。但即便如此,从《送杨氏女》这首诗中,我们还是看到了一个父亲在女儿出嫁时所普遍表现出来的惆怅、多虑和不安。

韦应物的女儿出嫁之前大概没有什么兴师动众的筹备,正如诗中所说的"资从岂待周",嫁妆是很薄的。韦应物的经济状况一般,夫人元苹去世时,"祖载终于太平坊之假第"(韦应物《故夫人河南元氏墓志铭》)。即丧仪是在含光门外太平坊临时租借的房子里进行的。"祖载"是指将葬之际,将灵枢载于车上行祖祭之礼。这真是"又况生处贫约,殁无第宅"的证明。所以女儿出嫁的事务一应安排好之后,就等着夫家来接,作为父亲的韦应物,整天都深陷在凄惶苍凉的心境之中。终于送女儿出发的时候,上船后还是感到幽然怅惘。一叶小舟孤零零地在江面上飘然逆行,岸边掠过的景色却难以让送行的父亲略感轻松。此刻他的内心起伏不定,想到了太多的事情。首先想到的是因为妻子的早逝,使得几个孩子自幼无依无靠,虽然自己已经倾力给予他们慈爱与柔情,但毕竟母亲的角色是父亲难以替代的。妹妹自幼靠姊姊照料抚育,因此在临别之际尤其难舍难离,哭个不停。作为父亲面对这样的场景唯有愁肠百结,但女大当嫁天经地义,又怎么能为此而将姐姐挽留呢?此刻他心中还牵记着一些事情,要做一番最后的交代。首先是孩子自幼缺乏母亲在闺中的训导,一些做媳妇的规矩恐怕还没有完全了解,因此将来能否跟婆婆和谐相处并加以侍奉仍是一个疑问。所幸的是女儿托身在品格高尚、声誉美好的人家,想来会对她宽容体恤,并不严加苛责。其次,安于清贫、勤俭朴素是我们家的风尚,所以嫁妆不够丰厚你也不要挂在心上。最后希望你嫁过去以后遵守妇道——孝顺公婆,恭敬待夫,仪容举止都要符合规矩和礼节。嘱托完毕,送嫁的船只已经抵达夫家,今天早晨这一别,不知何年何月才能再见。此前在想象中我还能自我排遣这种离别之苦,可真到了这一刻突然意识到这种哀伤的情绪已经无法控制。等到送别长女回到家中,看到形单影只的小女儿,又一次意识到一切都因长女的离去而再度改变,抑制不住的泪水扑簌簌沿着帽带不住地流淌。

这真是一首好诗,如果没有切身的经历,怎么能够写出如此幽怨传神的作品?莫说是女儿出嫁,即便是子女平常的出行,哪一个做父母的不是万千叮咛,反复训诫?一直到对方不耐烦了,还没结束的意思,甚至口头表达还不够,生怕孩子记不住记不全,用笔一条一条写在本子上。临别之际,父母往往没有时间去顾及自己的感受,而是把所有的精力都投入到对儿女的谆谆教导和万般叮咛上来。直到送走了他们,那种百味杂陈、怅然若失的感觉才会重新占据他们的心灵,就像一千多年前的韦应物那样,面对着空荡荡的家和孤零零的小女儿而痛哭流涕。

每一个父亲都应该读一读这首诗,尤其是有女儿的父亲们,因为其中寄寓的是人世间最直接、最朴素也最动人的情感。还没有相关经历的年轻人也不要因为难以体验作者的情感而妄加菲薄,等你们成长了、成熟了,再去读这首作品,相信会有不一样的感触,一如写《背影》时的朱自清那样。朱自清后来这样记叙这段自己 20 岁时发生在南京浦口火车站的经历和自己的悔意:"我们过了江,进了车站。我买票,他忙着照看行李。行李太多了,得向脚夫行些小费,才可过去。他便又忙着和他们讲价钱。我那时真是聪明过分,总觉他说话不大漂亮,非自己插嘴不可。但他终于讲定了价钱;就送我上车。他给我拣定了靠车门的一张椅子;我将他给我做的紫毛大衣铺好座位。他嘱我路上小心,夜里警醒些,不要受凉。又嘱托茶房好好照应我。我心里暗笑他的迂;他们只认得钱,托他们真是白托!而且我这样大年纪的人,难道还不能料理自己么?唉,我现在想想,那时真是太聪明了!"《背影》写于 1925 年 10 月,此时的作者已经是两个孩子的父亲,我想朱自清先生此刻终于了悟"养儿方知父母恩"的道理,因为即便是当年嫌弃父亲絮絮叨叨的青年,在自己成为父亲以后,也会在日常生活中对子女不断地絮絮叨叨一番,这里面没有什么深层原因和大道理,因为这就是父爱最自然的表达。这种看起来最平淡的爱,才是人世间最持久、最稳定的感情。

《送杨氏女》的故事自然有他的延续,韦应物的女儿与杨凌后来生下一子,名杨敬之。《新唐书》记载道:"敬之字茂孝,元和初,擢进士第,平判入等,迁右卫胄曹参军。累迁屯田、户部二郎中。坐李宗闵党,贬连州刺史。文宗尚儒术,以宰相郑覃兼国子祭酒,俄以敬之代。未几,兼太常少卿。是日,二子戎、戴登科,时号'杨家三喜'。转大理卿,检校工部尚书,兼祭酒,卒。敬之尝为《华山赋》示韩愈,愈称之,士林一时传布,李德裕尤咨赏。敬之爱士类,得其文章,孜孜玩讽,人以为癖。……"(《新唐书》卷160《杨敬之传》)显然是继承了外祖父的文才,杨敬之擅长诗赋,且考中了进士,官至三品。他的两个儿子(也就是"杨氏女"的两个孙子)后来也同时高中进士,真可谓家业兴旺。可是"杨氏女"的妹妹,也即韦应物的幼女却十分不幸。韦应物的墓志铭载:"次女未笄,因父之丧,同月而逝。"(丘丹《唐故尚书左司郎中苏州刺史京兆韦君墓志铭并序》)让我们回到韦苏州先生的结局,贞元七年(791),在苏州的永定寺里寄居的他离开了人世,而他的幼女此时还未及出嫁,便在同月追随父亲而去,真是凄惨以极,她大概也是怕自己最爱的父亲在天国过于孤单吧。

虽然年轻时走了一段弯路,凭着悟性和勤奋,韦应物还是回归了正途。他晚年在苏州官声甚好。直到今天,沧浪亭的五百名贤祠、虎丘的五贤堂、城隍庙大殿里,都还供奉着他的像,苏州人民没有忘记他,而他也将生命的最后时光托付给了苏州。他最后寄身的永定寺虽然早已无存,但坐落的街道尚在,即今永定寺弄,位于干将西路以北察院场一带,那是一条深邃而僻静的小巷,好事者尚可以前去凭吊一番,顺便对人生的要义和真谛作一番重新的思考,也是极好的。

(2017.9.8)

今日永定寺弄

南京浦口火车站旧址，朱自清散文《背影》故事发生地

# 野 望

唐·王绩

东皋薄暮望，徙倚欲何依。

树树皆秋色，山山唯落晖。

牧人驱犊返，猎马带禽归。

相顾无相识，长歌怀采薇。

绛州龙门（今属山西万荣县）王氏在隋唐时期堪称望族，其先世多官宦，至隋时，出了一位读书人王通，他放弃了做官的机会，经过潜心钻研后，模仿孔子，作《王氏六经》（又称《续六经》），并在家乡的白牛溪聚徒讲学，"门人常以百数。"（王绩《游北山赋》自注）王通的弟弟王绩、孙子王勃，都是初唐最重要的诗人；他的哥哥王度，则是一位史学家，同时也因志怪小说《古镜记》而闻名后世。

王绩字无功，号东皋子，他跟哥哥王通一样是一个特立独行者。隋大业中，举孝悌廉洁及第，除秘书省正字、扬州六合县丞，天下乱，乃归乡。入唐后，以前官待诏门下省，改太乐丞，后弃官隐居。其人清高自恃，擅鼓琴，且放诞纵酒，人称"斗酒学士"，意指他在做官时每天都要供给他一斗美酒。他的诗多写饮酒及隐逸之乐，为人和为诗的风格均遥继陶渊明，为初唐浮靡委顿的诗坛吹进了一股清风。闻一多先生曾把这首《野望》誉为初唐第一首好诗。它也是现存唐诗中最早的一首格律完整、对仗工稳的五言律诗。其实当时尚未有"律诗"之名，只称为"五言四韵"，比沈佺期、宋之问之为律诗定型早了五六十年，故明杨慎《升庵诗话》卷二云："王无功，隋人入唐，隐节既高，诗律又盛，盖王、杨、卢、骆之滥觞，陈、杜、沈、宋之先鞭也，而人罕知之。"

"皋"的本义是水边的高地，东皋是王绩曾经隐居的地方，位于绛州龙门的黄河边。王绩受道家思想的影响很深，史料载，他第一次出仕时，"以嗜酒妨政，时天下亦乱，遂托病风，轻舟夜遁。叹曰：'网罗在天，吾将安之？'乃还故乡。"入唐后第二次做官，也终于告病还乡。居于东皋的王绩，"有奴婢数人，多种黍，春秋酿酒，养凫雁、莳药草自供。以《周易》《庄》《老》置床头，无他用心也，自号'东皋子'。虽刺史谒见，皆不答。终于家。"（《唐才子传》）《新唐书》本传则载，王绩在做官时曾因醉酒失职，因此家乡人就以此来嘲笑他。王绩则编造一个"无心子"的故事予以反驳。他说："无心子居越，越王不知其大人也，拘之仕，无喜色。越国法曰：'秽行者不齿。'俄而无心子以秽行闻，王黜之，无愠色。退而适茫荡之野，过'动'之邑而见机士，机士抚髀曰：'嘻！子贤者而以罪废邪？'无心子不应。机士曰：'愿见教。'曰：'子闻蜚廉氏马乎？一者朱鬣白毳，龙骼凤臆，骤驰如舞，终日不释辔而以热死；一者重头昂尾，驼颈貉膝，踶啮善蹶，弃诸野，终年而肥。夫凤不憎山栖，龙不羞泥蟠，君子不苟洁以罹患，不避秽而养精也。'"又有名杜之松者，是王绩的故人，"为刺史，请绩讲《礼》，答曰：'吾不能揖让邦君门，谈糟粕，弃醇醪也。'"（《新唐书》本传）从这些记载中，我们也可以看出王绩的人生态度和价值观，都是远离周孔而贴近老庄的。

王绩在隐居时模仿刘伶《酒德颂》写过《醉乡记》，又因为他酒量奇大，"至五斗不乱"，（《新唐书》本传）故又作《五斗先生传》。王绩预知自己命将不久的时候，自己写了一篇墓志铭，并要求家人薄葬之。这一切，都直接继承了陶渊明的遗风。

这首《野望》，也同样寄托着出世隐逸的幽远情怀，且充满了疏淡野逸之气。诗人先是描写了这样一幅乡间的景色。在东皋临近傍晚的时候放眼望去，让人感到极度的空旷辽远，以至于彷徨徘徊，一时不知该归依何方。（楚辞《远游》有"步徙倚而遥思兮，怊惝怳而乖怀"句。）远远近近的树木都显现出秋天独有的斑斓色彩，重重叠叠的山峦笼罩在渐渐昏暗的夕照之下。王绩的侄孙王勃《山中》里的名句："况属高风晚，山山黄叶飞"，明显受到了王绩这两句的影响。放牛人驱赶着牛群，打猎者负载着猎物从山中劳作归来，大家彼此看到却并不相识擦肩而过，我不禁长啸高歌，怀想那先贤伯夷、叔齐采薇隐遁的陈年往事。（《史记·伯夷列传》："武王已平殷乱，天下宗周，而伯夷、叔齐耻之，义不食周粟，隐于首阳山，采薇而食之。及饿且死，作歌，其辞曰：'登彼西山兮，采其薇矣。以暴易暴兮，不知其非矣。神农、虞、夏忽焉没兮，我安适归矣？于嗟徂兮，命之衰矣。'遂饿死于首阳山。"）

这首诗初看很有田园牧歌的情调，对山村余晖中的景物描写明显受到陶渊明《归园田居》（其一）的影响，我们不妨把陶诗片段拈出对读：

"暧暧远人村,依依墟里烟。狗吠深巷中,鸡鸣桑树颠。"但如果细细品味则见作者深刻的人生思考,和难以纾解的内心彷徨。陶渊明在隐逸生活中也有思考,但他的答案是明确的,那就是归隐朴素的生活高于一切,"久在樊笼里,复得返自然。"王绩此时已经达成所愿,归隐田园,但他似乎跟当地人少有接触,内心比较孤独,"相顾无相识"一句,颇有些"鸡犬之声相闻,民至老死不相往来"的意味。即便如此,知识分子特有的忧郁和彷徨仍然在这首诗中表现无疑,并且末句居然还流露出一些遗民的气息。他虽然隐逸了,并且用嗜酒和狂傲来掩盖、压抑内心的空虚和骚动,但那虚无感仍时常跳出来挑战他的神经,他需要不断地告诫自己:"安心啊安心,归隐啊归隐,这才是你的归宿和出路。"这就是王绩和陶渊明性格的差异,同时也是人格上的差距。从史料记载来看,王度、王通、王绩、王勃这些血脉相连的龙门王氏族人,性格深处都有些桀骜不驯狂妄不羁的因子,并很大程度上决定了他们的命运走向,这大概也可以称之为一种家族遗传罢。

(2017.9.9)

# 送杜少府之任蜀川

唐·王勃
城阙辅三秦,风烟望五津。
与君离别意,同是宦游人。
海内存知己,天涯若比邻。
无为在歧路,儿女共沾巾。

送别诗一般有两类。一类情辞悲切,意绪哀愁,正应江淹《别赋》中所谓"黯然销魂者,唯别而已矣"的情感趋势。南宋词人吴文英干脆把"愁"字作了这样的解读:"何处合为愁,离人心上秋。"(《唐多令·惜别》)还有一类,则作豪壮语,甚而规劝对方,要往开阔处想,如果说王维的"劝君更尽一杯酒,西出阳关无故人"还笼罩着一丝愁云,那么高适的"莫愁前路无知己,天下谁人不识君"(《别董大》)则完全是另一个境界。当然,说到这类送别诗,就不能不提及王勃的这首《送杜少府之任蜀川》。

曹植《赠白马王彪》中说:"丈夫志四海,万里犹比邻。"王勃此诗中的千古名句"海内存知己,天涯若比邻"明显是化用此二句,但曹植的诗是写给兄弟的,王勃的诗却是送给友人的,无疑更进了一层。而且从语言上来看,王勃的诗句虽不为豪壮之语,显得比较委婉,却更能打动人的情思,慰藉对方因离别带来的幽怨之情。

诗题中的"少府"是县尉的别称。这是一个工作繁剧而职务低微的官职,因此去做少府的人,往往心情不佳,这也是作者需要加以安慰的重要原因。第一句倒装,即"三秦辅城阙",项羽破秦后,把长安附近的关中地区划分为雍、塞、翟三国,故有"三秦"之称。"城阙"指的是长安城,这句是说,三秦之地拱卫着长安高大的城楼。五津,指岷江从灌县到犍为一段上的五个渡口白华津、万里津、江首津、涉头津、江南津,此处泛指四川一带,这句是说,在长安的郊外向南极目,透过雾气升腾的山川峡谷,向蜀地遥遥一望,因为这是这位姓杜的朋友此次远行的目的地。我跟你离别的意绪啊一言难尽,但是你的心情我极为明白,因为我们都是在仕宦途中不断漂泊的人。这一句将心比心,感同身受的,虽不多言,但却最容易使对方接受自己的劝慰。古代传说,中国疆土四面环海,故以"海内"指称天下。知己,是最亲密的朋友。天涯,是边缘,言极远也,语出《古诗十九首·行行重行行》:"相去万余里,各在天一涯。"比邻,《周礼·地官·遂人》云:"五家为邻,五邻为里,四里为酂,五酂为鄙,五鄙为县,五县为遂。"郑玄注:"邻、里、酂、鄙、县、遂,犹郊内比、闾、族、党、州、乡也。"据此,"比、闾、族、党、州、乡"为郊内单位,"邻、里、酂、鄙、县、遂"为郊外单位,郊内五家为"比",郊外五家为"邻"。郊,《说文》曰:"距国百里为郊。"即距离国都百里以内的地方,称为"郊"。因此"比"和"邻"其实是一个意思,就是五家人家聚合的一个居住单位,当然,可以引申为近邻、邻居。此句意谓:四海之内只要有心心相印的朋友在,即便是远在天边海角,也好似相邻而居。只要心内相契,再远的距离也无法阻隔朋友之间的情谊,这是全诗中最为动人的警句,传唱千古。无为,表祈使,不要之意。歧路,是道路的分叉之处,意为离别之地。古人送别,常至大路分岔处分手,所以有"临歧"的说法。儿女,比喻之辞,像儿女(小孩子)那样。沾巾,言泪水打湿佩巾,佩巾又名拭布,类似后来的手巾。此句谓在行将离别之际,无需像小孩子分开时那样流泪哭泣，以致沾湿了随身携带的手巾。这是最后的劝慰，心胸开朗，意绪平和，于淡然中见豪壮洒脱的风度，最能带来悲悲戚戚的离人所需要的振奋。全诗语句凝练，对仗工整，蕴涵真挚豪爽的深情，所以在送别之作中独具一格，被后人广为推崇，也就并不奇怪了。

　　王勃的父亲王福畤是王通的第三个儿子，福畤亦有才名，且重视对子弟的教育，用力颇深，王勃曾称自己"养于慈父之手"（《〈黄帝八十一难经〉序》）。在比较宽松而充满关爱的环境中成长，王勃和长兄王勔、次兄王勮，以及三个弟弟王助、王劼、王劝，均有文名，其中王勮和王助先后中了进士。王勃年幼时就显示出惊人的天赋，他"六岁解属文，构思无滞，词情英迈。"（《旧唐书》本传）"九岁读颜氏《汉书》（按即颜师古注的《汉书》），撰《指瑕》十卷。十岁包综六经，成乎期月，悬然天得，自符音训。时师百年之学，旬日兼之；昔人千载之机，立谈可见。"（杨炯《〈王勃集〉序》）王勃少年时还曾从名医曹元（真道）学《周易》《素问》及《难经》，于是"乃知三才六甲之事，明堂玉匮之数"（王勃《〈黄帝八十一难经〉序》），所以他的知识结构源深庞杂。15岁时，王勃上书右丞相刘祥道，并很快得到刘的垂青，被誉为"神童"，表荐于朝。王勃17岁得授朝散郎之职，后为沛王李贤征为侍读兼修撰。当时诸王中流行斗鸡，总章二年（669），沛王与英王李显（即后来的唐中宗）斗鸡，还不到20岁的王勃写了一篇骈文《檄英王鸡》，这是一篇游戏之作，代沛王征讨英王之鸡，也有些卖弄文采的意思。高宗李治后来看到了这篇文章，大为震怒，认为作为沛王侍读的王勃不仅不对这种玩物丧志的行为加以劝谏，还写这样的"战斗文章"加以鼓动和挑拨，有离间皇族兄弟之情的嫌疑，于是下令革职斥逐。

　　失去工作的王勃南下入川，在壮美秀丽的巴蜀风物中得到慰藉和寄托。咸亨二年（671），王勃自蜀中返回长安，参加科选，听说虢州（今河南灵宝）多产草药，很有兴趣，便在好友虢州司法凌季友的帮助下，谋得虢州参军一职。但在虢州任职期间，他又犯下一桩案子，导致其政治生涯的过早终结。当时有一个官奴叫曹达，因罪逃亡，王勃将他藏匿起来，后来又怕事情败露，遂杀之，事发，勃罪当诛，会遇天下大赦得免，仅得除名。他的父亲王福畤当时担任雍州司功参军，也遭到连坐，被贬为交趾（位于今越南北部河内一带）令。这件事情的具体过程史籍中并未详载，但《新唐书》说王勃在虢州期间"倚才陵藉，为僚吏共嫉"，恐怕也是其中的一个深层原因。

　　王勃对父亲的感情很深,对于父亲因自己的罪责被贬南荒感到无限的愧悔,其在《上百里昌言疏》中痛断肝肠地对父亲说:"勃闻古人有言:'明君不能畜无用之臣,慈父不能爱无用之子。'何则?以其无益于国而累于家也。呜呼!如勃尚何言哉?辱亲可谓深矣!诚宜灰身粉骨,以谢君父,复何面目以谈天下之事哉?……今大人上延国谴,远宰边邑。出三江而浮五湖,越东瓯而度南海。嗟乎!此皆勃之罪也。无所逃于天地之间矣。"尽管如此,他仍可称得上是有胸怀大志的青年,向父亲呈上旨在论析县令为政之道的《百里昌言》十八篇。上元二年(675)秋,王勃举债筹措了足够的川资,前往交趾探望父亲,途经南昌,正赶上洪州都督阎伯屿重修滕王阁成,大宴宾客,乃于席上写下千古名篇《滕王阁序》,时年26岁。次年他在渡南海时失足落水,惊悸而亡,结束了其短暂的一生。

　　即便是按照中国传统的算法,王勃也只活了27岁(650—676),但他的才华和学识,以及创作的成就已经足够令人惊叹。段成式《酉阳杂俎》中说:"王勃每为碑颂,先墨磨数升,引被覆面而卧。忽起,一笔书之,初不窜点,时人谓之'腹稿'。"《新唐书本传》也说他"属文初不精思,先磨墨数升,则酣饮,引被覆面卧,及寤,援笔成篇,不易一字,时人谓勃为'腹稿'。"又据《酉阳杂俎》所记,学识渊博的宰相张说居然读不懂王勃的《夫子学堂碑颂》里有关天文的内容,要跑去求教颇精此道的僧一行,而后者的解答也不十分了然。可见,王勃不仅有才,更有丰厚的学养作为依托,加以对著述的热衷和勤奋,其在初唐独一无二的地位,即由此得以奠定,故《新唐书·骆宾王传》载:"崔融与张说评勃等曰:'勃文章宏放,非常人所及。'"

　　王勃死后,他的父亲被召回内地,先后任六合县令、齐州长史、泽州长史等职,得了善终,这对英年早逝的王勃来说,总算是一种安慰。但万岁通天二年(697),时任弘文馆学士兼知天官侍郎的王勃次兄王勔卷入了刘思礼与綦连耀谋反事件,长兄泾州刺史王勔及四弟监察御史王助也遭牵连,共同被杀。王勔文采卓然,且有政治才干,但《旧唐书》也提到他"颇任权势,交结非类",正如王勃的些微轻狂和放浪那样,都是不太成熟的表现。但是王勃死的时候毕竟很年轻,我们不必对他的个性过于苛责。王勃的形象也因早亡而永远青春,被后人看作风流才子而加以崇拜。明代吴中才子唐寅就在他那幅著名的《落霞孤鹜图》上题了这样一首诗:"画栋珠帘烟水中,落霞孤鹜渺无踪。千年想见王南海,曾借龙王一阵风。"而这幅画本身,就是根据《滕王阁序》的文意而创作的,千古之下,才子对才子的惺惺相惜,溢于言表。我们在翻阅初唐人的文学作品之时不难发现,王勃的作品是最耳熟能详、最能激昂人心的,在"四杰"之中,最年轻的王勃能排到第一的位置,也就绝非虚誉了。

(2017.9.21)

# 九日齐山登高

唐·杜牧

江涵秋影雁初飞,与客携壶上翠微。
尘世难逢开口笑,菊花须插满头归。
但将酩酊酬佳节,不用登临恨落晖。
古往今来只如此,牛山何必独沾衣?

张祜是一个布衣终身的诗人,他字承吉,郡望清河(今邢台市清河县),南阳(今河南南阳)人。因为他没有做官的经历,所以史书对他的生平也较少记载,他的家世曾经十分显赫,世人也因此称他为"张公子",但他在后代的才名,却是靠自己的成就赢得的。张祜早年寓居姑苏,并常往来于江淮、两浙之间,他起先并不是一意隐居的人,也曾经努力求官,并屡次向当时当要路者投送诗文祈求引荐,但都没有成功。长庆年间,白居易为杭州刺史,张祜和徐凝同应贡举来到钱塘。正逢开元寺僧人惠澄从北方移栽了一些牡丹花,建德人徐凝看到这些北地的鲜花,就题诗一首,中有"唯有数苞红幌在,舍芳只待舍人来"句,白居易寻到开元寺看花,对徐凝的溜须之作很是赏识,与他相谈甚欢、同醉而归。正好张祜也来了,他是个实在人,不太会来事儿,所以被目为疏诞。张祜和徐凝都是才子,白居易对于谁当首荐感到十分为难,最后让二人加试一场,命题是《长剑倚天外赋》和《馀霞散成绮诗》。考试结束,张祜屈居于徐凝之后,一气之下,乃"行歌而返"。而徐凝到底也是个明白人,他羞处祜先,"亦鼓枻而归",二人后来都终身不用,成为布衣诗人,这件事记载于晚唐人范摅的《云溪友议》中。徐凝后来也不得志,但他没有忘记白居易对自己的知遇之恩,在送给韩愈的一首牢骚之作里写道:"一生所遇唯元白,天下无人重布衣。欲别朱门泪先尽,白头游子白身归。"(《将归江外辞韩侍郎》)其实人都是复杂的存在,我们真的很难根据一两件事情来进行道德判断。

元和年间,在赢得一定的诗名后,张祜又得到了令狐楚的表荐,但由于朝廷中的谗言而没有得到官职,据说这件事,与同是诗人的元稹有不小的干系。失魂落魄的张祜遂落拓江湖,求官的念头也从此灰飞烟灭。曾有诗云:"贺知章口徒劳说,孟浩然身更不疑。"(《寓怀寄苏州刘郎中》)意谓贺知章晚年多病,乃上书请度为道士,舍本乡宅为观,诏许之,并赐鉴湖一曲,张某今生行道无望,必然要像孟浩然一样布衣终身,到时候也不必像贺知章那样上书求退了。晚年寓居淮南,因爱丹阳(今江苏丹阳市)曲阿地而终于此。张祜性情狷介,不肯趋炎附势,因此一生道路曲折,很不得意,但多难的人生却并没有磨灭他的善良,恰恰相反,波折的经历使他对世间的弱小者更多一种怜悯与同情。我们看他的名作《宫词》,抒发了对被拘束院圃的女性的同情,而《赠内人》中的两句:"斜拔玉钗灯影畔,剔开红焰救飞蛾"则由己及物,寄寓其恻隐之心。《再吟鹦鹉》中"雕笼终不恋,会向故山归",其实也表达了类似的情感。

虽然与当时极负盛名的大诗人韩愈、李绅、白居易等人都有交集,但跟张祜最要好的却是杜牧。杜牧对张祜的评价很高,在寄给他的诗中这样说:"谁人得似张公子,千首诗轻万户侯。"(《登池州九峰楼寄张祜》)其实张祜并不是"轻万户侯",而是他的性格和人生态度都使他与时势格格不入,难以得偿所愿,杜牧当然知道这一点,他这么写,暗含对好友不平遭遇的不满之意,并表达自己的安慰之情。大概在这首诗寄出前后,张祜来到了池州拜访在这里做刺史的杜牧,那是在唐武宗会昌五年(845)的秋天。

这一天正是九九重阳,古人对这个节日情有独钟,非常重视,我们所熟知的王维诗句"每逢佳节倍思亲"(《九月九日忆山东兄弟》),这个"佳节"就是指重阳节。王维写这首诗的时候年方十七,因为那个时候重阳节是全体中国人都要过的重大节日,不像现在似乎已经专属于老年人了。重阳正逢深秋,盖源于庆祝丰收的仪式。《西京杂记》载:"九月九日,佩茱萸,食蓬饵,饮菊花酒,云令人长寿。"这大概是后世这个节日成为老人节的由来。南朝梁吴均的《续齐谐记》中说,桓景随方士费长房游学数年,有一天长房告诉他:"九月九日,汝家中当有灾。宜急去,令家人各作绛囊,盛茱萸,以系臂,登高饮菊花酒,此祸可除。"桓景如言而行,齐家登山。傍晚回到家中,见鸡犬牛羊全数暴毙。后来费长房告诉他,那些动物是替代全家人而死的。后世在重阳节的一些习俗,有可能就是源于这个传说。臂上绑带插茱萸和头上簪菊花的民俗在唐代已经十分普遍,此二者俱有驱虫去湿、逐风邪的作用。

和张祜一样,杜牧也出身于名门,他为人风流倜傥,不拘小节,在官场也难称得意。会昌四年(844)九月,42岁的杜牧从黄州刺史迁池州刺史,治所在秋浦县(今安徽贵池)。次年秋,张祜来访,重九这一天,二人一起登上当地的齐山,赏秋色,饮菊酒,簪黄花,嗣后杜牧写下了这首著名的七律。先写时序和景物,长江里映照着两岸五彩斑斓的秋色,大雁刚刚开始成群结队地向南飞去,在高翔的雁队之下,主客二人带着酒壶登上齐山来庆祝重九。次联为诗眼,极为惊警:在这凡俗的世间会心一笑是多么难得啊,所以今天一定要玩个痛快,在头上插满黄艳艳的菊花!此二句用《庄子·盗跖》典故:"人上寿百岁,中寿八十,下寿六十,除病瘦死丧忧患,其中开口而笑者,一月之中不过四五日而已矣。"池州虽然地处江南,却不如杜牧曾经任职并十分喜欢的扬州那样繁华据要,因此杜牧此时的心境是落寞的,一事无成的张祜更是一个失意之人,因此杜牧会有这样看似放诞实则无奈的慨叹。尽管正是佳节之时,但无心赏景,只在清冷的山间求得慰藉,在痛饮狂歌中逃避现实。"但将酩酊酬佳节,不用登临恨落晖"正是这种心境的直白表达,意谓人生不必多发慨叹,尽管山中的斜阳总是使人沮丧含怨,时光荏苒,佳时难再,就让我们喝个一醉方休才好!尾联抒发思古之情,用齐景公登牛山典故,《晏子春秋》载:"景公游于牛山,北临其国城而流涕曰:'若何滂滂去此而死乎!'艾孔、梁丘据皆从而泣。"齐景公登山游历,忽然感到人生的美好和死亡的可惧,于是为之泣涕。这里杜牧一反其意,直说人生无常的悲哀古来都有,何必像齐景公那样感伤落泪呢?

古人在重阳节要登高,要臂插茱萸,要饮菊花酒,要头簪菊花,要吃重阳糕,如今还在流行的大概就只有登高了。每到重阳,我都会想起这首诗,想起这首诗,就要去爬山登高。现在头上插满菊花实在显得怪诞,但就不要忘了那句话"尘世难逢开口笑",所以,须要珍惜当下,珍惜每一天宝贵的时光,多做些有益的事情,不负此生。

张祜卒于宣宗大中六年(852),葬于丹阳。同年冬天,杜牧病逝于樊川(在今陕西西安城南)。只有贵池的齐山仍在,北宋魏泰《临汉隐居诗话》中还记录道："池州齐山有刺史杜牧、处士张祜题名。"这题名今天估计已经见不到了。但这座高不及百米的小山，也因着这首诗而不朽了。但愿登此山时大家都记得，尘世难逢开口笑，得逍遥时且逍遥……

（2017.10.28 农历九月初九日）

# 兴国浴室院独坐时儿子湛就试未出

北宋·秦观

满城车马没深泥，院里安闲总不知。

儿辈未来钩箔坐，长春花上雨如丝。

我曾在无锡工作过，当时我所在的学校，就在著名的惠山脚下。那时候我经常去爬惠山，先坐公交车到石门下，登上三茅峰后，沿着山脊一直走到头茅峰，再下山就是锡惠公园了。最令我迷醉的是在山顶上看到的太湖，恍如仙境一般的景致。词人秦观的墓，也在惠山二茅峰南坡面朝太湖的方向。

秦观本是高邮人，南宋绍兴年间，他的儿子秦湛任常州通判时，将父亲的棺椁自高邮迁葬于此（当时无锡县属常州管辖），秦氏自此世居常州。元丰三年（1079），秦观与苏轼曾同游惠山，从留下的诗作来看，他对惠山十分喜爱，表达了"讵得踵三隐，山阿相与邻"（《同子瞻赋游惠山三首》其二）的意愿，这也许就是日后秦湛迁坟的重要契机。

南宋末年，秦湛十世孙秦惟祯从常州武进县入赘于无锡富安乡胡埭王野舟家，是为锡山秦氏始迁之祖。秦惟祯之孙秦彦和在元末自胡埭迁居无锡城中六箭河北岸玄文里，秦惟祯七世孙秦金在明成化年间迁居县城西水关。锡山秦氏人才辈出，并给无锡这座城市留下了家族的痕迹，明代的秦耀修建了无锡第一名园寄畅园，秦耀的两个儿子秦太清和秦太宁捐资建造了古运河上著名的"清宁桥"（后改名"清明桥"）。明代成化年间秦旭创建"碧山吟社"，沈周曾为作《碧山吟社图》，文徵明为诗社题额，其旧址至今仍存于惠山北麓。

黄庭坚曾经写诗送给秦观的弟弟秦觌（字少章），在诗里对其兄大加赞扬道："东南淮海惟扬州，国士无双秦少游。欲攀天关守九虎，但有笔力回万牛。"（《送少章从翰林苏公余杭》）"国士无双"这个词本为萧何评价韩信用语，故此并非平常人能担得起，黄庭坚能用"国士无双"来评价秦观，除了韩、秦二人都是淮海（今江淮地区）人士以外，一定有其道理。

普通人所熟知的秦观，是一位北宋词人，在文学史上地位崇高，但词多写男女之情，如那首脍炙人口的《鹊桥仙》便是。翻《宋史》本传，有这样几段话，大致可以为"国士无双"的评价加上几个注解："少豪隽，慷慨溢于文词，举进士不中。强志盛气，好大而见奇，读兵家书与己意合。见苏轼于徐，为赋《黄楼》，轼以为有屈、宋才。又介其诗于王安石，安石亦谓清新似鲍、谢。……绍圣初，坐党籍，出通判杭州。以御史刘拯论其增损实录，贬监处州酒税。使者承风望指，候伺过失，既而无所得，则以谒告写佛书为罪，削秩徙郴州，继编管横州，又徙雷州。徽宗立，复宣德郎，放还。至藤州，出游华光亭，为客道梦中长短句，索水欲饮，水至，笑视之而卒。先自作挽词，其语哀甚，读者悲伤之。……观长于议论，文丽而思深。及死，轼闻之叹曰：'少游不幸死道路，哀哉！世岂复有斯人乎！'"在文学史上，秦观虽被看作婉约词的代表人物，但其性格也有张扬豪放的一面，可惜不得其时，仕途坎坷。

这首七绝《兴国浴室院独坐时儿子湛就试未出》作于元祐五年（1090），秦观42岁时。他的独生子秦湛正在参加解试（秋试）。兴国浴室院是东京汴梁的佛寺，当时兼作应试者的馆舍。秦观坐等儿子考完试归来，写下此诗。秋雨绵绵，道路泥泞，车马迟滞，更添内心的不安，但作者却说"院里安闲总不知"，这更像是一种自我宽慰。当然，儿子在试场上奋战，自己相对而言确实比较悠闲，但对于科场经历并不顺遂的秦观而言，心里实际上还是轻松不起来。箔，用苇子或秫秸编成的帘子。卷起门帘用钩子钩上，呆呆地看着秋雨如丝，绵绵地落在长春花上。这看似淡定实则忐忑的形象，仍然是今天每年高考考场外苦苦守候的众多考生父母的真实写照，可怜天下父母心，自古皆然，这首语句平淡的诗作，传递的是千万年不变的亘古情思。

当然，那一年的秦湛科考还是失败了。后来秦湛一直跟在父亲身边随波逐流。秦观被一贬再贬，在处州酒税任上，又被弹劾削官，送郴州编管，赴郴州时，秦观身边亲人只留下秦湛。此后又移送横州（今广西横州市）编管，寻被"除名，用不收叙，移送雷州编管"，宋元符三年（1100）元月,哲宗崩,徽宗即位,四月,诏秦观移衡州,六月,与苏轼会于雷州。七月,自雷州启行,至广西藤州,卒于道上,从《宋史》本传的记述来看,可能是高温下体力不支,诱发疾病而死。秦湛方从湖南奔丧至藤州,扶榇北还,因时局不稳,停殡于潭州(今湖南长沙市)并守制。直到崇宁四年(1105),秦湛奉父榇离潭州抵高邮,葬于扬州西山蜀冈祖茔。

　　当年考场失利的孩子,历尽千辛万苦,一路把父亲的灵柩从遥远的广西护送回原籍,又从祖茔迁葬到无锡的惠山。这座祖坟成为迁徙常州的秦氏家族的精神旗帜,秦氏之所以能在无锡开启崭新的篇章,这位"国士无双"的祖先的精神推动力一定也起了很大的作用。

（2018.8.4）

无锡惠山的秦观墓

# 寄扬州韩绰判官

唐·杜牧

青山隐隐水迢迢,秋尽江南草未凋。

二十四桥明月夜,玉人何处教吹箫?

　　杜牧出身于名门,他的曾祖父杜希望是当时的名将,长期与吐蕃征战,屡立功勋,曾任陇右节度使;祖父杜佑曾任户部侍郎,后拜相,封岐国公。杜希望和杜佑虽长期忙于政务,但皆爱好文史,杜希望任代州都督时,诗人崔颢曾在其门下供职;杜佑则耗时三十余年,编成《通典》二百卷,流布后世,也因此被视作史学大家。杜牧的父亲杜从郁以门荫入仕,初任秘书丞,可惜体弱多病,卒于兵部驾部司员外郎任上,家道遂中落。父亲的早亡使杜牧的童年和少年时光变得艰难,他也无法像父亲那样依靠门荫出人头地,但这一切并不阻碍他成长为一个聪慧博学的翩翩才子,他在23岁时写下名篇《阿房宫赋》,而早在26岁进士及第之前,他就已经很有文名了。

　　但杜牧终究是作为一个诗人存在于历史之上的,而他之所以成为唐代第一流的诗人,与其在名城扬州的经历密不可分。大和七年(833)四月,杜牧被淮南节度使牛僧孺授予推官一职,后转为掌书记,负责节度使府的公文往来,一代权相牛僧孺之所以看重杜牧,就是因为对他的文笔和才华欣赏有加。唐代的扬州,因位于大运河和长江两条黄金水路的交汇之处而显得得天独厚,商贾云集,人文荟萃,繁盛极于一时,成为天下诗人向往的地方,李白那句"烟花三月下扬州"(《黄鹤楼送孟浩然之广陵》)之中,蕴涵了多少艳羡之意,也可见当时扬州独特魅力。与杜牧同时代的诗人,也把扬州写得让人魂牵梦萦。杜牧的好友张祜说:"十里长街市井连,月明桥上看神仙。人生只合扬州死,禅智山光好墓田。"(《纵游淮南》)徐凝说:"萧娘脸薄难胜泪,桃叶眉尖易觉愁。天下三分明月夜,二分无赖是扬州。"(《忆扬州》)扬州自是当时士女流连之地,而杜牧初来扬州时年方三十,正值盛年,他仪容俊美,爱好文艺,性格自然是很不羁的,他所从事的工作又很低微,在三十出头的时候看不到自己的出路和前程,作为名门之后的杜牧,不免有些落寞,这也许可以解释他在扬州期间的放浪行止。辛文房的《唐才子传》中记载:"牧美容姿,好歌舞,风情颇张,不能自遏。时淮南称繁盛,不减京华,且多名妓绝色,牧恣心赏。"牛僧孺对这位青年才俊的行为曾表达过忧虑,并派便衣暗中跟踪,一则为了保护他的人身安全,二则也是对他的言行加以观察。牛僧孺虽然很看重杜牧的才华,但后来执掌朝纲后,并未对加以重用。

　　大和九年(835)初,杜牧被任命为真监察御史,奔赴国都,也是他的故乡长安,他在扬州的这段自在疏放的生活,只延续了不到两年时间,但这两年的经历，此后将一直充盈在他的心头，成为一生中最美好的追忆。扬州这座城市，和临近的南京一样，在历史上几经兴衰，却始终保持着对历代文人的诱惑力，兴时享乐，衰时怀古，产生了很多脍炙人口的佳作，其中杜牧的作品显得特别突出。杜牧对于扬州的记忆和书写，往往与女子有关，这与他在扬州的浪漫生活息息相关，他无疑是一个非常风流的人，对于女色有着异乎寻常的追求，这是后世读者需要注意鉴别的，但是我们无法否认他的这些作品，倾注了他的真情实感，艺术水准很高。离别扬州之际，他写下了《赠别二首》，两首作品都很成功："娉娉袅袅十三余，豆蔻梢头二月初。春风十里扬州路，卷上珠帘总不如。""多情却似总无情，唯觉樽前笑不成。蜡烛有心还惜别，替人垂泪到天明。"作为一名进士出身的官员，杜牧留下来的赠别诗中，最著名的倒是这两首送给歌妓的作品，这说明杜牧不仅风流，还很放得开，写诗的时候津津乐道于此，这跟同时期的李商隐那种朦胧与隐晦正好形成强烈的反差，当然，此点仅涉及两人性格的迥异，并不见高下之分。会昌二年（842）四月，杜牧出任黄州刺史，在此地他写下一首很有名的《遣怀》诗："落魄江湖载酒行，楚腰纤细掌中轻。十年一觉扬州梦，赢得青楼薄幸名。"离开扬州十年后，他还对那段流连酒色的时光念念不忘，大概离开扬州以后杜牧的生活就一直不那么潇洒，不那么如意，所以他极为怀念扬州，对自己在扬州的浪漫生活颇为自矜。

在杜牧众多以扬州为题的作品中，对扬州影响最大的当属这首《寄扬州韩绰判官》。韩绰的生平事迹，今天已不得而知，我们只能根据诗题得知他曾当过淮南节度使判官，是杜牧在扬州时的同僚，两人关系应该很好，韩绰去世后，杜牧还写了一首诗悼念他。《寄扬州韩绰判官》是杜牧怀念扬州的佳作，应写于大和九年（835）或开成元年（836）秋，他在长安、洛阳为官之时。诗的一开头写景极佳，青山隐隐，绿水迢迢，既是扬州城外所见，又蕴涵着因路途遥远不得轻易来往的怅然之感，从中我们可以想见杜牧对扬州的一往情深。时值深秋，杜牧所在的北方已经一片萧瑟，可扬州的草木依旧没有凋落（虽然位于长江以北，但历代文人都把扬州看作是江南的一部分，至少在文化层面上，扬州不仅从属于江南，甚至还是江南都会的代表），这真是身处北地的杜牧歆羡和向往不已的景致啊。

接着诗笔一转，从风景写到人事，"二十四桥明月夜，玉人何处教吹箫？"在扬州做同事的时候，韩绰一定是杜牧夜生活的重要伙伴，否则怎么会写到这么隐秘而潇洒的场景呢？关于"二十四桥"，南宋的祝穆在《方舆胜览》中说："扬州府二十四桥，隋置，并以城门坊市为名，后韩令坤省筑州城，分布阡陌，别立桥梁，所谓二十四桥，或在或废，不可得而考。"北宋沈括《梦溪笔谈·补笔谈》中云："扬州在唐时最为富盛，旧城南北十五里一百一十步，东西七里三十步，可纪者有二十四桥。"根据这两条记载，"二十四桥"应是扬州城内多座桥梁的总称。清代的李斗在其名著《扬州画舫录》中曾对这个问题进行过专门的论述："廿四桥即吴家砖桥，一名红药桥，在熙春台后。'平泉涌瀑'之水，即金匮山水，由廿四桥而来者也。桥跨西门街东西两岸，砖墙庋版，圖以红栏，直西通新教场，北折入金匮山。桥西吴家瓦屋圩墙上石刻'烟花夜月'。"《扬州鼓吹词序》云：是桥因古之二十四美人吹箫于此，故名。或曰即古之二十四桥。二说皆非。按二十四桥见之沈存中《补笔谈》，记扬州二十四桥之名，曰浊河桥、茶园桥、大明桥、九曲桥、下马桥、作坊桥、洗马桥、南桥、阿师桥、周家桥、小市桥、广济桥、新桥、开明桥、顾家桥、通泗桥、太平桥、利国桥、万岁桥、青园桥、驿桥、参佐桥、山光桥、下马桥，实有二十四名。美人之说，盖附会言之矣。程午桥《扬州名园记》谓后人因姜白石《扬州慢》词"念桥边红药"句，遂以红药名是桥，这里已经说得很清楚，即清代的"廿四桥"并不是隋唐乃至宋代的"二十四桥"，而是后来新建的"吴家砖桥"，又因姜夔词中的"念桥边红药，年年知为谁生"一句，命名为"红药桥"。从桥边墙上"烟花夜月"的石刻来看，此桥之所以又有"廿四桥"之名，显系好事者因杜牧的这首诗附会而来。如果我们玩味杜牧的诗意，也可以轻易地发现诗中所说"二十四桥"一定不是指一座桥，否则，何来"玉人何处教吹箫"的发问呢？

"玉人"喻指美貌之人，多用于女性，也适用于男子。元稹《莺莺传》里崔莺莺曾用"玉人"指代情人张生："待月西厢下，迎风户半开。拂墙花影动，疑是玉人来。"看来韩绰一定是个风度翩翩的美男子，且深谙音律。"教吹箫"的"教"可以有两种解释，一曰"使，让"，一曰"教习"。然而我更倾向于解释为后者。读者可以试着想象出两幅画面，一是韩绰坐在歌舞场中欣赏乐伎吹奏，这就略显沉闷呆板，一是韩绰举箫示范，指导女孩儿们演奏，那才能显示韩绰先生非同寻常的潇洒风度啊！

这首诗，截取了杜牧和友人们在扬州潇洒度日时的一个片段，却成就了这座城市最有代表性的一处景观。今天的瘦西湖景区里，又有了一座"二十四桥"，其建于 1987 年，单孔石拱，配以汉白玉栏杆，桥长 24m，宽 2.4m，栏柱 24 根，台级 24 层，处处都与二十四对应，虽有些牵强，但也有一定的意义。游人来此，都争相与此桥合影，毕竟唐诗中幻影般的场景，似乎也有必要将他坐实，后人才有一个凭吊的对象。如此说来，瘦西湖断不可缺了二十四桥。杜牧笔下信手拈来的这"二十四桥"几个字，一千多年来，一直是人们心头扬州最值得还原的风景。

　　杜牧离开扬州北上的那一年六月，他那已经考中进士的弟弟杜顗因体弱多病，放弃了做官的机会，移居扬州龙兴寺，但此时他的哥哥已经先行一步去了长安。两年后，杜顗眼疾加重，已经丧失了视力，经济上大概也很困窘，只能在寺庙里寄居，且居无定所，当时已经搬到了禅智寺。正在洛阳的杜牧闻讯，从同州（今陕西大荔县）找了一个有名的眼科大夫，请了一百天的长假（唐制，官员请假不能超过百日，否则视作自动请辞），一起前往扬州诊视。不料杜顗的病很严重，一百天假期已到，还是没有治好，此时的杜牧，毅然放弃了官职，留在扬州继续陪伴弟弟。著名的《题扬州禅智寺》就写于此时："雨过一蝉噪，飘萧松桂秋。青苔满阶砌，白鸟故迟留。暮霭生深树，斜阳下小楼。谁知竹西路，歌吹是扬州。"离开扬州只有两年时间，杜牧的诗歌里已经多了几分沧桑与冷寂，迥异于"赢得青楼薄幸名"的时候，他也再难以发出"玉人何处教吹箫"这样调笑般的问候。是年秋，杜牧应宣歙观察使崔郸之邀，前往宣州赴任团练判官、殿中侍御史内供奉，仍然带着除了他已经无依无靠的弟弟，开始了他在南方各地漫长的浪迹生涯，却再也未能回过他最爱的扬州。

（2019.4.11）

雨中的二十四桥

瘦西湖白塔和五亭桥

# 独坐敬亭山

唐·李白
众鸟高飞尽，孤云独去闲。
相看两不厌，只有敬亭山。

去年9月，我同父亲从临安出发，先去绩溪，游览了绩溪胡氏家族的两大聚居地龙川村和上庄镇，然后坐绿皮火车前往宣城，打算从这里转车回杭州。到了宣城才发现，由于父亲提前买好了次日杭州到海宁的纸质火车票，无法在网上改签，于是只好在第二天一早送父亲坐火车先回杭州，我则独自前往向往已久的敬亭山。

敬亭山位于城北，出了党校的大门就能看到，所以用手机扫码租了一辆共享单车，骑到山下。先看了建于北宋的广教寺双塔，外形细瘦，虽然破败，但极有韵味。又前行入山，两旁是大片的茶园，遍植板栗树，路边陆陆续续有一些卖板栗的农民，剥下来的栗球堆成一座座翠绿的小山。九月初的天气还有些闷热，我细细游历了山下的两座显然是新建的寺庙弘愿寺和广教寺，两寺之间有一碧波潭，映照着绵长的山体，和中间的一座电视发射塔。敬亭山并不高，它之所以有名，是因为李白的一首《独坐敬亭山》。李白对宣城似乎情有独钟，数度来此，留下不少伟大的诗篇，而他之所以如此关注这个地方，与其偶像谢朓不无关系。

谢朓在南朝齐建武二年（495）出为宣城太守，在任两年后返京。谢朓在宣城期间，在郡治之北的陵阳峰上自建一室，取名高斋，作为理事起居之所。唐初高斋改建为楼，取名"北楼"，又称"谢公楼"，这就是李白笔下的谢朓楼。李白写谢朓楼的诗有两首最为著名，其一为《秋登宣城谢朓北楼》："江城如画里，山晚望晴空。两水夹明镜，双桥落彩虹。人烟寒橘柚，秋色老梧桐。谁念北楼上，临风怀谢公？"另一首就是《宣州谢朓楼饯别校书叔云》，大概是在天宝十二载（753）秋天，李白在宣州遇到了时任秘书省校书郎的族叔李云（别本"校书叔云"作"侍御叔华"，李华当时任监察御史，以文章名，李白去世后，李华为撰墓志铭），后者即将北归，李白在谢朓楼设酒饯别，因有此作。刚刚从长安被赐金放还不久的李白，满腹愤懑之情，借这首送行之作倾泻而出，使之成为千古传诵的伟大作品："弃我去者，昨日之日不可留。乱我心者，今日之日多烦忧。长风万里送秋雁，对此可以酣高楼。蓬莱文章建安骨，中间小谢又清发。俱怀逸兴壮思飞，欲上青天览明月。抽刀断水水更流，举杯消愁愁更愁。人生在世不称意，明朝散发弄扁舟！"

李白一生负有狂名，对谢朓却十分服膺，所以清代诗人王士祯在《戏仿元遗山论诗绝句》三十二首之三中说他："青莲才笔九州横，六代淫哇总废声。白纻青山魂魄在，一生低首谢宣城。"谢朓壮志未酬冤死狱中的人生经历和疏淡清旷的文学风格，使有过长安三年待诏经历的李白产生了强烈的同情和共鸣。《酬殷明佐见赠五云裘歌》中说："我吟谢朓诗上语，朔风飒飒吹飞雨。"对于谢朓的某些名句，比如《晚登三山还望京邑》中的"余霞散成绮，澄江静如练"，李白也一直念兹在兹，不停地加以模仿："汉水旧如练，霜江夜清澄。"（《秋夜板桥浦泛月独酌怀谢朓》）"万里绮霞合，一条江练横。"（《雨后望月》）在《金陵城西楼月下吟》中他又说："解道澄江净如练，令人长忆谢玄晖。"我们很少看到李白如此推崇某个人，而且一直念念不忘："谁念北楼上，临风怀谢公。"（《秋登宣城谢朓北楼》）"玄晖难再得，洒酒气填膺。"（《秋夜板桥浦泛月独酌怀谢朓》）"明发新林浦，空吟谢朓诗。"（李白《新林浦阻风寄友人》）

李白在晚年之所以一再来到宣州,逡巡于谢朓楼和敬亭山等谢公遗迹,显然跟对谢朓的无限景仰有着直接的关系。

我和父亲在来到宣城的那天晚上,在市中心一家餐馆吃完晚饭,就步行到了府山广场,寻到了这座名楼。可惜天光已暗,广场舞的音乐又很嘈杂,只能看到此楼的一个轮廓,拾级而上,可达楼下,俯视万家灯火,此刻的谢朓楼,确实离李白的那个时代已经很遥远了,其建筑也屡兴屡废,现存的谢朓楼还只是20世纪90年代的产物。

我站在敬亭山下伫立良久,看着碧绿的湖水,听着空中的鸟鸣,体味着李白的诗意:"众鸟高飞尽,孤云独去闲。相看两不厌,只有敬亭山。""兹山亘百里,合沓与云齐。"(谢朓《游敬亭山》)一如谢朓诗中所言,敬亭山是长长的横亘于宣城城北的一条山脉,外观普普通通,但从山下的牌坊,经过李白的雕像,穿过茶园,看过古塔,访过寺庙,来到敬亭山下,你会发现这真正是一个幽静的去处,天高云淡,众鸟翔翔,皆得自在。我就站在山下的湖前,看着这平缓绵延的山体,陷入某种悠长的遐想之中:父亲此时大概已经在宣城到杭州的火车上了,正慢腾腾地向着家乡前行,其实他完全可以去车站把车票退掉,只是麻烦一些。父亲似乎是一个不太容易放达的人,往往不舍得物质上的损失,幸而,身体还硬朗……至于登不登山,此刻对我而言已经并不重要,更何况,门票要五十元,我就与这敬亭山,进行着"相看两不厌"式的交流,已经十分满足。

就这样立了半个小时,跟着李白的诗意神游了一番之后,启程离开,走到山脚下的牌坊处,看到几个妇女,正在湖边洗衣服,不停地大力用棒槌击打衣物,发出"啪啪啪啪"的声音。我又想起了李白《子夜吴歌》中的诗句:"长安一片月,万户捣衣声。秋风吹不尽,总是玉关情……"妙啊,这就是古意,在宣城,能不时感受到这种古意,给了生活于现代的我以极大的慰藉。坐公交车到市区,再游了谢朓楼,观景德寺白塔,又到鳌峰公园、梅溪公园访了龙首塔、九同碑和北宋大诗人梅尧臣的墓,这才心满意足地坐上了绿皮火车,摇摇晃晃三个钟头,回到了杭州城站。

(2020.4.4)

敬亭山

谢朓楼

# 登鹳雀楼

唐·王之涣

白日依山尽，黄河入海流。

欲穷千里目，更上一层楼。

去年 8 月，我的第一次山西之旅。8 日，从介休坐火车抵达运城，住在市委党校旁的一家酒店，晚饭吃了一碗鸡蛋炸酱面，便骑着公共自行车瞎溜达，沿着河东东街往东不过一公里，就看到了沃尔玛和肯德基的标志，对于连日身处平遥、汾阳和介休等县城里的我而言，仿佛又回到了都市文明的怀抱。在沃尔玛买了一些替换的内衣、瓶装水和太谷饼等物，还忍不住去肯德基吃了一个甜筒。

第二天在运城火车站坐上一辆绿皮通勤列车前往黄河边的风陵渡镇，不到 100 公里的距离，开了两个多小时，还晚点一小时。天一直在下雨，经过解州，列车员大声喊着"hai 州"到了，我心想不是"xie 州"吗？车窗外正好立着一块水泥站牌，老式的那种，白底黑字，印着"解县"，汉字下方的拼音是"HAIXIAN"，我想原来我之前也一直读错。抵达风陵渡站时，已经是 12 点 30 分左右，由于返程的列车只有 1 点 30 分的 8166 次这一趟，所以我赶紧买好了返程票，急急忙忙往黄河边赶。走了没几步，一辆红色的三轮摩托车从后面跟了过来，车老板大声问我去哪，我说去渡口，他说十块钱可以拉我去。之前匆匆看了一眼手机导航，感觉火车站离风陵渡口不会太远，便摇头拒绝了。事实证明这一着着实有些失策，走了一里地不到，镇店的风景便消失无踪，穿过一个写着"赵村"的牌坊，便有些慌张，再次拿出手机导航，发现方向是没错，但离渡口还有三里地左右，看看时间已经是 12 点 50 分左右，被迫加快了脚步，路两边都是玉米地，除了远处的犬吠之外杳无人迹，只有前面不远处还行走着一个背包的年轻人，我就赶上去问他是不是去风陵渡，他说是，我们就结伴而行。攀谈中得知，他是太原人，在兰州大学学化学，暑假出来旅游的，他说他预订了风陵渡附近的一家民宿，今晚是不回去的，我看了看周边的形势,感觉荒凉得很,不知道他说的民宿在什么地方。两个人攀谈着走路就比较轻快,看到黄河了,我们便分头看风景,再一回头,其人已不知所踪。已经过了1点,我心里着急,看到河边停着一辆卡车,就走过去问驾驶员,能不能送我去火车站,我可以付钱。驾驶室里坐着两个小伙子,他们说可以,我问多少钱,他们说不用,我说那我再转一转看看黄河,等会过来,他们点头。

我就在黄河边站了一会,眼前的黄河是从右往左流淌,我知道我是面朝南方,水是从西边北边过来,渭水在那边注入黄河,风陵渡所在的地方,正好是黄河拐了一个大弯,从北来,往东去,水还挺急,这么宽的河,能听到哗哗的流淌声。河对面就是陕西,能清楚地看到潼关的城楼,在没有黄河大桥的时代,风陵渡是出入秦晋的要津,风陵渡镇也因此十分繁荣,这一点,从街市上那些装潢陈旧但十分考究的旅店饭馆的门面上就能看得出来。黄帝的辅臣风后的陵墓据说就在附近,这也是"风陵渡"这个听起来不同凡响的名字的来源。河边有一个穿着蓝色雨衣的中年男子,手握搭着铁笆篱的长竹竿,大概是在清理靠近河岸的漂浮物,累了就坐下休息一会儿,面朝着河水发呆。我就这么简单地看了看,就去搭刚才那辆卡车,驾驶员小伙子很好说话,马上就开动了,到了火车站前的一个拐弯处把我放下,我拿出十块钱塞给他们,他们说什么都没要。

回去的火车倒没晚点,因为这里是同蒲铁路的起点(当然也是终点)。我是唯一一个在蒲州站上下车的旅客,管理员特意为我打开大门,放我出去。出去之前我看了一眼蒲州站外观,是一个黄色的小洋楼,以前应该是很漂亮的建筑。在火车站对面坐上公交车,终点站是当地人所说的"西厢",即普救寺——《莺莺传》(包括后来的《西厢记》)故事发生的地方。我没有进寺,只是走近看了看那座明代重建的密檐砖塔,也就是俗称的"莺莺塔",就雇了一辆三轮摩托,向黄河边的鹳雀楼驶去。

经过了几处残败的城垣,大概是故蒲州城的遗址,三轮摩托司机推荐我去看看黄河里挖出来的唐代铁牛,我看了看时间,又考虑到高昂的门票价格(60元),还是决定放弃了。开了十几分钟,到达鹳雀楼,楼体庞大,下有楼基,巍峨耸立于黄河东岸。据《蒲州府志》,始建于北周的鹳雀楼,原来位于蒲州城西的黄河"洲渚之上",历经隋、唐、五代、宋、金700余年后,到金末时,彻底毁于兵火。后因黄河水泛滥,河道摆动频繁,其故址的位置都难以寻觅,明清的骚人墨客们,只得以蒲州西城楼权当

"鹳雀楼",继续吟诗作赋,以寄托怀古之思。1997年底,鹳雀楼开始复建,2002年9月,正式对外开放。鹳雀楼因楼上栖息鹳雀而得名,但真正使它千古不朽的,是王之涣的千古绝唱《登鹳雀楼》。

王之涣字季凌,出身晋阳(今山西太原)王氏,后落籍绛州(今山西新绛县),祖上皆官宦,然位不显,以门荫调补冀州衡水主簿,后因性格孤直去官还乡,平居凡十五年,天宝元年(742)复补文安(今属河北)县尉,同年遭疾,终于官舍,年五十五岁。作为盛唐诗人,王之涣并没有做出一番伟大的业绩,作品也不多,《全唐诗》仅存其六首绝句,但都是精品,以《登鹳雀楼》和《凉州词》最为著名,均收入《唐诗三百首》。王之涣的诗,"或歌从军,吟出塞,皦兮极关山明月之思,萧兮得易水寒风之声。传乎乐章,布在人口。"但因为官声不显,性格孤耿,"代未知焉"(靳能《唐故文安郡文安县尉太原王府君墓志铭并序》)。

《登鹳雀楼》应作于王之涣辞官家居期间,他的居住地绛州,离此楼所在的永济县很近,根据沈括的《梦溪笔谈》所记,原先的鹳雀楼只有三层,在唐代这大概已经算是高层建筑了。复建以后的鹳雀楼外观三檐四层,内分六层,连基座高达73米多,比当时的楼一定壮观得多了。登顶楼四望,黄河一带,在阳光的映照下闪闪发光,自北而来,贯过眼前。巍峨的中条山横亘于东南,黄河的西岸是辽阔的平原地带,只在视野的尽头隐约看到一些山色。我一边眺望,一边总觉得黄河西岸没有明显的山峦,何以能看到"白日依山尽"的图景?百思不得其解。转念一想,只要诗的文字好,境界佳,似乎也不必深文周纳。王之涣生长在黄河边,对黄河似乎情有独钟,他的另一首名作《凉州词》里不也写到"黄河远上白云间,一片孤城万仞山"吗?无论是凉州(甘肃武威)还是玉门关(在甘肃敦煌),都离黄河很远,所以刘永济的《唐人绝句精华》中就说:"此诗各本皆作'黄河远上',惟计有功《唐诗纪事》作'黄沙直上'。按玉门关在敦煌,离黄河流域甚远,作'河'非也。且首句写关外之景,但见无际黄沙直与白云相连,已令人生荒远之感。"当然,这话也有一定的道理,但若论诗境,当然是"黄河远上白云间"更为辽阔疏远,不是看起来更"切合实际"的"黄沙直上"所能比的。

《登鹳雀楼》这首诗,本身确实胜在意境,其中流溢出的赫赫扬扬的大唐气象,令人慷慨振奋。前两句图画眼前景色,后两句超拔人生哲理,千百年来,激励了无数中华儿女在学业和事业上奋发图强,不断攀登。尽管王之涣在写这首诗的时候,对于当时的社会现实和官场氛围已经有了比较深入的体悟，但作为一个盛唐时代的中国人，他绝没有悲观失落，而是依旧对未来充满了信心和期许，他看到夕阳，没有像李商隐那样想到黄昏——无论是时代的黄昏还是人生的黄昏，而是进行了壮阔的想象，说"黄河入海流"，同样是失意之人，盛唐和晚唐人的心境，毕竟迥然不同，这是作为一个伟大时代的盛唐的最伟大之处，读盛唐的诗时，常会有这样的感悟。

　　原本想着在楼上等到黄昏，看看黄河上的落日，但看着天光大亮，又值夏日，落日不知要等到何时，于是开开心心地坐上三轮摩托车，回到了"西厢"，再跳上一辆过路的公交车，来到了永济县城。吃了一碗刀削面，一个肉夹馍，太阳还没有下山的意思，四处走走。县城在雄伟的中条山下，在城里到处能看到巍峨的山峦，像极了在泰安城里看泰山的感觉。

（2020.4.6）

山西省永济县境内的风陵渡，可以看到黄河对岸的潼关城楼

雄伟的鹳雀楼

# 陇西行四首其二

唐·陈陶

誓扫匈奴不顾身，五千貂锦丧胡尘。

可怜无定河边骨，犹是春闺梦里人。

今年 2 月，我去了一趟榆林，从关中的蒲城火车站出发，行车六个半小时，抵达榆林时已近黄昏。一路上都是丘壑纵横的黄土高原，大概到了绥德一带，铁道边就不停出现一条大河，多数时候都是被冰封着，河边的田地里，经常会出现大队的羊群和零散的黄牛。看了几个小时窗外干枯的黄土地，我顿时就被这条河流所展现出来的生机吸引住了，我想知道她叫什么，从她的规模看，在北方，那一定是一条有名的河流。打开地图定位，标志着本人位置的蓝色小圆点随着列车的运行不断移动，我试着放大地图，终于看到了"无定河"三个字。无定河，这个名字让人浮想联翩,但很快映入脑海的是那两句:"可怜无定河边骨,犹是春闺梦里人。"我明白,自己已经身处古代汉胡征战的核心地区。

这首诗是晚唐陈陶的《陇西行》组诗中的第二首,也是四首中最著名的一首,被明代大文人王世贞誉为"绝唱"(《全唐诗说》)。诗中所说的场景,似乎发生在汉朝,因为匈奴在唐时已经不是中国的祸患,"誓扫匈奴不顾身,五千貂锦丧胡尘"的主角,应是西汉名将李陵,天汉二年(公元前99年),李陵随贰师将军李广利出征匈奴,率五千步兵与八万匈奴兵战于浚稽山,终因寡不敌众,又无外援,归降匈奴,所部几乎全军覆没。本诗的作者陈陶,大约生活在晚唐武宗(840—846在位)、宣宗(846—859在位)时期,我们须知道,"以汉喻唐"是唐代诗歌创作的一种常见模式,在某些带有批评意味的作品中尤是如此,比如白居易的《长恨歌》:"汉皇重色思倾国,御宇多年求不得。"作者以汉将李陵北征匈奴失败、五千将士血染沙场的史实,暗寓唐军在边塞战事中付出的巨大代价。

貂锦,指貂裘锦缎战袍,是汉代羽林军的装备服饰,此处借指精锐部队。刘禹锡也有"十万天兵貂锦衣"(《和白侍郎送令狐相公镇太原》)的诗句。诗题中的"陇西",是今甘肃陇山以西地区,为汉唐以来的兵家必争之地。众所周知,晚唐国势衰微,宦官专权、藩镇割据、朋党之争让统治者疲于应付,内忧外患引发的连年征战,致使民不聊生、怨声载道。晚唐时,在对外征战方面常常调度失当、指挥不力,因此损兵折将的情况时有发生,国内厌战、反战的声音此起彼伏。如果把盛唐与晚唐的边塞诗作一个比较可以发现,"但使龙城飞将在,不教胡马度阴山"(王昌龄《出塞》)的豪迈激情,已经蜕变为"凭君莫话封侯事,一将功成万骨枯"(曹松《己亥岁二首》其一)的哀苦悲鸣。目睹了众多民不聊生图景的诗人,对待战争的态度,已经发生了质的改变,随着国势的日渐衰微,盛唐诗人激昂向上的满腔热情,已经被江河日下的不祥预感所代替。

这首诗最动人的地方是后两句,诗人呈现了看似天渊有别实则息息相关的图景:无定河边骨、春闺梦里人。开赴前线的丈夫早已战死疆场,且无人收埋,化为无定河边的累累白骨,他的妻子却连做梦都还在盼着良人早归、夫妻团聚,这两个图景间的巨大反差,映照出战争给人民生活带来的深重灾难。苏联电影导演谢尔盖·爱森斯坦曾经有一句名言:"两个蒙太奇镜头的对列不是二数之和,而更像两数之积。"用在这里,也无比贴切,这两个静默无言的场景展示,简直比任何激烈的抱怨和控诉都来得更有力量,甚至像一把利刃直刺人心——毕竟无言的痛楚往往是最真实的痛楚。

古代的交通和信息传递不便,导致"别后不知君远近"(欧阳修《玉楼春》),当然也同样"别后不知君死生"。对于那些出征打仗的战士和他们的家庭而言,更是如此,盛唐时期李华的《吊古战场文》就描写过类似的情形:"其存其没,家莫闻知。人或有言,将信将疑。悁悁心目,寤寐见之。布奠倾觞,哭望天涯。天地为愁,草木凄悲。吊祭不至,精魂无依。"晚唐沈彬的"白骨已枯沙上草,家人犹自寄征衣"(《吊边人》),表达的也是与《陇西行》后两句相近的意蕴,应该说,这样的悲剧,在战争频仍的古代,绝非个例,故此,《陇西行》这首诗也就具有了普遍的意义和价值,而为后人所推重。

无定河,古称生水、朔水、奢延水。唐五代以来,因流域内植被破坏严重,流量不定,深浅不定,清浊无常,故有无定河之名。无定河处于北方农牧交错带。在数千年的历史岁月中,当大气候向寒冷变化,游牧民族的生存条件恶化,为获得更多的生存空间,就会大举南下,农牧交错带跟着南移。反之,当气候向着变暖趋势演进时,以农耕为基础的汉族政权便逐渐强势,并以屯田等形式向北方挺进,使得农牧交错带北移。这条穿梭于农牧交错带的河流,目睹了一次次旷日持久、惊天动地的征战与动荡。从秦、汉到宋、明,这里一直是中原汉族与北方游牧民族反复争夺的区域。匈奴、鲜卑、羌族、氐族等曾在这里策马扬鞭,而秦始皇统一六国不久,大将蒙恬即率30万大军北逐游牧民族,"胡人不敢南下而牧马"(贾谊《过秦论》)。汉武帝时期,大将卫青、霍去病更曾逐匈奴于数千里之外。无定河边发生的诸多战争中,最惨烈的战事莫过于北宋时期的永乐之战,当时,无定河流域为宋夏两国之间的边界。为防西夏南侵,宋神宗时在此筑永乐城(今陕西米脂西北马湖峪)。西夏集结30万人马抢渡无定河,将没有水源的永乐城团团围困,同时派兵袭扰米脂城,使当时驻守米脂的沈括无法前往救援。永乐城被困十余日,最终沦陷,折官两百三十人,损兵一万两千有余,沈括也因此被贬为筠州团练副使,随州安置。

2月底,我离开榆林回南方,火车再度经过无定河,天气已经比来时暖和许多,冰河解冻,在夕阳的照耀下汩汩而行。这条陕北最大的河流,终将汇入黄河,东进入海,无论是毛乌素沙地还是鄂尔多斯草原,都早已不再是刀光剑影的战场,无定河边的白骨化为泥土,养育着周边的草木,春荣冬枯,年复一年。生生不息的人类,何以不会忘记这里曾经发生的悲伤故事？只因我们还有历史的记述和文学的吟唱可供缅怀。

（2020.4.7）

无定河上的余晖

# 望　岳

唐·杜甫

岱宗夫如何？齐鲁青未了。

造化钟神秀,阴阳割昏晓。

荡胸生曾云,决眦入归鸟。

会当凌绝顶,一览众山小。

杜甫留下了三首《望岳》,分别是早年望东岳泰山、中年望西岳华山、晚年望南岳衡山之作,其中最为脍炙人口的是这首写于山东的五言古诗。杜甫于开元二十三年（735）在洛阳应进士不第,第二年他开始壮游齐赵，这首《望岳》约写于此时，杜甫年方二十五六岁。他在《壮游》中提到那段岁月："放荡齐赵间，裘马颇清狂。春歌丛台上，冬猎青丘旁。"又在《赠李白》中用了非同凡响的笔调写道："痛饮狂歌空度日，飞扬跋扈为谁雄！"这大概跟今天的大众心目中的杜甫形象迥然有异吧！但谁又不曾年轻快意过？谁又不曾拥有过无忧无虑气宇轩昂的青春时代呢！若不是国势的变故，杜甫也许也会走上高适、岑参那样的人生道路呢。

很多中国人很小的时候就背诵这首唐诗，我就是其中之一，可我直到 2004 年夏天才第一次看到泰山。那一年我刚刚保送上了本校的硕士研究生，于是趁着暑假朝觐了泰山和曲阜"三孔"。那次我从红门入山，经过十八盘，到达南天门，总共花费了四五个小时，途中还被一只山蜂咬了左脚踝一口，又疼又肿，登上山顶时已是狼狈不堪，住在泰山气象站下面一个小招待所里，第二天凌晨租了个军大衣和一大群人一起在日观峰看日出，甚至于有没有看到日出都已经不记得了，只对那刺骨的冷记忆犹新。

去年 6 月 23 日陪着父亲从海宁火车站乘坐夜行列车出发，次日九时许抵达泰山火车站，天气晴热，万里无云，一出站就看到了东岳的雄姿，父亲感到亲切不已，他说多少次经过泰安，从来没有好好看一眼泰山。我们住在泰山下面的某宾馆，这里离红门和天外村索道站都不远，交通便利，更重要的是，躺在床上还能看到泰山的一角。中午去市区吃饭，在一家小饭馆点了一份饺子，一碗玉米甜汤，两个人居然吃撑了，父亲夸赞说，山东人的饭量果然大，价格也实惠。下午去岱庙，坐在铜亭里休息，看看远处的泰山，我拿出一张五元人民币，与实景对比了一下钞票背面的图案。在看碑刻的时候，父亲大概觉得很疲劳，就在一张石头长凳上躺下，用腰包枕着头休息，我自己在李斯泰山碑等处兜了一圈，返回时发现父亲还没有醒来……游罢，去山东农业大学食堂吃了简单的晚饭，便回宾馆休息。

次日坐公交到天外村，得知中天门到南天门的索道正在检修，要想避开十八盘的艰险，须转车去后山桃花峪索道方能直上岱顶，所以辗转从桃花峪上山时，已近中午，但天色极佳，蔚蓝如洗，父亲很高兴。走到南天门往下一看，十八盘极为陡峭，似乎是他这个年龄难以攀登的阶梯了。然而八十高龄，拄着拐杖，从碧霞祠直上玉皇顶，在"五岳独尊"和"古登封台"两块石碑前留下亲切合影，也是很值得满意的成就了。

在去瞻鲁台的路上，有一块摩崖刻石，是李一氓手书的杜甫《望岳》诗，父亲对这首诗似乎还不太熟悉，我就念给他听，连带解释，讲到"荡胸生曾云"，就指给他眼前条状的浮云，后来大概他又感到疲累，就坐在一块大石头上，看这"曾云"，我自己去瞻鲁台，回来时，他还保持着那个姿势，拄着拐杖坐在那里看"曾云"。所以我现在一闭眼就能想起那个"曾云"的形状来，仿佛就在眼前似的。

下山的时候路过玉皇顶下方的天文观测台，就在丈人峰旁边，不知什么原因，观测塔内外聚集了无数的飞鸟进进出出，鸣声不断，蔚为壮观。看了半晌，就回到桃花峪索道站，下山。仍然找到昨天那家饭馆，仍然吃饺子，只不过把玉米甜汤换成了芝麻甜汤，仍然吃得极饱。吃完后仍旧到岱庙，坐在铜亭里休息了半天。父亲流露出想去红门孔子登临处看看的愿望，我说干脆明天坐索道上中天门，然后步行下山到红门。

于是第二天从天外村坐索道上中天门，走了将近四个小时，下到红门。中间还游览了经石峪等处，途中正逢工人凿石铺路，父亲还捡了一块被打碎的泰山石作纪念。步行回宾馆，吃了一顿较为丰盛的午餐。两天两上泰山，还俯瞰了十八盘，大致满足了父亲对泰山的所有幻想。第二天，我们就去曲阜看三孔。

父亲钟情于泰山的伟大，其实他在四川工作生活了十几年，那里的山比泰山显然更高大，他说他见过云端里偶尔浮现、闪耀着银光的贡嘎山，海拔七千五百多米，那可真是神山。在蜀道难难于上青天的四川，随便拈出一座山来，也许都可以跟泰山一较高低。但是泰山胜在人文荟萃，相传黄帝曾登过泰山，舜帝曾巡狩泰山。商王相土，在泰山脚下建东都，周天子以泰山为界分别齐鲁。此后秦皇汉武、隋、唐、宋、清诸帝都曾亲临泰山封禅致祭，刻石纪功，"五岳独尊"的地位得以牢固确立。从孔子到李杜，文人墨客也纷至沓来，留下无数诗文歌颂泰山，这些作品或摩崖或刻碑，流传千古，与自然山川紧密结合，成为泰山文化的重要依托。从中华文化的角度而言，没有一座山比泰山更能代表中国和中国精神，就像传遍全国的泰山石敢当信仰和深入人心的与泰山有关的成语一样，泰山和黄河、长江、长城等景观一起，成为中国文化的象征和标志，其地位不仅独尊于五岳，也是其他山岳所无法比拟的。

　　杜甫在诗中对泰山的广博和高峻进行了极为夸张的描写,事实上,泰山的广博和高峻,并不只停留在物理层面,山川的伟大,固然需要一定的体量,但体量不决定一切,文化的积淀才是根本。孟子说:"孔子登东山而小鲁,登泰山而小天下。"杜甫说:"会当凌绝顶,一览众山小。"泰山独拔超然的气势与傲视群山的雄心,都是对人类不断探索、勇于攀登精神的巨大激励,这就是当我们在十八盘上伛偻着腰步履维艰地向上,甚至几乎要匍匐在台阶上手脚并用地寸寸上挪的时候,尚不愿意就此放弃的原因所在。

（2020.4.8）

岱顶李一氓书《望岳》诗摩崖石刻

荡胸生层云

# 自京赴奉先县咏怀五百字

唐·杜甫

杜陵有布衣,老大意转拙。

许身一何愚,窃比稷与契。

居然成濩落,白首甘契阔。

盖棺事则已,此志常觊豁。

穷年忧黎元,叹息肠内热。

取笑同学翁,浩歌弥激烈。

非无江海志,潇洒送日月。

生逢尧舜君,不忍便永诀。

当今廊庙具,构厦岂云缺。
葵藿倾太阳,物性固莫夺。
顾惟蝼蚁辈,但自求其穴。
胡为慕大鲸,辄拟偃溟渤。
以兹悟生理,独耻事干谒。
兀兀遂至今,忍为尘埃没。
终愧巢与由,未能易其节。
沉饮聊自遣,放歌破愁绝。

岁暮百草零,疾风高冈裂。
天衢阴峥嵘,客子中夜发。
霜严衣带断,指直不得结。
凌晨过骊山,御榻在嵽嵲。
蚩尤塞寒空,蹴蹋崖谷滑。
瑶池气郁律,羽林相摩戛。
君臣留欢娱,乐动殷樛嶱。
赐浴皆长缨,与宴非短褐。
彤庭所分帛,本自寒女出。
鞭挞其夫家,聚敛贡城阙。
圣人筐篚恩,实欲邦国活。
臣如忽至理,君岂弃此物。
多士盈朝廷,仁者宜战栗。
况闻内金盘,尽在卫霍室。
中堂舞神仙,烟雾散玉质。
暖客貂鼠裘,悲管逐清瑟。
劝客驼蹄羹,霜橙压香橘。
朱门酒肉臭,路有冻死骨。
荣枯咫尺异,惆怅难再述。

北辕就泾渭,官渡又改辙。
群冰从西下,极目高崒兀。
疑是崆峒来,恐触天柱折。
河梁幸未坼,枝撑声窸窣。

> 行旅相攀援，川广不可越。
>
> 老妻寄异县，十口隔风雪。
>
> 谁能久不顾，庶往共饥渴。
>
> 入门闻号咷，幼子饥已卒。
>
> 吾宁舍一哀，里巷亦呜咽。
>
> 所愧为人父，无食致夭折。
>
> 岂知秋禾登，贫窭有仓卒。
>
> 生常免租税，名不隶征伐。
>
> 抚迹犹酸辛，平人固骚屑。
>
> 默思失业徒，因念远戍卒。
>
> 忧端齐终南，澒洞不可掇。

　　这首五言古诗可以说是杜甫最为著名的诗作之一，诗题下原注："天宝十四载十月初作。"诗共一百句，计 500 字。开元四年（716）冬十月，唐玄宗葬父亲睿宗于县城西北丰山（原名桥山），是为桥陵，并改蒲城县为奉先县，意为奉祀先皇之地。杜甫在长安长期待业，家中人口又多，负担很重，于是先期把妻儿寄养在奉先，因为当时的奉先县尉杨衍是杜妻杨氏的堂兄，指望对方可以提供一些帮助。

　　杜甫在长安求官十年后，始被授太子右卫率府兵曹参军，"掌判勾，若大朝会及皇太子备礼出入，则从卤簿之法而监其羽仪"。（《旧唐书》卷 44 "职官三"）这是个闲差，平时也没什么事做，所以杜甫曾在一首诗中说自己："老夫怕趋走，率府且逍遥。耽酒须微禄，狂歌托圣朝。"天宝十四载（755）冬天，他由长安往奉先探望妻儿，写下了这首诗。这一年十月，唐玄宗携杨贵妃往骊山华清宫避寒，十一月，安禄山即举兵造反。所以说，当 755 年某个严冬的凌晨，一个穿着破衣烂衫的帝国低级官员低头踽踽而行于骊山华清宫外墙之下时，他的诗笔所预警的，其实是一个时代的巨大变故。

　　这首诗可以分为三段。第一段是自述，首先表达的是对国家——君主——百姓的热爱和系怀。杜甫虽然出生在河南巩县，祖籍确是京兆杜陵，之所以说自己是布衣，是因为此时他的官职实在低微——从九品上。随着年龄的增长，他觉得自己越来越驽钝，其表现是仕途不顺，距离原先高远的自我期许也越来越遥远。但又不甘心就此罢休，在困顿之中依旧想着民众的疾苦，所以显得迂腐可笑，但面对同僚们的冷嘲热讽，他却从来没有灰心气馁，反而壮怀激烈，越挫越勇。然后，他又表达了对国家——君主的忠诚，杜甫出身仕宦，素以报效国家和君主为己任，让他像来自民间的李白那样一旦"人生在世不称意"，就毅然决然地"明朝散发弄扁舟"（《宣州谢朓楼饯别校书叔云》）几乎是不可能的。

第二段，记述了自己途中的所见所闻和所思所想。四十四岁的杜甫，顶着严寒风霜，在半夜启程了，长安到奉先，大约有两百多里的路程，他一无车马，二无舟船，全靠步行，半夜启程的目的，是为了能在次日深夜之前抵家。天寒地冻，长途步行，哪里有什么帝都官员的派头！因为天寒地冻，他不得不把衣带紧了又紧，好聚拢点热气不致快速散失，结果走在半道上衣带崩断，想要把它重新接上却困难重重，因为手指已被冻僵，根本不听自己的使唤。读到这里谁都要感叹，怎么一代伟大的诗人竟沦落到这般地步，这几句让人想起孟郊的《答友人赠炭》："青山白屋有仁人，赠炭价重双乌银。驱却坐上千重寒，烧出炉中一片春。吹霞弄日光不定，暖得曲身成直身。"真是同样的惨不忍睹。究其原因，大概可以套用一部民国电影《万家灯火》的对白："不是你的不对，也不是我的不对，是年头不对！"其实，自古以来，正直不阿的人沉沦下僚，本就是常态。这正映衬了此诗第一段所说的："顾惟蝼蚁辈，但自求其穴。胡为慕大鲸，辄拟偃溟渤。以兹误生理，独耻事干谒。兀兀遂至今，忍为尘埃没。终愧巢与由，未能易其节。"正直的人之所以正直，是因为他们实在是做不出那些蝇营狗苟之事，哪怕是为此"耽误"了前途，甚至造成生计上的困顿，都只能"沉饮聊自遣，放歌破愁绝"——自我排遣一番。

去奉先的路上要路过华清宫，正值凌晨，寒雾弥漫，山路湿滑，就在如此恶劣的条件下赶路的同时，他想到，皇帝、贵妃和一班弄臣们，正在身边的这座山间行宫里天天寻欢作乐，通宵达旦。皇帝恩赐大臣们的绫罗绸缎，本是寒门女子辛苦劳动和严衙酷吏盘剥压榨的结晶，而更多从民间搜罗来的宝物，则陈列在外戚们的厅堂之上，这些得到皇帝恩惠的人们，过着穷奢极欲的生活，却从不为国家大事和黎民百姓考虑，从而造成了触目惊心的恶果。年迈昏庸的唐玄宗大概没有想到，那一天当他枕着贵妃的玉臂沉沉大睡的时候，有一个他一生都不详其名姓的"忠臣"从他宏伟的宫殿旁落寞地经过，并用"朱门酒肉臭，路有冻死骨"这样悲恨万钧的诗句，为他一手创立的大唐盛世敲响了催命的丧钟。

第三段，写自己的归途实况。他一路向北，充满艰险地渡过渭河上架设的危桥，一直走到奉先城外自己临时的家中，刚进门就听到阵阵撕心裂肺的哭声,原来自己的小儿子已经活活饿死了。悲痛和自责之余,杜甫居然还想到,自己还是一个拥有某些特权的官员,尚且遇到这样的磨难,那些平民的日子,显然更是难以为继了,至于那些失去了土地的农民和远戍边疆的士兵,简直无法想象他们过的是什么样的生活,一念及此,便忧从中来,无法排遣。需要注意的是,杜甫这样想,并不是为了自我慰藉以达到心理的平衡,而是真心实意地为他人、为国家感到忧虑。杜甫之所以被后人称为"诗圣",其中有一个很重要的原因是他的自我牺牲精神,就是无论自己过得好不好,他都把对国家、君主、百姓的牵挂放在第一位,在他心目中,这三者是共为一体的。对国家的热爱、对君主的忠心、对百姓的体恤,始终是其思想和文学创作的核心内容,就这一点来说,唐朝的其他诗人,几乎没有能与他比肩的。

杜甫在奉先的旧居早已难觅其迹,今天蒲城县城西南有一杜家村,据说是当年杜甫寓居的地方,早年此处曾有一块"杜甫寓里"石碑,系清代道光年间名臣蒲城人王鼎所书,至今仍存于县博物馆。杜家村的十字路口,最近新建了一座石亭,名为"子美亭",旁边新立了一块花岗岩的"杜甫寓里"碑,旁边民居的墙上用毛笔抄着这一首《自京赴奉先县咏怀五百字》,去年8月和今年2月,我曾经两次去那里凭吊过,还在村委会大门口看到一座杜甫坐着写诗的塑像,书案边缘刻着"朱门酒肉臭,路有冻死骨"这句诗。蒲城县的火车站就在杜家村,一个只有五开间阔的候车厅,连售票处都设在站外,目前一天只有一班慢车经过。

唐玄宗大概真的是个孝子,不仅把埋葬父亲的地方改名为奉先,四十七年以后,他自己也葬到了父亲身旁,其泰陵距离桥陵仅十八公里,但丧逢乱世,比起父亲的陵寝来,无论是规模还是精细程度都大为逊色。仅就神道尽头朱雀门的狮子为例,桥陵石狮高达2.8米,泰陵石狮则只有1.5米左右,完全不像一个建立过丰功伟绩的一代英主的陵墓。这也是玄宗晚年昏庸误国,引发安史之乱后自食其果。今年1月15日,大雪未霁,我第二次谒泰陵,登陵山(金粟山),手机里循环播放着黄自先生谱曲、韦瀚章先生作词的清唱剧《长恨歌》中的《渔阳鼙鼓动地来》,脚步越来越接近金粟山正面的玄宫入口,突然苹果手机因为雪天低温自动关机了,无法重启,我暗想,大概是唐明皇老爷子有些不乐意了,于是不再(也没法)揭他疮疤,转身俯瞰了一下四周,启程返回,积雪路滑,我找了根树枝当拐棍,不知怎的,就想起了杜甫在华清宫外"蚩尤塞寒空，蹴蹋崖谷滑”的经历。伟大而忠诚的老杜啊！我不由得感叹一声。

（2020.4.9）

蒲城县杜家村“杜甫寓里”纪念碑

雪中的唐玄宗泰陵

# 赠卫八处士

唐·杜甫

人生不相见，动如参与商。

今夕复何夕，共此灯烛光。

少壮能几时，鬓发各已苍。

访旧半为鬼，惊呼热中肠。

焉知二十载，重上君子堂。

昔别君未婚，儿女忽成行。

怡然敬父执，问我来何方。

问答乃未已，驱儿罗酒浆。

夜雨剪春韭，新炊间黄粱。

主称会面难，一举累十觞。

十觞亦不醉，感子故意长。

明日隔山岳，世事两茫茫。

乾元元年（758）夏，杜甫因上疏救房琯，触怒了唐肃宗，被贬为华州（今陕西省渭南市华州区，原华县）司功参军，掌官员、考课、祭祀、礼乐、学校、选举、表疏、医筮、考课、丧葬等事。虽然品级跟他原来的官职（左拾遗）相比相差无多，但毕竟离开了政治的中枢，而且此次离开长安，也是杜甫与帝国都城的永诀，对于已经四十七岁的杜甫来说，他的政治生命似乎已经走到了尽头，早年"致君尧舜上，再使风俗淳"（《奉赠韦左丞丈二十二韵》）的梦想已经破灭，自己看来并不是当官的材料，他这样想着，离开京城时，心情格外落寞，我们可以从《至德二载甫自京金光门出间道归凤翔乾元初从左拾遗移华州掾与亲故别因出此门有悲往事》这首诗里体会到这样的情绪："此道昔归顺，西郊胡正繁。至今残破胆，应有未招魂。近侍归京邑，移官岂至尊。无才日衰老，驻马望千门。"到华州后，杜甫心情仍旧十分苦闷。在《独立》中他写道："空外一鸷鸟，河间双白鸥。飘飘搏击便，容易往来游。草露亦多湿，蛛丝仍未收。天机近人事，独立万端忧。"在华州的工作条件也极差，《早秋苦热堆案相仍》诗云："七月六日苦炎蒸，对食暂餐还不能。常愁夜来皆是蝎，况乃秋后转多蝇。束带发狂欲大叫，簿书何急来相仍。南望青松架短壑，安得赤脚踏层冰。"于是在这一年的冬天，杜甫就借故告假回了一趟河南老家。饱经兵火蹂躏的家乡景况也很不妙，从杜甫写给弟弟的诗中就可以看出一二："乱后谁归得，他乡胜故乡。直为心厄苦，久念与存亡。汝书犹在壁，汝妾已辞房。旧犬知愁恨，垂头傍我床。"（《得舍弟消息》）乾元二年（759）三月，唐军被安庆绪和史思明击败于邺城（今河北临漳、河南安阳），河南再度陷入骚乱之中，正值杜甫自洛阳经潼关回华州，途中他深刻体会到了这一变乱给人民生活带来的巨大影响，写下了著名的"三吏三别"。《赠卫八处士》抒发的，则是这场波折给自己的生活和心态带来的变化。

卫八，卫姓，行八，既是处士，自然人微位卑，其姓名和事迹均未见于史料记载，要知道，杜甫在当时也是一个不为人所重的低级官员。但他在759年的春天，在河南的某个地方接待了故友杜甫，并被一首浅白隽永的古诗记录了下来，从而也千古垂青了，这大概是当事双方谁都没有想到的。在那样一个兵荒马乱的时代，朋友之间互通信息非常困难，所以杜甫在诗歌的一开头就把零散的个人比作参星和商星——二十八宿中的商星在东参星在西，此出彼没，永不相遇，"商参"之比，在古人的诗文中并不罕见，如蔡文姬《胡笳十八拍》中说："母子分离兮意难任，同天隔越兮如商参。"曹植《种葛篇》云："昔为同池鱼，今为商与参。"在这样的乱世能与少年时的友人相见，那感觉，简直是《诗·唐风·绸缪》中说的："今夕何夕？见此良人！"以及杜甫自己的后来写的《羌村》中的意境："夜阑更秉烛，相对如梦寐。"48岁的杜甫，已经显得很衰老，在两年前写成的那首《春望》中，他就已经"白头搔更短，浑欲不胜簪"了。当然，他的老朋友卫八，也是差不多的情形。谈话间说起以前那些朋友，有一半都已经故去了，于是惊讶之余，慨叹人生的无常，以至于胸口发闷，眼含热泪。这样的话题太过沉重，于是就说到彼此离别后的景况，谈谈家庭和孩子，当年离别的时候还是尚未婚娶的青年，如今已经儿女满堂，这自然值得高兴。孩子们都很懂事，与这位父辈攀谈时，得体有礼，令人欣慰。老友相逢，当然要喝一杯，卫八让孩子们去张罗酒菜，这顿晚饭，朴素而难忘，冒着夜雨剪来的新韭菜，又煮了一锅香喷喷的二米饭(大米和小米混杂),卫八举起一杯浊酒,说相见不易,要好好喝一喝,这晚他们喝了不少,但都没有喝醉。因为明天杜甫就要启程西行,这一别又不知何日才能相会了,甚至是永诀,都有可能。

明代文学家钟惺在论及此诗时说:"只叙真境,如道家常,欲歌欲哭。"(《唐诗归》)这首诗用平常语,于混乱的时局中,营造出一种温馨柔和的氛围,仿佛迷雾包裹的城市里从一扇窗户中透出的橘色的灯光,给读者以巨大的慰藉。哪怕"明日隔山岳,世事两茫茫"这样的结尾是冰冷的、残酷的,但短暂的温暖,也足以给人的短暂的一生注入永恒的记忆。正如陀思妥耶夫斯基在《白夜》中所写的:"我的天哪! 整整一分钟的幸福,即便是对于一个人的整个一生来说,难道这还少吗?"

回到华州以后的杜甫,似乎依旧闷闷不乐。这一年的夏天,关中遭受了大旱,形势也很不好;铁蹄下的家乡的景况更是让他黯然神伤,在河北,史思明杀死安庆绪,自称大燕皇帝,继续作乱;杜甫对自己在政治上的所遭所遇也十分不平,从《夏日叹》这首诗来看,那颗曾经的豪迈之心,已然彻底冷透:"夏日出东北,陵天经中街。朱光彻厚地,郁蒸何由开? 上苍久无雷,无乃号令乖。雨降不濡物,良田起黄埃。飞鸟苦热死,池鱼涸其泥。万人尚流冗,举目唯蒿莱。至今大河北,化作虎与豺。浩荡想幽蓟,王师安在哉? 对食不能餐,我心殊未谐。眇然贞观初,难与数子偕。"立秋后,杜甫放弃了华州司功参军的职务,举家迁往秦州(今甘肃天水),因为在那里,他的从侄杜佐盖了几间草堂,衣食无着的杜甫打算去那里投奔,他从此开始了颠沛流离的亡命生涯。

去年8月20日,我离开陕西之前,专门坐公交车从渭南走访了华州,夏日的午后漫步于这个小县城的街头,我很感动,因为这里的一切勾起了我对家乡的回忆,这里很像我童年时的碄石。那些陈旧的门面,慵懒的面孔,缓慢的节奏,使我觉得亲切,我徜徉在华州街头,从南走到北,从西走到东,杜甫的遗迹自然是没有留下丝毫,但还有郑桓公墓、李元谅碑、郭汾阳祠的牌坊可以一看,当然还有不远处的少华山。杜甫在大热天来赴任,又在大热天离开,从这一点上来说,我跟他还是能找到共同点的,在五彩的郭汾阳祠堂牌坊下坐上回程的公交车,在空调吹出的凉风里做上一个短暂的梦,也足以让我感到慰藉,毕竟在今天,我的足迹跟诗圣的足迹重合在了一起。

(2020.4.12)

华州汾阳王祠牌坊

# 枫桥夜泊

唐·张继

月落乌啼霜满天，江枫渔火对愁眠。

姑苏城外寒山寺，夜半钟声到客船。

　　我在苏州读过三年书，对这座美丽古老而日新月异的城市充满了感情。那时候持苏州户口的居民可以办一张园林卡，每年交 120 元钱，可以在一年内游览苏州任意一座园林局管辖下的园林，次数限定是 100。在三年博士生涯中，几乎每年我都会用去七八十次，苏州市井有一句俗话叫做"吃足政策"，就是充分而彻底地利用某项政策获得实惠，在游园这方面我好像就践行得比较彻底。

　　那时候去得比较多的是网师园、沧浪亭和艺圃，从独墅湖校区出发，坐 146 路或 178 路到相门下，从苏大本部（现在叫天赐庄校区）北门进，当然,更多的是坐218路到桂花公园下,穿过相王路,从本部南门进入,因为218路的车费要便宜一块钱(当然车况也差,非常颠簸)。进了本部先吃饭,那时候独墅湖的两个食堂吃得厌烦,总觉得本部食堂的饭菜做得好些,如果"拨冗"走过东吴桥,还可以去东校区的食堂吃,那里开着一家陆长兴面馆,味道很好,价格还比外面的陆长兴便宜。网师园和沧浪亭离校本部近,吃完午饭就去那里走走,或者拿本书去月到风来亭或者沧浪亭去读,因为网师园离着苏州、南园、南林等高档涉外饭店比较近,经常有外国人光顾,捎带手还可以练练英语听力。有一回导游给老外介绍网师园里的花草,指着一丛金桂,愣是想不起来那个单词怎么说了,我在旁边替他补了一句:"Cassia!"那群老外都以赞许的目光看着我,也是十分有趣之事。

去艺圃是为了在延光阁喝茶,眼见着一杯绿茶的茶资从5元涨到8元、10元,现在是15元,却始终乐此不疲,有时父亲来看望我,我就和他一起去。现在去苏州,我一般情况下都还会去那里喝茶,一边从老式的木格推窗里欣赏外面条屏一般如画的风景。去了艺圃,还有时间的话,就走出阊门,去逛留园,或者一路走上七里,去游虎丘。总之,白相的地方很多,至于寒山寺和枫桥,则因为地处"偏远",就不太多去。只记得有一回去枫桥,看到人力三轮车拉来一群又一群穿着黑色学生服的日本年轻人,大概是在中国做修学旅行的,我在苏州的别处名胜都很少见到日本人,更不用说这么多的日本人,显然这里必然有吸引他们的地方,说到底,还是那首叫做《枫桥夜泊》的唐诗。

据说这首诗入选了日本的小学国文教科书,在日本是家喻户晓的汉诗之一,至于还有哪些汉诗在日本很有名,我曾在一次学术会议上请教过来自日本的学者,对方说是孟浩然的《春晓》。对于日本人对寒山寺的重视,我想起看到过的一张照片,是侵华日军华中方面军司令官松井石根与俞樾所书《枫桥夜泊》诗碑的合影,据说他还将这张照片寄给了昭和天皇裕仁和皇叔朝香宫鸠彦,因为两人均十分喜爱这首诗。关于这首诗在日本的流行程度,晚清俞樾在《新修寒山寺记》中写道:"寒山寺以懿孙一诗集名,独脍炙于中国,抑且传诵东瀛。余寓吴久,凡日本文墨之士,咸造庐来见,见则往往言及寒山寺,且言其国三尺之童,无不能诵是诗者。"1929年,日本人更是在东京都西北的青梅市御岳溪谷营建了一座寒山寺,该寺完全是仿照苏州寒山寺所建,而在附近的溪谷清流之上还架起了一座"枫桥"以应故事。

《枫桥夜泊》这首诗在日本的受到推崇,除了寒山文化中心性无碍、自在直率的元素在日本的广为传播与被接受之外,更多的还是日本汉诗的传统使然。张继字懿孙,是盛唐末期诗人,襄州(今湖北襄樊)人,天宝十二载(753)进士,性孤耿喜静,方中进士,安史乱起,遂避地江南,《枫桥夜泊》即写于此时。国家大乱,民生凋敝,张继流寓期间的生活和心态可想而知,因此他这一时期的作品,多充满对国家的忧虑和旅途的愁闷,除了《枫桥夜泊》之外,还有如《晚次淮阳》《登丹阳楼》《阊门即事》《春夜皇甫冉宅欢宴》等诗可以参看,后者云:"流落时相见,悲欢共此情。兴因尊酒洽,愁为故人轻。暗滴花茎露,斜晖月过城。那知横吹笛,江外作边声。"

旅愁是《枫桥夜泊》的主旋律,月落乌啼霜满天,塑造了凄冷的客居之境,江枫渔火,虽带暖色,却在夜色中无法鲜亮起来,消弭国难和客居中的忧愁。空中传来的寒山寺的钟声,不仅没有缓解如此孤苦凄清的外部环境和心理状态,甚至还加深了辗转难眠的客子的愁绪。这首诗明白如话,声情并茂,自古就得到推崇,清人张南邨评此诗"苍凉欲绝"(《唐风怀》),可谓十分到位。日本汉诗的特点:浅白、深情、忧伤、富于禅意,在这首诗中有着鲜明的体现。这首诗以简单的名词作为主干:"月""乌""霜""天""江""枫""渔火""愁眠""姑苏城""寒山寺""夜半""钟声""客船",辅以非常明了的几个动词:"落""啼""满""对""到",起修饰作用的词只有一个"外",对于汉学水平有限、掌握汉字不多的日本平民来说,这首诗的难度正适合他们很好地把握。我学日语的时候,也有这样的体会,名词和动词,多是汉字,或是片假名拼写的外来语,较易掌握,最难记的是用平假名拼写的修饰词和表意的固定短语,如果一首诗是以名词和动词作为主干的话,它的意思便会非常明了好懂了。所以俞樾之孙俞陛云在《诗境浅说续编》里所云:"作者不过夜行记事之诗,随手写来,得自然趣味。诗非不佳,然唐人七绝佳作如林,独此诗流传日本,几妇稚皆习诵之。诗之传与不传,亦有幸有不幸耶!"虽有一定道理,但将此诗在东瀛的广泛流传归因于偶然,似也不够客观全面。

这首不朽的唐诗让枫桥和寒山寺都随之不朽,两者皆屡废屡建,历久弥新,今天的枫桥边还塑有一个张继隐几而坐双目微闭似梦非梦的铜像。而寒山寺里的《枫桥夜泊》诗碑,也因为被这首诗的爱好者们反复拓印,而屡坏屡立,至今已经有了宋代王珪(已佚)、明代文徵明(存残碑)和清代俞樾三个版本。文学艺术作品的感人力量可见于此。我已多年未去过寒山寺,不知寺外的小街上,是否还在售卖各种规格的俞樾书碑拓片,我当年买过一张裱好的立轴,收银 25 元( 2010 年左右)。俞樾的原碑是早已经保护起来不让拓了,那么这些如泉水般汩汩涌出的拓片,又是从哪里来的呢? 我还是要说,文学艺术作品的力量之大,真是感人。

（2020.4.12）

苏州之夜

枫桥

枫桥边的张继铜像

# 过始皇墓

唐·王维

古墓成苍岭，幽宫象紫台。

星辰七曜隔，河汉九泉开。

有海人宁渡，无春雁不回。

更闻松韵切，疑是大夫哀。

2012年9月，我去西安开会，会议结束后，又在西安逗留了三天，游览了当地重要的名胜古迹：大雁塔、碑林、历史博物馆、兵马俑、华清池等。到了西安不去兵马俑好像是一种遗憾，于是大清早就到火车站前面去坐旅游巴士，先到华清宫参观了一番，印象比较深的是门口李隆基坐着拍打羯鼓、杨玉环翩翩起舞的铜雕，以及五间厅墙上在西安事变时留下的几个弹孔。再出门继续坐车，来到兵马俑，秦始皇的地下军团，气势宏大，入口处还放置了两个兵马俑的卡通人物像，非常可爱。当然，从精致的角度来评判,出土于秦始皇陵西侧的铜车马更令人印象深刻。看了一圈,就转出来,向西进发,去看看不远处的秦始皇陵,只需步行十分钟左右即可到达的始皇陵,比起作为陪葬坑的兵马俑来,好像失色不少,一路上只看见零零散散的几个游人,和两千多年后依然高大的封土形成了强烈的反差,真有一种"千秋万岁名,寂寞身后事"(杜甫《梦李白》二首其二)的感觉。

当开元初年王维来到始皇陵的时候,距离秦的灭亡已经过去了九百多年,由于历代的破坏,始皇陵早已不复旧观,这座征用了七十多万民夫,修建了近四十年的巨大陵寝,地表建筑几乎毁坏殆尽,地宫据说也屡遭劫难,王维当时能看到的,也许并不比今人多多少:高出地面的封土,经过风吹雨打,已经化为一座山岭。因此他也只能依靠文献和传闻加以想象,估测地宫中的场景:"秦始皇的长眠之所,是按照生前皇宫的样式来修建的,墓顶上标着天上的星宿,下面还有江河流淌。"这部分的描写,基本上依据的是司马迁《史记·秦始皇本纪》中的相关描写:"穿三泉,下铜而致椁,宫观百官,奇器珍怪,徙藏满之。令匠作机弩矢,有所穿者辄射之。以水银为百川江河大海,机相灌输,上具天文,下具地理。"

作为一个读书人,对于有着焚书坑儒恶名的秦始皇,自然没有什么好感,所以"有海人宁渡?无春雁不回"显然是含有讽刺意味的。即便是地下的世界再奢华,也是虚无的,根本没什么意义。但笔锋接着一转,就触及了历史的沧桑之感:"更闻松韵切,疑是大夫哀。"始皇陵山及周边遍植松柏,四季常青,诗人听到一阵松风,顿时从对地宫的想象中回到人间,一种怀古之意幽然生发,他联想到秦始皇二十八年(前219),始皇东行郡县,接受了鲁地诸儒生建议,上泰山,立石以封,下山时,风雨暴至,于一株松树下休憩避雨,因封其树为"五大夫"。五大夫为当时二十等爵第九级,原树早已损毁,而后人又因为不明了"五大夫"的真正含义,一补种就是五株。唐代陆贽就在诗中说:"愿符千载寿,不羡五株封。"(《禁中春松》)这五棵松树屡毁屡补,留存至今的还有两株,为清雍正年间所植,位于御帐坪的五松亭前,成为泰山一个重要的景观。

由于定都于长安,唐朝有不少诗人都在游历骊山始皇陵后留下诗作,多数都含批判之意,如许浑《途经秦始皇墓》:"龙盘虎踞树层层,势入浮云亦是崩。一种青山秋草里,路人唯拜汉文陵。"将暴虐贪婪的秦始皇和休养生息的汉文帝作比,高下立见。曹邺《始皇陵下作》:"千金买鱼灯,泉下照狐兔。行人上陵过,却吊扶苏墓。累累圹中物,多于养生具。若使山可移，应将秦国去。舜殁虽在前，今犹未封树。"言秦始皇在民众心目中地位甚至不如其太子扶苏，并再以千古英主舜作比。章碣《焚书坑》则更为有名："竹帛烟销帝业虚，关河空锁祖龙居。坑灰未冷山东乱，刘项原来不读书。"王维的这首诗，却并没有把重点放在对秦始皇的指摘上，顶多是在颔联中微微寄托了某种非议而已，而尾联的感叹则将这首诗的重心定格在触景生情的伤今怀古之上，从而表达了某种程度上的历史虚无感。王维的诗歌很少直抒臧否，而长于写景抒情，或者说寓情于景，这跟他的信仰和性格是直接相关的。

我绕了秦始皇陵一圈，这一带确实遍植松柏，但那天是大晴天，万里无云，也没有什么风，没有听到王维笔下的那种哀切的"松韵"，倒是雄伟的骊山，相比于单调的陵墓封土，给了我更多的慰藉。"千秋万岁名，寂寞身后事"，中国古代的帝王们，几乎个个热衷于大兴土木，修筑自己的陵墓，寄希望于现实的享乐能够延续到死后，以致无穷无尽，而对往生世界继续享乐的寄托，除了造成当时人民的不幸之外，唯一的价值，就是留给后人凭吊的这些遗迹。在这些遗迹面前我们应当关注些什么呢？当然不应该仅仅是地下的宝藏和帝王的私生活，这些虽然神秘，但毕竟价值有限。我们更应关注的是这些帝王生前的作为——他们的功绩、他们的错误，他们作为一个领袖的价值，以及对人民贡献（抑或是伤害）和对历史进程的推动力（抑或是破坏力）。在历史面前我们需要随时保持关注和警惕，这就是历史的真正价值。

（2020.4.14）

**秦始皇陵**

# 将赴吴兴登乐游原

唐·杜牧

清时有味是无能,闲爱孤云静爱僧。

欲把一麾江海去,乐游原上望昭陵。

　　坐火车离开西安的时间是晚上,还有一个白天可供流连一番,吃完早饭,我从西影路市委党校招待所的门口坐上公交车,前往青龙寺,虽然那是唐代密宗的祖庭,日本高僧空海曾在这里向惠果大师学习佛法,回国后在奈良的东大寺传法,创立了日本的密宗——真言宗,青龙寺从而也成为日本密宗的祖庭,但促使我去拜访的原因并不是这些,而是这座寺庙所在的一片塬地——乐游原。

　　乐游原在唐代时曾经是长安城内的制高点,便于登临远望,一览皇都长安的全景——"乐游原上见长安"(张祜《登乐游原》)。在今天的西安,临近乐游原的马路路面明显有所抬高,到了青龙寺下,拾级而上,却也感觉不到有多高。由于其位于城东南,紧邻曲江池,唐代的乐游原也是京城人气最旺的名胜之一。《西京杂记》载:"乐游苑自生玫瑰树,树下多苜蓿",虽然说的是汉魏时期的乐游原,但我们也可以想见大唐时期的乐游原上,必然遍植花草,成为游人踏青的佳处:"花间直城路,草际曲江流。"(张九龄《登乐游原春望书怀》)又因为乐游原地处郊区,所以秋冬时期或天色暗淡之时,不免给人以荒凉之感,大历时期的诗人耿湋就在《登乐游原》诗中写道:"园庙何年废,登临有故丘。孤村连日静,多雨及霖休。"所以同时期的文人沈既济就在传奇《任氏传》中把狐仙的巢穴安置在了这里,引出一个缠绵悱恻的爱情故事。

　　乐游原是文人纷至沓来之地,所以留下诗文众多,其中有不少是怀古之作,因为乐游原兴起于西汉,尤其得到汉宣帝的喜爱,"乐游苑"之名即起于此时,汉宣帝的杜陵就在乐游原以南六公里处,而没有选择列祖列宗安葬的咸阳原,自幼过着平民生活的汉宣帝自然有其特立独行的一面,但也许对城南这一片土地的热爱,也是其中的原因之一。在乐游原虽然望不见位于咸阳的五陵（分别是西汉高祖刘邦的长陵、惠帝刘盈的安陵、景帝刘启的阳陵、武帝刘彻的茂陵、昭帝刘弗陵的平陵），却能清晰地看到杜陵和少陵（汉宣帝的平民皇后许平君的陵墓），这也是为什么乐游原题材的诗作中经常会出现怀古的元素，杜牧《登乐游原》："长空澹澹孤鸟没，万古销沉向此中。看取汉家何事业，五陵无树起秋风。"

在唐代众多的乐游原诗作中，最有名的是李商隐的那首《登乐游原》："向晚意不适，驱车登古原。夕阳无限好，只是近黄昏。"这首诗当然意境独绝，毋庸置喙，但毕竟有些消沉。晚唐与李商隐齐名的杜牧，也一样热爱乐游原，李商隐今存三首乐游原诗，杜牧有两首，除了前文所引的那首怀古之作以外，就是这首《将赴吴兴登乐游原》。杜牧在宣宗大中二年（848），从池州刺史入为司勋员外郎、史馆修撰，转吏部员外郎，但第二年他就不想在京城待下去了，要求外放杭州刺史，被否决。第三年他被升为吏部员外郎，却还是频频上书，要求外放，这回条件降低，去湖州当刺史就够了，于是，他的要求得到了满足。这一年（大中四年，即公元850年）秋天，他到任湖州，这首诗就是临别长安时登乐游原所作。

第一句"清时有味是无能"，显然是自嘲之语，他若真的认为当时是政治清明的时代，也不会一而再再而三地上表请求外放，杜牧本是俊逸之人，所以也不排斥"闲爱孤云静爱僧"的边缘化生活，大概是对京中为官生涯的厌倦所致。杜牧此前，曾经多次去过江南。大和二年（828）十月，尚书右丞沈传师为江西观察使，辟杜牧为江西团练巡官、试大理评事，随沈传师赴洪州（今江西南昌），直到大和四年（830）九月，沈传师迁宣歙观察使，杜牧从至宣州（今安徽宣城），直到大和七年（833）四月，沈传师回京出任吏部侍郎，杜牧即转应牛僧孺之辟，出任淮南节度使幕中的推官和掌书记，在扬州度过了一年多风流潇洒的难忘时光；开成二年（837）秋，因请假超期而丢官的杜牧入宣徽观察使崔郸的幕府，出任宣州团练判官，直到开成四年（839）年初回京任职；会昌四年（844）九月，杜牧从黄州刺史任迁池州刺史，直到会昌六年（846）移睦州刺史，治所分别在今天的安徽池州和浙江建德。在启程去湖州赴任之前，杜牧已经有十二年在江南的经历，对江南有着挥之不去的情结，所以每当在长安受到挫折或者郁郁不得志的时候，他就会想起在江南的时光，虽然远离政治中心，不得重用，但是安闲宁静，惬意自在。

出身官宦之家的杜牧，当然也有家国的抱负，"欲把一麾江海去"就是这种抱负的体现。汉代制度,郡太守一车两幡。幡即旌麾之类。唐时刺史略等于汉之太守。这句是说,由于在京城抑郁无聊,所以想手持旌麾,远去江海。(湖州北面是太湖和长江,往东可达东海,故云)此时杜牧的心情应该是极为复杂的,一方面知道自己的政治生命已经接近尾声(事实上在两年以后他的自然生命也走向了终结),一展平生抱负、和祖父杜佑一样成为一代名臣的希望早已破灭;另一方面,作为士夫,作为人臣,他无论如何也不想尸位素餐,而是有些作为,所以会引申出最后豪迈而悲壮的那一句"乐游原上望昭陵"。昭陵是唐太宗的陵墓,位于礼泉县境内高峻的九嵕山,距离乐游原大约有六十公里,无论从大雁塔还是乐游原,望见昭陵的可能性都微乎其微,但唐太宗是唐代最杰出的皇帝,他不仅奠定了大唐帝国的伟业,更开创了史无前例的贞观之治,而且其知人善任,唯贤是举,充分尊重和信任人才。登高纵目,西望昭陵,哪怕是象征性的举动,也表达着对国家态势的忧虑和不满。此诗以行前登乐游原、乐以忘忧起兴,至西望昭陵则戛然而止,言有尽而意无穷,"有江湖魏阙之思"。(俞陛云《诗境浅说》)远离幽暗的朝堂,向往自由的境界,却又难以割舍使命感,是晚唐诗人共同的悲哀,无论是李商隐在乐游原上的悲鸣,还是杜牧面向昭陵的空望,都是有良知的知识分子在那个时代的阴影笼罩之下的痛苦挣扎。

　　记得我在乐游原的那个上午,阳光正好,有一队老年人在做健身的体操,节奏舒缓,因为没有看到夕阳,无由对李义山的诗境来一番实地的体察,想到更多的恰恰是这首杜牧的作品。无法揣测小杜当时的心情——恐怕他自己的说不清,我甚至在想他在望向昭陵的那一刻,有没有想起自己年轻时写的那一篇掷地有声的《阿房宫赋》:"呜呼!灭六国者,六国也,非秦也。族秦者,秦也,非天下也。嗟乎!使六国各爱其人,则足以拒秦;使秦复爱六国之人,则递三世可至万世而为君,谁得而族灭也?秦人不暇自哀,而后人哀之;后人哀之而不鉴之,亦使后人而复哀后人也。"历史有时也是一种无奈的循环——假如所有的历史经验都能被合理地借鉴,那么,这个世界也就不再会有新的历史被创造出来了。

(2020.4.15)

# 初食笋呈座中

唐·李商隐

嫩箨香苞初出林*，於陵论价重如金。
皇都陆海应无数，忍剪凌云一寸心。

2011年我博士毕业，来到位于临安的浙江农林大学工作，不觉已有九年。临安靠山，笋极多，且价廉。不论季节，食堂里总是有笋，油焖或作肉食的配菜，但食堂里的笋往往有点老，不爱吃。我还是喜欢从菜市场买笋自己来做，很好的春笋，一两块钱一斤，或者十块钱一大袋，可以吃上好几天，这种笋很鲜嫩，接近根部的地方都没有很粗的纤维，非常好吃，老少皆宜，俗话说靠山吃山，一点不虚。校园里也种植着大量的竹子，一到春天就呲呲地冒出笋尖来，长得极快，往往没几天就有了竹子的样子，这就是春天的气息，极为可爱，真正是李商隐笔下所写的那种样子："嫩箨香苞初出林"，箨是竹皮，笋成长的时候，要突破竹皮的包裹，由于它们在春天蹿得很快，如果安静地坐在旁边，几乎可以听到竹皮被顶破的声音。李商隐应该是看到过春笋破土而出的情形，才会写出如此生动的句子吧。

北方虽然山也不少，但笋看来自古至今都算是稀罕物。战国时期韩国的范围大致在今天山西南部和河南北部，《诗经·大雅·韩奕》这样描写那里的贵族用来招待贵宾的宴席："其殽维何，炰鳖鲜鱼，其蔌维何，维笋及蒲。"他们吃的是甲鱼、鲜鱼、竹笋和香蒲的嫩芽。唐代设立专门的官职来管理供贵族食用的竹笋，《唐书·百官志》说："司竹监掌植竹笋，岁以笋供尚食。"李商隐诗中所说的於陵是汉县名，唐时为长山县，位于今山东省邹平县东南，《元和郡县志》载："淄州长山县，本汉於陵地。"那里并不属于山区，竹笋当然就很贵重，李商隐在这里提及於陵，看来是有所本的。

接下来语义一转："皇都陆海应无数，忍剪凌云一寸心。"唐代的"皇都"，一定是指长安或者洛阳。张采田《玉溪生年谱会笺》认为，这首诗应该是李商隐"幕游未第时"所作，刘学锴、余恕诚的《李商隐诗歌集解》认为此诗可能是作者"少年时代客游洛下等地时，于某显宦席上所赋……自比'嫩箨香苞'，亦弱冠少年口吻。"李商隐的内心极其细腻敏锐，面对着面前珍贵的竹笋，他马上联想到的不是美味的享受，而是竹笋本身的特质，它本来可以留在地里，长成参天的翠竹，在夏秋的清风中摇曳，给人带来一丝清凉，这是它应有的状态。如今却被人们切割下来，作为美食享用，首都的达官贵人们，可吃的山珍海味无穷无尽，为什么非要剪割这蕴含着凌云之志却还未长成的细弱的笋心呢？显然这里用了比拟的手法，由眼前之物念及自身，以及和自己一样的还处于成长中的稚嫩的生命。他在这里表达的不仅仅是一种对被剥夺的生命的恻隐和敬畏之情，更多的是一种自怨自伤。

李商隐敏感忧郁的性格无疑充满魅力，造就了一大批好诗，但是这样的性格必然导致其在朝廷和社会上屡屡受挫的命运，这在某种程度上可以说是诗人本身的不幸，却是文学的大幸。但我想，这首诗的出现，一定也跟作者所处的地域很有关系，假如李商隐没有生长在黄河流域，而是生长在长江流域或者岭南一带，恐怕就不会发出这样的感叹，因为那里的笋实在是太多了，像临安人这样，即使每天都消费掉大量的竹笋，到了夏天，山上还是照样会"凌云"成荫的。

（2020.4.17）

# 题宣州开元寺水阁

唐·杜牧

六朝文物草连空，天淡云闲今古同。
鸟去鸟来山色里，人歌人哭水声中。
深秋帘幕千家雨，落日楼台一笛风。
惆怅无因见范蠡，参差烟树五湖东。

杜牧曾两次在宣州（今安徽宣城）做官，前后总共在那里度过了将近四年的时光，此诗作于他第二次在宣州工作的时期，当时他的职务是团练判官。开元寺始建于东晋，初名永安寺，唐开元二十六年（738）改称开元寺，入宋则名景德寺，寺庙曾经颇具规模，气势恢宏，唐代大诗人杜牧《题宣城开元寺》云："楼飞九十尺，廊环四百柱。"杜牧真个是"闲爱孤云静爱僧"（《将赴吴兴登乐游原》）的人物，他在宣州的时候大概经常流连于这座开元寺，另有《宣州开元寺南楼》诗云："小楼才受一床横，终日看山酒满倾。可惜和风夜来雨，醉中虚度打窗声。"与这首写实之作相比，《题宣州开元寺水阁》重在怀古抒情，这也是杜牧的长项。

诗题下原有注文："阁下宛溪，夹溪居人。"这一带古称"陵阳山"，下临宛溪，包括谢朓楼，也在此山上，时至今日，只剩几个小丘而已。今天的开元寺遗址已经变成了一片居住区，只有古塔仍存，依宋名为景德寺塔，现存塔为九级六面砖塔，下宽上窄，高三十余米，造型雄伟奇特。走在塔下，只看到宛溪河边，店铺林立，千余年来，只有"夹溪居人"的景象依旧。沿着宛溪河南行，河边的墙上有连片的马赛克贴画，色彩鲜艳，内容丰富，极富韵味，看起来已经有些年头了，不知最终能保留多久。杜牧在这首诗里怀的是六朝的古，我怀的却是"不古之古"，社会的发展日新月异，这"不古之古"自然也值得随时怜惜。

宣城的今天并不萧瑟，无论是郊区的敬亭山还是市中心的开元寺塔，都不会有"草连空"的景象，9月的天气正好，"天淡云闲"，跟杜牧看到的一样。不知怎的，看到"鸟去鸟来山色里，人歌人哭水声中"这一句，就想起杜牧的同族诗人杜甫《江村》里那两句绝对"自去自来梁上燕，相亲相近水中鸥"，杜牧的这一联，不知道有没有受这位先人的影响，我相信多少是有的。人事变迁，山川无恙，这是怀古诗永恒的主题。在初秋的宣城，我时而步行，时而骑车，天气炎热，烈日当头，没有体会到"深秋帘幕千家雨，落日楼台一笛风"，一路南行，想去鳌峰公园看明代的龙首塔和梅溪公园里的梅尧臣墓和九同碑。想来杜牧在开元寺的水阁里待得还是惬意的，这种惬意从诗里流露出来，就是出现归隐的念头："惆怅无因见范蠡，参差烟树五湖东。"出身名门的小杜，还算是比较想得开的人，他累计在江南做了十几年的官，他的诗里充满了江南幽淡和丽的气息。曾经熟读兵书的杜牧，最终成为一个虽风流却坦荡的多情诗人，跟十几年江南气候风物的熏陶，想来多少有些干系。

（2020.4.19）

宣城景德寺塔

# 送温处士归黄山白鹅峰旧居

唐·李白

黄山四千仞,三十二莲峰。

丹崖夹石柱,菡萏金芙蓉。

伊昔升绝顶,下窥天目松。

仙人炼玉处,羽化留馀踪。

亦闻温伯雪,独往今相逢。

采秀辞五岳,攀岩历万重。

归休白鹅岭,渴饮丹砂井。

凤吹我时来，云车尔当整。

去去陵阳东，行行芳桂丛。

回溪十六度，碧嶂尽晴空。

他日还相访，乘桥蹑彩虹。

2016 年 9 月，与父亲从临安到西天目山，从开山老殿旁开始向仙人顶进发，爬了大约二十分钟，抵达罗盘松，父亲已经爬不动，坐下休息。此处有松树数株，其一甚壮，松下有碑，名"罗盘松和李白吟诗石"，碑文曰："当年李白游天目山到此，坐石上吟出'伊昔升绝顶，下窥天目松，仙人炼玉处，羽化留馀踪'。"从松树下望远近群山绵延起伏，甚为辽阔。父亲让我单独登顶，他在此地等候，并从包中取出素描本写生。我向上登了十几分钟，心中始终有牵挂，无意上行，便回到了罗盘松，见父亲靠在石头上还在画，于是我们一同下撤，去看巨大的银杏树群。

关于李白是否到过天目山，肯定会有一些争议，仅凭这首黄山诗，难有定论。"天目松"可以指天目山上的松树，也可以指一种松树的类型，即便是指前者，众所周知，李白的文字向来夸张，也不能以此作为其来过天目山的证据，更何况，这首诗的主题是黄山，李白说的是自己（或者是温处士）曾经登上黄山绝顶，然后"下窥天目松"，极言黄山之高，实质上天目山在这首诗里只是一个参照物而已。

李白的这首作品充满了"仙气"，大约作于其晚年漫游皖南一带之时，李白本身就是一个道士，他曾和杜甫等好友一起寻仙访道，而他的唯一一次做官，也是因为道士朋友元丹丘（即《将进酒》里的"丹丘生"）的推荐。天台道士司马承祯曾说他有"仙风道骨"，四明狂客贺知章一看到他就说他是"谪仙人"，李白的很多作品都充满了云雾缭绕的道家之气，这是其中一首。"温处士"名字不详，大概长期在黄山白鹅岭修道，李白把他比作春秋时期的高士温伯雪，《庄子》外篇《田子方》中有："温伯雪子适齐，舍于鲁。鲁人有请见之者，温伯雪子曰：'不可。吾闻中国之君子，明乎礼义而陋于知人心，吾不欲见也。'……仲尼见之而不言。子路曰：'吾子欲见温伯雪子久矣，见之而不言，何邪？'仲尼曰：'若夫人者，目击而道存矣，亦不可以容声矣。'"孔子说见到这样的高人不能跟他搭话，一看就知道他心中存有大道。这正是道家所追求的清冷境界。

这位温处士将要回归黄山隐居之所,过上仙人般的生活,李白说自己其实也很想去那里,所以要他准备好座驾。"凤吹",典本自刘向《列仙传·王子乔》:"王子乔者,周灵王太子晋也。好吹笙作凤凰鸣。游伊洛间,道士浮丘公接上嵩高山。三十余年后,求之于山上,见柏良曰:'告我家:七月七日待我于缑氏山巅。'至时,果乘鹤驻山头,望之不可到。举手谢时人,数日而去。"这里李白以仙人自比。

陵阳,山名,在今池州市青阳县太平湖边,距黄山不远。《列仙传·陵阳子明》云:"陵阳子明者,铚乡人也,好钓鱼。于旋溪钓得白龙。子讶惧,解钩,拜而放之。后得白鱼,腹中有书,教子明服食之法。子明遂上黄山,采五石脂,沸水而服之。三年,龙来迎去,止陵阳山上百余年,山去地千余丈。""芳桂丛"典出淮南小山的楚辞《招隐士》"桂树丛生兮山之幽",此处指仙人幽居之地。黄山瑰丽奇壮的样貌很容易激发李白的浪漫诗心,从而创作出充满想象力的作品,这首诗又是一例。

上周又和父亲去了黄山,此前父亲并未去过这座中国数一数二的名山。出发前我在网上做了很长时间的"调研"工作,最终确定了从后山云谷索道上山,经过始信峰、猴子观海再到西海,看过电视剧《红楼梦》片头那块奇石之后,登光明顶,再翻过"百步云梯",坐前山玉屏索道下山。在美丽的大自然之中,人都快乐得像个孩子。父亲先是在排云亭眺望西海大峡谷的奇峰异景,欣喜不已,又以81岁的高龄翻过"百步云梯",筋疲力尽,然黄山的美丽和险要,均得以体会一番。回来以后还津津乐道于此,不时地拿出手机翻看当时拍摄的照片。

人毕竟不是仙家,从天目山的罗盘松到登上黄山光明顶,这段李太白先生一望可见的距离,我们竟然花去了三年半的时间。

（2020.4.28）

正在拍摄西海大峡谷风景的父亲

攀登百步天梯中的父亲

黄山美景

# 病后遇王倚饮赠歌

唐·杜甫

麟角凤觜世莫识,煎胶续弦奇自见。

尚看王生抱此怀,在于甫也何由羡。

且遇王生慰畴昔,素知贱子甘贫贱。

酷见冻馁不足耻,多病沉年苦无健。

王生怪我颜色恶,答云伏枕艰难遍。

疟疠三秋孰可忍,寒热百日相交战。

头白眼暗坐有胝,肉黄皮皱命如线。

惟生哀我未平复,为我力致美肴膳。

遣人向市赊香粳,唤妇出房亲自馔。

长安冬菹酸且绿,金城土酥静如练。

兼求畜豪且割鲜,密沽斗酒谐终宴。
故人情义晚谁似,令我手脚轻欲漩。
老马为驹信不虚,当时得意况深眷。
但使残年饱吃饭,只愿无事常相见。

　　这首诗大约写于杜甫困守长安时期,味其文意,安史之乱尚未爆发,故所写的生活内容虽然困苦,然尚乐观。杜甫在长安长期失业,进阶无门,多愁多病,患上了疟疾,那是一种通过蚊叮虫咬传播疟原虫引起的疾病,发作时寒热交作,大汗淋漓,苦不可言,古时人们认为此病是疟鬼作祟导致,医学上束手无策,杜甫得了这种病以后,在余生反复发作,令他十分痛苦,大约写于乾元二年(759)的一首诗中,他告诉自己的好友高适和岑参:"三年犹疟疾,一鬼不销亡。"(《寄彭州高三十五使君适虢州岑二十七长史参三十韵》)一直到他漂泊夔州时,此病依然反复纠缠于他:"峡中一卧病,疟疠终冬春。"(《寄薛三郎中据》)我们现在已经无从知晓杜甫究竟死于何种疾病,或许也与感染疟疾有相当的关联。

　　这首诗气氛欢快极了,这是长期忍受饥饿和疾病折磨的诗人吃了一顿好饭以后的感受。杜甫写这首诗的初衷就是为了向提供这顿好饭的王倚表示感谢,尽管对方似乎也只是一个普通的长安市民。杜甫夸赞王倚的方式十分奇特,他先提到了"麟角凤觜",汉东方朔《海内十洲记》云:"凤麟洲,在西海之中央,地方一千五百里,洲四面有弱水绕之,鸿毛不浮,不可越也,洲上多凤麟,数万各为群。又有山川泽池,及神药百种,亦多仙家。煮凤喙及麟角,合煎作膏,名之为续弦胶,或名连金泥,此膏能续弓弩已断之弦,刀剑断折之金,更以胶连续之,使力士掣之,他处乃断,所续之际,终无断也。"杜甫用"麟角凤觜"比喻王倚的高尚却不为世人所知的品格,就像这"麟角凤觜"一样,只有把它们煮化成膏状之后,其作用才能显现出来,那就是无与伦比的黏着性,用来粘连修复崩断的弓弦和折损的刀剑,可以完好如初。在这里,杜甫也用这神奇的胶膏比喻王倚与自己的深厚的友谊,同时还暗指王倚的好心相助(给自己吃了一段美餐)不啻是自己悬于一线的生命得以接续,就像用这神膏粘连过一样。

　　杜甫大概是病痛刚刚好转一些,就去拜访此前曾经给予自己照顾的王倚了,对方一看到杜甫,就十分惊讶于他的病容,可见两个人有些时间没见过面了。于是杜甫告诉他,这是因为长期卧病、尝尽了艰辛的缘故,自己身患疟疾已经有三年之久,且反复发作,以至于被折磨得头白眼花,因为发病无力走动,长期坐卧,臀部长出了茧子,肤色发黄,皱纹堆累,几乎要命悬一线。王倚听了很同情杜甫,他大概也发现了杜甫的状况不仅仅是因为疾病,同时还有营养不良的因素,于是就尽力给杜甫罗致了一餐饭食,以宽慰穷病潦倒的老友。

当然,王倚也是普通人家,所能做的只是力所能及地找来一些食物,找人从市场上赊来一些香粳米,粳米黏性较大,煮出来柔软香甜,杜甫的好友岑参也曾写诗云:"石泉饭香粳,酒瓮开新槽。"(《太白东溪张老舍即事,寄舍弟侄等》)李颀《赠张旭》诗亦云:"荷叶裹江鱼,白瓯贮香粳。"看来这种米是很难得的,李时珍《本草纲目》:"香粳,长白如玉,可充御贡。"王倚让自己的妻子出来做饭,菜肴是本地冬天腌制的咸菜,酸爽翠绿,以及金城(今咸阳市兴平县)出产的乳酪,洁白如练,这种乳酪在唐代属于贡品。当时肉类很难得,所以得通过"求"得而来,豪,当指豪彘,《山海经》云其"状如豚而白毛",其实就是找人割了些猪肉来做菜,另外还买来很多酒。两个人亲亲热热地吃喝,欢快的气氛贯穿了这顿美餐的始终。

吃了这顿难得一见的"大餐"的杜甫,其欣喜几乎难以用语言来形容,他想谁能够在自己的穷途末路之时给予自己如此及时和恳切的帮助呢?一想到这点,平时穷愁落寞遭尽白眼的老杜几乎要跳起当时流行的"胡旋舞"来。这种以手足旋转为特色的少数民族舞蹈在天宝年间一从西域传入唐土,就得到了宫廷的青睐,据说杨贵妃就很擅长跳这种舞,而本就是胡人的安禄山虽然身材肥胖,却十分灵活,跳起胡旋舞来"其捷如风"(《唐书》)。所以后世诗人在提到这种舞蹈的时候都持有保留意见,如元稹《胡旋女》诗:"天宝欲末胡欲乱,胡人献女能胡旋,旋得明王不觉迷,妖胡奄到长生殿。"白居易同题诗亦云:"禄山胡旋迷君眼,兵过黄河疑未反。贵妃胡旋惑君心,死弃马嵬念更深。"看来,在杜甫的年代,这种舞蹈的流行已经不仅仅局限于宫廷,以至于让一个体弱多病的士大夫在心情欢快时情不自禁地要手舞足蹈起来。

杜甫为什么会如此感激王倚?"老马为驹"这个典故很能说明问题,此典出自《诗经·小雅·角弓》:"老马反为驹,不顾其后。如食宜饇,如酌孔取。"郑玄《毛诗传笺》认为,这句是比喻周幽王见老成之人,反侮慢之,视如幼稚,这是不对的,凡事都应当恰如其分地去做,比如吃饭求饱足,饮酒要适量。杜甫这里是说,自己交往的很多人,都轻慢地对待自己,而不能像王倚那样长期尊重、爱护自己,并且为自己提供帮助,因此这份恒长而深挚的友情,尤其令自己动容。由此典原文涉及酒饭,以此作铺垫,很快引申出下两句直白而感人的话语:"但使残年饱吃饭,只愿无事常相见。"在那样一个"山雨欲来风满楼"的乱世前夕,这也是杜甫这样的首都底层居民所能祈求的唯一愿望了。

我们初读到这首诗,会感到惊讶,为什么在大唐盛世中,一个伟大的诗人、一个官宦子弟,他的要求会这么低?但是我们要知道,没过多久,杜甫就写下了"朱门酒肉臭,路有冻死骨"(《自京赴奉先县咏怀五百字》)这样惨烈的诗句,他的一个儿子饿死在距离长安不远的奉先县,紧接着杜甫就走上了安史之乱中的流亡之路。在白水县的彭衙堡,怀中的女儿饿得一边啃咬杜甫,一边大声啼哭,杜甫唯恐这哭声引来野兽,只好捂住女儿的嘴巴(《彭衙行》);在同谷县,全家的饥饿促使他去野外挖黄独(一种野生的块茎植物)充饥,结果一无所获,回到家里,家人都在因饥饿而呻吟(《乾元中寓居同谷县作歌七首》之二)……读了这样惨烈的诗句,你才会感觉到,其实,杜甫在安史之乱爆发之前发出的甜美愿景:"但使残年饱吃饭,只愿无事常相见",在那样一个时代是多么贴切、多么高远的理想。

(2020.4.30)

杜甫曾经登临过的慈恩寺塔(大雁塔)

成都草堂内的杜甫铜像（钱绍武作）

# 隋　宫

唐·李商隐

紫泉宫殿锁烟霞，欲取芜城作帝家。

玉玺不缘归日角，锦帆应是到天涯。

于今腐草无萤火，终古垂杨有暮鸦。

地下若逢陈后主，岂宜重问后庭花。

　　李商隐的情诗写得固然婉转动人，但其实咏史诗写得更为绝妙，所谓"虚实相间"，李商隐在唐代几乎可以说是做得最好的一位诗人，因为他能把眼前之景和浪漫的想象、历史的真实完美地糅合在一起。大中十年（856）春，朝廷任命柳仲郢为兵部侍郎、充诸道盐铁转运使，柳氏对于自己任剑南东川节度使时的老部下李商隐出手相助，推荐他出任盐铁推官。大中十一年（857）李商隐被派到淮南、扬州一带去稽查盐院事务，在扬州盐铁转运使府就职，此诗就写于此时。

题中的"隋宫"，指的是隋炀帝的江都行宫，具体位置今天已经难以确考，李商隐生活的时代虽离隋末已有二百多年，但他有可能在扬州凭吊过残存的隋宫遗址，故诗中有"垂杨暮鸦"之语。首联写隋炀帝对扬州的偏爱，紫泉宫殿指的是长安的隋故宫，司马相如《上林赋》描写汉武帝的皇家宫苑上林苑"丹水亘其南，紫渊径其北"。唐人避高祖李渊之名，改"渊"为"泉"。"芜城"是广陵（即隋之江都）的别称，西汉吴王刘濞建都于此。南朝宋时，竟陵王刘诞据城谋反，兵败死焉，城遂荒芜，时人鲍照作《芜城赋》以讽之，因得名。

隋代开国之初，迅速医治了统一战争带来的创伤，经济高速发展，开皇四年（584），隋文帝杨坚"命宇文恺率水工，凿渠引渭水，自大兴城（隋都长安）东至潼关，三百余里，名曰广通渠。转运通利，关内赖之"。（《隋书·食货志》）开皇七年（587），为了兴兵伐陈，循春秋吴王夫差时期开凿的古邗沟兴建山阳渎，自山阳（今江苏淮安县）至扬子（今江苏仪征县）入长江江都（今江苏扬州）。隋炀帝即位后，以更高的热情投入了运河的开凿工作。大业元年（605），"发河南、淮北诸郡民前后百余万，开通济渠。自西苑引谷、洛水达于河，复自板渚引河历荥泽入汴，又自大梁之东引汴水入泗达于淮。又发淮南民十余万开邗沟，自山阳至杨子入江。渠广四十步，渠旁皆筑御道，树以柳。自长安至江都，置离宫四十余所。"（《资治通鉴·隋纪四》）大业四年（608），"诏发河北诸郡男女百余万开永济渠。引沁水，南达于河，北通涿郡"。（《隋书·炀帝纪上》）大业六年（610），"敕穿江南河。自京口至余杭，八百余里，广十余丈。"（《资治通鉴·隋纪五》）因此李商隐在诗中说，如果不是李唐代隋，隋炀帝的龙船差不多要抵达帝国的边缘地带。"锦帆"指隋炀帝的龙舟，唐颜师古《大业拾遗记》："至汴，帝御龙舟，萧妃乘风舸，锦帆彩缆，穷极侈靡。"所谓"日角"，是一种面相，额角突出，古人以为此乃帝王之相，此处指唐高祖李渊。《旧唐书·唐俭传》："高祖乃召入，密访时事，俭曰：'明公日角龙庭，李氏又在图牒，天下属望'。"《后汉书·光武纪》注引郑玄《尚书中候注》："日角，谓庭中骨起状如日。"朱建平《相书》："额有龙犀入发，左角日，右角月，王天下。"刘孝标《辨命论》："龙犀日角，帝王之表。"

《隋书·炀帝纪下》载："大业十二年,帝于景华宫征求萤火,得数斛,夜出游山,放之,光遍岩谷。"这件事情并非发生在扬州,而是位于洛阳的景华宫,但也可见炀帝的嬉游之好和在这方面"独特"的想象力。古人认为,萤火虫是腐草中化育而出,《礼记·月令》云:"腐草为萤。"令人惊讶的是,李时珍的《本草纲目》居然也持此说,还头头是道地说:"萤有三种:一种小而宵飞,腹下光明,乃茅根所化也,吕氏《月令》所谓'腐草化为萤'者是也;一种长如蛆蠋,尾后有光,无翼不飞,乃竹根所化也,一名蠲,俗名萤蛆,《明堂月令》所谓'腐草化为蠲'者是也,其名宵行,茅竹之根,夜视有光,复感湿热之气,遂变化成形尔;一种水萤,居水中……"事实上,萤火虫通常生长栖息于水边或植被丰茂、湿度较高的区域,古人只看到其多从潮湿腐败的草丛中飞出,却疏于进一步的仔细观察,才会有这样可笑的认识。李商隐此句,巧妙地把史书记载的内容与当下所见的实景进行对比,令人产生一种错觉:隋宫遗址的腐草丛中之所以已经不见了萤火虫的踪迹,是因为隋炀帝派人捕捉殆尽的结果,而当读者从这种错觉中猛然醒悟过来之后,一种历史沧桑之感便油然而生,后面那句"终古垂杨有暮鸦",更是通过一幕令人感伤的画景剪影,使得这种感觉绵延许久而不绝。隋炀帝喜爱柳树,不仅下令在御河(即通济渠)两边的堤岸上广为种植,邗沟运道两岸也同样如此,据唐人杜宝的《大业杂记》:"自豫州至京师八百余里,置一十四顿,顿别有宫,宫有正殿。发河南道诸州郡兵夫五十余万,开通济渠,自河起荥泽入淮,千里余。又发淮南诸州郡兵夫十余万,开邗沟,自淮起山阳至于扬子入江,三百余里。水面阔四十步,通龙舟。两岸为大道,种榆柳,自东都至江都二千余里,树荫相交。"可见当时从东都洛阳到江都的运河边都种上了柳树和榆树。而乌鸦恰恰喜欢把巢筑在榆、槐、柳等树木的顶梢,黄昏时分,运河边疏柳栖鸦的景象就显得非常凄怆,正与隋炀帝极尽一时荣华而倏忽败亡的历史兴亡之感相映衬。

对于隋堤上的杨柳,历代诗人多有书写,白居易的新乐府《隋堤柳》最具代表性,其诗开头云:"隋堤柳,岁久年深尽衰朽。风飘飘兮雨萧萧,三株两株汴河口。老枝病叶愁杀人,曾经大业年中春。大业年中炀天子,种柳成行夹流水。西自黄河东至淮,绿阴一千三百里。大业末年春暮月,柳色如烟絮如雪。南幸江都恣侠游,应将此柳系龙舟。紫髯郎将护锦缆,青娥御史直迷楼。海内财力此时竭,舟中歌笑何日休。上荒下困势不久,宗社之危如缀旒。炀天子,自言福祚长无穷,岂知皇子封酅公。龙舟未过彭城阁，义旗已入长安宫。萧墙祸生人事变，晏驾不得归秦中。土坟数尺何处葬，吴公台下多悲风。二百年来汴河路，沙草和烟朝复暮。后王何以鉴前王，请看隋堤亡国树。"白居易将隋堤柳称为亡国之树，对其描写语含批判之意，读着这样的诗，在隋堤柳面前，人们想到更多的恐怕是隋炀帝"龙舟四重，高四十五尺，长二百丈。上重有岷正殿、内殿、东西朝堂，中二重，有百二十房，皆饰以金玉，下重内侍处之。……后宫、诸王、公主、百官、僧、尼、道士、蕃客乘之，及载内外百司供奉之物，共用挽船士八万馀人，其挽漾彩以上者九千馀人，谓之殿脚，皆以锦彩为袍。又有平乘、青龙、艨艟、艛艟、八棹、艇舸等数千艘，并十二卫兵乘之，并载兵器帐幕，兵士自引，不给夫。舳舻相接二百余里，照耀川陆，骑兵翊两岸而行，旌旗蔽野。所过州县，五百里内皆令献食，多者一州至百舆，极水陆珍奇；后宫厌饫，将发之际，多弃埋之。"（《资治通鉴》）"造龙舟凤艒，黄龙赤舰，楼船篾舫。募诸水工，谓之殿脚，衣锦行縢，执青丝缆挽船，以幸江都。帝御龙舟，文武官五品已上给楼船，九品已上给黄篾舫，舳舻相接，二百余里。"（《隋书·食货志》）"每舟择妙丽长白女子千人执雕板镂金楫，号为'殿脚女'。"（《大业拾遗记》）种种穷奢极欲，将国家和百姓推向了深重的灾难，最终身死国灭，为后世所津津乐道，或引为历史教训，或寄托无常之感，比如这首唐人吴融的《隋堤》："搔首隋堤落日斜，已无余柳可藏鸦。岸傍昔道牵龙舰，河底今来走犊车。曾笑陈家歌玉树，却随后主看琼花。四方正是无虞日，谁信黎阳有古家。"

陈叔宝是南朝最后一个朝代的最后一个帝王，登基之后，沉湎酒色，在乱世中不思有所作为，最终为隋所灭。在隋开皇九年（589）建康城破之时，他带着张贵妃、孔贵人躲在宫中的一口井里自欺欺人，最终被俘投降，时为晋王的杨广就是隋军的统帅，他将陈叔宝押回大兴城，隋文帝封他为长城县公，赐予宅邸，礼遇甚厚，又娶了他的妹妹宣华夫人为妃，陈叔宝则依旧饮酒享乐。陈后主擅长诗歌，通晓音律，但单一的宫廷生活，只能使他创作出《三妇艳词》这样空洞的作品。在音乐方面他造诣颇高，《南史·后妃传》载："后主每引宾客对贵妃等游宴，则使诸贵人及女学士与狎客共赋新诗，互相赠答，采其尤艳丽者，以为曲词，被以新声，选宫女有容色者以千百数，令习而歌之，分部迭进，持以相乐。其曲有《玉树后庭花》《临春乐》等。"《旧唐书·音乐志》载："《春江花月夜》《玉树后庭花》《堂堂》，并陈后主所作。叔宝常于宫中女学士及朝臣相和为诗，太乐令何胥又善于文咏，采其尤艳丽者以为此曲。"《玉树后庭花》是陈叔宝的代表作,他曾在宫廷宴会上无数次令宫女奏唱此曲,此曲也因为被后世目为亡国之音。陈叔宝降隋后,经常参加隋文帝的宴会,仁厚的杨坚怕他伤心,下令勿奏吴曲,不料陈叔宝表示自己"既无秩位,每预朝集,愿得一官号"。隋文帝闻后哭笑不得,只得骂了一句:"叔宝全无心肝。"(《南史·陈后主纪》)具有讽刺意义的是,公元604年陈叔宝死后杨广给他定的谥号,与唐朝人给杨广定的谥号一样,都是"炀",依谥法,好内远礼、去礼远众曰炀,李商隐在尾联发出感叹:"不知道九泉之下两人重逢,会有怎样的感想,身死国灭的隋炀帝,还好意思提起当年的亡陈之曲《玉树后庭花》吗?"

隋炀帝是一个富于想象力的暴君,在中国历史上开了很多坏的先例,比如《资治通鉴》记载的他接待外国贵宾的"行状":"帝以诸蕃酋长毕集洛阳,丁丑,于端门街盛陈百戏,戏场周围五千步,执丝竹者万八千人,声闻数十里,自昏至旦,灯火光烛天地,终月而罢,所费巨万。自是岁以为常。……诸蕃请入丰都市交易,帝许之。先命整饰店肆,檐宇如一,盛设帷帐,珍货充积,人物华盛,卖菜者亦藉以龙须席。胡客或过酒食店,悉令邀延就坐,醉饱而散,不取其直,给之曰:'中国丰饶,酒食例不取直。'胡客皆惊叹。其黠者颇觉之,见以缯帛缠树,曰:"中国亦有贫者,衣不盖形,何如以此物与之,缠树何为?'市人惭不能答。"他去江都的龙船固然豪奢,他在扬州建造的行宫更是令人咋舌,作者题为唐代文人韩偓的《迷楼记》载:"楼阁高下,轩窗掩映。幽房曲室,玉栏朱楯,互相连属,回环四合,曲屋自通。千门万户,上下金碧。金虬伏于栋下,玉兽蹲乎户旁,壁砌生光,琐窗射日。工巧云极,自古无有也。费用金玉,帑库为之一虚。人误入者,虽终日不能出。帝幸之,大喜,顾左右曰:'使真仙游其中,亦当自迷也。可目之曰迷楼。'……诏选后宫良家女数千,以居楼中。每一幸,有经月不出。"《资治通鉴》则对此加以补充说:"宫中为百余房,各盛供张,实以美人,日令一房为主人。江都郡丞赵元楷掌供酒馔,帝与萧后及幸姬历就宴饮,酒卮不离口,从姬千余人亦常醉。"可以说,这样的隋炀帝,若不亡国,天亦难容。

当然,运河的开凿,贯通了南北水系,以利漕运,客观地说,也是一桩利在千秋的好事。到了晚唐,可能是因为帝国本身也已经摇摇欲坠,诗人们更多地对历史和政治有了更为深入的思考,对隋炀帝的评价也变得全面起来,皮日休就在《汴河怀古》中写道:"尽道隋亡为此河,至今千里赖通波。若无水殿龙舟事,共禹论功不较多。"明人于慎行在《谷山笔麈》中提出："炀帝此举，为其国促数年之祚，而为后世开万世之利，可谓不仁而有功者矣。"这"不仁而有功"五字，真可以说是恰到好处。

我已经四次游历扬州，去年春天曾与父亲到过位于扬州北郊的隋炀帝陵，公交车上下来，还得沿着"隋炀路"走上一公里多才能到雷塘，炀帝陵就位于雷塘的后方。据史书记载，雷塘本来是灌溉八百顷田地的大水库，现在只剩下一池碧水陪伴着隋炀帝孤独的坟墓，四周是姜白石笔下"荠麦青青"的农田，正如晚唐诗人罗隐所说："君王忍把平陈业，只博雷塘数亩田。"（《炀帝陵》）父亲在雷塘和"隋炀帝陵"的三门牌坊前都照了相，他对隋炀帝的事迹津津乐道，大概是因为我们也姓杨的缘故。

今年春天，从淮安南下扬州，专程去观音山寻访了一番，据说炀帝江都行宫"迷楼"的原址就在这里，后人在迷楼故址上建了"鉴楼"，以为前车之鉴之意，可惜因为新冠肺炎疫情，观音山寺庙群处于关闭状态，只好到旁边的唐子城遗址隔墙一望。此地立的全国文保碑上刻着"扬州城遗址"，时代为隋到宋，据说唐子城是在隋代江都宫城的基础上修建的，公元618年，隋炀帝死于江都的一场血腥政变之中，事后萧皇后和宫人把漆床板拆下，草草做成一副棺材，殡炀帝与同时被杀的小儿子赵王杨杲于江都宫流珠堂中，后将军陈稜移棺于成象殿，复葬吴公台下。唐武德五年（622）八月，以帝礼改葬雷塘，贞观二十二年（648）又被唐太宗下令扩修后与萧皇后合葬。清嘉庆十二年（1807）大学士阮元为其立碑建石，扬州知府伊秉绶隶书"隋炀帝陵"，现在这块碑还树在墓前，但看起来比较新，应该是后来重新补上的。

扬州唐城遗址的城墙上，镶嵌着一块黑色大理石的方碑，上镌"成象苑"三个字，当年隋炀帝停灵的成象殿还经复原后矗立在城内，登上建于原隋唐城址上的城墙，可以南眺扬州城的全貌，往西可以清楚地看到观音山寺庙群的黄墙和宝塔，清风徐来，倍感惬意。这样说来，李商隐看到的隋宫遗址，大概也就在此处。公元589年，刚满二十周岁的杨广率军南下攻陷建康，俘虏了陈后主，在这场战役中，杨广第一次来到广陵，这座城市的美丽富饶一定给这位充满了浪漫情怀的年轻人留下了深刻的印象，她对他的吸引力甚至远远超过了近在咫尺的南朝首都。次年，江南发生多处叛乱，杨广被委任为扬州总管。开皇二十年（600），突厥南犯，杨广受命行军元帅，离开扬州御敌，至此他在扬州总管任上度过了将近十年的时间，由此可以说，扬州已经成为他的第二故乡，并由此引发了登基后的三度南巡，造成了大量的财政消耗。杨广对其胡作非为的后果并非没有预判，《资治通鉴》记载："帝见天下危乱，意亦扰扰不自安，退朝则幅巾短衣，策杖步游，遍历台馆，非夜不止，汲汲顾景，唯恐不足。……帝自晓占候卜相，好为吴语；常夜置酒，仰视天文，谓萧后曰：'外间大有人图侬，然侬不失为长城公，卿不失为沈后，且共乐饮耳！'因引满沉醉。又尝引镜自照，顾谓萧后曰：'好头颈，谁当斫之！'"他应该是一个情绪化的、自控力很差的君主，他已经无法停止自我麻醉式的享乐，也已经无法阻止局势的日益恶化，最终，干脆掩耳盗铃，把报告外界真相的人杀掉，萧皇后绝望地说："天下事一朝至此，无可救者，何用言之，徒令帝忧耳！"（《资治通鉴》卷185）杨广喜爱江南，平时好说吴语，甚至在败亡前夕，还想着迁都丹阳（即今南京），以据守江东，不思北返。最终，他的表弟李渊满足了他的愿望，在扬州为他修了帝陵。公元647年，萧皇后在长安病故，表侄李世民将其安葬于雷塘隋炀帝之侧，这位出身南朝贵族（其曾祖父为梁昭明太子萧统）的妻子，终于和迷恋江南的丈夫一起，长眠于自己的故乡。

（2020.6.9）

扬州观音山

扬州唐城遗址延和阁

# 赠少年

唐·温庭筠

江海相逢客恨多，秋风叶下洞庭波。

酒酣夜别淮阴市，月照高楼一曲歌。

　　这是晚唐大诗人温庭筠的一首佳作，风格疏放，很能代表温氏的为人和为文风格。温庭筠出身没落的豪门家族，是唐初宰相温彦博的后裔，同时又极富文学才华，然恃才傲物，难以见容于统治阶层，也造成了他一生蹭蹬坎坷的遭际。

　　温庭筠崇拜盛唐大诗人贺知章，两人均有豪情，然温庭筠行为过于随便,口舌不拘,相较而言,贺知章在尺度上较温庭筠更有把握一些。这首《赠少年》就充分表现了温氏的豪情。温庭筠未能中得进士,一生都在各地奔波,以其"八吟八叉成八韵"的惊人才华而言,确实是一种不幸,故在浪迹江湖的过程中遇到情投意合的朋友时,彼此慨叹"客恨多","恨"是一种遗憾,是怀才不遇带来的失落感。第二句化用《九歌湘夫人》中"袅袅兮秋风,洞庭波兮木叶下"之典,以萧瑟的环境中的离落心境来烘托与朋友告别的落寞氛围。第三句复又振起,以饮酒淮阴市,寄寓对未来的希冀和高远的抱负。淮阴市,在今江苏省淮安市,"市"即市口,曾是淮阴最热闹的地方,也是汉朝开国元勋韩信的故里。然此前既提到了"洞庭波",则"淮阴市"亦未必写实,当然,温庭筠一生萍踪浪迹,曾数游淮南,推断此诗作于淮阴,亦非无由。

《史记·淮阴侯列传》中说:"淮阴侯韩信者,淮阴人也。始为布衣时,贫无行,不得推择为吏,又不能治生商贾,常从人寄食饮,人多厌之者,常数从其下乡南昌亭长寄食,数月,亭长妻患之,乃晨炊蓐食。食时信往,不为具食。信亦知其意,怒,竟绝去。信钓于城下,诸母漂,有一母见信饥,饭信,竟漂数十日。信喜,谓漂母曰:'吾必有以重报母。'母怒曰:'大丈夫不能自食,吾哀王孙而进食,岂望报乎!'淮阴屠中少年有侮信者,曰:'若虽长大,好带刀剑,中情怯耳。'众辱之曰:'信能死,刺我;不能死,出我胯下。'于是信孰视之,俛出胯下,蒲伏。一市人皆笑信,以为怯。"这些被太史公司马迁记载下来的活生生的事迹,大约都发生在淮阴市一带。此处温庭筠用少年韩信的典故来激励自己和少年朋友,表达了自己的不凡志向和不愿向命运妥协的豪侠之气。月照高楼,长歌一曲,气震山河,这首诗的余音,可谓不逊盛唐。

我每读《淮阴侯列传》,都有一种难以言说的宿命感涌上心头,韩信帮助刘邦成就了霸业,却被后者解除了兵权,并从齐王而楚王而淮阴侯,一再降格,他本人在如何处理与汉室的关系问题上又始终首鼠两端,犹豫不决,最终被吕后、萧何等人合谋害死,并"夷信三族"。果如司马迁所说的:"假令韩信学道谦让,不伐己功,不矜其能",他最终真的能"于汉家勋可以比周、召、太公之徒,后世血食矣"吗?当然,"学道谦让,不伐己功,不矜其能",确实是一种值得效法的人生常理,但在不正常的环境中,能否依靠这些求得自保,看看刘邦和吕后后来的作为,我深感怀疑。

今年 5 月,我与父亲来到淮安,这是一座被历史的车轮切割成多个区块的庞大的城市，这些区块由一辆亮丽的有轨电车串联起来。在一个车水马龙的路口，看到了一通"淮阴市"的石碑。是碑原为当年授封韩信为"淮阴侯"时所立，历代重修，其碑正面阴刻有"淮阴市"三个鲜红的大字，两边有碑联，上联书"王孙遗址"，下联为"国士流芳"，其碑背面刻有"汉淮阴侯韩信故里"，两侧有"文官下轿，武官下马"的字样。我和父亲在宾馆旁的萧湖公园散步时，还看到了"韩侯钓台"碑和漂母祠，可见家乡人民对韩信这位乡贤的敬爱之情。韩信封楚王后，曾经返乡，"召所从食漂母，赐千金。及下乡南昌亭长，赐百钱，曰：'公，小人也，为德不卒。'召辱己之少年令出胯下者以为楚中尉。告诸将相曰：'此壮士也。方辱我时，我宁不能杀之邪？杀之无名，故忍而就于此。'"这些言行都说明他确实是一个心胸宽广的奇人。韩信在当齐王时，谋士蒯通曾经劝他拥兵反汉，韩信曰："汉王遇我甚厚，载我以其车，衣我以其衣，食我以其食。吾闻之，乘人之车者载人之患，衣人之衣者怀人之忧，食人之食者死人之事，吾岂可以乡利倍义乎！"亦可见其忠厚。历史是由很多偶然的元素所构成，人类也许永远无法摆脱内心的纠结与精神世界的困境，从这个角度来说，我们实在不必去苛责这位一代雄才，而只能慨叹一声"俱往矣"罢了。

（2020.6.10）

位于淮安市区内的古淮河

淮阴韩候钓台

淮阴漂母祠

# 村　夜

唐·白居易

霜草苍苍虫切切，村南村北行人绝。

独出前门望野田，月明荞麦花如雪。

　　这首诗作于元和九年（814）秋，地点在渭村，今陕西省渭南市下邽镇一带。白居易的祖籍地至今仍有争论，甚至有一些知名学者认为他是龟兹王族的后裔。曾祖父白温由同州韩城（今陕西韩城）徙居下邽，白居易祖父白锽任巩县县令，又在居官不远处的新郑安家，白居易就出生在新郑。童年的白居易曾跟随为祖父守丧的父亲在下邽度过三年时光，白家所在的金家村地处渭河北岸，土地平旷，景色优美。改元和六年（811）四月母亲去世之后，白居易就回到那里，开始为期三年的"丁忧"，从此，"渭村"这个名字就反复出现在他的乡居作品之中，直至元和九年（814）冬，他返回长安，出任太子左赞善大夫。

　　他在《汛渭赋》中说："门去渭兮百步，常一日三往。"在《新构亭台示弟侄》诗中又说："南檐当渭水，卧看云帆飞。"这说明白居易的住宅离渭河很近。白居易在渭村，尽情享受着"归园田居"之乐，他钓鱼、务农、栽树、种菜、酿酒、煎茶，同时也饱闻了农民的苦乐，写下"嗷嗷万族中，唯农最辛苦"（《夏旱》）的诗句。815 年，白居易被贬为江州（今江西省九江市）司马，某日，他在建昌江边，眼前的景物使他联想起家乡渭河边的蔡渡，于是写下《建昌江》一诗："建昌江水县门前，立马教人唤渡船。忽似往年归蔡渡，草风沙雨渭河边。"

　　《村夜》一诗所描写的渭村美景，十分可爱，尤其是最后一句，明妙如画，又与首句对应，点明时节。秋天的渭村，宁静温馨，村民行人早已归家安歇，耳边唯有秋虫唧唧之声，一马平川的农田在虫声的衬托下似乎更显寂静祥和。诗人披衣而出，平望田野，在月光的映照下，开花的荞麦白亮如雪，在月光的照射下显得素静平和。

　　白居易的这首诗证明了唐代渭南一带曾盛产荞麦，由此也催生了当地吃荞麦饸饹面的习俗。可惜现今由于产量不高,已经不再大量种植,当地消费的荞麦,多从陕北等地采购,但随处可见的饸饹面店,仍能印证传统食俗的力量之大。当地最有名的是下邽镇南七村所制作的饸饹面,今年一月,我和家人到下邽游玩,先到慧照寺看唐塔,又驱车去官底乡(想来应该应是讹化之名,此前当是"官邸乡")谒北宋名臣寇准之墓,然白居易的渭村遗迹,现在似已无从寻访,于是回下邽镇上吃了一碗荞麦饸饹面。每家面店都有一个饸饹床子,多用钢铁制的,但我在蒲城县的深巷里也见过木制的。饸饹面剂子是早就备好的,放在一个脸盆里,用塑料袋包起来,大概是为防止面团氧化。我最喜欢看荞麦面团的颜色,居然是金黄的,表面氧化以后颜色就发暗。老板会从大面团上揪下一块黄澄澄的小面团,放到床子里面,用杠杆一压,圆面条就从小孔中挂将下来,直接落入一锅沸腾的开水中,不一会就能出锅。这种旋压旋煮的吃法,实在是妙不可言。渭南人吃饸饹喜欢加臊子,我一般什么都不加,就要一碗凉拌的,撒上一把芫荽,配上可以无限续杯的褐色饸饹汤,在两重维度上享受荞麦独特的香味,此时,如果再在脑海中配上白居易"月明荞麦花如雪"的诗意画面,又多了一重享受呢!

(2020.6.10)

下邽的麦田

下邽镇慧照寺唐塔

下邽荞麦饸饹凉面和饸饹汤

# 过垂虹

南宋·姜夔

自作新词韵最娇,小红低唱我吹箫。

曲终过尽松陵路,回首烟波十四桥。

　　从我的家乡浙江嘉兴坐巴士到江苏的吴江(现苏州市吴江区),只需不到一个小时,但正如所谓的"灯下黑",家在嘉兴又曾在苏州求学的我,直到今年才第一次去吴江,只是为了去看一下姜白石笔下的垂虹桥。其实,垂虹桥作为吴江最著名的古迹之一,历代文人多有所题咏,在今天,这些诗词刻满了垂虹桥旁公园的墙壁,只不过,姜夔这首是最率性、最动人的而已。

　　如果打开地图会发现,浙江的嘉兴、嘉善跟江苏的吴江交界的地区,水网密布,大小湖泊和河流多如血管,简直可以用"密密麻麻"来形容,从嘉兴坐车去吴江的松陵,会经过平望的莺脰湖,因其形似莺脰(脖子)而得名,明朝的文人把莺脰湖水奉为烹茶的上品。过了平望就开始沿着江南运河旁的公路前行,可以看到河上来往不停的船只,运河的货运作用,至今仍不可小觑。吴江素以纺织业闻名,自古就有"衣被天下"的美称。快到吴江市区松陵镇的时候,运河上就会出现一座七孔石板桥,如果不仔细观察的话,很容易错过她,那就是甘泉桥,又名第四桥、南七星桥,由于《过垂虹》的最后一句,有的版本作"回首烟波第四桥",一种解释是,"第四桥"指的就是这座甘泉桥,民国时期的苏州文人范镛就坚持此论,并取句中的两个字作为自己的笔名,从此,文坛又多了一个诗意作家——"范烟桥"。但我认为,"十四桥"可能更好一些,只有到了吴江一带,你才能明白用"网"字来指称当地的水系是多么生动,作为水乡中的水乡,桥又何止十四呢!

　　绍熙二年(1191)冬,江南飘起了雪花,一艘船悠悠地划破苏州郊外石湖的寂静,驶进了范成大的湖畔庄园天镜阁。三十八岁的布衣词人姜夔舍舟登岸,六十六岁的老诗人正盼望着这位晚辈才俊的到来。这次相聚延续了一个多月,其间范成大要求姜夔创作新曲,后者见石湖庄园内遍植梅花,乃以此为主题,作成二首,范成大命歌女习唱,音调委婉曼妙,大爱之,乃因北宋林逋《山园小梅》中"疏影横斜水清浅,暗香浮动月黄昏"两句,命名为《暗香》《疏影》,竟成姜氏的代表之作。

临近新年,姜夔准备启程返回住家湖州,范成大将身边一个叫小红的侍女赠给他,以为陪伴之意,大概是从《暗香》中读出了他曾经的韵事和现今的孤岑。姜夔一介布衣,既得与名士盘桓逾月,又得美人,真正是四美二难一朝齐聚,焉得不心花怒放?舟至吴江,"其夕大雪,过垂虹,赋诗曰:'自作新词韵最娇,小红低唱我吹箫。曲终过尽松陵路,回首烟波十四桥。'尧章每喜自度曲,小红辄歌而和之"。(陆友仁《砚北杂志》)

苏州到湖州,行船不过数日,姜夔"载美回家",心满意足,乖巧的小红在船头唱起了他创作的新曲,白石则和以箫管,可谓夫唱妇随,琴瑟相和。一曲终了,松陵已过,一路向西,不日可到苕溪,回首而望,吴江诸桥在烟水朦胧中逐渐模糊,而自己船头却比来时多了一位俏丽佳人,月余来的经历如梦似幻,令姜夔陶醉之余,不无得意,他感觉自己如在云端。但很快,这种感觉便冷落下来,除夕之夜,家家团圆,自己却还在舟中漂泊,加之数十年来的遭际,功名未就、情场失意,使他顿感凄凉,于是写下了《除夜自石湖归苕溪》七绝组诗。夜晚泊宿河边,由于船夫鼓噪,无法入睡,只好强行"守岁",在船上进入新年,他想着自己"少小知名翰墨场",却落得"十年心事只凄凉"(其九),他看到"长桥寂寞春寒夜,只有诗人一舸归"(其七),他只盼着"但得明年少行役,只裁白纻作春衫"(其八)。

姜夔本是江西人,家道中落,曾屡次科举不第,遂无意此途,流落江湖,后得遇父亲的同年进士萧德藻,为其所赏识,妻以兄女,多加看顾。淳熙十三年(1186)德藻调官湖州乌程令,因爱当地山水,遂移家焉,住县中弁山,其地有千岩之胜,因自号"千岩老人",并召姜夔,夔遂亦移居弁山,前后达十年之久,弁山白石洞天最得其意,遂得号"白石道人"。萧德藻将他介绍给友人杨万里,杨万里又向退职乡居的范成大推荐,故有此次石湖之行。尽管杨万里称他"于文无所不工,甚似陆天随,于是为忘年交",范成大夸他"翰墨人品,皆似晋宋之雅士"(《姜尧章自叙》),但毕竟他仍是一个落魄游子,居无定所,寄人篱下的生活使姜白石心中始终怀着深深的落寞和孤寂,表面的热闹退去后这种心境便凸显无遗。

　　庆元二年（1196），姜夔在湖州的依傍萧德藻被侄子萧时父迎往池阳（今安徽贵池）奉养，姜夔不得不移家杭州，依附好友张鉴。次年，姜夔曾向朝廷献《大乐议》《琴瑟考古图》，希望获得提拔，但朝廷没有重视。两年之后，姜夔再次进献《圣宋铙歌鼓吹十二章》，这次朝廷下诏允许他破格到礼部参加进士考试，但依旧落选。嘉泰二年（1202），张鉴去世，姜夔的生活开始每况愈下，嘉泰四年（1204）三月，临安发生严重火灾，尚书中书省、枢密院、六部、右丞相府等中枢机构被毁，大火延及学士院、内酒库、内宫门庑及民户两千余家，姜夔的屋舍也在其列，家产图书几乎毁尽，这对于姜夔无疑又是一个沉重的打击。六十岁后，姜夔仍为了衣食而奔波于浙东、嘉兴、金陵等地，直至嘉定十四年（1221）病故于临安，死时居然"贫不能殡"，在友人吴潜等的筹措下，才得以安葬钱塘门外西马塍，所以殉葬者，仅他生前创作的乐书，和"一琴一砚一《兰亭》"（苏泂《到马塍哭尧章》）而已。

　　此时的小红，已经另嫁他人，《砚北杂志》引苏泂挽诗曰："幸是小红方嫁了，不然啼损马塍花。"其实，早在庆元二年（1196）冬，即"小红低唱我吹箫"之后五年，姜夔自湖州东诣梁溪（今江苏无锡）张鉴别墅，又过垂虹桥，夜半与同行友人漫步桥上，遂赋《庆宫春》一阕，其中有句："垂虹西望，飘然引去，此兴平生难遇。酒醒波远，正凝想、明珰素袜。如今安在？惟有阑干，伴人一霎。""明珰素袜，如今安在？"指的也许就是小红，如果是这样的话，那么她此时就可能已经离开了姜夔的生活。当然，对于两宋的士大夫来说，一个侍女的去留是无伤大雅的，对此，似不必作过度的解读。

　　吴江水多桥众，但就中最著名的，仍是垂虹。吴江地处京杭大运河、太湖等诸多水系的交汇处，此诚如元代文人袁桷在《吴江州重建长桥记》中所说："震泽东受群川，汪洋巨浸，至吴江尤广衍，地为南北冲，千帆竞发。"但是，沿岸的百姓和商旅，常常苦于"驶风怒涛，春激喷薄，一失便利，卒莫能制"。唐时，苏州刺史王仲舒就有感于此，在运河吴江段的河岸两边"筑石堤，以顺牵挽"。北宋庆历七年（1047）冬，大理寺丞知县事李问、县尉王廷坚，怀揣着造福一方民众的想法，"输缗钱数百万"以兴学，然而时值朝廷"诏禁郡、县不可新立学"，二人相与谋划曰："民既从，财既输矣，倘不能作一利事以便人，吾何以谢百姓？"便决定用捐资兴学的钱款在运河之上修建桥梁，以利商旅、百姓交通往来，桥成之日，遂名之曰"利往桥"。桥"东西千余尺，市木万计"，故俗称为

"长桥"。"即桥之心,侈而广之,构宇其上,登以四望,万景在目,曰垂虹亭",所以乡人又称之为"垂虹桥"(钱公辅《利往桥记》)。桥成之后,不仅便利了交通,更提供了文人墨客吟咏的空间,钱公辅在《利往桥记》中云:"初,县城为江流所判,民半居其东,半居其西,晨暮往来,事无巨细,必舟而后可,故居者为不利。县当驿道,川奔陆走者,肩相摩,橹相接也,卒然有风波之变,则左江右湖,漂泊无所,故行者为不便。及桥之成,行者便,而忘向所谓不便;居者利,而忘向所谓不利。议者皆舌强不敢发。噫!贤人君子,措一意,兴一役,岂直为游观之美、登赏之乐哉?"

现今的垂虹早已不渡行人,且仅剩残存的半座,横亘在公园的一角,甚至远不如临近的华严塔来得引人注目,只有桥边长廊上密布的石碑,诉说着她昔日的荣光,其中第一块,也就是最靠近残桥的那一块上,刻的就是姜夔的这一首诗。我想如果不是因为这一首,我也不会专程来这里看看,我也许会和多数游客一样到了吴江就直奔同里而去……

(2020.6.13)

吴江垂虹桥遗址与华严塔

# 南乡子·登京口北固亭有怀

南宋·辛弃疾

何处望神州？满眼风光北固楼。千古兴亡多少事？悠悠。
不尽长江滚滚流。

年少万兜鍪，坐断东南战未休。天下英雄谁敌手？曹刘。
生子当如孙仲谋！

北固山因文学而知名，位于江苏镇江北面的长江边。山上有甘露寺，是《三国演义》中刘备招亲的地方。唐代诗人王湾写过一首《次北固山下》"客路青山外，行舟绿水前。潮平两岸阔，风正一帆悬。海日生残夜，江春入旧年。乡书何处达？归雁洛阳边"，也极为有名。当时的扬州镇江一带，江面比现在宽阔得多，长江入海口也比现在要靠西，大量的冲积平原当时还不存在，故隋炀帝《泛龙舟歌》云："借问扬州在何处，淮南江北海西头。""海西头"即今天东海的西岸。当然，与北固山相关的真正能激动人心的作品，还属辛弃疾的两首词《南乡子·登京口北固亭有怀》和《永遇乐·京口北固亭怀古》，均作于镇江知府任上。嘉泰三年（1203），主张北伐的权相韩侂胄起用已退居江西铅山多年的辛弃疾，委任他为绍兴知府兼浙东安抚使，又出知镇江府，直到第二年的六月改知隆兴府（今江西南昌），前后共一年多。六十四岁的辛弃疾登临北固山，先后写下这两首流传千古之佳作。

历史上的北固楼始建于东晋咸康年间，《南史·萧正义传》载："初，京城之西有别岭入江，高数十丈，三面临水，号曰'北固'。蔡谟起楼其上，以置军实。是后崩坏，顶犹有小亭，登降甚狭。及上升之，下辇步进。正义乃广其路，傍施栏楯。翌日上幸，遂通小舆。上悦，登望久之，敕曰：'此岭不足须固守，然京口实乃壮观。'乃改曰'北顾'。"可见最初的北固楼和黄河边的鹳雀楼一样，是一座军用建筑，既可远眺警戒，又可作为仓库。后来楼塌，乃补亭一座（《嘉定镇江府志》云"楼坏为亭"），但上山路逼仄崎岖，梁武帝想要登临远眺，只能步行。南徐州刺史萧正义把登山的步道整修了一番,道旁安上栏杆,梁武帝终于能坐着辇舆登临了,他非常高兴,还作了一首《登北顾楼》诗,他的儿子萧纲(后来的简文帝)也写了《奉和登北顾楼诗》。《嘉定镇江志》卷12则有云:"北固楼或名为亭。"《舆地志》:"北固山有亭屋五间,蔡谟以置军实。刘牢之败,为其子敬宣所焚,梁武帝改固为顾,有《登北顾楼》诗,则其名久矣。乾道已丑待制陈天麟建,有记。"从这段记载可以得知两个重要信息,一,北固楼、北固亭,其实为一,北固楼初建时,本身就十分简陋,梁武帝登临时,也照样是因陋就简,至于为什么有时称为"楼"有时称为"亭",连嘉定七年(1214)镇江知府史弥坚主修方志的时候都已经不明所以了:"百余年所谓亭者,邈不知何许。"(《嘉定镇江志》卷12》);二,辛弃疾所登的"北固亭",是南宋乾道五年(1169)镇江知府陈天麟所建,亭成,陈氏有记焉,中有云:"兹地控吴负楚,襟山带江,登高北望,使人有焚龙庭、空漠北之志。神州陆沉殆五十年,岂无忠义之士奋然自拔,为朝廷快宿愤,报不共戴天之仇,而乃甘心恃江为固乎?则予是亭之复,不特为登览也。"(《北固山志》卷12《重建北固楼记》)

我不知道辛弃疾登临此亭之前有没有读过这篇慷慨激烈的记文,总之亡国之耻和恢复之切是南宋所有有良知、有骨气的知识分子的共同想法。此词文字浅白,用典不多。辛弃疾登上北固亭,望见长江水,就想起千古兴亡、沧桑变幻,由于当时与金国的战事迫近,一股上场拼杀的豪情壮志就油然而生,他想到三国时在此地建都的孙权,"年少万兜鍪",不啻自己的"壮岁旌旗拥万夫"(《鹧鸪天·有客慨然谈功名因追念少年时事戏作》),然而孙权可以"坐断东南战未休",自己却落了个"却将万字平戎策,换得东家种树书"(同上词),故有了《永遇乐·京口北固亭怀古》中的"凭谁问,廉颇老矣,尚能饭否"的感叹,因此这两首词,有着明显的前后相承关系,前者豪迈,后者悲壮,大概在镇江的这段时间,辛弃疾也看出了实现恢复失地梦想的渺茫。

此词的最后一句,蕴涵深意,典出三国的"濡须之战"。建安十八年(213)正月,曹操率领着大军南下而出濡须,孙权以甘宁领兵三千为前部督,自率七万主力进驻濡须。《三国志》裴松之注引《吴历》曰:"权数挑战,公坚守不出。权乃自来,乘轻船,从濡须口入公军。诸将皆以为是挑战者,欲击之。公曰:'此必孙权欲身见吾军部伍也。'敕军中皆精严,弓弩不得妄发。权行五六里,回还作鼓吹。公见舟船、器仗、军伍整肃,喟然叹曰:'生子当如孙仲谋,刘景升儿子若豚犬耳!'"辛弃疾引用曹操赞叹孙权的话，一方面是表达自己对史上英豪的敬佩和效仿之意，同时也暗含对强大的金国作战，必须要像当年的孙权一样"舟船、器仗、军伍整肃"，在无把握的情况下，不能轻易言战。联系他此后写的《永遇乐》一词，内中也有"元嘉草草，封狼居胥，赢得仓皇北顾"，以南朝宋文帝刘义隆好大喜功，仓促北伐，反而让北魏太武帝拓跋焘反戈一击，惨遭重创的历史教训，来警告当权者无知无畏的行为，更何况，南宋此前已经有"隆兴北伐"失败的先例。辛弃疾毕竟是一位有战争经验的官员，尽管恢复是他一生的追求，但在用兵方面，他是有着深谋远虑的。

辛弃疾很快发现，北伐只是权相韩侂胄拉大旗作虎皮打的幌子，作为统帅，韩氏毫无战争指挥的经验和能力，而对于在镇江精心谋划伐金事宜的辛弃疾，他也并没有真正委以重任，辛弃疾之前的担忧是正确的，年过六旬的他只是在"知其不可而为之"罢了。开禧元年（1205）六月，他被调离前线镇江，派知隆兴府，还没等他起身赴任，庭中言官又论奏说他："好色、贪财、淫刑、聚敛"（《宋会要稿》），寻改授"提举冲佑观"的虚职，七月，辛弃疾便从镇江直接回了江西铅山。第二年春，再度起用为浙东安抚使，被辛弃疾辞免。宋军贸然北伐，在一场乱战之后，开禧三年（1207）十一月，南宋发生内乱，在礼部侍郎史弥远和杨皇后等人的策划下，韩侂胄上朝时被暗杀。此后宋庭完全遵照金国的和谈要求，把韩侂胄、苏师旦的头颅送到金朝，并增岁币，赔"犒师银"，开禧北伐最终以失败告终。而在韩侂胄被杀前的两个月，"有心杀贼，无力回天"的辛弃疾病逝于铅山。

在今天的北固楼东侧，有一个石亭，名为"祭江亭"，石碑上的介绍说："又名凌云亭、北固亭、天下第一亭，相传孙尚香知道刘备病逝白帝城后，曾在此祭夫投江。辛弃疾曾登此写下千古绝唱……"在北固楼的西侧，还有一座"多景楼"，本在甘露寺内，始建于唐代，取李德裕诗"多景悬窗牖"（《题临江亭》），南宋乾道六年（1170），知府陈天麟在临江亭原址重建此楼，并作《甘露寺重建多景楼记》云："至天清日明，一目万里，神州赤县，未归舆地，使人慨然有恢复意也。"多景楼也是屡经兴废，今楼乃2009年新建。北宋米芾曾赞此楼为"天下江山第一楼"（《多景楼诗》），《多景楼诗帖》作为其书法的代表之作传世。辛弃疾的好友陆游、陈亮、刘过等人，都曾登楼作赋，辛弃疾的这两次创作，不写楼而写亭，是有深意的，壮烈的情怀，促使他舍弃了登楼望远，而选择了亭中北顾，从而回避了"多景楼中观江景"，而趋向于"北固亭中谋北顾"。

今天，北固楼和两侧的祭江亭、多景楼形成了北固山顶临江一线美丽的人文景观，但最终能激动游人心怀的，恐怕还是那两首词。今年5月，我陪父亲从扬州回嘉兴，在镇江转车时顺道去登北固山，父亲是第一次，于我已是二回，与十七年前相比，山上已经新建了一座北固楼，高三层，下为重檐，楼体主要用木构，据说多是从东南亚高价采购的柚木，所以登楼需要穿着鞋套。登楼而上，可北俯长江，南眺南山，丽景多姿。二楼有当地文人书写的《复建北固楼记》，父亲手指口诵，身边还有不少年轻人也驻足聆听："吾侪吟诵辛弃疾《南乡子》《永遇乐》北固绝唱之双璧，犹自荡气回肠，慷慨激昂。故登斯楼也，则有览物畅神，怀古励今，爱我中华，自强不息者矣！"

（2020.6.14）

镇江北固亭（今名祭江亭）

2010 年新建之北固楼

# 题李十八知常轩

北宋·黄庭坚

身心如一是知常，事不惊人味久长。

盖世功名棋一局，藏山文字纸千张。

无心海燕窥金屋，有意江鸥傍草堂。

惊破南柯少时梦，新晴鼓角报斜阳。

在扬州市中心的驼岭巷，有一株千年古槐，我今年 5 月份看到她的时候，旁边 2016 年立的古树名木保护牌上写的树龄是 1065 年，算下来今年应该是 1069 岁了，编号是"扬城 002"，不知道"001"是哪一棵？

网上一查,原来是文昌路上石塔旁的古银杏,也有超过一千年的历史了,这两株树,是扬州这座千年古城里仅存的两棵千年古木。驼岭巷古槐位于民居之旁,树体已经开裂中空,树腰上还有一个大洞,但春夏之际,苍劲的虬干上仍是枝繁叶茂,展现着顽强的生命力。如果光是一株千年树木也还罢了,其旁竟还立着一块石碑,诉说着其不凡的来历:"唐槐,槐古道院遗物,传为'南柯一梦'中的'南柯'。"这一下可不得了,立马使这棵古树有了别具一格的吸引力。

《南柯太守传》是中唐李公佐的传奇名篇,讲述东平(今山东东平县)淳于棼游侠江南,好酒使气,不拘小节,家有巨资,曾以武艺补淮南军的裨将之职,结果醉酒冒犯了统帅,被斥逐,于是饮酒纵诞,整天在自己位于广陵郡东十里的家门口一棵巨大的槐树下与朋友痛饮狂欢。有一回他喝酒坏了身子,被两个朋友送回家中卧倒,恍惚中看到两个紫衣使者向他行礼,把他带到了那棵大槐树树洞里的"槐安国",国王要把美丽的公主嫁给他,说这是淳于棼父亲的安排,淳于棼的父亲早年在边疆带兵打仗,后不知所踪,已经十七八年没有音信,淳于棼虽然对这桩婚事感到奇怪,但也不敢多嘴。婚礼极尽奢华,公主美若天仙,淳于棼过上了一人之下、万人之上的生活。后来,他提出要见一见自己失散多年的父亲,国王却只同意他们互通书信,父亲在回信里说,到了丁丑年,父子可以相见,淳于棼看到父亲的书迹,非常伤心。公主为淳于棼争取来南柯郡太守的官职,淳于棼提出要带上在槐安国邂逅的生平好友周弁和田子华同行辅佐,国王应允。淳于棼治理南柯郡二十年,政通人和,百姓戴德。公主为他生了五个男孩,都以门荫授官,两个女儿也都嫁给了王族,淳于家的荣耀显赫,盛极一时。这时突然有檀萝国的大军来袭,淳于棼受命迎击,结果周弁打先锋大败而回,不久伤重死去,公主也突然薨逝,淳于棼上表请辞南柯太守之职,回到京城。没有了公主的庇佑,国王对淳于棼产生了猜忌之心,乃以让他回乡探亲为名,加以斥逐。淳于棼回到广陵家中,恍惚间看到自己仍旧躺在东边屋子里睡觉,大惊失色,不敢靠近,随行使者遂大声呼唤他的名字,于是他从梦中惊醒,定睛一看,见家童正在庭中洒扫,两个酒友还在旁边洗脚,太阳还未下山,杯中尚有未喝尽的残酒。淳于棼带人进入槐树洞中查看,发现里面有一个很大的蚂蚁窠,槐安国皇宫、南柯郡、自己曾经打猎的灵龟山、公主的坟墓都能找到踪迹,不意当天夜里下起暴雨,这一切都被冲毁殆尽。淳于棼又在本宅东边找到了一棵大檀树,上面缠满了藤萝,树洞里也有一个蚂蚁窠,方知这就是檀萝国。不久传来消息,他的好朋友、在槐安国曾同富贵的周弁和田子华先后去世,淳于棼始悟道,遂弃绝酒色,一心习道,三年而终于家,正应其父书信中的丁丑年相见之语。华州参军李肇为李公佐的这篇传奇作赞语说:"人贵极禄位,权倾国都,达人视此,蚁聚何殊。"

这个故事所揭示的人生幻灭之感,为后世所钟情,遂催生了一个成语"南柯一梦",明代汤显祖敷演为《南柯记》传奇,成为其代表作"临川四梦"之一。历代诗人创作中用此典故者甚众,直至今日,要想表达浮生若梦的感受,定然避不开"南柯一梦"和"黄粱美梦"这两个典故。陆游《遣兴》诗云"浮生触处无真实,岂独南柯是梦中",范成大《题城山晚对轩壁》云"一枕清风梦绿萝,人间随处是南柯",都表达了相似的意味,相比之下,北宋诗人黄庭坚的这首《题李十八知常轩》,字句更精于雕琢,内涵也更为丰富。李十八,名不详,可能擅长书画,黄庭坚另有《题李十八黄龙寺画壁》一首。黄庭坚的舅舅李常,字公择,亦行十八,与苏轼等交好,黄庭坚《祭舅氏李公择文》中云:"长我教我,实惟舅氏",显然不可能用行第来称呼他。

这首诗作于宋哲宗元祐四年(1089),黄庭坚任秘书省教书郎兼史局著作佐郎编修官,在秘书省兼史局的数年是他一生中工作比较清闲、心情比较愉悦的时光。关于"知常",《老子》16章云:"夫物芸芸,各复归其根,归根曰静,静曰复命,复命曰常,知常曰明。不知常,妄作,凶。"第55章又说:"知和曰常,知常曰明",万物生长、万事运作的规律就是回归本原,回归本原就和谐,和谐就安宁,安宁就是回归本原,这就是世间的常理,明白了圆融和谐的道理就是"常",也就进入了洞彻澄明的境界。次句"事不惊人味久长",正道出了道家所追求的安宁和谐的人生妙境。接着入空幻:"盖世功名棋一局,藏山文字纸千张。无心海燕窥金屋,有意江鸥傍草堂。"再浩大的功业也不过像围棋一局,再伟大的著作也不过是纸片一叠,"藏山文字"用司马迁《报任少卿书》典:"仆诚以著此书,藏之名山,传之其人,通邑大都,则仆偿前辱之责,虽万被戮,岂有悔哉!""无心""有意"一联,出自两首唐诗,沈佺期《古意呈补阙乔知之》中有"卢家少妇郁金堂,海燕双栖玳瑁梁"句,杜甫《江村》有"自去自来梁上燕,相亲相近水中鸥"句,是以作比,表达富贵而凄苦,不如清贫而快乐来得妥帖自在。尾联半是自陈,谓少年时的功业迷梦,实不可恃,人到中年,已经约略参透了人生的部分迷局,逐渐向达观洞彻的境界伸臂。"新晴鼓角报斜阳",也许写的是实境,在秘书省和史局工作的诗人，昼寝至夕，也许不算一种奢侈的享受。黄庭坚虽师出于东坡，但其诗确有出蓝之处，众多坡诗用典艰深，才学意味过浓，山谷诗虽名曰"无一字无来处"，但文字显然要平和许多，有的甚至明白如话，故更易为作诗的教本，在后世影响反大。

2005 年秋，诗人洛夫在扬州看到这棵树，心潮澎湃，作诗一首，名曰《唐槐》，后刻碑嵌在树旁墙壁上："使我惊心的不是它的枯槁 / 不是它的老 / 而是高度 / 曾经占领唐朝半边天空的高度 / 年轮，一直旋到骨子里才停住 / 停在扬州的陋巷中 / 扬州八怪猜拳闹酒的地方 / 依然矗立，风中雨中 / 千年来一向只为别人筑梦 / 却让自己的梦 / 如败叶纷飞于荒寒的秋空 / 它以另一种逻辑活着 / 以另一种语气 / 述说着扬州的沧桑与辉煌 / 遂成为一种神话 / 一种灰尘与时间的辩证 / 一块长满青苔的碑石 / 镌刻着一部焚城的历史 / 我端起相机咔嚓一声 / 拍下它永世的孤寂 / 以及整个宇宙的苍茫"。人生如梦这种感受，往往是老年人体会得更为深刻，洛夫是如此，我的父亲也一样。去年我和父亲来访扬州的时候，一看到这棵古树，父亲激动得几乎可以用手舞足蹈来形容，并隔着栏杆转来转去，审视了良久，颇有依依不舍之意。记得去年树周用于保护的铁栏杆上挂着居民的拖把，还有两匹猫在栏杆下睡觉，其中一匹居然还用一只"手"拄着下巴，让人惊叹生活在这古树旁的狸奴居然也有灵气。今年再来时，那拖把还挂在栏杆上，只不过两匹猫变成了一匹，仔细一看，居然是那匹有灵气的，只不过貌似苍老了很多。

其实，《南柯太守传》里写得很清楚，这个故事发生在"贞元七年九月"，即公元 791 年，离现在 1229 年，而驼岭巷古槐的树龄不过 1069 年，也就是说，即便小说中的情节属实，故事发生的时候，这棵树还不存在，更不用说当时已经"枝干修密，清阴数亩"了。但我宁可闭上眼睛不看"史实"，我宁可相信当年的淳于棼就是在这棵树下酣睡、惊醒、入道，一千多年的老树，她所见所经历的事情，难道还抵不过这一篇传奇营造出来的梦幻吗？毕竟扬州，几乎可以说是，中国最适合做梦的地方。那么请让我们继续陶醉于这迷人的梦幻之中吧。

（2020.6.18）

扬州驼岭巷古槐，后墙上为洛夫《唐槐》诗碑

"思考问题"的猫

# 赠别二首（其二）

唐·杜牧

多情却似总无情，唯觉樽前笑不成。

蜡烛有心还惜别，替人垂泪到天明。

去过扬州多次，感觉在当下的中国，可能没有几座城市能如此完美地体现江南的阴柔之美。首先瘦西湖是柔美的，春柳依依，碧波荡漾，泛舟其上，穿桥过院，恍在梦中；其次蜀冈是柔美的，波状的绿色丘陵，隐隐地横亘在城市的北端，平山一望，五泉一泓；至于城里的文昌阁、四望亭、石塔，均具灵秀圆融之态，这确实是一座柔美的城市。

扬州曾因其优越的地理位置成为一座纸醉金迷的城市，文人墨客、富商巨贾汇聚于此，当然，他们的身边，也少不了歌儿舞女，李白所写的"烟花三月下扬州"（《黄鹤楼送孟浩然之广陵》）中"烟花"语涵双关，张祜笔下"十里长街市井连，月明桥上看神仙"（《纵游淮南》）里的"神仙"，也是指女人，李公佐的《南柯太守传》里，也有淳于棼在禅智寺公然挑逗美艳女子的情节。当然，在自称"十年一觉扬州梦，赢得青楼薄幸名"的风流才子杜牧的作品中，也多有表现。《赠别》这两首诗作于大和九年（835），杜牧由淮南节度使掌书记转任监察御史，离扬北上之际，是与歌伎分别之作。其第一首云："娉娉袅袅十三余，豆蔻梢头二月初。春风十里扬州路，卷上珠帘总不如。"可见这位歌伎还很年轻，杜牧在扬州应该结交过很多女性，偏偏为她写下赠别之作，可见对她的偏爱。杜牧是多情的，甚至可以说是风流，但不能长相厮守的爱情，也可以说是无情，作为一个士大夫，他注定要飘蓬一生，而对方作为侑酒调笑的歌伎，迫于生计，也难以专情于一人，所以说这是两厢钟情又无情的爱情，从某种程度上说，是伤感的。离别在即，再见何难，强颜欢笑也不能做到，只好珍重良宵。写到这里作者笔锋一转，把"镜头"对准了蜡烛，并用拟人的手法，写出两人依依不舍之情，纵然很香艳，但绝无秽亵之感，确实比后世柳永等人的直书其状要高明得多。而"红蜡垂泪"的意象也由此成为经典,并频频出现于描写男女相思离别主题的诗文之中。

关于风韵的话题暂且搁置,再来看两个伤感的故事。成书于中唐的志怪传奇集《广异记》中,记载道:"韦栗者,天宝时为新淦丞,有少女十余岁。将之官,行上扬州。女向栗,欲市一漆背金花镜,栗曰:'我上官艰辛,焉得此物?待至官与汝求之。'岁余女死,栗亦不记宿事。秩满,载丧北归。至扬州,泊河次,女将一婢持钱市镜。行人见其色甚艳,状如贵人家子,争欲求卖。有一少年,年二十余,白皙可喜。女以黄钱五千与之,少年与漆背金花镜,径尺余。别一人云:'有镜胜此,只取三千。'少年复减两千。女因留连,色授神与,须臾辞去。少年有意淫之,令人随去,至其所居。须臾至铺,但得黄纸三贯。少年持至栗船所,云:'适有女郎持钱市镜,入此船中,今成纸钱。'栗云:'唯有一女,死数年矣。君所见者,其状如何?'少年具言服色容貌,栗夫妻哭之,女正复如此。因领少年入船搜检,初无所得。其母剪黄纸九贯,置在槛边案上,检失三贯。众颇异之,乃复开棺,见镜在焉,莫不悲叹。少年云:'钱已不论。'具言本意,复赠十千,为女设斋。"天宝年间的韦栗本来要去新淦县(今江西省吉安市新干县)做县丞,这是个八品小官,况且当时他还没拿到薪水,所以路过扬州时拒绝了女儿购买"漆背金花镜"要求。可惜过了一年多,女儿不幸夭折,等到任期已满,就载着女儿的棺椁北归,再度经过扬州。女儿的精魂竟仍对那柄镜子念念不忘,竟然拿走了母亲供给她的黄纸钱,特特下船求购,最终心满意足,把梦寐以求的漆背金花镜带了回来。从现存的唐代漆背铜镜实物来看,其工艺极为精湛,其镜面平坦,镜背面髹漆,并以金银平脱等工艺施以各种繁复的图案,是铸造工艺、髹漆工艺、镶嵌工艺、漆艺装饰工艺融合的产物,堪称奢侈品。扬州的漆器工艺在汉代就十分成熟,到唐代更达到了新的高度,所以韦栗的女儿一到扬州,就心心念念这样一柄镜子,即便是死后也要想办法达成夙愿,真的是精诚所至了。

扬州是清代沈复《浮生六记》中的陈芸——被林语堂称作是"One of the loveliest women in Chinese literature"(中国文学中最可爱的女子之一)——的人生归宿。嘉庆六年(1801)二月,失去工作、生活困顿的沈复来到扬州谋事,他先春门外赁下住所,再去无锡的临时居所接回芸娘,至嘉庆八年(1803)三月芸娘去世,她在扬州度过了人生最后的时光,沈复苦无资财,又无法回苏州老家,"权葬芸于扬州西门外之金桂山,俗呼郝家宝塔。买一棺之地,从遗言寄于此",从此再无消息。扬州的先春门俗称大东门,现已拆毁,但原先位于门外的大东门桥还在,桥下的小秦淮河两岸,至今仍密布着无数民居,想来沈复和芸娘那"临河两椽"(《浮生六记·坎坷记愁》)的出租屋,原本就隐于其中。至于芸娘的葬地金桂山,又名金匮山,本位于扬州城西北,但由于当地人长期挖土烧窑,今亦已不存,"郝家宝塔"后来称作"郝家院子",现在也难觅其踪了,但怀旧的扬州人,毕竟在其旧址,今扬州墓园内为芸娘立了一座汉白玉石像,可供好事者前往凭吊。

扬州虽然位于长江以北,但却拥有着典型的江南气质,甚至比苏杭更为柔情似水,先前保障河上的船娘,小秦淮畔的歌女,曾引得多少文人墨客为之折腰,今天的扬州早已没有了"瘦马"的踪迹,但谢馥春的脂粉香犹在,它和绿杨春的魁龙珠茶香、三和四美的酱菜香、富春茶社的糕点包子香、蒋家桥的赤豆年糕香混杂在一起,构成这座生活着的古城之于异乡人的永恒的魅力,正如那首传遍大街小巷的广场舞歌谣中唱的那样:"烟花三月是折不断的柳,梦里江南是喝不完的酒,等到那孤帆远影碧空尽,才知道思念总比那西湖瘦……"

（2020.6.20）

# 同乐天登栖灵寺塔

唐·刘禹锡
步步相携不觉难,九层云外倚阑干。
忽然笑语半天上,无限游人举眼看。

2015年6月底,我和父亲第一次到扬州,第二天冒雨游览了瘦西湖,先坐船后步行,一直出北门,游大明寺,登栖灵塔。塔高九层,76岁的父亲居然一路到顶,当然仍是有些气喘。与年迈的父亲相处日久,我深知攀登之不易。2005年前后,我读硕士研究生的时候,父亲六十多岁,还能常与我一起去杭州爬三百三十多米高的五云山,然后从山顶的真际寺一路沿着山脊走到龙井村。我2011年参加工作以后,就改爬两百三十多米高的玉皇山。后来大概是玉皇山都很费劲了，几次和他一起去普陀山烧香，近三百米高的佛顶山，都是从后山坐缆车上去。临安的玲珑山，高三百五十多米，石磴很陡，但另有汽车走的盘山道，我几次和父亲一人一根手杖，慢慢地从盘山道上蹭到山顶。

2010年暑假，我还在苏大读博，父亲来看我，住在我的宿舍里，每天睡觉都爬上爬下（宿舍的设计是床铺在上，书桌在下，一人一套），已感觉很不方便。一起去游盘门，父亲想登瑞光塔，但管理员不允，说这样年纪的老人不能上塔，言外之意是怕出什么意外，他们不敢担责任，弄得父亲快快而返，我最终也没上去。后来在毕业前，我特意带他爬了一回北寺塔，算作弥补，但到了塔顶，大概是脚下发软，差点滑倒，所以后来爬塔之类就格外小心，上塔我在后，下塔我在前，唯恐他摔跤，倒也好倒在我身上。

栖灵塔始建于隋，用以奉祀佛骨，初建时就高九层，《太平广记》说："扬州西灵塔，中国之尤峻峙者。"李白曾登是塔，有诗云："宝塔凌苍苍，登攀览四荒。"（《秋日登扬州栖灵塔》）宝历二年（826）末，刘禹锡离和州刺史任，准备返回洛阳出任主客郎中，在扬州与白居易相逢，这才有了《醉赠刘二十八使君》和《酬乐天扬州初逢席上见赠》两首名作。两人情投意合，相见恨晚。刘禹锡早年曾入淮南节度使杜佑幕中任掌书记，在扬州生活过一年多时间，对于这座城市，自然是比较熟悉的，遂携白居易同游扬州各处，盘桓半月之久，白居易《与梦得同登栖灵寺塔》云："半月悠悠在广陵，何楼何塔不同登。共怜筋力犹堪在，上到栖灵第九层。"

刘禹锡的这首诗所书写的境况，让我想起五年前同父亲一起登栖灵塔的情景，雨天游人稀少，记得当时塔里只有我们两个，一层一层地登，尽管九层高塔确实有些费力，但由于有人陪伴，倒不觉得艰难，到了塔顶，雨雾缭绕，其实很难看清远处的风景，但父亲依旧很满足，他笑着指认塔下不远处瘦西湖园内的水景，那是刚才我们曾经经过的地方，往下一看，修饰得整整齐齐的花坛，夹杂在高低错落的树木中间，和丘陵上寺庙的黄色墙壁组成色彩斑斓的图景，看得出虽然位于大明寺内，但这一块区域完全是新建的，加之雨天，塔下几乎看不到游人的踪迹。同年出生的刘梦得和白乐天当时都是五十五岁，他们的笑语欢声居然能让九层之下的游人纷纷抬头瞩目，足见精力之旺健、声音之洪亮，尤其是刚刚从"二十三年弃置身"（刘禹锡《酬乐天扬州初逢席上见赠》）的困境中摆脱出来重见天日的前者,这种乐观和豁达更是令人感佩不已。

摆脱地心引力往上攀登的时候很容易看出人的身体状态,偏偏世间自然或人文的景观又免不了需要不时攀登,作为人子我认为有必要经常和父母一起出来走走,一则散心怡情,一则也含有孔夫子所说的"父母之年,不可不知也"(《论语·里仁》)的意味。

(2020.6.21)

扬州栖灵塔

# 题惠昭寺木兰院

唐·王播

上堂已了各西东,惭愧阇黎饭后钟。

二十年来尘扑面,如今始得碧纱笼。

扬州市中心有一座石塔,位于文昌路上,旁边还有一株高大的唐代古银杏,堪称扬州最古老的树木。我坐公交车数次经过这里,看到石塔,就会想起那个有名的"饭后钟"的典故来。

这首诗的作者王播是太原人,他的父亲王恕,明经出身,做过浙江义乌县尉、余姚县令等职,官终扬州仓曹参军,遂移家焉,建中四年(783)卒于扬州,他的墓志铭还是大名鼎鼎的白居易写的。王播字明扬,贞元十年(791)进士及第,又举贤良方正科,补授盩厔县尉,迁监察御史。唐宪宗时,担任盐铁转运使,后任剑南西川节度使。唐穆宗即位后,拜中书侍郎同平章事,唐文宗时加官至左仆射,累封太原郡公。大和四年(830)卒,赠太尉,谥号"敬"。

尽管一度位极人臣,但王播的名声并不好,尤其是从担任剑南西川节度使开始,他曾在成都"大修贡奉,且以赂结宦官,求为宰相"(《资治通鉴》),唐穆宗不顾群臣的反对,召他返京担任要职。后来河朔三镇(卢龙、成德、魏博)相继复叛,身为宰相的王播仍"专以承迎为事,而安危启沃,不措一言"(《旧唐书》本传),因此被罢相,调任淮南节度使(治所在今扬州),并司盐铁事务。此时淮南连年旱灾,甚至出现了人吃人的惨状,但王播到了自己的家乡,却利用手中的权力,设法加紧盘剥,导致民不聊生,怨声载道。

唐敬宗即位后,罢免了王播盐铁转运使这一肥差,王播重金贿赂权宦王守澄,后者在敬宗面前为其美言,年仅十六岁的唐敬宗不顾柳公权等大臣的进谏,第二年就恢复了王播的盐铁转运使职务。"播既得旧职,乃于铜盐之内,巧为赋敛,以事月进。名为'羡余',其实正额,务希奖擢,不恤人言。"唐文宗即位以后,王播又故技重施,"太和元年五月,自淮南入觐,进大小银碗三千四百枚、绫绢二十万匹"。这样的进贡立竿见影,次月就拜尚书左仆射、同平章事,领盐铁转运使如故。第二年,进封太原公、太清宫使。王播死后,文宗居然还为他"废朝三日"(《旧唐书·王播传》),真是天大的讽刺。

五代王定保所编《唐摭言》中,记载了王播早年的一件轶事:"王播,少孤贫,尝客扬州惠昭寺木兰院,随僧斋餐。诸僧厌怠,播至,已饭矣。后二纪,播自重位出镇是邦,因访旧游,向之题已皆碧纱罩其上。播继以二绝句曰:'二十年前此院游,木兰花发院新修。而今再到经行处,树老无花僧白头。''上堂已了各西东,惭愧阇黎饭后钟。二十年来尘扑面,如今始得碧纱笼。'"寺庙里开饭时会敲钟，但僧人厌恶王播总吃白食，就故意饭后敲钟，让闻声而来的王播没得饭吃，白白受辱，这当然也是促狭了点，全无佛门慈悲心肠。但苏轼倒别出心裁地觉得如果不是当时僧人的羞辱，也成就不了后来的王播，甚至觉得那是一种有意的激励，其有诗云："斋厨养若人，无益只遗患。乃知饭后钟，阇黎盖具眼。"（《石塔寺》）不过苏东坡的这种解释，也只能聊备一格而已。等到王播后来做了淮南节度使衣锦还乡，故地重游时，发现当年自己题写在寺庙墙上的诗句上已经蒙上了绿纱罩保护起来，遂题下这两首绝句。第一首只是写环境变化，第二首却饱含情感，先是回忆了自己当年被和尚作弄的窘状，然后感慨自己二十年来的宦海沉浮之不易，最后对世态之炎凉发出感慨，也有人从后两句中读出了洋洋得意之情，我想即便是有，也不是"洋洋"，而是"暗暗"罢了。

细究起来，王播是二十五岁丧父，能不能算是"少孤贫"也很难说，而且五代孙光宪的《北梦琐言》中，记载了一个和《唐摭言》中王播事迹雷同的故事："唐段相文昌，家寓江陵，少以贫窭修进，常患口食不给，每听曾口寺斋钟动，辄诣谒餐，为寺僧所厌，自此乃斋后扣钟，冀其晚届而不逮食也。后入登台座，连出大镇，拜荆南节度，有诗《题曾口寺》云：'曾遇阇黎饭后钟'，盖为此也。富贵后，打金莲花盆盛水濯足，徐相商致书规之，邹平曰：'人生几何，要酬平生不足也。'"孙光宪还特意注曰："或云：'王播相公未遇，题扬州佛寺诗。'南人云：'是段相。'亦两存之。"但《全唐诗》卷466共录王播诗三首，除题惠昭寺木兰院二绝句外，还有一首七言律诗《淮南节度使游故居感旧》，应是写于同一时期的作品，说明清代的主流文人对这两首诗系王播所作，还是认可的，从而也确定了《唐摭言》所记在某种程度上的可信度。清人张韬和来集之还曾将这个故事敷演为杂剧，分别名为《王节使重续木兰诗》和《秃碧纱炎凉秀士》。

生活的困苦很能磨炼人的意志品质，也是一个人本性的试金石，有的人经历了磨难，便体会到众生在世间的不易，从而在腾达之后多了对普通人的同情和扶助；有的人则相反，觉得自己曾经吃够了苦头，一旦成功，便要向生活加倍索还，对于困苦之人，不仅不加以同情，反而欺诈更甚。很难确切地定义王播属于何者，因为一方面他搜检地皮，横征暴敛，逢迎权贵，以权谋私，另一方面他也干过一些好事，比如早年为官颇有政声，回到扬州以后也曾疏浚河道，造福一方，但历史对他的总体评价,还是不高的。王播年少刻苦,人也极聪明,"居官以强济称。天性勤吏职,每视簿领纷积于前,人所不堪者,播反用为乐。……雅善占奏,虽数十事,未尝书于笏"。(《新唐书·王播传》)可惜晚节不保,以小聪明入了左道,虽然一时如愿,却为后人所不齿,今天仍然矗立在扬州街头的那座石塔,成了他一生荣辱的象征,从而引发人们对人间真谛的深思。

关于世态炎凉,我看过画家黄永玉老人的一段专访,讲得很好。他说别人推崇他的画,大为夸赞,他当然高兴,更能卖钱,何乐而不为?但别人说好,却不一定是真的好,反过来别人说不好,也未必是真的不好。我觉得人生的大要,在于自己的判断,至于别人的话,有时姑妄听之即可,大可不必当真。因为人间的事,很多时候都是无是无非的状态,只是时势使然耳,就像那曾经罩在王播风尘仆仆的题诗上的那只"碧纱笼"一样。范文正公所说的"不以物喜,不以己悲"(《岳阳楼记》)真正是至理名言啊!后人评价此事,不是批评僧人的势利,就是责难王播的讥讽,但说起来还是晚唐五代人张仁溥看得最开:"折花携酒看龙窝,镂玉长旌俊彦过。他日各为云外客,碧纱笼却又如何?"(《题龙窝洞》)

最后谈谈这座惠昭寺跟石塔的来由。惠昭寺始建于晋代,唐肃宗时改称木兰院,唐文宗开成三年(838),寺僧得古佛舍利,建了一座五层石塔供奉,寺庙也因此改称"石塔寺"。石塔寺原位于扬州城西门外,南宋嘉熙时为避兵火,迁石塔入城,置于浮山观西侧今址,此后历代重修,并因塔起寺。清咸丰年间,石塔寺被太平军毁坏,而千年石塔却得以幸存,并和塔东原城隍庙内的古银杏一起,成为扬州市中心除文昌阁外的又一重要标志。石塔是王播身后所筑,且经过迁移,早已不在原址,但后人见石塔而想到石塔寺的前身惠昭寺,从而想到王播的故事和那两首题壁诗,从而这座石塔也不仅仅是作为一件千年古物而矗立在古城的中央。

(2020.6.22)

扬州古木兰院石塔

# 浪淘沙（其七）

唐·刘禹锡

八月涛声吼地来，头高数丈触山回。

须臾却入海门去，卷起沙堆似雪堆。

《浪淘沙》，调名初见于崔令钦《教坊记》，为唐教坊杂曲，曲调"原属南方水边民歌"（任半塘《唐声诗》），且很可能与土民的淘金生活有关，传辞始见于曾经"巴山楚水凄凉地，二十三年弃置身"（《酬乐天扬州席上见赠》）的刘禹锡，近七言绝句体。五代时始流行长短句双调小令，又名《卖花声》。南唐李煜为小令《浪淘沙》（《浪淘沙令》），北宋柳永创长调慢曲《浪淘沙》（《浪淘沙慢》），均与原词不同。

刘禹锡尝作《浪淘沙》词九首，其八云："莫道谗言如浪深，莫言迁客似沙沉。千淘万漉虽辛苦,吹尽狂沙始到金。"它表达了其一贯的坚韧乐观的精神风貌,也标明其此类诗词创作(主要包括《竹枝词》《浪淘沙》等深受民歌影响的作品)与其在南方的贬谪生涯密切相关。《浪淘沙》第七首,写之江潮,这其实是一种潮汐现象。

潮汐是海水周期性的涨落运动,是由月亮和太阳对地球表面海水的吸引力造成的,"潮"的名称对应的是白昼期间,晚上的则称为"汐"。月亮离地球近,太阳离地球远,故月亮的引潮力大于太阳的引潮力。每月的农历初一前后,当月亮、太阳运转到地球的同一侧时,两者的引潮力相叠加,使涨潮达到高峰;而每月的农历十五前后,太阳和月亮分为运行到地球的两侧,由于二者的引潮力相互"拉扯",也会引发大潮。每年中秋后的两三天,是一年中地球离太阳最近的时候,因此此时潮水的规模为全年之冠。

钱塘江潮之所以规模特大,也与它的入海口杭州湾有关。杭州湾呈喇叭口形,出海处宽,越往上游越内收,从入海口的近百公里宽迅速收束到最窄处的约三公里宽,潮水从东往西涌来时,由于两岸地形的变窄,迫使其高度不断堆积。同时,由于潮水将长江泻入海中的大量泥沙带入杭州湾,沉沙对潮流起阻挡和摩擦作用,使前潮变陡,速度减缓,从而形成后浪赶前浪、一浪叠一浪的场景。

自古以来,钱塘观潮之风盛行,历代文人多有吟咏,苏东坡诗《催试官考较戏作》云:"八月十八潮,壮观天下无。"唐宋时,最佳的观潮地在杭州,杭州城沿江的城门名为"候潮门",此门正临潮水之冲,候潮门外的"樟亭"(宋代称为"浙江亭")是观潮的最佳地点,盛唐诗人孟浩然《登樟亭驿》一诗云:"百里鸣雷震,闻弦暂辍弹。府中联骑出,江上待潮观。照日秋空迥,浮天渤解宽。惊涛来似雪,一坐凛生寒。"唐代杭州的州治和府署在凤凰山东麓的柳浦西,亦可观潮、听潮,曾为杭州刺史的白居易《郡亭》诗云:"况有虚白亭,坐见海门山。潮来一凭槛,宾至一开筵。终朝对云水,有时听管弦。"他的著名词作《忆江南》三首之二则云:"江南忆,最忆是杭州;山寺月中寻桂子,郡亭枕上看潮头。何日更重游?"

钱塘江南岸的观潮胜地是西陵(今西兴)、渔浦、湘湖等地,此后随着江边滩涂的陆续开垦,观潮点逐渐向钱塘江出海口外移,先至刘禹锡和白居易观潮诗中都曾提及的"海门"一带。咸淳《临安志》卷31载:"海门,在仁和县东北六十五里,有山曰赭山,与越州龛山对峙,潮水出其间。"赭山位于仁和,在江北岸,龛山在江南岸。钱塘江水后于明末清初改道至赭山、河庄山之间,寻又改道至河庄山与海宁之间的"北大门",并最终稳定下来,延续至今。今天钱塘江南岸的萧山、龛山(今名坎山)、赭山、河庄等地名犹在,但两山隔江对峙的情景早已不复存在了。当年的"海门"之下,江底曾堆积了大量的沙子,南北亘连,颇类门槛,海水过此受到阻碍,蹙遏成潮,起而成涛,所以当潮水触山回返时,会卷起大量的积沙,从而造成刘诗中"卷起沙堆似雪堆"的场景。

我虽然在钱塘江北岸的海宁出生和长大,但总共也就去看过一次钱江潮,那是在1997年暑假,正在念高中的我跟父亲一起骑自行车从硖石去盐官占鳌塔下观潮。潮水每天都有,并有时间表,在盐官镇上吃完午饭,只需坐在江边等待即可。潮水来时,先是远处一痕白线,随着这条线的推进,轰隆隆的响声也由远及近,及至潮头从眼前奔流而过,渐行渐远,余波激荡堤岸,卷起大量从海上裹挟而来的杂物,有泥浆,有沙子,当然还有各色的垃圾。2006年寒假,还曾跟父亲坐汽车去他的外婆(我的曾祖母)家丁桥看钱塘江,那里的大缺口(其实是钱塘江的一个江湾)也适合观潮,而且不收费,但那天我们因为要赶车回家,没有等到潮汛,父亲教我在海塘的滩涂上轻轻地跺脚,只见脚下的泥会慢慢变软,人也开始下陷——这是他童年时的游戏。

刘禹锡自称是西汉中山靖王刘胜之后,但综合诸多史料判断,他应该有胡人血统。其七世祖刘亮是北魏名将,随孝文帝迁都洛阳,遂占籍焉。刘禹锡的祖上多居官,父亲刘绪,天宝末年中进士,为避安史之乱,举族东迁江南,刘禹锡的童年时代就在那里度过,他跟着父亲在今天的浙江、安徽、江苏一带流转,在浙江嘉兴的环城河边,我见到刘禹锡的雕像一座,可惜面容过于忧郁,雕刻者并没有抓住梦得乐观疏放的特质,像旁立一碑,上刻其名作《陋室铭》,当然《陋室铭》是在其任和州(今安徽和县)刺史时所作,但从"忆得当年识君处,嘉禾驿后联墙住。垂钩钓得王馀鱼,踏芳共登苏小墓"(《送裴处士应制举诗》)这样诗句来看,刘禹锡少年时曾在嘉兴居住过,是确有其事的。在刘禹锡成年以后的人生轨迹里,我们似乎找不到他去过杭州的证据,但从这首《浪淘沙》词里对之江潮水的生动描绘来看,也许,童年或少年的刘禹锡,曾经在位于钱塘江北的杭州城外,目睹过这激烈而壮观的自然奇景。

（2020.7.13）

海宁观钱江潮

# 秋夜寄丘二十二员外

唐·韦应物

怀君属秋夜，散步咏凉天。

空山松子落，幽人应未眠。

　　庚子年夏五月，初登杭州临平山。我小时候坐火车从嘉兴或海宁去杭州，车都会在临平站停留片刻，曾经很多次从车窗里望见城北的这座低平的山，又后来，发现山上多了一座银灿灿的"宝塔"，然而却始终没有下过车，更没有想过去登一登这座临平山。此次专程从临安坐地铁穿过整个杭州城前往，还是因为自己喜爱的诗人韦应物。

　　韦应物的这首著名的《秋夜寄丘二十二员外》，就是寄给当时在这座山上隐居的好友丘丹的。丘丹，苏州嘉兴（今浙江嘉兴市）人，兄丘为，亦以诗名。丘丹尝于大历中任诸暨县令，后官检校户部员外郎，兼侍御史。入朝，为祠部、仓部员外郎。贞元年间归隐临平山，与韦应物、韦夏卿等唱和，诗风雅淡。丘丹有《和韦使君秋夜见寄》一诗，即是韦应物此诗的和作："露滴梧叶鸣，秋风桂花发。中有学仙侣，吹箫弄山月。"2007

年，在西安郊外的少陵原出土了韦应物的墓志铭，名为《唐故尚书左司郎中苏州刺史京兆韦君墓志铭并序》就是丘丹所作，其中云："余，吴士也，尝忝州牧之旧，又辱诗人之目，登临酬和，动盈卷轴。"可见两人的非同寻常的交情。

这首诗非常简淡，最大的妙处在于诗分两半，前半写己，后半揣彼，正如明人唐汝询在《汇编唐诗十集》中评价的："以我揣彼，无限情致。"前半部分，写自己在苏州的情形，"属"读如"主"，是"正值"的意思。一边散步一边体味着这如水的秋凉，想起了远在杭州郊外山中隐居的友人。于是笔锋一转，开始想象临平山中的情形，"空山松子落"一句，营造出隐居之地的清冷氛围，"幽人"指隐士，而"幽"字又带有高洁的意味，与整首诗的格调十分吻合，清代苏州文人沈德潜把韦应物的诗风归结为"古淡"（《说诗晬语》），这首诗就是这种古淡风格的极佳体现。钱钟书《谈艺录》论"幽"这种诗歌风格时说："静而不嚣，曲而可寻，谓之幽，苏州有焉。"安宁而委婉的幽情，加上古朴淡雅的逸致，共同造就了韦应物诗歌的独特魅力。

初夏的下午行走在临平山上的我，也遇到一片疏朗的松林，松下用细白石子铺就，步之沙沙作响，可以想见如果是在深秋宁静的午夜，这里应该会有的情形。突然发现石子上躺着一颗饱满的松果，仿佛穿过了千年的岁月，从中唐的空中落到我的脚下，给这趟充满幽致的寻诗之旅，带来了某种隐秘的暗示。穿过这片松林，便能在一块平坦的山岩上俯瞰整个临平的风景，这里还塑了一座丘丹骑着青牛的铜像，在我看来，这塑像的风格稍显粗粝，难以真正展现丘丹这位"幽人"的风采。从这里向西一望，就能看到山顶那座宝塔样的建筑，原来其是由不锈钢构筑的一座"东来阁"，难怪每次在晴天望见它，都觉得是在闪闪发亮，这阁名恐怕也与丘丹曾在此访道修行有关。在丘丹现存的十一首诗作中，与韦应物唱和的就有五首，其中四首与临平山有关，而由于丘丹曾在此隐居，临平山也得了一个别名："丘（一作邱）山"。

下山后回望，正值梅雨的间歇，晴空万里，映衬得临平山明亮如洗，仿佛一块碧玉横卧于城北，本来山下还有临平湖，北宋诗僧道潜《临平道中》诗云："风蒲猎猎弄清柔，欲立蜻蜓不自由。五月临平山下路，藕花无数满汀州。"又过去了九百多年，如今临平湖早已湮没无踪，否则，在满湖香蒲、荷花映衬下的临平山，该是更具魅力的。

（2020.7.21）

临平山丘丹骑牛像

# 青嶼山

唐·张又新

灵海泓澄匝翠峰，昔贤心赏已成空。
今朝亭馆无遗制，积水沧浪一望中。

上周，随学院组织的暑假旅行团去了一趟温州，先游乐清的雁荡山，后来到海边的洞头。洞头原先是温州的属县，现在已经划为一个区。2002年灵昆大桥和洞头大桥通车，其几个主要岛屿得以与大陆相连接。我曾在《人民日报》副刊上读到过一篇散文，至今印象深刻，说的是距离主岛五百多米的三盘岛上有一个产妇因难产导致大出血,需要送县医院急救,但由于风大浪高,小船无法靠岸,最终医生们只能眼睁睁地看着两条鲜活的生命消逝在狂风怒涛之中。在经温州市区去洞头岛的路上,我还特意注意了一下三盘岛和主岛的距离,确实很近,大巴车只消一分钟左右就能走完连接三盘岛和主岛的桥梁,再度对那位风雨之夜凄然离世的产妇和她的孩子生发出痛惜之情,也对古人"修桥铺路积阴骘"的说法有了更为深刻的认识。

在洞头的第一天走了走海边的街道,第二天上午又去了仙叠岩和大沙岙,随团的导游宣布下午自由活动,我又不想躺在宾馆里睡大觉,于是约了几个同事,乘出租车前往当地的另一处名胜——望海楼。汽车沿盘山路到了山顶,下车就见到"百岛一望"的牌坊和巍峨的望海楼的侧影。望海楼原址在距此二十里的青岙山(今大门岛),为刘宋元嘉年间永嘉太守颜延之所建,延之以文学名,与谢灵运并称"颜谢"。南朝时永嘉为远郡,来这里的一般都是受排挤的官员,颜延之是如此,先他十二年来永嘉当太守的谢灵运也是如此,这也是当时诡谲多变的政治生态所致。"徒遭良时波,王道奄昏霾。入神幽明绝,朋好云雨乖"(《和谢监灵运诗》),从颜延之与谢灵运唱和的诗句中来看,他俩颇有惺惺相惜之意。

颜延之作于永嘉任上的《五君咏》,取"竹林七贤"中五人:嵇康、向秀、刘伶、阮籍、阮咸为题,而另二人山涛和王戎,则因贵显而弃之,借先贤故事抒胸中块垒之意很明显,举《嵇中散》一篇:"中散不偶世,本自餐霞人。形解验默仙,吐论知凝神。立俗迕流议,寻山洽隐沦。鸾翮有时铩,龙性谁能驯。"东晋末,颜延之曾任江州刺史,与陶渊明私交甚笃,渊明去世后,延之为作《陶徵士诔》。《宋书》本传说颜延之"好酒疏诞,不能斟酌当世",且"辞甚激扬,每犯权要",甚至对自己权倾朝野的儿子颜竣也没有好脸色,常对他说:"平生不喜见要人,今不幸见汝。"此前的元嘉三十年(453),刘劭弑父篡位,武陵王刘骏起兵讨之,颜竣密谋相助,为起草檄文,刘劭得到檄文,召示延之,后者竟马上出卖了儿子,说这是颜竣的笔体,且云:"竣尚不顾老父,何能为陛下?"如此得以保全。

颜延之于洞头青峨山筑楼观海后 400 年,张又新出任温州刺史,曾来此地寻访望海楼的遗迹,无所得,怅然观海,遂作此诗以纪之。诗很浅白,基本是实写眼前之景,兼之以寻访先贤遗迹之幽情。又新字孔昭,为司门员外郎张鷟之曾孙,工部侍郎张荐之子,深州陆泽(今河北深县)人,元和九年(814)举进士第一名,应辟为淮南节度使从事,后历左、右阙,迁祠部员外郎,出为山南东道节度使行军司马,至襄阳。太和元年(827)贬汀州刺史,后又任主客郎中、刑部郎中,转申州刺史。开成(836—840)年间为温州刺史。武宗会昌(841—846)时任江州刺史,官终左司郎中。又新长于文辞,然善于阿谀权贵,又很好色,后世对他品德评价不高。

张又新对后世影响最大的作品是散文《煎茶水记》,陆羽尝于《茶经》"五之煮"中论及煮茶用水之高下,张又新此篇可看作对其的拓展和补充,其先列出刑部侍郎刘伯刍所品的七种,次列陆羽口授的二十种。关于陆羽对天下诸水的次第排名,张又新头头是道地说这是自己在长安荐福寺偶遇的一个楚僧(陆羽也是楚人)那里看到的一本叫《煮茶记》的书里看来的,并言书中载"代宗朝李季卿刺湖州,至维扬,逢陆处士鸿渐。李素熟陆名,有倾盖之欢,因之赴郡。至扬子驿,将食,李曰:'陆君善于茶,盖天下闻名矣。况扬子南零水又殊绝。今日二妙千载一遇,何旷之乎!'命军士谨信者,挈瓶操舟,深诣南零,陆利器以俟之。俄水至,陆以杓扬其水曰:'江则江矣。非南零者,似临岸之水。'使曰:'某棹舟深入,见者累百,敢虚给乎?'陆不言,既而倾诸盆,至半,陆遽止之,又以杓扬之曰:'自此南零者矣。'使蹶然大骇,驰下曰:'某自南零赍至岸,舟荡覆半,惧其鲜,挹岸水增之。处士之鉴,神鉴也,其敢隐焉!'李与宾从数十人皆大骇愕。李因问陆:'既如是,所经历处之水,优劣精可判矣。'陆曰:'楚水第一,晋水最下。'李因命笔,口授而次第之。"(《煎茶水记》),整个过程写得很夸张,令人不得不起疑心,且《新唐书·陆羽本传》中说:"李季卿宣慰江南,有荐羽者,召之,羽野服挈具而入,季卿不为礼,羽愧之,更著《毁茶论》。"则陆羽与李季卿大相龃龉,又安有口授《水经》之理?《四库全书》总目也评价说:"修所记(指欧阳修的两篇关于煮茶用水的文章《大明水记》和《浮槎山水记》)极诋又新之妄,谓与陆羽所说皆不合,今以《茶经》校之,信然。"又殆以羽号善茶,为当代所重,故所谓的楚僧所拥《煮茶记》,很有可能是张又新托名之作,这也很符合他的一贯作风。至于篡改史实,把高官李季卿和陆羽的关系写得很亲密,则又有自己早年谄事宰相李逢吉的影子。

张又新是一个聪明人,擅长考试,《唐诗纪事》卷四十载:"时号又新张三头,谓进士状头,宏词敕头,京兆解头。"他是京兆府的赴京举子中的头名,进士科考试的头名,也是博学宏词科考试的头名,真所谓"连中三元"。但其人无行,甘为权相李逢吉党羽,与宗室李续、逢吉从子李训等合称"八关十六子",横行朝野。后构陷李绅,致后者被贬为端州司马。后张又新被罢职,从江南北返,路过荆溪(今江苏宜兴市)时船遇上狂风,两个儿子落水身亡,真可谓祸不单行。李绅则早已时来运转,出任淮南节度使,灰头土脸的张又新经过广陵,伤心之余又担心李绅会报复自己,于是写了一封长信向他致歉,并诉说了自己的不幸遭遇,李绅见书后很同情他,回信说:"端溪不让之辞,愚罔怀怨;荆浦沉沦之祸,鄙实慭然。"最终并未计较前嫌。但张又新不改陋习,在李绅的宴会上,他遇到一位二十年前曾经相好的歌伎,于是趁着李绅起身上厕所空隙,以手蘸酒在盘上写了一首诗:"云雨分飞二十年,当时求梦不曾眠。今来头白重相见,还上襄王玳瑁筵。"李绅回来后,见张又新端着酒杯闷闷不乐,便命歌伎唱歌劝酒,此歌伎乃歌此诗。是夜张又新沉醉而归,李绅让这位歌伎侍奉张又新,算是一种成全,事见孟棨《本事诗》。

《本事诗》中还有一段关于张又新的记载,同样与女人有关。张又新和杨虞卿友善,为忘年之交,杨的夫人是礼部尚书李齐运的女儿,有德无容,但杨并不在意。"张尝谓杨曰:'我少年成美名,不忧仕矣。唯得美室,平生之望斯足。'杨曰:'必求是?但与我同好,必谐君心。'张深信之。既婚,殊不惬心,杨以笏触之曰:'君何太痴!'言之数四,张不胜其忿,回应之曰:'与君无间,以情告君,君误我如是,何谓痴?'杨历数求名从宦之由曰:'岂不与君皆同耶?'曰:'然。''然则我得丑妇,君讵不闻我耶?'张色解,问:'君室何如我?'曰:'特甚。'"张大笑,遂如初。张既成家,乃诗曰:'牡丹一朵直千金,将谓从来色最深。今日满阑开似雪,一生辜负看花心。'"虽然一时释怀,但从这首诗中流露出的情绪来看,张又新还是有些怅怅然。《新唐书·杨虞卿传》里对他这位好朋友的评价是"佞柔,善谐丽权幸,倚为奸利。"依附宰相李宗闵,结党营私,时号为"党魁",看来跟张又新确为同类,但在家庭问题上,重德不重色,亦堪称赏。

我曾在浙江农林大学的"茶文化学院"教了8年的茶文化典籍,对张又新和他的《煎茶水记》比较熟悉。张又新虽然是个爱茶之人,但他身上并没有真正的茶人那种"精行俭德"之风,相反,倒是很像那个常伯熊,唐人封演的笔记集《封氏见闻记》"饮茶"条载:"御史大夫李季卿宣慰江南,至临淮县馆,或言伯熊善茶者,李公请为之。伯熊著黄衫、戴乌纱帽,手执茶器,口通茶名,区分指点,左右刮目。茶熟,李公为歠两杯而止。既到江外,又言鸿渐能茶者,李公复请为之。鸿渐身衣野服,随茶具而入。既坐,教摊如伯熊故事。李公心鄙之,茶毕,命奴子取钱三十文酬煎茶博士。鸿渐游江介,通狎胜流,及此羞愧,复著《毁茶论》。"茶人应该是清心寡欲,宁静致远的才对,以陆羽"精行俭德"的标准来区分"茶人"和"伪茶人",是最恰如其分的。

如今的望海楼建成于 2007 年,雄丽多姿,色彩斑斓,矗立于高两百余米的山巅,登临远眺,碧波万顷,海天浩荡,浮云如在目前,清风啸于耳边,向北一望,诸岛层叠,长桥连缀,远处碧峦一痕,便是大门岛,一千五百多年前,颜延之曾在那里建起一座小楼(此楼初始规模不详,然以当时的技术水平,并考虑环境因素,定然不会很高),以供观海;一千一百多年前,张又新曾在那里凭吊陈旧,一无所见,只能眺海吟诗,以发思古之情。而如今的我辈,能在海风呼号之中登上三十五米高的大楼,在海拔二百六十余米的高度眺望大海,实属幸事。古代统治阶层尚不易获取的乐趣,如今为大众所轻而易举地享受,这真的是要感谢科技的力量。

(2020.7.22)

仰观望海楼

从望海楼眺望大门岛(望海楼原址所在地)

# 狂　夫

唐·杜甫

万里桥西一草堂,百花潭水即沧浪。
风含翠篠娟娟净,雨裛红蕖冉冉香。
厚禄故人书断绝,恒饥稚子色凄凉。
欲填沟壑唯疏放,自笑狂夫老更狂。

　　我的父亲曾经在四川工作过十多年,这次是他阔别成都四十余载之后第一次返蓉,我想他的心情应该格外激动。但是下了火车之后他最大的感慨却是"面目全非",成都的一切对他而言都仿佛变得完全陌生。高铁抵达成都东站,坐地铁到人民公园,安排好住宿之后,已经到了吃晚饭的时间,我们决定去草堂附近找找,毕竟,成都是杜甫曾经居住过的成都啊!

　　在著名的陈麻婆饭店吃了麻婆豆腐、豆瓣鱼、担担面,就在草堂附近溜达,这里到处都是杜甫,千诗碑、塑像,一条细细的流水,大概就浣花溪了，我心里一阵窃喜，总算是来了成都了，明天就可以去草堂"朝圣"。

第二天一早就去了草堂，尽管还没有到开放的时间，但大门外已经等了很多游客。等进了草堂父亲才发现，草堂似乎已经面目全非了——他上一次来，还是1970年代的事情。在一个假山上看到一个茅草覆盖的小亭，挂着"裹香亭"的匾额，父亲说，他印象中的草堂，多数都是这种建筑——上面覆盖着茅草。于是我想那个时候的草堂，比现在要简陋很多，我更想到杜甫居住时期的草堂，是不是要比父亲印象中的草堂更为简陋呢？

每个人来草堂以前，心目中早已经有了一个草堂，那是通过阅读的经验来搭建的。我读《江村》《江畔独步寻花》《茅屋为秋风所破歌》《卜居》《为农》，就想象草堂位于城郊水滨，风光旖旎，环境疏阔，正所谓"城中十万户，此地两三家"（《水槛遣心》二首其一），而这心目中的草堂跟眼前的情形，有着太大的偏差。偏偏草堂里有那么多熟悉的地名，居然都做成了眼前的实景，看到"水槛"，就想起"细雨鱼儿出，微风燕子斜"。（《水槛遣心》二首其一）看到"柴门"，就想起"百年地辟柴门迥，五月江深草阁寒"。（《严公仲夏枉驾草堂兼携酒馔》）看到"花径"，就想起"花径不曾缘客扫，蓬门今始为君开"。（《客至》）所以我虽然是第一次来，但是参观的感觉跟父亲是一样的：杜甫的草堂，也早已"面目全非"了。最终凭着记忆和一张老照片，父亲终于找到了那用青花瓷碎片拼成的"草堂"二字，并跟四十多年前一样，在其前摄影留念。

景区里还有一处遗址，展示着一片新发现的唐代草堂一带的居民遗址坑，玻璃柜里陈列着出土的唐代炊具、餐具、文具，大概是引导游客通过想象把这些跟杜甫联系起来。晚唐的大诗人韦庄到成都时，就专门来找过草堂，当时距离杜甫在此生活，已经过去了一百四十多年。韦庄的弟弟韦蔼是这么记述的：天复二年（902），"浣花溪寻得杜工部旧址，虽芜没已久，而柱砥犹存。因命芟夷结茅，为一室。盖欲思其人而成其处，非敢广其基构耳"。（韦蔼《浣花集序》）韦庄是杜甫的真正知音，他对杜甫的崇拜在某种程度上基于他与杜甫类似的人生经历，他编的《又玄集》是目前能看到的唯一收录杜甫作品的唐人选唐诗的本子，他还把自己的诗集命名为《浣花集》。韦庄所能确认的草堂，仅仅是一间草屋而已，于是修旧如旧，从此就有了作为文学遗迹的草堂。一千一百多年过去了，韦庄在成都的生活痕迹早已荡然无存，草堂却在历代都得到保护，并且不断扩建，如今成为一个庞大的遗址公园，不断地接受后人的瞻仰，除了杜甫本身的伟大人格和作品的感召之外，无数像韦庄这样为保护遗迹贡献过力量的有识之士，也是不应被遗忘的。

我始终觉得杜甫草堂生活的基调是喜忧参半的，一方面，这里是杜甫流离失所的后半生唯一一段相对安定生活的倚靠，但另一方面，局势的混乱、经济的困顿仍然不停地骚扰着诗人的心灵，让他始终无法真正地投入生活和创作，《百忧集行》《登楼》和《狂夫》等诗作，就是当时杜甫痛苦内心的真实写照。《狂夫》这首诗，非常明显地分为两部分，前半部分写生活实景，写安居之乐；后半部分写生存现状，写困居之悲。万里桥是成都的一座古桥，《元和郡县志》卷31载："万里桥，……蜀使费祎聘吴，丞相亮祖之。叹曰：'万里之路，始于今日。'故曰万里桥。"杜甫所说的"百花潭"是指草堂南侧的龙爪堰，后来清人误将浣花溪与西郊河汇合处的一处潭水附会为"百花潭"，此地名沿用至今，其实与杜甫故居之百花潭，贰也。沧浪，语出《孟子·离娄上》："有孺子歌曰：'沧浪之水清兮，可以濯我缨；沧浪之水浊兮，可以濯我足。'"时当乱世，"沧浪"在这里有隐居之所的含义。颔联写草堂美景，和风拥着翠竹轻微地摇摆，细雨沾湿了红荷散发出幽香，"上句风中有雨，下句雨中有风"，前者通过一"净"字表露，后者通过一"香"字表露，"谓之互体"。（罗大经《鹤林玉露》）颈联开始境界突然翻转：做大官的朋友音信皆无（隐含已经失去了经济和政治上的依靠之意），长期忍饥挨饿使幼子面色焦黄——幼子尚且如此，其他家人则可想而知。尾联更一转，遥接"沧浪"之意，引起诗题中强调的疏狂之意。从表面上看，前半首和后半首显得格格不入，但试想一个行将饿死的老人还在欣赏居所周边的美景，这该是一种怎样的豁达和坚毅啊！故清人杨伦评曰："读末二句，见此老倔强犹昔。"（《杜诗镜铨》）

草堂之后的第二站是青羊宫，这不仅是一座道教宫观，还是唐僖宗避黄巢之乱时的行宫。当天下午又在父亲的带领下步行前往他曾经非常熟悉的成都火车站，当然，同样也已经"面目全非"了。从火车站又走到省林业和草原局——原来的省林业厅，父亲在六七十年代工作于四川省林业厅医院，这里是他常来的。跟门卫说明了来由，还进入大院看了看，完全没有印象，再去原来单位的位置，现在已经成了成都铁路局，又去住过的宿舍——在万福桥一带，现在也只剩一个桥名了。这一个下午，八十高龄的父亲在他曾经最为熟稔的成都街头奔走寻觅，却几乎一无所得。离开前我为他在林草局大门口拍了张照片，他的表情怅惘而无奈，我的心情又何尝不是如此呢。所以我明白，电视节目里的很多久别重逢，那就是在演戏而已。

在附近的文殊院转了转，父亲说，当时的陈麻婆总店就在这里，东西好吃，还便宜。然后打车去了浆洗街，那里是父亲刚来成都时的住宿之地，在这里的某家旅馆，随身的现金和北京医学院的文凭被尽数偷走，他后来不得不回学校补了一份。在高楼林立的都市里，父亲单薄而落寞的身影走过万年桥，此刻他应该已经明白，他在这座城市里所生活过的痕迹，已经全都渺然无踪了。

因为杜甫的一句诗"万里桥南宅，百花潭北庄"（《怀锦水居止二首》其二），我们第三天早上又打车去了百花潭公园，看了看所谓的"古百花潭"，当时还并不知道这里是后人附会出来的"百花潭"，东距草堂足有三里之遥，至于万里桥，那在更东边，离百花潭还有两三公里路。所以这更像是一次成都杜甫遗迹的"完形填空之旅"，虽然很辛苦，所得又有限，但是无论如何，这次访旧之旅，总算是在形式上得以完成了。

（2020.8.6）

成都草堂的杜甫半身像

父亲在用青花瓷片拼成的"草堂"二字前照相

草堂今貌

# 龙　池

唐·李商隐

龙池赐酒敞云屏，羯鼓声高众乐停。

夜半宴归宫漏永，薛王沉醉寿王醒。

　　兴庆宫公园是西安市内最大的公园，且地处繁华地段，紧邻著名学府西安交通大学，平时总是游人如织，也是众多市民消闲散步的好去处。2012年秋天我去西安开会时曾路过其门口，结果因为时间紧张，最后选择去对门的西安交大校园里逛了逛。今年暑假，终于有比较充裕的时间去游览西安，当然把这座公园也放入了重要的目的地清单，因为，一如其名，这里本是一座唐朝著名的宫殿。

　　兴庆宫本系唐玄宗李隆基登基前的藩邸。当时作为临淄王的李隆基和哥哥宁王李成器、申王李成义，以及弟弟岐王李隆范、薛王李隆业等被赐居住在隆庆坊一带，所以此地人称"五王子宅"。712年，李隆基登基后，为了避讳，改隆庆坊为兴庆坊。开元二年（714），李隆基将四位兄弟的府邸迁出，开始了为期数十年的兴庆宫的营建，且将其作为自己的听政之所，号称"南内"（相对于长安城北的大明宫而言）。

　　今天的兴庆宫公园里有一大片水域，恐怕就是唐代的"龙池"遗迹了，关于"龙池"，《旧唐书·音乐志》载："明皇龙潜时，宅隆庆坊。宅南坊人所居，忽变为池，望气者异焉。故中宗季年，泛舟池中。明皇正位，以坊为宫。池水逾大，弥漫数里。因为《龙池乐》以歌其祥。"又《新唐书·音乐志》载："初，帝赐第隆庆坊，坊南之地变为池，中宗常泛舟以厌其祥。帝即位，作龙池乐，舞者十二人，冠芙蓉冠，蹑履，备用雅乐，唯无磬。"真实的情况可能是地下水涌出为池，后经拓宽而成，唐玄宗既然专门制作了《龙池乐》，自然龙池也成为他的宴饮之地。李商隐这首诗，写的就是在兴庆宫龙池的一次宫廷宴会上的场景。

　　唐玄宗一向以兄弟友爱著称，《旧唐书·睿宗诸子传》："玄宗既笃于昆季，虽有谗言交构其间，而友爱如初。"他于开元八年（720）在兴庆宫起建"花萼相辉楼",作为兄弟宴饮和自己庆生之所,楼名源自《诗经·棠棣》:"棠棣之华,鄂不韡韡,凡今之人,莫如兄弟。"这本是一首描绘兄弟友爱的诗歌,把兄弟之情比作花朵与萼托一般互相辉映。又有一年秋天,大明宫麟德殿庭树上聚集了数以千计的鹡鸰鸟,且经旬不去,因《棠棣》有云:"鹡鸰在原,兄弟急难。"此后历代皆以鹡鸰比喻手足情深。太子左清道率府魏光乘以鹡鸰群集宫中为祥瑞,进《鹡鸰颂》,玄宗欣然作序,其中云:"朕之兄弟,唯有五人,比为方伯,岁一朝见。虽载崇藩屏,而有睽谈笑,是以辍牧人而各守京职。每听政之后,延入宫掖,申友于之志,咏《棠棣》之诗,邕邕如,怡怡如,展天伦之爱也。"《鹡鸰颂并序》现藏台北故宫博物院,是唯一存世的唐玄宗墨迹。

《资治通鉴·唐纪二十七》载:"宋王成器,申王成义,上之兄也;岐王范,薛王业,上之弟也;豳王守礼,上之从兄也。上素友爱,近世帝王莫能及。初即位,为长枕大被,与兄弟同寝。诸王每旦朝于侧门,退则相从宴饮、斗鸡、击球,或猎于近郊,游赏别墅,中使存问相望于道。上听朝罢,多从诸王游,在禁中,拜跪如家人礼,饮食起居,相与同之。于殿中设五幄,与诸王更处其中,谓之'五王帐'。或讲论赋诗,间以饮酒、博弈、游猎,或自执丝竹;成器善笛,范善琵琶,与上共奏之。诸王或有疾,上为之终日不食,终夜不寝。业尝疾,上方临朝,须臾之间,使者十返。上亲为业煮药,回飙吹火,误爇上须,左右惊救之。上曰:'但使王饮此药而愈,须何足惜!'"李隆基这些言行,也有人认为有作秀的嫌疑,可相比唐太宗的骨肉残杀,唐玄宗的行为已经显得高贵得多,他的这些做派,至少说明他对兄弟团结的重视,也为他统治下的臣民,作出了姿态和榜样,这同时也是巩固自身统治的一种高明的手段。五代王仁裕《开元天宝遗事·竹义》载:"太液池岸,有竹数十丛,牙笋未尝相离,密密如栽也。帝因与诸王闲步于竹间,帝谓诸王曰:'人世父子兄弟,尚有离心离意。此竹宗本不相疏,人有生贰心怀离间之意,睹此可以为鉴。'诸亲王皆唯唯。帝呼为'竹义'。"

但就是这样一位兄弟友爱的天子,却狠心夺走了自己儿子的爱妃,这也是李隆基一生难以洗刷的污点。杨玉环出自弘农杨氏,算是当时的望族,而且与武则天的母亲是同族。她是蜀州司户杨玄琰的第四个女儿,玉环自幼父母双亡,寄养在住在洛阳的叔父杨玄璬家,后者当时任河南府士曹参军。开元二十三年(735)七月,"天生丽质难自弃"(白居易《长恨歌》)的杨玉环受邀参加唐玄宗和武惠妃的女儿咸宜公主在洛阳的大婚,被咸宜公主的同母弟寿王李瑁看中,唐玄宗在武惠妃的要求下,当年十二月就下诏册立她为寿王妃。开元二十五年(737),武惠妃去世,唐玄宗开始寻找新宠,于是找到了杨玉环。对于此事的缘起,中唐陈鸿《长恨传》记之甚详:"先是元献皇后、武淑妃皆有宠,相次即世。宫中虽良家子千数,无可悦目者。上心忽忽不乐。时每岁十月,驾幸华清宫,内外命妇,熠耀景从。浴日余波,赐以汤沐。春风灵液,澹荡其间。上心油然,若有顾遇,顾左右前后,粉色如土。诏高力士潜搜外宫,得弘农杨玄琰女于寿邸,既笄矣。"开元二十八年(740)十月,唐玄宗以为母亲窦太后祈福的名义,敕书杨玉环出家为女道士,道号"太真"。天宝四载(745),唐玄宗把韦昭训的女儿册立为寿王妃后,即让杨玉环还俗,并册立为贵妃,从而完成了把儿媳转变为自己的妻子的过程。

了解了这些背景,再来看李商隐的这首《龙池》,讽刺之意就十分明了了,虽然李商隐的诗歌一向以朦胧著称,但这首咏史诗却看似朦胧,实则一针见血。唐玄宗李隆基在兴庆宫内龙池之畔(很可能是在花萼相辉楼)照例举行诸王的宴会,参与者除了他的兄弟,还有诸子侄等,云母装饰的巨大屏风华贵亮眼,梨园子弟演奏着宫廷音乐,随着皇帝击打羯鼓的声音越来越兴奋高亢,其他乐手都知趣地停了手……这场宴会一直延续到深夜,散会之后,宫里万籁俱寂,只听到滴漏的声音绵绵不绝。薛王回宫后一醉不醒,只有寿王李瑁久久不能入眠……

薛王李业是唐玄宗的弟弟,在李隆基创业之时曾参与大计,深得皇兄恩宠,此次宴会当然无异于平时的享乐,故回宫后便沉沉睡去。可寿王李瑁则不然,也许这次宴会上他又看到了昔日妻子的身影音容,即便夺走她的是自己的父皇,却也足以令他依旧闷闷不乐,自然,无法让自己在酒宴上尽兴,因此回宫后,依旧清醒,且致失眠。说起这个寿王,本来他在母亲武惠妃得宠时,还曾差点被立为太子。开元二十五年(737)四月,武惠妃指使自己的女婿驸马都尉杨洄(即前文所说的咸宜公主的丈夫)向玄宗诬告构陷太子李瑛、鄂王李瑶、光王李琚和太子妃兄驸马薛锈有"异谋"。而武惠妃则派人诡召太子等三人,骗他们说宫中有贼,让他们武装而入,太子等从之。"妃白帝曰:'太子、二王谋反,甲而来。'帝使中人视之,如言。"此时,支持太子的宰相张九龄已经出贬荆州长史,新任宰相李林甫表面上说"陛下家事,非臣所宜豫",却暗中支持武惠妃一党,尝"数称寿王美以摅妃意"。最终三个皇子被废为庶人,薛锈赐死。不久瑛、瑶、琚三人就遇害了,"天下冤之,号'三庶人'"。此后,谋害他人的武惠妃"数见庶人为祟,因大病。夜召巫祈之,请改葬,且射行刑者瘗之,讫不解。妃死,祟亡"。(《新唐书·列传·卷七》)这可以说是唐玄宗一生造成的最大冤案,对比他兄弟相亲的姿态,也可以说是一种讽刺。武惠妃陷害太子,目的是让自己的儿子李瑁上位,可是她在太子死后不久就因良心不安,精神崩溃而死,李瑁失去了母亲的支持,自然难以如愿,而又因为母亲的去世,唐玄宗开始寻找新的精神慰藉,最终选中了他的王妃,李瑁在很短的时间内失去了母亲、政治前途和妻子,可谓是十分失意钟于一身。幸好他还算是个想得开的人,估计也没什么政治野心,卒于大历十年(775),大概活了六十岁。

今天走进西安兴庆宫公园大门,行不多远就可以看到一处稍显低洼的遗址,那原来是唐玄宗的勤政务本楼,这里本是唐玄宗处理政事、颁发诏书的所在,后来则多用于举办节庆典礼,而那座"银榜天题,金扉御阙,俯尽一国,旁分万里,崇崇乎实帝城之壮观也"(高盖《花萼楼赋》)的花萼相辉楼原来与之毗邻,后在原址北部重建,亦仅存其名而已。这座华丽的高楼曾经和兴庆宫一起,与唐朝的国运共同沉浮,玄宗殁后,也逐渐失去了盛世的光彩。到了李商隐生活的晚唐时期,兴庆宫料必已经陷入荒芜。李商隐一生亦不顺遂,大概对李瑁抱有极大的同情,他写过两首关于寿王的诗歌,除了这首《龙池》,还有《骊山有感》:"骊岫飞泉泛暖香,九龙呵护玉莲房。平明每幸长生殿,不从金舆惟寿王。"在文学史上,杨贵妃和唐玄宗的爱情故事被反复吟唱,但很少有人关注到他们俩身后那个失落的"受害者",正史上对李瑁和杨玉环的关系也往往语焉不详,或者干脆讳莫如深,只有这个"不合时宜"的李商隐,对吟咏此事乐此不疲,如果泉下有知,不知寿王李瑁对他是感激呢,还是憎恶他屡屡"揭伤疤"的行为?

(2020.8.17)

昔日龙池，今兴庆湖

# 黄台瓜辞

唐·李贤

种瓜黄台下，瓜熟子离离。

一摘使瓜好，再摘令瓜稀。

三摘尚自可，摘绝抱蔓归。

　　7月29日，和父亲一起游兴平后，即前往乾县，准备去中国最大的帝王陵墓——乾陵游览。作为唐高宗李治和武则天的合葬陵，乾陵的规模巨大，而且规格极高，石刻文物保存相对较为完整，成为旅游胜地。乾陵周围还有十七座陪葬墓，现在的乾陵门票内，就包含了其中的三个：懿德太子墓、永泰公主墓和章怀太子墓，而章怀太子李贤，就是这首民歌体乐府诗《黄台瓜辞》的作者。此诗见于宋郭茂倩编《乐府诗集》，题下注云："《唐书》曰：'武后生四子，长曰孝敬皇帝弘，为太子监国，而仁明孝悌。武后方图临朝，乃杀孝敬，立雍王贤为太子。贤日怀忧惕，知必不保全,无由敢言,乃作《黄台瓜辞》,命乐工歌之,冀武后闻之感悟。后终为武后所逐,死于黔中'。"

正如这篇题下注中所云,武则天一共有四个儿子,长子李弘,四岁时就被立为太子,李弘天性仁厚,聪敏好学,可惜二十四岁时猝死于洛阳合璧宫绮云殿,官方的公布的死因是长期困扰他的"痨瘵",但是《唐会要》和《新唐书》等都对此持怀疑态度,而认为是武则天为了保住手中的大权而将李弘鸩杀。李弘死后,唐高宗和武则天立他们的次子李贤为太子。监国期间,李贤"于处决尤明审,朝廷称焉,帝手敕褒赐",还召集诸儒共注范晔《后汉书》。尽管李贤为太子期间,深受父皇李治的赞许,但他与母亲武后的关系却日益紧张。当时,皇宫中有流言说李贤不是武后亲生,而是武后的姐姐韩国夫人与高宗的儿子,李贤闻后顿生疑虑,深感恐惧。武后送《少阳政范》和《孝子传》给李贤,以责备他不懂得为太子、人子之道,还数次写信斥责,太子越发不安。仪凤四年(679),深得武后信赖的术士明崇俨被强盗杀害,武后怀疑是太子所为(因为明崇俨曾经诋毁他没有帝王之相)。第二年即调露二年(680),武后派人揭发太子谋反,在东宫里搜出数百具铠甲,唐高宗想要从轻处罚,武后却说:"贤怀逆,大义灭亲,不可赦。"乃废为庶人,开耀元年(681),李贤被流放到巴州(今四川巴中)。文明元年(684),高宗驾崩,武则天第三子李显继位,是为中宗,但仅一个多月就被武后废黜,改立第四子李旦(睿宗),不久武后命令左金吾卫将军丘神勣前往巴州"检卫贤第,迫令自杀,年三十四"。(《新唐书》本传)神龙元年(705)正月,武则天病重,中宗李显复辟,追赠李贤司徒,并遣使者到巴州迎回李贤灵柩,以亲王礼陪葬乾陵。景云二年(711),睿宗李旦复立,追赠李贤皇太子,并谥"章怀"。

这首诗系年不详,玩其蕴意,大概作于巴州流放时期。由于是乐府民歌体,所以文字通俗直白,直指母亲对骨肉的无情迫害,并含有劝谏、警示之意,但显然他的母亲武则天并没有为其所动。在传统的男权社会里,作为女强人的武则天,为了夺取和巩固自己的权位,就必须心狠手辣地处理不利于自己的言论和人物,不能有半点妇人之仁。她的四个亲生儿子,长子疑似被其鸩毙,次子被流放并最终被害,三子李显当了一个多月皇帝就被废黜,贬为庐陵王,在房州(今湖北房县)和均州(今湖北丹江口)先后被幽禁了十余年,看到母亲的来使就紧张万分,怕走上和二哥一样的道路。四子李旦在当了六年多的傀儡皇帝之后,终于还是被降为皇嗣,赐姓武氏,迁居东宫,又变成了太子,直到母亲和哥哥李显先后死去,他才第二次登上大宝,两年后,面对复杂的朝廷局势,他选择了急流勇退,把皇位让给了儿子李隆基。武则天还大杀儿媳,李显的发妻赵氏,李旦的两个妃子刘妃、窦妃都被她处死。在武则天走上帝位的过程中,琅琊王李冲、越王李贞、韩王李元嘉、鲁王李灵夔、霍王李元轨、纪王李慎、江都王李绪、黄国公李撰、东莞郡公李融、常乐公主等,或被逼自杀,或斩首市曹,或死于流放途中。至于和章怀太子一起陪葬乾陵的懿德太子李重润和永泰公主李仙蕙,则是死于大足元年(701)的一次告密事件。当时作为邵王的李重润和妹妹永泰郡主李仙蕙,以及李仙蕙的驸马武延基(武则天侄武承嗣之子)一起议论武则天与张易之、张昌宗兄弟内帏之事,武则天得知后极为震怒,杀李重润、武延基,怀有身孕的李仙蕙因受惊吓,难产而死。李显复辟之后,才把他们三人移入乾陵陪葬。

　　章怀太子墓位于乾陵东南约3公里处,游人一般是游完了乾陵和距其较近的懿德太子墓、永泰公主墓之后,才会来到这里,由于三个陪葬墓规格类似,内容趋同,加之乾陵景区十分庞大,游客到这里时体力上已趋于强弩之末,所以竟有很多人弃章怀墓而不去。我们坐车前往的时候,就有几位游客压根没下车。章怀太子墓中的壁画和小型文物都被转移到了博物馆中保存,顺墓道而下至墓室,只能看到一具巨大的雕满精美花纹的空空的石椁,的确与之前看到的那两座陪葬墓没什么两样。章怀、懿德、永泰三人还有一个共同之处,就是都死于武则天的迫害,而他们的身份,分别是武氏的儿子、孙子和孙女,死时的年龄分别只有34、20和18岁,王朝的权力斗争之残酷,可见一斑,而武则天在历史上的作为还尚可称为一代明君!这也就是为什么南朝刘宋的末代君主顺帝在亡国时"泣而弹指,唯愿后身生生世世不复天王作因缘"(《南史·王敬则传》)的原因吧。

(2020.8.18)

章怀太子墓壁画《马球图》

章怀太子墓石椁上精美的雕花

唐高宗武则天合葬陵乾陵之神道

乾陵之武则天"无字碑"

# 清平调三首

唐·李白

其一

云想衣裳花想容,春风拂槛露华浓。

若非群玉山头见,会向瑶台月下逢。

其二

一枝红艳露凝香,云雨巫山枉断肠。

借问汉宫谁得似,可怜飞燕倚新妆。

其三

名花倾国两相欢,长得君王带笑看。

解释春风无限恨,沉香亭北倚阑干。

在西安兴庆宫公园的水域上有一个岛屿,面积并不大,却有着两座美丽的建筑:楼阁式的"彩云间"和1958年复建的仿唐建筑沉香亭。唐时沉香亭为沉香木所构,故名,是唐玄宗和杨贵妃重要的享乐之所。今天的沉香亭四周遍植牡丹,是有出典的。中唐时期的李濬《松窗杂录》记云:"开元中(引者按此处当为"天宝中"之误,因李白入京供奉翰林为天宝初事),禁中初重木芍药,即今牡丹也。得四本红、紫、浅红、通白者,上因移植于兴庆池东沉香亭前。会花方繁开,上乘月夜召太真妃以步辇从。诏特选梨园子弟中尤者,得乐十六色。李龟年以歌擅一时之名,手捧檀板,押众乐前欲歌之。上曰:'赏名花,对妃子,焉用旧乐词为?'遂命龟年持金花笺宣赐翰林学士李白,进《清平调》词三章。白欣承诏旨,犹苦宿醒未解,因援笔赋之:……(引者注即《清平调》三首)龟年遽以词进,上命梨园弟子约略调抚丝竹,遂促龟年以歌。太真妃持颇罗梨七宝杯,酌西凉州蒲萄酒,笑领意甚厚。上因调玉笛以倚曲,每曲遍将换,则迟其声以媚之。太真饮罢,饰绣巾重拜上意。龟年常话于五王,独忆以歌得自胜者无出于此,抑亦一时之极致耳。上自是顾李翰林尤异于他学士。会高力士终以脱乌皮之缝(引者按:靴名)为深耻,异日太真妃重吟前词,力士戏曰:'始谓妃子怨李白深入骨髓,何拳拳如是?'太真妃因惊曰:'何翰林学士能辱人如斯?'力士曰:'以飞燕指妃子,是贱之甚矣。'太真颇深然之。上尝欲命李白官,卒为宫中所捍而止。"

所以这三首《清平调》,事实上是李白为赞美杨贵妃的美貌而写的应制之作,但是即便是在宿醉未醒的状态下匆忙写就的"溜须拍马诗",还是全数入选了《唐诗三百首》,一则源于李白的惊天才华,同时也从另一个方面映证了杨贵妃的惊人美貌。第一首以奇特的想象,直接描写杨贵妃之美,以云霞比华丽的衣裙,以娇花比美艳的容貌(另解,喻云彩想要贵妃华丽的衣裳,花朵想要贵妃无比的美貌,亦佳),以春风、露华比帝王的恩宠。后两句更以仙境为依托(群玉山、瑶台都是传说中神仙所居之地),仙人作比喻,极写杨贵妃不凡的气质和外表,这样的赞美可谓登峰造极。第二首写眼前的那枝红牡丹得到了雨露的润泽,比李隆基对杨玉环的宠爱,第二句用巫山云雨之典,宋玉《高唐赋》序云:"昔者,楚襄王与宋玉游于云梦之台,望高唐之观,其上独有云气,崒兮直上,忽兮改容;须臾之间,变化无穷。王问玉曰:'此何气也?'玉对曰:'所谓朝云者也。'王曰:'何谓朝云?'玉曰:'昔者,先王尝游高唐,怠而昼寝,梦见一妇人,曰:妾,巫山之女也,为高唐之客,闻君游高唐,愿荐枕席。'王因幸之。去而辞曰:'妾在巫山之阳,高丘之阻,旦为朝云,暮为行雨。朝朝暮暮,阳台之下。'"云雨阳台终是梦,故云"枉断肠"。三四句用汉成帝赵飞燕之典,言飞燕也要依靠新妆方能与杨贵妃"得似",以古之美人衬托今之美人。但也许是李白当时喝醉了酒,他在这里犯下了一个错误,因为用赵飞燕来比杨贵妃显然是不妥的,赵飞燕以体瘦闻名,杨贵妃则比较丰满,此外,赵飞燕行为不检,秽乱后宫,且一意争宠,虽一度被立为皇后,最终被废为庶人,落得个自杀的下场,李白用她来比杨妃,虽然也许是出于无心,但也为后来高力士等人的谗言埋下了伏笔。第三首实写眼前之景,牡丹为名花,贵妃为国色,在沉香亭畔交相辉映,君王含笑细赏,乐而忘忧,两人在沉香亭北双双倚栏赏花,可谓四美同俱,曲尽风流。

这三首《清平调》一经写出,就得到了杨贵妃和唐玄宗的喜爱,玄宗还亲自吹笛为李龟年的演唱伴奏,唱罢,杨贵妃郑重拜谢皇帝的隆恩,李龟年后来回忆说这是他一生最为难忘的盛景,也是其演唱生涯中荣耀的巅峰。李白也因此作而益加见重于皇帝。

然而,由于李白不羁的性格和磊落的个性,很快便得罪了诸多权贵,《唐才子传》中说,李白曾令"龙巾拭吐,御手调羹,贵妃捧砚,力士脱靴",李白后来也曾回忆长安生涯道:"昔在长安醉花柳,五侯七贵通杯酒。气岸遥凌豪士前,风流肯落他人后?"(《流夜郎赠辛判官》)虽然荣耀一时,但毕竟只被唐玄宗视作一介词臣而已,最终落得谗谤满身,他在与京中权贵的结交中也看透了世道的黑暗和政局的不公:"梧桐巢燕雀,枳棘栖鸳鸾。且复归去来,剑歌行路难。"(《古风》其三十九)以及这帮权贵们骄纵和虚伪的本质:"大车扬飞尘,亭午暗阡陌。中贵多黄金,连云开甲宅。路逢斗鸡者,冠盖何辉赫。鼻息干虹蜺,行人皆怵惕。世无洗耳翁,谁知尧与跖!"(《古风》其二十四)"前门长揖后门关,今日结交明日改。"(《赠从弟南平太守之遥二首》其一)最后他干脆整天酩酊大醉,佯狂不出,"李白斗酒诗百篇,长安市上酒家眠。天子呼来不上船,自称臣是酒中仙"。(杜甫《饮中八仙歌》)终于被唐玄宗"赐金放还"(《新唐书》本传),离开长安。

今天兴庆宫公园内的沉香亭仍是园中最为华丽的仿古建筑,虽名为"亭",却很庞大,建成六十多年后,至今光彩夺目,亮丽如新,其周依旧遍植牡丹。我上个月去时正值盛暑,因此无缘一睹百花之王争奇斗艳的壮观景象,但仍可以从花坛的规模和花丛的密度中想见一斑。稍显遗憾的是今天的沉香亭没有栏杆,但想到这就是大名鼎鼎的唐玄宗和杨贵妃欣赏牡丹的地方,同时也是大名鼎鼎的李龟年放声歌唱的地方,居然还是更为大名鼎鼎的李太白先生的名作《清平调》诞生的地方,这样的遗憾也就显得无足轻重了。

(2020.8.18)

今天位于西安兴庆宫公园内的沉香亭,重建于1958年

# 长恨歌

唐·白居易

汉皇重色思倾国，御宇多年求不得。
杨家有女初长成，养在深闺人未识。
天生丽质难自弃，一朝选在君王侧。
回眸一笑百媚生，六宫粉黛无颜色。
春寒赐浴华清池，温泉水滑洗凝脂。
侍儿扶起娇无力，始是新承恩泽时。
云鬓花颜金步摇，芙蓉帐暖度春宵。
春宵苦短日高起，从此君王不早朝。
承欢侍宴无闲暇，春从春游夜专夜。
后宫佳丽三千人，三千宠爱在一身。
金屋妆成娇侍夜，玉楼宴罢醉和春。
姊妹弟兄皆列土，可怜光彩生门户。
遂令天下父母心，不重生男重生女。

骊宫高处入青云，仙乐风飘处处闻。
缓歌慢舞凝丝竹，尽日君王看不足。
渔阳鼙鼓动地来，惊破霓裳羽衣曲。
九重城阙烟尘生，千乘万骑西南行。
翠华摇摇行复止，西出都门百余里。
六军不发无奈何，宛转蛾眉马前死。
花钿委地无人收，翠翘金雀玉搔头。
君王掩面救不得，回看血泪相和流。
黄埃散漫风萧索，云栈萦纡登剑阁。
峨嵋山下少人行，旌旗无光日色薄。
蜀江水碧蜀山青，圣主朝朝暮暮情。
行宫见月伤心色，夜雨闻铃肠断声。

天旋日转回龙驭，到此踌躇不能去。
马嵬坡下泥土中，不见玉颜空死处。
君臣相顾尽沾衣，东望都门信马归。
归来池苑皆依旧，太液芙蓉未央柳。
芙蓉如面柳如眉，对此如何不泪垂。
春风桃李花开夜，秋雨梧桐叶落时。
西宫南内多秋草，落叶满阶红不扫。
梨园弟子白发新，椒房阿监青娥老。
夕殿萤飞思悄然，孤灯挑尽未成眠。
迟迟钟鼓初长夜，耿耿星河欲曙天。
鸳鸯瓦冷霜华重，翡翠衾寒谁与共？
悠悠生死别经年，魂魄不曾来入梦。
临邛道士鸿都客，能以精诚致魂魄。
为感君王辗转思，遂教方士殷勤觅。
排空驭气奔如电，升天入地求之遍。
上穷碧落下黄泉，两处茫茫皆不见。
忽闻海上有仙山，山在虚无缥渺间。
楼阁玲珑五云起，其中绰约多仙子。
中有一人字太真，雪肤花貌参差是。
金阙西厢叩玉扃，转教小玉报双成。
闻道汉家天子使，九华帐里梦魂惊。
揽衣推枕起徘徊，珠箔银屏迤逦开。
云鬓半偏新睡觉，花冠不整下堂来。
风吹仙袂飘飘举，犹似霓裳羽衣舞。
玉容寂寞泪阑干，梨花一枝春带雨。
含情凝睇谢君王，一别音容两渺茫。
昭阳殿里恩爱绝，蓬莱宫中日月长。
回头下望人寰处，不见长安见尘雾。
惟将旧物表深情，钿合金钗寄将去。
钗留一股合一扇，钗擘黄金合分钿。
但教心似金钿坚，天上人间会相见。
临别殷勤重寄词，词中有誓两心知。

　　七月七日长生殿，夜半无人私语时。

　　在天愿作比翼鸟，在地愿为连理枝。

　　天长地久有时尽，此恨绵绵无绝期。

　　杨贵妃墓和马嵬驿毗邻，跟汉武帝的茂陵正好位于兴平县城的东西两边，相距有20多公里，我们完全依靠当地的公共交通工具，用半天时间把这两处游完，算是非常紧凑地利用了时间。下午三点半左右经过马嵬，抵达杨贵妃墓，先到公路对面买了票，再穿过公路，登上十几级台阶，走进杨贵妃的墓园。大门为民国时所筑，样式中西合璧，题额"唐杨氏贵妃之墓"，由1936年时任陕西省政府主席的邵力子书写。杨贵妃墓呈半圆形，外面用青砖包砌，据传说原先杨贵妃坟头上的土有香气，前来游玩的仕女们都要取一些坟土，用来擦脸美容，号曰"贵妃粉"，眼看封土行将取尽，当局只好重新加以修葺，外层砌以青砖进行保护。坟前有墓碑两通，其一是清代乾隆年间为陕西的文物保护作出巨大贡献的巡抚毕沅所书，已残，另一块是前陕西省委书记李尔重于1979年所题。墓后尚有杨贵妃汉白玉雕像一座，丰容秀美，峨髻簪花，体态婀娜。其后矗立太真阁和望都亭，均可登临望远。两旁廊上有大幅设色连环壁画，将白居易的《长恨歌》敷演为图。

　　说到李、杨的爱情故事，人们总会想起这首伟大的长诗，无论在西安的大明宫、兴庆宫，临潼的华清宫，还是兴平的马嵬驿、贵妃墓，人们在这些地方凭吊史迹的时候，口边诵出的，也往往是这首作品。唐宪宗元和元年（806）四月，三十五岁的白居易试"才识兼茂明于体用科"及第，授盩厔县（今陕西周至县）尉。是年十二月，白居易与当地友人陈鸿、王质夫游仙游寺，谈到唐玄宗与杨贵妃故事，王质夫举酒对白居易说："夫希代之事，非遇出世之才润色之，则与时消没，不闻于世。乐天深于诗，多于情者也。试为歌之，如何？"白居易既有感于史事，又激励于友情，乃作《长恨歌》。陈鸿也配合此诗，写了《长恨歌传》。从刚刚诞生起，《长恨歌》就成为名篇，陈鸿云："世所不闻者，予非开元遗民，不得知。世所知者，有《玄宗本纪》在。今但传《长恨歌》云尔。"（《长恨歌传》）这首诗也为年轻的白居易在当时的诗坛奠定了不可撼动的地位，并和后来创作于江州的《琵琶行》一起，成为白居易诗作中最为引人注目的长诗"双璧"。

　　"汉皇"原指汉武帝，唐朝虽然少有文字狱，但因为写的是当朝皇帝的事情,所以还是要为尊者讳,"以汉喻唐"的手法,在唐诗中是比较常见的。御宇,指统治天下,语出西汉贾谊《过秦论》:"振长策而御宇内"。"步摇"是一种首饰。多以黄金制成龙凤等形,并缀以珠玉。六朝而下,花式愈繁,或做成鸟兽花枝等,簪于发上,上有垂珠,步则动摆,故名。"芙蓉帐",应是饰有芙蓉(荷花)图案的帘帐。"专夜"之"专",有独享之意。"金屋"用汉武帝"金屋藏娇"典,《汉武故事》载:"(胶东王刘彻)数岁,长公主嫖抱置膝上,问曰:'儿欲得妇不?'胶东王曰:'欲得妇。'长公主指左右长御百余人,皆云不用。末指其女问曰:'阿娇好不?'于是乃笑对曰:'好!若得阿娇作妇,当作金屋贮之也。'""玉楼宴罢醉和春",在华贵的楼宇中饮酒至醉的贵妃脸上如沐春风,显得更为娇艳。词牌名"玉楼春"即来源于此句,后人更发挥出了戏曲"贵妃醉酒"。列土:裂土分疆,分封到土地。杨贵妃有姊三人,分别封韩国夫人、虢国夫人、秦国夫人。从兄国忠(本名钊),为右丞相,文部(即吏部)尚书。从兄铦,为鸿胪卿、上柱国。从兄锜,为侍御史,尚武惠妃女太华公主。"可怜":可爱,令人歆羡之意。以上可看作全诗的第一个段落,叙写唐玄宗与杨贵妃的结合以及后者的专宠之状。

骊宫,即骊山脚下的华清宫,因有温泉,为唐玄宗冬季避寒之地。"凝丝竹"的"凝",是紧密配合的意思。渔阳,古地名,燕昭王二十九年(前283)置渔阳郡,治所在今北京市密云区十里堡镇,因其位于渔水(今白河)之北而得名。《霓裳羽衣曲》,原为西凉之曲,音节铿锵急切,唐玄宗润色并命名,杨贵妃极擅伴此曲而舞。《霓裳羽衣曲》在开元、天宝年间曾盛行一时。五代时,其舞失传,南宋时,其曲亦"寂不传矣。"(葛立方《韵语阳秋》)九重城阙,指京城长安。《楚辞·九辩》:"君之门以九重。"阙,皇宫门前两边供瞭望的楼式建筑,泛指宫殿。烟尘生:指发生战事。西南行,指唐玄宗及其亲信逃往蜀地。天宝十五载(756)六月十三日黎明,玄宗出皇宫延秋门出逃,"扈从唯宰相杨国忠、韦见素,内侍高力士及太子、亲王、妃主,皇孙已下多从之不及"。(《旧唐书》卷9玄宗本纪)翠华,天子仪仗中以翠羽为饰的旗帜或车盖。西出东门百余里,指的是已经到了离长安五十多公里的马嵬驿(位于今陕西兴平市西)。六军不发句,指马嵬兵变,六月十四日,禁军发生哗变,杀杨国忠,悬其首级于驿门之外,又杀其子杨暄、韩国夫人、秦国夫人,杨国忠的亲信魏方进斥责士卒,亦被杀,左丞相韦见素被击伤。士兵随后包围了玄宗所在驿舍,玄宗遣高力士质询陈玄礼,陈云:"国忠谋反,贵妃不宜供奉,愿陛下割恩正法。"玄宗不许。京兆司录参军韦锷(韦见素子)及高力士等苦劝,高力士云:"贵妃诚无罪,然将士已杀国忠,而贵妃在陛下左右,岂敢自安?愿陛下审思之,将士安则陛下安矣。"(《资治通鉴》卷218)玄宗无奈,与贵妃诀。贵妃云:"愿大家(按:内宫对玄宗的称呼)好住,妾诚负国恩,死无恨矣。乞容礼佛。"帝曰:"愿妃子善地受生。""力士遂以罗巾缢于佛堂前之梨树下。才绝,而南方进荔枝至。上睹之,长号数息,使力士曰:'与我祭之。'祭后,六军尚未解围。以绣衾覆床,置驿庭中,敕玄礼等入驿视之。玄礼抬其首,知其死,曰:'是矣。'而围解。瘗于西郭之外一里许道北坎下。妃时年三十八。"(乐史《杨太真外传》)"宛转"指杨贵妃死前指凄楚状。蛾眉,女子美丽的眉毛,此指贵妃。

花钿,以金、银等制成花形,用鱼胶贴于脸上,是唐代流行的首饰。翠翘,首饰,形如翡翠鸟尾。金雀,金雀钗,钗形似朱雀。玉搔头,玉簪,东晋葛洪《西京杂记》卷2:"武帝过李夫人,就取玉簪搔头。自此后,宫人搔头皆用玉,玉价倍贵焉。"云栈,高入云霄的栈道。萦纡,盘旋曲折。剑阁,此指剑门关,在四川省剑阁县,该地群山如立剑,复有两座峭壁对峙如门,极为险要,《华阳国志·蜀志》:"诸葛亮相蜀,凿石架空,为飞梁阁道,以通蜀汉。"李白《蜀道难》:"剑阁峥嵘而崔嵬,一夫当关,万夫莫开";杜甫《剑门》:"惟天有设险,剑门天下壮。连山抱西南,石角皆北向。两崖崇墉倚,刻画城郭状。一夫怒临关,百万未可傍。"峨眉山,在今四川省峨眉山市,玄宗奔蜀时,并未经过峨眉,此处系泛指蜀中诸山。日色薄,喻指皇帝失去了往日的光彩,变得黯淡落寞。"圣主朝朝暮暮情",指玄宗在四川蛰居,内心孤寂苦闷。夜雨闻铃,《明皇别录》载:"帝幸蜀,南入斜谷。属霖雨弥旬,于栈道雨中闻铃声与山相应。帝既悼念贵妃,因采其声为《雨霖铃》曲,以寄恨焉。时独梨园善觱篥乐工张徽从至蜀,帝以其曲授之。洎至德中,复幸华清宫,从官嫔御皆非旧人。帝于望京楼命张徽奏《雨霖铃》曲,不觉凄怆流涕。"此处的铃系栈道铁索上所挂,以便行人利用铃声来前后照应。至此为全诗第二段落,言安史乱起,贵妃殒命,以及贵妃死后玄宗在蜀中景况。

天旋日转,指乾坤扭转,肃宗至德二年(757),郭子仪收复长安,是年十月,唐肃宗率流亡政府回到长安,十二月,玄宗亦返抵长安,滞留成都凡15月。龙驭,皇帝的车驾。不见玉颜空死处,这里指玄宗返回长安途中,又经过马嵬驿。《旧唐书·后妃传》:"玄宗自蜀还,令中使祭奠杨贵妃,密令改葬于他所。初瘗时,以紫褥裹之,肌肤已坏,而香囊仍在,内官以献,上皇视之凄惋,乃令图其形于别殿,朝夕视焉。"信马归,虽然已经望见了长安城的门户,但因贵妃已死,肃宗已立,美人江山,散失殆尽,万念俱灰,心内零落,故并无迫切回都之意,只是放任马儿前行,不加鞭策。太液池,在大明宫内。未央宫,本是西汉皇宫,此指唐宫。芙蓉如面柳如眉,指玄宗看到荷花和柳叶,就想起了贵妃的音容。西宫南内,玄宗回京后,因为江山易主,没有住在大明宫,而是住在兴庆宫,即南内。宦官李辅国向肃宗进谗言曰:"上皇居兴庆宫,日与外人交通,陈玄礼、高力士谋不利于陛下。今六军将士尽灵武勋臣,皆反仄不安,臣晓谕不能解,不敢不以闻。"上元元年(760)七月,宦官李辅国在肃宗的默许下,逼迫玄宗迁居太极宫,即西内,亦即西宫。玄宗居西内甘露殿,"所留侍卫兵,才尪老数人。陈玄礼、高力士及旧宫人皆不能留左右。……刑部尚书颜真卿首帅百寮上表,请问上皇起居。辅国恶之,奏贬蓬州长史"。(《资治通鉴》卷221)七月逐高力士于巫州(今湖南黔阳),陈玄礼被勒令致仕。另两名亲信宦官王承恩逐播州(今贵州遵义),魏悦逐溱州(今重庆綦江),玄宗身边亲近之人几乎全部被清洗殆尽,晚景十分凄凉。宝应元年(762)四月,玄宗崩于西内冷宫神龙殿,享年78岁。

梨园弟子,《新唐书·礼乐志》:"玄宗既知音律,又酷爱法曲,选坐部伎子弟三百,教于梨园。声有误者,帝必觉而正之,号皇帝梨园弟子。""梨园"在唐代属皇家乐舞培训和表演机构,大内、禁苑、华清宫和太常寺均有设置。椒房,《汉书·车千秋传》颜师古注:"椒房,殿名,皇后所居也,以椒和泥涂壁,取其温而芳也。"后多指后妃居所。阿监,宫中的侍从女官。青娥,年轻的宫女。悄然:忧愁状。孤灯挑尽:古人用油灯照明,燃烧一段时间后,就挑拨浸在油中的灯草,以使灯火明亮。挑尽,灯草燃尽,指夜深。唐代宫廷夜间点蜡烛,一般不用油灯,故宋邵博《邵氏闻见后录》中称:"宁有兴庆宫中,夜不烧蜡油,明皇自挑灯者乎?书生之见可笑耳。"同时期人王楙《野客丛书》则谓:"诗人讽咏,自有主意,观者不可泥其区区之词。……仆谓……正所以状宫中向夜萧索之意,非以形容盛丽之为。固虽天上非人间比,使言高烧画烛,贵则贵矣,岂复有长恨等意邪?观者味其情旨,斯可矣。"

迟迟钟鼓,报更的钟鼓迟迟不见响起,形容玄宗孤枕难眠之状。初长夜,漫漫的长夜刚刚开始。耿耿,明亮。星河,银河。欲曙天,接近黎明的夜空。鸳鸯瓦,一俯一仰相合的瓦片。《三国志·魏书·方技传》:"文帝梦殿屋两瓦堕地,化为双鸳鸯。"也称阴阳瓦。翡翠衾,绣有翡翠鸟图案的被子,《楚辞·招魂》:"翡翠珠被,烂齐光些。"传说,翡翠鸟雌雄双飞。别经年,离别已经一年多了,天宝十五载(756)六月杨贵妃死,至德二年(757)十二月玄宗返京,历时一年半。临邛道士,从临邛(今四川邛崃县)来长安的道士,临邛是唐时道教兴盛之地。鸿都,本为汉代藏书和教学之地,光和元年,置鸿都门学士,这里借指长安。题柳宗元《龙城录·明皇梦游广寒宫》:"开元六年,上皇与申天师、道士鸿都客,八月望日夜,因天师作术,三人同在云上,游月中。"精诚,至诚。致,招。展转思,辗转反侧的思念。方士,方术之士,自称能访仙炼丹以求长生不老的人,此指道士。排空驭气,犹腾云驾雾,排,推挤,驭,驾驭。奔如电,疾驰如闪电。碧落,道家称东方第一层天,碧霞满空,此指天上。黄泉,指人死后所往之地,也就是阴曹地府,中原地区墓穴挖掘偶遇出水,混合黄土,状如黄泉,故以黄泉地带为人死后居住的地下世界。缥缈,隐隐约约,若有若无。玲珑,精巧细致。五云,原指青、白、赤、黑、黄五种云色,《周礼·春官·保章氏》:"以五云之物,辨吉凶、水旱降、丰荒之祲象。"郑玄注引郑司农云:"以二至二分观云色,青为虫,白为丧,赤为兵荒,黑为水,黄为丰。"此处当指五色的瑞云,《南齐书·乐志》:"圣祖降,五云集。"骆宾王《为齐州父老请陪封禅表》:"瑞开三眷,祥洽五云。"绰约,形容女子体态优美,出自《庄子·逍遥游》:"肌肤若冰雪,绰约若处子。"太真,开元二十八年(740)十月,唐玄宗让原为寿王妃的杨玉环出家为女道士,道号"太真",以逐步实现其纳其为妃的目的。参差,差不多,唐周濆《逢邻女》诗:"莫向秋池照绿水,参差羞杀白芙蓉。"

金阙,神话中谓天门有黄金阙,《神异经·西北荒经》:"西北荒中有两金阙,高百丈。金阙银盘,圆五十丈。二阙相去百丈,上有明月珠,径三丈,光照千里。中有金阶,西北入两阙中,名曰天门。"西厢,《尔雅·释宫》:"室有东西厢曰庙,无东西厢有室曰寝。"正房前东西两侧的房子称为厢房。玉扃,玉门。小玉,白居易《霓裳羽衣歌》:"吴妖小玉飞作烟,越艳西施化为土。"句下自注:"夫差女小玉死后,形见于王。其母抱之,霏微若烟雾散空。"双成,姓董,为西王母侍女,班固《汉武内传》:"王母乃命诸侍女王子登弹八琅之璈,又命侍女董双成吹云和之笙……"此处小玉、双成皆指杨太真在仙山的侍女。全句意谓仙府庭院重重,须经辗转通报。九华帐,绣有重重花卉图案的帐幕。揽衣,提起衣衫,曹植《杂诗七首》其七:"揽衣出中闺,逍遥步两楹。"珠箔,珠帘。银屏,嵌银的屏风。迤逦,渐次,接连不断。云鬓,指的是女子高耸的发髻,曹植《洛神赋》:"云髻峨峨,修眉联娟。"李善注:"峨峨,高如云也。"觉,睡醒。花冠,簪花的冠状饰物,唐张说《苏摩遮》:"绣装帕额宝花冠,夷歌骑舞借人看。"袂,袖。飘飖,飘摇,飘忽,出《洛神赋》:"髣髴兮若轻云之蔽月,飘飖兮若流风之回雪。"阑干,纵横意。西晋左思《吴都赋》:"珠琲阑干"。刘渊林注:"阑干,犹纵横也。"凝睇:凝视。音容,声音容貌。渺茫,时地远隔,模糊不清。昭阳殿,汉成帝皇后赵飞燕的寝宫,此处指李杨二人在长安共同居住过的宫殿。蓬莱宫,蓬莱、方丈、瀛洲并称为海上三座仙山。《山海经·海内北经》说:"蓬莱山在海中。"郭璞注云:"上有仙人宫室,皆以金玉为之,鸟兽尽白,望之如云,在渤海中也。"又《史记》卷28《封禅书》:"蓬莱,方丈,瀛洲,此三神山者,其传在渤海中,去人不远。"《资治通鉴》卷7:"尝有至者,诸仙人及不死之药皆在焉。"此处指杨贵妃在仙山居住的宫殿。人寰,人间。钿合,即钿盒,镶嵌贵重金属、宝石、贝壳等的首饰盒,含一盖一底,以铰链相连。金钗,由两股金簪交叉绞合而成的首饰。钗擘黄金合分钿,把金钗分为两股,把宝盒分为两半,交给唐玄宗留作纪念,以表达对往日欢愉的难以忘怀和未来再会的企及之情。金钿,金钗和钿盒。殷勤,深情周到。重寄词,反复叮嘱使者,给玄宗带话。两心知,只有(唐玄宗和杨贵妃)两个人知道。长生殿,位于骊山西绣岭晚照亭东,也叫集灵台,是华清宫的主要建筑之一,始建于天宝六年(748),为供奉自高祖李渊、太宗李世民、高宗李治、大圣皇后武则天、中宗李显、睿宗李旦及追封的太上玄元皇帝老子李耳共七位皇帝灵位之地,因此该殿也被称为"七圣殿"。陈寅恪《元白诗笺证稿》中指出:"长生殿七夕私誓之为后来增饰之物语,并非当时真确之事实……玄宗临幸温汤必在冬季、春初寒冷之时节。今详检两唐书玄宗记,无一次于夏日炎暑时幸骊山。而所谓长生殿者,亦非华清宫之长生殿,而是长安皇宫寝殿之习称。如果真有这样的事,应发生在'飞霜殿',但此殿不符合爱情的长久与火热,故当改为长生殿。"飞霜殿为华清宫内寝殿,据说冬季下雪时,雪花还没落及地面便被大殿周围温泉的热气蒸腾而上,化雪为霜,故名。比翼鸟,传说中的鸟名,据说只有一目一翼,雌雄并在一起才能飞翔。连理枝,两株树枝干连抱。此二物比喻情侣相爱、永不分离。有时尽,终有尽头。恨,遗憾。以上为全诗的第三个段落,写玄宗回銮长安后派遣使者与已然成仙的杨贵妃互通信息的场景,这当然是出于想象,其中蕴含了作者对两人真挚爱情的赞美与同情。

虽然《长恨歌》的主人公是两个,但毫无疑问,白居易在写作时把重头戏都给了更具悲剧色彩的杨贵妃,因为女性在中国古代的爱情纠葛中往往处于被动的地位,她们往往无力主宰自己的命运,从而更令后人同情。而事实上,杨贵妃虽然未能劝谏晚年的唐玄宗励精图治,延续"开元盛世"的辉煌,但把政局昏暗和国家混乱的主要责任归咎于她,确实也有失公允。从嫁为寿王妃到改从唐玄宗,从宠冠后宫到马嵬身死,她始终未能把握自己的命运,而完全被卷入了历史的洪流无法自拔。在改变唐朝国运的安史之乱面前,更应该低头检讨的是唐玄宗本人,而他似乎也承受了自己应该承受的痛苦:眼睁睁看着爱妃赴死却无力挽回;逃难途中丢失了皇位却无可奈何;晚年遭受儿子唐肃宗李亨的猜忌,身边的亲信一个个被放逐,最终凄凉地死于冷宫之中,完成了高开低走、先扬后抑的漫长一生。清代诗人王士禛在他的《马嵬怀古》中写道:"巴山夜雨却归秦,金粟堆边草不春。一种倾城好颜色,茂陵终傍李夫人。"这说的就是李、杨二人令人唏嘘的爱情结局,位于兴平县的杨贵妃墓距位于蒲城县金粟山的唐玄宗泰陵足有 144 公里的距离,不仅不能相望,而且遥不可及,而泰陵中与玄宗合葬的,是唐肃宗李亨的生母杨氏,本为玄宗贵嫔,开元十七年(729)去世后,葬长安细柳原。肃宗至德二年(757),追谥其母为"元献皇后"。唐代宗李豫在宝应二年(763),将祖母棺椁迁出细柳原,葬于泰陵。元献皇后杨氏虽然与杨贵妃同出弘农杨氏,但后者在唐玄宗心目中的地位,显然是王皇后和武惠妃都难以相比的,更何况这位曾经的"杨贵嫔"呢!所以王士禛觉得,唐玄宗似乎还不如汉武帝幸福,同样的倾国之貌,李夫人的"英陵"还能紧紧依傍着汉武帝的茂陵(二陵仅相去一华里左右),而杨贵妃和唐玄宗呢?

"又不见泰陵一掬泪,马嵬坡下念杨妃。"(白居易《李夫人》)风流多情的皇帝李三郎,和国色天香的贵妃杨玉环,被一场归根结底是自己造成的悲剧,永远地分隔开了,无论是在现实世界里,还是在《长恨歌》这样充满想象的文学书写中,都不会有重逢的那一天。无数曾经站在贵妃墓前的后人们,他们的感想和心情,恐怕和波云诡谲的历史进程一样难以揣测吧。

(2020.9.5)

唐玄宗和杨贵妃的避寒之地——骊山

杨贵妃墓大门

杨贵妃之墓

# 水龙吟·登建康赏心亭

南宋·辛弃疾

楚天千里清秋,水随天去秋无际。遥岑远目,献愁供恨,玉簪螺髻。落日楼头,断鸿声里,江南游子。把吴钩看了,栏杆拍遍,无人会,登临意。

休说鲈鱼堪脍,尽西风,季鹰归未?求田问舍,怕应羞见,刘郎才气。可惜流年,忧愁风雨,树犹如此!倩何人唤取,红巾翠袖,揾英雄泪!

乾道九年(1173)冬,辛弃疾离滁州知州任,回京口(今江苏镇江)

居第。次年春授江东安抚司参议官,再度来到建康(他曾在1168年到1170年间出任建康通判)。时任江东留守叶衡对三十五岁的辛弃疾颇为器重,辛弃疾曾作《菩萨蛮·金陵赏心亭为叶丞相赋》,词云:"青山欲共高人语,联翩万马来无数。烟雨却低回,望来终不来。 人言头上发,总向愁中白。拍手笑沙鸥,一身都是愁。"而这首更为著名的《水龙吟》,亦作于这段时间。赏心亭为金陵胜概,南宋《景定建康志》云:"赏心亭在下水门之城上,下临秦淮,尽观览之胜。"辛弃疾似乎特别钟爱此亭,早在建康通判任上,就曾写下《念奴娇·登建康赏心亭呈史留守致道》:"我来吊古,上危楼,赢得闲愁千斛。虎踞龙蟠何处是?只有兴亡满目。柳外斜阳,水边归鸟,陇上吹乔木。片帆西去,一声谁喷霜竹?却忆安石风流,东山岁晚,泪落哀筝曲。儿辈功名都付与,长日惟消棋局。宝镜难寻,碧云将暮,谁劝杯中绿?江头风怒,朝来波浪翻屋。"

南京这座城市紧邻长江,历史上又见证了无数的兴亡成败,在赏心亭上可以北眺陷落的故土,抒发吊古伤今的情怀。乾道六年(1170),辛弃疾在建康通判任上献《美芹十论》,提出迁都建康,终止向金纳贡等激烈主张,但均未得到采纳。到了写《水龙吟》词之时,稼轩虽仍值壮年,但其雄心和抱负已经遭到了重创,甚至于有些心灰意冷,其胸中不平之气和低落的心境,在这首词中得到了充分的表现。

楚天,楚地的天空,春秋时,建康曾属楚,后人多以"楚天"指长江中下游地区的天空,富于诗意。水随天去秋无际,指亭下的秦淮河水流向天的尽头,秋色也因此显得漫无边际。遥岑远目,遥望远山,唐韩愈、孟郊《城南联句》云:"遥岑出寸碧,远目增双明。"献愁供恨,传递着忧愁和遗憾的情绪。玉簪螺髻,碧玉的簪子和螺壳状的发髻,比喻高低错落、形形色色的山峰。韩愈《送桂州严大夫》诗:"山如碧玉簪。"皮日休《缥缈峰》诗:"似将青螺髻,撒在明月中。"断鸿,失群的孤雁,北宋柳永《玉蝴蝶》词:"断鸿声里,立尽斜阳。"江南游子,辛弃疾是山东东路济南府历城县(今山东省济南市历城区)人,故云。吴钩,春秋时期吴国锻造的宝刀,因形状弯曲,故名。此处喻指作者杀敌报国的决心。栏杆拍遍,典出北宋王辟之《渑水燕谈录》:"刘孟节先生概,青州寿光人。少师种放,笃古好学,酷嗜山水,而天姿绝俗,与世相龃龉,故久不仕。……少时多居龙兴僧舍之西轩,往往凭栏静立,怀想世事,吁唏独语,或以手拍栏杆。尝有诗曰:'读书误我四十年,几回醉把栏杆拍。'"

休说鲈鱼堪脍,典出《世说新语·识鉴》:"张季鹰辟齐王东曹掾,在洛,见秋风起,因思吴中菰菜、莼羹、鲈鱼脍,曰:'人生贵得适意尔,何能羁宦数千里以要名爵?'遂命驾便归。"尽西风,尽管西风已起。求田问舍,《三国志·陈登传》:"许汜与刘备共在荆州牧刘表坐,表与备共论天下人,汜曰:'陈元龙湖海之士,豪气不除。'备问汜:'君言豪,宁有事耶?'汜曰:'昔遭乱,过下邳,见元龙。元龙无客主之意,久不相与语,自上大床卧,使客卧下床。'备曰:'君有国士之名。今天下大乱,帝王失所,望君忧国忘家,有救世之意,而君求田问舍,言无可采。是元龙所讳也,何缘当与君语?如小人,欲卧百尺楼上,卧君于地,何但上下床之间耶?'"流年,流逝的年华。忧愁风雨,比喻不得志的人生历程,北宋苏轼《满庭芳》云:"百年里,浑教是醉,三万六千场。思量,能几许,忧愁风雨,一半相妨。"树犹如此,北周诗人庾信《枯树赋》:"树犹如此,人何以堪!"《世说新语·言语》:"桓公北征,经金城,见前为琅琊时种柳皆已十围,慨然曰:'木犹如此,人何以堪!'攀枝执条,泫然流泪。"倩(qìng):请。红巾翠袖:女子装饰,代指女子。揾(wèn):擦拭。

如果考虑到辛弃疾写这首词时才三十五岁,则其中透露出的情绪更为令人唏嘘。稼轩是南宋初年少有的具有雄才和胆略的文人,但南宋疲弱的国力和对外政策令这位一腔热血的山东大汉颇感压抑,以至于在三十五岁的壮年便作"可惜流年,忧愁风雨,树犹如此"的感叹。清人黄梨庄论曰:"辛稼轩当弱宋末造,负管、乐之才,不能尽展其用,一腔忠愤,无处发泄。观其与陈同父抵掌谈论,是何等人物?故其悲歌慷慨、抑郁无聊之气,一寄之于其词。……余谓有辛稼轩之心胸,始可为稼轩之词。"(徐釚《词苑丛谈》)

这首词开首写景,气势宏大,随即转入对江东之秋的景物描写,蕴涵自身的不平之气和忧郁情怀。落日楼头三句,直写自己的特立独行和与当时主流的格格不入带来的更为深刻的苦痛。看吴钩、拍栏杆,则是一种情绪的发泄,尽管这种发泄极为无奈,也是无力的:"无人会,登临意。"

下阕对这"无人会"的"登临意"进行解说。"休说鲈鱼堪脍,尽西风,季鹰归未?"是一种反问,也是一种反讽,不要再提那见到秋风起就放弃官位回到家乡的张翰,我岂能学他呢?当然,这里面还隐含着"我现在有没有可能回到北方的家乡呢?"这一层意思,答案是显而易见的,并且容易使人对个中缘由作一番评论探析。接着又用刘备谴责许汜在国家危难之时还一心"求田问舍,言无可采"的典故,表明自己的心迹,那便是自己一心为国，绝不在天下太平之前学许汜那样的作为。然而，作者在抒发完这样的壮志豪情之后，接着却转入了感伤的情调，这从"可惜"二字就初见端倪，接着又用"流年""忧愁风雨""树犹如此"予以强化，最后用"英雄泪"作结，将国势飘摇之际自己却只能虚度年华的痛苦表露得淋漓尽致，与上阙那种"吴钩看了，栏杆拍遍"式的隐晦表达大相径庭，从中我们也可以看出作者那种极为艰辛隐忍而又不得不发的情感宣泄历程。

写下这首既表雄心又含悲愤的杰作之后，第二年夏，辛弃疾便离开了建康，出任江西提点刑狱，朝廷看重他的军事才能，但却没有安排他去与金国作战收复失地，而是让他去"江西节制诸军，讨捕茶寇"（《宋史·孝宗本纪》）。尽管辛弃疾在这一年的秋天便平息了叛乱，但他的内心深处，仍然始终牵挂着北方的故土和失地，故在途经吉州万安县（今江西吉安市万安县）造口时写下另一首千古绝唱《菩萨蛮·书江西造口壁》。

今日的赏心亭，仍建在水西门故址附近，紧邻秦淮河，是一幢四层八角亭阁式建筑，高达三十余米，并有电梯直上顶层，然四下望去，除了秦淮河水、水泥森林和依稀的远山之外，已难觅"水随天去""玉簪螺髻"的景象了。当年的赏心亭，也许只是城墙之上的一座可供登临望远的普通凉亭而已，而现在，在这车水马龙寸土寸金的南京城里，近千年之后还能够耸立起这样一座巨大的建筑物并命名为"赏心亭"，不得不说，这是当年满腹愁肠的辛弃疾用如椽巨笔在江东大地上造就的又一个奇迹。

（2020.9.21）

今日赏心亭

水随天去秋无际——赏心亭上俯瞰秦淮河

# 登西山望硖石湖

唐·白居易

菱歌清唱棹舟回，树里南湖似鉴开。

平障烟浮低落日，出溪路细长新苔。

居民地僻常无事，太守官闲好独来。

犹忆长安论诗句，至今惆怅读书台。

寒假回到家乡硖石，待了几天，颇觉无处可去，于是又登了一回西山的紫薇阁。西山的别名"紫薇山"和山顶矗立的紫薇阁，皆得名于白居易，白居易五十岁的时候出任中书舍人，写过一首很有名的诗《紫薇花》："丝纶阁下文书静，钟鼓楼中刻漏长。独坐黄昏谁是伴，紫薇花对紫微郎。"其中前两句，被评弹名家侯莉君用于其著名开篇《莺莺祥月》中，腔调软糯悦耳，传唱至今。紫微郎是白居易自指，因中书省曾名紫微省，取天文紫微垣为义，故中书舍人亦称紫微郎。白居易似乎很喜欢这个风雅的别称，在其他诗中尚有多次提及。

写完这首诗后不久，白居易就外放到了杭州作刺史，他就是在这个时候，来到硖石，登临西山，写下此诗。而他之所以会来到这里，其实与唐代另一位著名诗人顾况有关。晚唐张固《幽闲鼓吹》载："白尚书应举，初至京，以诗谒顾著作。顾睹姓名，熟视白公曰：'米价方贵，居亦弗易。'乃披卷，首篇曰："离离原上草，一岁一枯荣。野火烧不尽，春风吹又生。"即嗟曰：'道得个语，居即易矣。'因为之延誉，声名大振。"这个故事流传很广，以至于很多人一提到并不如白居易出名的顾况，就拿出这个故事来说明他跟白居易有师生之谊，在硖石西山北侧山麓，还有顾、白二人相依而立的铜像。

硖石湖，清人顾祖禹撰《读史方舆纪要》云："硖石山，县东北六十四里，一名紫微山，其并峙者曰赞山，两山相夹，中通河流，曰硖石湖。唐白居易尝登此，因以其官名之。"事实上，"硖石"这个地名就是来源于这"两山夹一水"的景致，《嘉兴府志》载："沈山与紫微山，东西夹水，故曰'硖石'。"两山之间的河流，即"硖石湖"，今之洛塘河也，既然名曰"湖"，当是河水宽处，附近旧地名有"东南湖""西南湖"之谓，实为原"南湖"的两岸，大致涵盖的范围在今东山下水月亭路到南关厢一带，如果看地图，就会发现洛塘河在这里与横塘河、麻泾河相汇，水面顿宽，形成湖的样貌，这就是"南湖"所在的位置，在西山上望东南方眺望，就可以看到，其直线距离不足二华里。从"东南湖""西南湖"所在的位置来判断，唐时的南湖，面积应比今天大许多。白居易登上西山之时，正值夕照，落日低垂，菱歌唱晚，浙北平原少山，海宁的山也都比较低矮，故云"平障"。观"居民地僻常无事"一句，说明那时的硖石还比较偏僻，人口不多，甚至比较荒疏，永徽六年（655）方置硖石镇，那是白居易来访三十多年之后的事。

　　面对眼前的湖山丽景，白居易想起了自己的恩师顾况，想起了两人在京都长安的文字往来，此时的顾况早已离世，显然白居易也曾去东山的顾况故居凭吊过一番，故有末句"至今惆怅读书台"之语。顾况是苏州海盐（今浙江海宁）人，字逋翁。其先祖系从吴地迁来，定居海盐横山（今海宁狮岭大横山），在硖石东山亦有别业。至德二年（757），顾况登进士第，贞元三年（787）为李泌荐引，任著作佐郎。贞元五年（789），李泌去世，况因嘲讽当朝权贵，贬饶州司户参军，晚年定居茅山，自号"华阳真逸"，擅画山水，其故宅"斑竹园"在与西山隔河相对的东山（旧名审山）之麓，顾况《山中》诗云："野人自爱山中宿，况在葛洪丹井西。庭前有个长松树，夜半子规来上啼。"清人厉鹗有诗记游云："顾逋翁有读书台，白塔青林相对开。佳处不教容易尽，东山留待后游来。"（《过硖石登西山广福院三首》其三）据《硖川续书》记载，顾况读书台："在东山葛洪丹井西，有石倚空，顶平如台，山势环拥，青翠四周，唐顾况尝读书其上。"关于葛洪丹井的位置，元末明初的海宁人胡奎有《葛洪丹井》诗云："吾闻句漏仙翁之丹井，乃在紫微之阳东山之顶。"如今，东山已经恢复了"顾况宅门"的一片景观，周边茂林修竹，环境可谓清幽。

　　《登西山望硖石湖》这首诗，并不见于《白氏长庆集》，而是收录在清末人所编的地方文献《海昌胜迹志》中，其撰者管元耀亦记："唐长庆三年，中书舍人白居易刺杭州，秋八月登此山，望硖石湖。……诗之真伪难凭，而（"紫微山""紫微阁"等——著者按）名之沿袭已久。宋赞宁《志愿寺碑记》云：'白刺史为题名，章平事多遗迹。'赞宁去唐时未远，自非无稽，则山之因公得名，政不必以此诗也。上有石刻，宋右班殿直监澉浦镇税兼烟火局樊世卿书'紫微山'三字。"（管元耀《海昌胜迹志》）顾况为人孤傲，并不属于平易近人的类型，《新唐书·白居易传》载，在他眼里，"后进文章无可意者"，但偏偏对白居易的才华赞赏有加，而加以"迎门礼遇"，白居易在担任杭州刺史的时候，对于近在咫尺的恩师故里，又岂能坐视不见？因此，尽管《登西山望硖石湖》这首诗的真伪尚有争论，但白居易与顾况的交游、对顾况的深情，是毫无疑义的，他来海盐凭吊、怀想先师，也在情理之中。

西山并不高，仅四十余米，东山也仅高八十八米，然两山夹一水的独特风貌，已成海昌胜迹。西山之巅的紫微阁，亦早已有之，初名"遐观楼"，又名"百尺楼""紫微阁"，唐乾德五年（923）始建，登临四望，可俯瞰整个海宁城区，向东可以清楚地看到东山和智标塔，顾况的祖居地大横山（一名狮岭）亦在视野之内，其山形似卧狮，姿态雄丽，十分可爱，大横山南麓原有禅寂寺，据云顾况之墓就位于寺后，惜今已难觅其踪。

（2021.1.9）

西山之巅紫微阁

登硖石西山紫微阁眺望东山及洛塘河

硖石东山斑竹园遗址之"顾况宅门"

# 寄隐者

唐·施肩吾

路绝空林无处问，幽奇山水不知名。

松门拾得一片屦，知是高人向此行。

听说离我居住的地方不远处就是唐代诗人施肩吾的故里，1月的一个周六，我决定前往探访一番。从临安北站坐公交到富阳万市镇，再坐当地公交车到大溪村，下车就看到了葛溪美景，朝阳映照得水面波光粼粼，葛溪虽然叫"溪"，其实很宽阔，可以行比较大的轮船。远处的山峦层层叠叠好像山水画一般美丽，近处的河边停满了白鹭，时而有几只跃起飞远，我呆呆站在桥头，看了许久。接下来要去贤德村，公交车班次很少，我选择步行，好在一路山清水秀，空气清新。路两边的房屋都很漂亮，这里的农村显然已是小康之地。走过太宰坞，就是贤德村，村口有一卧石，上书"施肩吾故里"，再往前走，一直到文村，这一带的地名都有古意，据说，施肩吾就诞生在这里。

施肩吾，字希圣，睦州人，据初编于万历三十三年（1605）的贤德《施氏宗谱》载，施肩吾生于唐德宗建中元年（780），卒于唐懿宗咸通二年（861）。曾数次应试不第，元和十年（815）方成进士，因性僻，未就官，慕仙迹，隐居豫章（今江西省南昌市）西山，著有《辨疑论》等道书，另有诗集《西山集》。

关于施肩吾生平的资料很少，今存两百余首诗作，风格多变。关于隐居后的生活，他自己是这样说的："二十年辛苦烟萝松月之下，或时学龟息，饮而不食，肠胃无滓，形神益清，见天地六合之奥。凡奇兆异状，阅乎心目者，锐思一搜，皆落我文字网中。"（施肩吾《〈西山集〉自序》）在与同里好友徐凝的书信中他说："仆虽幸忝成名，自知命薄，遂栖心玄门，养性林壑。赖先圣扶持，虽年迫迟暮，幸免龙钟。观其所得，如此而已。"（《与徐凝书》）施肩吾似乎是一个很矛盾的人，他后来一心修道，却写过很多艳诗，"皆善于言情，哀艳宛转，绝不类隐者之语"。故清代人余成教会发出"岂学仙不讳言情,而情之浅者,亦不足以成仙欤"(《石园诗话》卷1)的感叹。

施肩吾写得较好的除了少数情诗以外,还属隐逸之作,但绝无王维的空灵,甚至还没有刘长卿等人超脱,他的山水诗总有人迹,所以给人不够沉寂之感,实在令人联想到作者所处的时代,是并不安分的中唐,但是这首《寄隐者》,却好在其中的人迹,前两句读来平平,但松门拾屐,辨高人之踪,跟同时代的贾岛《寻隐者不遇》相比,有人迹而无人声,实在是非常巧妙的关节。

施肩吾的故乡亦是群山环绕,间有平田,今贤德村对面山上建有望台阁,为登高望远之佳处。如今山下是大片稻田,当地农民利用不同品种水稻的叶片颜色的差异,在田地中营造出丰富的色彩和各种图案,"色块农田"成为当地的一大特色,吸引观光客前来登高欣赏。这曾经深山里的乡村,早已脱去了沉静与荒疏,呈现出工业文明时期特有的斑斓与璀璨。

（2021.1.17）

富阳施肩吾故里葛溪美景

施肩吾故里富阳贤德村的"状元台"

# 献钱尚父

五代·贯休

贵逼人来不自由,龙骧凤翥势难收。

满堂花醉三千客,一剑霜寒十四州。

鼓角揭天嘉气冷,风涛动地海山秋。

东南永作金天柱,谁羡当时万户侯。

贯休(832—912),俗姓姜,字德隐,婺州兰溪(今浙江兰溪)人,唐末五代高僧,有诗名,与齐己齐名,五代入前蜀,王建赐号"禅月",著《西岳集》十卷。贯休善书画,然"皆怪古不媚,草书尤奇崛"。(《宣和画谱》)他的人格高洁,性格耿直,虽然生活在唐末五代的乱世,然气骨尤坚,史载其"尝游荆南,时成汭为荆南节度使,生日有献歌诗者、颂德者百余人,而贯休在焉。汭不能亲览,命幕吏郑准定其高下,准害其能,辄以贯休为第三等,贯休怒曰:'藻鉴如此,岂可久乎?'遂入蜀。"(《五代史补》)

关于贯休入蜀之前的活动,还有一种说法:"禅月以诗见吴越曰:'一瓶一钵垂垂老,千水千山得得来。'王说之,馆于罗隐之舍。隐恨识之晚。复以诗遗王,有'一剑霜寒十四州'之句,王谓之曰:'诗则美矣,若能改作四十州,当得相见。'师喟然叹曰:'州不可添,诗亦不可改。孤云野鹤,何天不可飞耶?'遂杖锡去之。"(《咸淳临安志》)贯休作为一方外之人,投奔吴越国王钱镠,向其献诗,在当时的历史背景下是可以理解的,而这首诗中,确实充斥着溢美之词。苏轼云:"游九仙山,闻里中儿歌陌上花,父老云,吴越王妃每岁春必归临安,王以书遗妃曰:'陌上花开,可缓缓归矣。'吴人用其语为歌,含思宛转,听之凄然。"(《陌上花三首并引》)钱镠是一代英主,虽然以武弁起家,文化素养不高,但是面对"满堂花醉三千客,一剑霜寒十四州"这样的佳句,这位曾经告诉自己的爱妻"陌上花开,可缓缓归矣"的温情帝王,必然也是赞赏有加的。

然而,如果钱镠提出改州数"十四"为"四十"一事为真,那显然并非明智,一则作为偏霸一方的国王,显得锋芒过露,二则对来访的高僧贯休,也不够尊重,钱镠在追求所谓功业方面的气魄的同时,恰恰显示出自己的胸襟尚不够宽广。事实上,居于东南一隅的吴越国,在极盛时也仅有一军(指安国衣锦军,今杭州市临安区,为钱镠家乡,故升为"衣锦军")十三州(指杭州、秀州、湖州、越州、温州、台州、明州、处州、衢州、婺州、睦州、苏州、福州)的规模,并向北方的后唐政权,称臣纳贡,直至同光四年(926),后唐庄宗李存勖遇害,中原再度陷入混乱,钱镠才开始使用自己的年号,最终其孙钱俶纳土归宋,吴越国三世而亡,其疆域始终未能突破原来的格局。如果我们把贯休的这首诗跟长期侍奉钱镠的罗隐的同类诗歌作一比较,两者的差别还是很明显的。罗隐《暇日投钱尚父》:"牛斗星边女宿间,栋梁虚敞丽江关。望高汉相东西阁,名重淮王大小山。礼设斗倾金凿落,马蹄争撼玉连环。自惭麋鹿无能事,未报深恩鬓已斑。"事实上,罗隐此类诗歌,还有不少。

当然不应否认的是,钱镠确为一位深谋远虑的英主,他审时度势,正确估计了自身的实力。在主政江南期间,钱镠保境安民,休养生息,把吴越国的都城杭州建设成为当时天下第一流的都市。作为行伍出身的地方统治者,钱镠十分重视修身治家,数度修订家训,指出:"上承祖祢之泽,下广子孙之传。是故尧舜之理天下,其先则曰敦睦九族,然后平章百姓,协和万邦。"(钱泳《履园丛话》卷3)强调修身齐家治国平天下的道理,其关于家族教育的训示,经后人的不断完善,成为《钱氏家训》,流布至今。

钱镠在文学和书法上也有一定的造诣,正史记载:"镠学书,好吟咏。江东有罗隐者,有诗名,闻于海内,依镠为参佐。镠尝与隐唱和。"(《旧五代史》卷133《钱镠传》)皮光业云:"其文学也,家承儒范,世尚素风。……其于篇咏,尤著功夫。思风起而绣段飘;言泉淘而金沙见。其札翰也,花随腕下,星逐毫飞,霭若游云,细疑垂露,钩刀向背,未饶索肉芝筋;点画方圆,高掩崔肥赵瘦。就中濡染碑额,益见呈露锋芒;四方仰之神踪,一代称之墨宝。王逸少若见,甘避雁行,萧子云如逢,大惭蝉翼……"(皮光业《吴越国武肃王庙碑铭》)这段话虽难免阿谀之责,但也在某种程度上反映了钱镠的文艺才华。

在吴越王室中,也有不少以文艺见长的成员。如钱镠第七子世宗文穆王钱元瓘,原名传瓘,"虽少婴军旅,尤尚儒学"。(《十国春秋》卷79)钱元瓘第八子钱弘偡"能为诗,颇有奇句"。(《十国春秋》卷83)钱元瓘第九子钱俶,"博览经史,手不释卷,平生好吟咏,在国中编三百余篇,目曰《政本》"。(《吴越备史》补遗)钱元瓘第十子钱宏亿,"性俊拔,善属文。……王尝与丞相以下论及时务,且言民之劳逸,率由时君奢俭,因为诗二章,以言节俭之志,命亿应和。亿以北方侯伯多献淫巧,乃因诗以风刺,王嘉叹久之,仍赐诗以美其意"。(《吴越备史》卷4)钱元瓘第十四子钱俨,"幼为沙门,及长,颇谨慎好学。……俨嗜学,博涉经史。少梦人遗以大砚,自是乐为文辞,颇敏速富赡,当时国中词翰多出其手。归京师,与朝廷文士游,歌咏不绝。淳化初,尝献《皇猷录》,咸平又献《光圣录》,并有诏嘉答。所著有前集五十卷、后集二十四卷、《吴越备史》十五卷、《备史遗事》五卷、《忠懿王勋业志》三卷,又作《贵溪叟自叙传》一卷"。(《宋史》卷480)

钱元瓘诸孙钱昱、钱惟治、钱昭度、钱昭序、钱惟演、钱易,皆为艺文家。钱昱"好学多聚书,喜吟咏,多与中朝卿大夫唱酬。尝与沙门赞宁谈竹事,迭录所记,昱得百余条,因集为《竹谱》三卷。俄献《太平兴国录》,求换台省官,令学士院召试制诰三篇,改秘书监,判尚书都省。时新茸省署,昱撰记奏御,又尝以钟、王墨迹八卷为献,有诏褒美。……昱善笔札,工尺牍,太祖尝取观赏之,赐以御书金花扇及《急就章》。昱聪敏能覆棋,工琴画,饮酒至斗余不乱。善谐谑,生平交旧终日谈宴,未曾犯一人家讳。有集二十卷"。(《宋史》卷480)

钱惟治,本为废王钱倧长子,后钱俶收为养子,他"幼好读书,……善草隶,尤好二王书。尝曰:'心能御手,手能御笔,则法在其中矣。'家藏书帖图书甚众,太宗知之,尝谓近臣曰:'钱俶儿侄多工草书。'因命翰林书学贺丕显诣其第,遍取视之,曰:'诸钱皆效浙僧亚栖之迹,故笔力软弱,独惟治为工耳。'惟治尝以钟繇、王羲之、唐玄宗墨迹凡七轴为献,优诏褒答。雍熙三年,大出师征幽州,命惟治知真定军府兼兵马都部署。前一日曲宴内殿,惟治献诗,帝览之悦,酒半,遣小黄门密谕北面之寄。……惟治好学,聚图书万余卷,多异本。慕皮、陆为诗,有集十卷。书迹多为人藏秘,晚年虽病废,犹或挥翰。真宗尝语惟演曰:'朕知惟治工书,然以疾不欲遣使往取,卿为求数幅进来。'翌日,写圣制诗数十章以献,赐白金千两"。(《宋史》卷480)

钱昭度"俊敏工为诗,多警句,有集十卷"。钱昭序"好学,喜聚书,书多亲写"。(《宋史》卷480)钱惟演字希圣,钱俶子,从俶归宋,历右神武将军、太仆少卿、命直秘阁,北宋初西昆体骨干诗人,与修《册府元龟》,累迁工部尚书,拜枢密使,官终崇信军节度使,博学能文,所著今存《家王故事》《金坡遗事》,赐谥"文锡"。《宋史》说:"惟演出于勋贵,文辞清丽,名与杨亿、刘筠相上下。于书无所不读,家储文籍侔秘府。"(《宋史》卷317)钱易,钱倧子,"年十七,举进士,试崇政殿,三篇,日未中而就。言者恶其轻俊,特罢之。然自此以才藻知名。太宗尝与苏易简论唐世文人,叹时无李白。易简曰:'今进士钱易,为歌诗殆不下白。'太宗惊喜曰:'诚然,吾当自布衣召置翰林。'值盗起剑南,遂寝。真宗在东宫,图山水扇,会易作歌,赏爱之。易再举进士,就开封府试第二。自谓当第一,为有司所屈,乃上书言试《朽索之驭六马赋》,意涉讥讽。……易才学赡敏过人,数千百言,援笔立就。又善寻尺大书行草,及喜观佛书,尝校《道藏经》,著《杀生戒》,有《金闺》《瀛州》《西垣制集》一百五十卷,《青云总录》《青云新录》《南部新书》《洞微志》一百三十卷。子彦远、明逸,相继皆以贤良方正应诏。宋兴以来,父子兄弟制策登科者,钱氏一家而已"。(《宋史》卷317)

钱镠第六子钱元璙及其子钱文奉长期担任苏州刺史,他们都雅爱好文艺,特别是钱文奉,他"涉猎经史,……延接宾旅,任其所适,自号曰'知常子'。……所聚图籍古器无算,雅有鉴裁,一时名士多依之"。(《十国春秋》卷 83)南宋龚明之《中吴纪闻》记云:"(钱氏父子)皆为中吴军节度使,开府于苏。时有丁陈范谢四人者,同在宾幕。"丁陈范谢四人指的是丁守节、陈赞明、范梦龄和谢崇礼,他们同为中吴军节度推官(节度使幕僚)。丁守节,其孙丁谓,曾任宰相。陈赞明,其曾孙陈之奇,官至太子中允,与胡瑗、苏舜卿被合称为"吴下三贤人",家住阊门。范梦龄,其曾孙是范仲淹。谢崇礼,其儿子谢涛,官至太子宾客。因此有不少史学家认为,北宋以后苏州最出人才,与钱元璙、钱文奉幕府有着密切的渊源。

除了爱惜人才外,钱元璙还"好治林圃,醴流以为沼,积土以为山,岛屿峰峦,出于巧思,求致异木,比及积岁,皆为合抱,亭宇台榭,值景而造,所渭三阁,名品甚多,二台、龟首、旋螺之类。"(朱长文《吴郡图经续记》卷上)《吴郡志》载:"南园,吴越广陵王元璙之旧圃也。老木皆有抱,流水奇石,参差其间。"可见南园的当日之盛。苏州的名园,如苏舜钦构筑的沧浪亭、范仲淹创建的郡学之庙,都是南园的一部分,南园之大可见一斑。元璙之后,其子文奉袭父职,又继续经营了数十年,从此,苏州以园林享誉海内。

在两宋期间,钱氏家族渐渐播迁江南各地。此后的历朝历代中,吴越钱氏继续昌盛,在各个领域涌现了难以数计的人才,绵延至今,几乎可以称为古往今来最为辉弘、久远的文化世家之一。时至当代,亦有众多政治家和学者出自这个家族,如钱玄同、钱其琛、钱正英、钱学森、钱伟长、钱三强、钱复、钱穆、钱锺书、钱仲联等。钱氏家族不仅人才辈出,而且遍布世界五大洲,堪称中国文化史上的奇迹。

潘光旦先生曾经对宗法社会中祖先对后代的影响作如下论断:"祖宗,尤其是中国的祖宗,代表两种力量:一是遗传,二是教育。祖宗贤明端正,能行善事,表示他自己就有一个比较健全的生理与心理组织,这种组织是他的遗传的一部分,很可以往下代传递的。他这种种长处也往往给子孙以一些很好的榜样,一些力图上进的刺激。辱没先人,在中国读书人看来,是最大的一个道德的罪过;所以在中国,祖宗之所以为一种教育的力量,似乎比西洋为大。这样说来,好祖宗就直接成为好子孙所由产生的一个理由,直接成为世家大族所由兴起与所以维持的一种动力,……"(潘光旦《明清两代嘉兴的望族》)正如钱锺书无锡祖居正堂的匾额所书"绳武堂"所表达的那样,无论钱氏后裔播迁何地,都以绳其祖武为训,钱氏始祖钱镠的大度、远见和魄力、尚文、重教和温情,都是钱氏家族最宝贵的精神财富。钱镠留下来的家训,成为族人世守不违的准则,影响尤大。经过整理的钱氏家训从个人发展、家庭维护、社会参与和报效国家四个方面展开,生动地体现了儒家修齐治平的生命理想。而相对富庶安宁的江南地区,也成为该家族历经千年而生生不息的热土。

在钱镠苦心经营数十年的杭州,至今在西湖南岸涌金门附近还矗立着一座纪念他功绩的钱王祠。北宋神宗熙宁十年(1077),杭州知州赵抃在龙山(今玉皇山)建表忠观,祀五代吴越钱镠等四位国主,苏轼于元丰元年(1078)撰文以记此事,后刻碑,即为著名的《表忠观碑》,其碑文曰:"故武肃王镠,始以乡兵破走黄巢,名闻江淮,复以八都兵讨刘汉宏,并越州以奉董昌,而自居于杭。及昌以越叛,则诛昌而并越,尽有浙东西之地。传其子文穆王元瓘。至其孙忠献王仁佐,遂破李景兵取福州,而仁佐之弟忠懿王俶,又大出兵攻景,以迎周世宗之师。其后,卒以国入觐,三世四王与五代相终始。天下大乱,豪杰蜂起。方是时,以数州之地盗名字者,不可胜数。既覆其族延及于无辜之民,罔有孑遗。而吴越地方千里,带甲十万,铸山煮海,象犀珠玉之民,甲于天下,然终不失臣节,贡献相望于道。是以其民至于老死不识兵革;四时嬉游,歌鼓之声相闻,至于今不废。其有德于斯民甚厚。皇宋受命,四方僭乱,以次削平。而蜀、江南负其险远,兵至城下,力屈势穷,然后束手。而河东刘氏,百战守死以抗王师,积骸为城,酾血为池,竭天下之力仅乃克之。独吴越不待告命,封府库、籍郡县,请吏于朝,视去其国如去传舍,其有功于朝廷甚大。"苏轼对以钱镠为代表的吴越王室的高度评价,具有深远的历史影响。表忠观后毁于战火,明嘉靖三十九年(1560)浙江巡按御史胡宗宪复建于涌金门南灵芝寺(钱氏花园旧址),今天的钱王祠仍在这个位置,门前立着身着甲胄的钱镠铜像,充满了雄武之气。在钱塘江南岸,还有巨大的"钱王射潮"雕塑,其巨大的体量和夸张的造型令人过目难忘,西湖北岸著名的景观保俶塔,也是吴越国时期的历史遗留,更不用说钱镠故乡临安的标志性建筑武肃王陵和功臣塔了。自从杭州在吴越国时期建都之后,钱氏家族与杭州之间的关联,并没有为一千多年的岁月所磨灭,反而历久弥新。

(2021.6.10)

贯休《十六罗汉图》局部（宋初摹本）

浙江临安钱王陵园内的五代翁仲

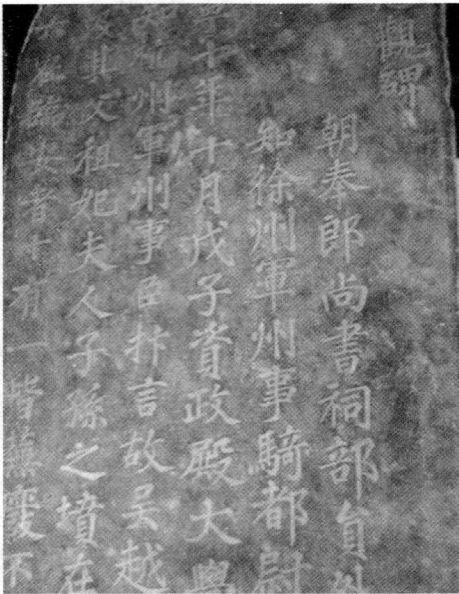

立于杭州钱王祠内的苏轼《表忠观碑》

# 睦州四韵

唐·杜牧

州在钓台边,溪山实可怜。

有家皆掩映,无处不潺湲。

好树鸣幽鸟,晴峦入野烟。

残春杜陵客,中酒落花前。

正是雨纷纷的清明时节,我来到了建德的梅城。会昌六年(846),杜牧由池州刺史调任睦州刺史,今天的梅城是当时的睦州治所,下辖建德、寿昌、桐庐、分水、遂安、还淳(后来的淳安)六县。杜牧长期在江南做官,此次来到浙西,心境却十分复杂。自从会昌二年(842)春离开长安到黄州做刺史,至今已有近五年的时间,而由黄州到池州又到睦州,一路往东,离既是都城又是家乡的长安渐行渐远,而且路上也不太平,到了睦州,发现此地的荒僻,更甚于池州:"东下京江,南走千里。曲屈越障,如入洞穴。惊涛触舟,几至倾没。万山环合,才千余家。夜有哭鸟,昼有毒雾。病无与医,饥不兼食。抑暗逼塞,行少卧多。逐者纷纷,归轸相接。唯牧远弃,其道益艰。"(杜牧《祭周相公文》)

来到梅城的杜牧,漂泊无依之感越发强烈,初到睦州那年冬天,他写了一首伤感的小诗《初冬夜饮》:"淮阳多病偶求欢,客袖侵霜与烛盘。砌下梨花一堆雪,明年谁此凭栏干?"以西汉名臣汲黯自比,汲黯"为人性倨,少礼,面折,不能容人之过。合己者善待之,不合己者不能忍见"。(《史记》卷120《汲郑列传》)汲黯是一个耿直之士,虽然不讨朝廷贵重的喜欢,但富远见、有政声。汲黯一生体弱多病,晚年被外放为淮阳太守,他力辞不得,只得上任,七年而卒于任上。杜牧在此以汲黯自比,恐怕也蕴涵着些许绝望的情绪,尤其是三、四两句,让人联想到杜甫的名句"明年此会知谁健?醉把茱萸仔细看"。(《九日蓝田崔氏庄》)与杜牧早年在扬州、湖州时的风流潇洒,以及在池州时的故作闲适,境界都大为不同,尽管那一年的杜牧才四十四岁。

杜牧在梅城停留了两年,此间他的心情并不好,自谓:"拘挛莫伸,抑郁谁诉?每逢时移节换,家远身孤,吊影自伤,向隅独泣。"(《上吏部高尚书状》)并云:"睦州治所,在万山之中,终日昏氛,侵染衰病。自量忝官已过,不敢率然请告,唯念满岁,得保生还。"(《上周相公启》)《睦州四韵》的风格比较轻快,可谓是刺破愁云的一线阳光。梅城的风景其实是非常美的,尤其是新安江与兰江的交汇处,近水远山,层峦叠嶂,云遮雾绕,十分秀丽,正所谓"溪山实可怜"。

梅城距离严子陵钓台的距离并不算近,沿江而上,水路有五十里左右,杜牧在诗里说"州在钓台边",恐怕也是掩饰晚唐时期的睦州缺乏人文遗迹的事实。从"有家皆掩映,无处不潺湲。好树鸣幽鸟,晴峦入野烟"这样的描写来看,睦州当时确实还是一个环境清旷、人烟稀少的所在。这与杜牧之前所生活的长安、扬州这样的繁华都市确实反差极大,甚至不如人文荟萃的宣州、黄州等地,对此,杜牧内心其实是颇感无奈的,故有了最后两句:"残春杜陵客,中酒落花前。"杜牧在睦州时一直很怀念家乡风物和自己在长安的居舍,其《新定途中》诗云:"无端偶效张文纪,下杜乡园别五秋。重过江南更千里,万山深处一孤舟。"张文纪就是东汉的直臣张纲,因弹劾权贵被贬为广陵太守。下杜又名杜城,周初成王迁唐杜氏于此，故名杜，秦因置杜县，汉宣帝杜陵建于其东，并设陵邑，改称原杜县为下杜城，杜城、杜陵、杜曲一带，为京兆杜氏世居之地，也是杜牧的故乡。杜牧出身富贵，他的旧宅在长安城里的安仁坊，在下杜樊乡朱坡则拥有别墅，为其祖父杜佑所辟，是杜牧青少年时代常去的居所，在外放期间，朱坡别墅一直是杜牧思念的对象，于睦州所写的《朱坡绝句》云："故国池塘倚御渠，江城三诏换鱼书。贾生辞赋恨流落，只向长沙住岁余。"自己三次在外州做刺史，甚至还不如西汉的贾谊被贬长沙——他毕竟只在长沙待了一年多就被召还了！最后两句诗中的"残春""客""中酒""落花"等字眼，映衬了杜牧这一时期寥落的心境，与在池州时所写的"尘世难逢开口笑，菊花须插满头归"（《九日齐山登高》）形成巨大的反差。方回《瀛奎律髓》对这首诗的评价是"轻快俊逸"，其实并不十分恰当。

大中二年（848）八月，杜牧得到新任宰相周墀的援引，被任命为司勋员外郎、史馆修撰，九月初即离开梅城，启程之时，写了一首《除官归京睦州雨霁》："秋半吴天霁，清凝万里光。水声侵笑语，岚翠扑衣裳。远树疑罗帐，孤云认粉囊。溪山侵两越，时节到重阳。顾我能甘贱，无由得自强。误曾公触尾，不敢夜循墙。岂意笼飞鸟，还为锦帐郎。网今开傅燮，书旧识黄香。姹女真虚语，饥儿欲一行。浅深须揭厉，休更学张纲。"诗中流露着轻快愉悦的情绪，而且经过了数年外放的"坎坷"（其实比之同时期的李商隐，杜牧显然要幸运得多），杜牧也提醒自己不要再像年轻时那样莽撞（"触尾""学张纲"），要学会隐忍和机变（"不敢夜循墙""浅深须揭厉"）。杜牧就这样并无留恋地离开了睦州，一去不回头。

我从桐庐坐高铁到建德站，下来是杨村桥镇，离现在的建德市区新安江镇和梅城都有一段距离。幸好高铁站有直达梅城的中巴车，到梅城时开始阴雨绵绵，找好住宿后就漫步古城内外，还去城北的乌龙山下探访了一番，其实经过千年的沧桑，梅城早已古意全无，城墙和城中诸多石坊皆系近年来新建，只有乌龙山和东西两湖这样的自然景观依旧，历代文人颇喜吟咏的千峰榭和乌龙庙早已无迹可寻。当晚旅馆闹耗子，几乎一夜未睡，第二天肿着眼睛出了城门，去新安江边看景，果然秀丽，又在城墙下偶遇了先后在此地做地方官的杜牧和陆游的雕像，疲惫的身心终于得到了慰藉。临江部分城墙上的雉堞设计成了半朵梅花的形状，据说这也是严州城被称为梅城的原因。在破败的汽车站外买了一副大饼夹油条，便登上了前往新县城的中巴车，此时的我只想在那里找一家像样的旅馆,然后好好睡上一觉。

（2021.6.11）

梅城新安江与兰江交汇处

梅城城墙下的杜牧铜像,身后的石壁上刻着《睦州四韵》

# 李白墓

唐·白居易

采石江边李白坟，绕田无限草连云。
可怜荒垅穷泉骨，曾有惊天动地文。
但是诗人多薄命，就中沦落不过君。

　　这首诗给很多人的第一感觉是没写完，所以后人给它添了个尾巴，这两句是"渚苹溪藻犹堪荐，大雅遗风已不闻"。（见《古今图书集成·职方典》及《太平府部·艺文二》所载此诗）但事实上这无疑是画蛇添足之举，这首七言古诗总共就六句，已经写完了。

　　白居易笔下的李白墓，位于田野之中，荒草连云，破败不堪，可是在这破败的表象之下，却埋藏着一个伟大的灵魂，白居易用了"惊天动地"这个瑰伟的词来形容李白的诗文张力，并就此创造了一个沿用千古的成语。但这惊天动地的才华，并未能改变诗人一生的"薄命"，这也是白居易觉得最可喟叹的，而在"但是诗人多薄命"的无数实例中，白居易指出了一个令人痛心的事实："就中沦落不过君"——最不幸的诗人，恰恰是最伟大的那一个。

　　尽管对这首诗的创作时间多有争论，但学界一般认为它作于白居易左迁江州司马的时期，由于唐代对左降官的管理较严，不得擅离所在州县，白居易在写给元稹的诗《山中与元九书因题书后》中把双方比作"笼鸟槛猿"。（当时元稹被贬通州司马，在今四川省达州市）因此安旗先生认为，白居易可能是在赴江州任的途中凭吊了位于当涂采石的李白墓。朱金城和日本学者花房英树则认为，此诗写于元和十三年（818）春夏之间，当时他正在江州任上。因此很可能白居易并未寻访过当涂采石的李白墓，他诗中所写，全凭想象。而在同一时期，白居易还写了《青冢》一诗，咏叹远在蒙古草原上的王昭君墓，并且诗中也有对墓址景象的活灵活现的描写："上有饥鹰号，下有枯蓬走。茫茫边雪里，一掬沙培塿。"这不能不让人怀疑，写李白墓的这首诗，是否也用了想象之法，因为从江州(今江西省九江市)到采石(在今安徽省马鞍山市),走长江水路足有380公里之遥,且两地分属江西观察使和宣歙观察使管辖,从当时白居易所处的境地来看,几乎没有可能前往。而《青冢》这首诗的根本,仍在于抒发对自身遭际的不平与幽怨之情:"丹青一诖误,白黑相纷纠。遂使君眼中,西施作嫫母。同侪倾宠幸,异类为配偶。祸福安可知,美颜不如丑。"

江州时期的白居易,正处在思想和文学风格的突变期,在这一时期,他开始关注古往今来的诗人们的不幸命运,《读李杜诗集因题卷后》提到了两位诗坛先贤的遭际:"翰林江左日,员外剑南时。不得高官职,仍逢苦乱离。暮年逢客恨,浮世谪仙悲。吟咏留千古,声名动四夷。文场供秀句,乐府待新词。天意君须会,人间要好诗。"对于"诗之豪者"的李杜,其远播的文名和坎坷的遭遇之间的巨大反差,已年过不惑的白居易此时已经感同身受,他对本朝很多诗人的"命薄"生涯进行了总结:"况诗人多蹇,如陈子昂、杜甫,各授一拾遗,而屯剥至死。李白、孟浩然辈不及一命,穷悴终身。近日孟郊六十,终试协律;张籍五十,未离一太祝。彼何人哉!彼何人哉!况仆之才,又不逮彼。今虽谪佐远郡,而官品至第五,月俸四五万,寒有衣,饥有食,给身之外,施及家人。亦可谓不负白氏之子矣。"(白居易《与元九书》)从这段话里,我们大致可以把这一阶段白居易对薄命诗人的关注归结为两个原因,贬谪江州使得白居易对人生苦乐有了更为深刻的体会,同时,通过将自身与诸多薄命诗人的比较,来获得某种程度上的心态平衡。《题浔阳楼》中写道:"常爱陶彭泽,文思何高玄。又怪韦江州,诗情亦清闲。今朝登此楼,有以知其然。大江寒见底,匡山青倚天。深夜溢浦月,平旦炉峰烟。清辉与灵气,日夕供文篇。我无二人才,孰为来其间。因高偶成句,俯仰愧江山。"江州是陶渊明的家乡,韦应物也曾在此做刺史,他们的诗歌清新高妙,当是拜庐山、长江山水的灵秀所赐,而自己何德何能,得以在江州为官,与两位诗坛前辈一起,享受这曼妙自然所带来的文学创作的乐趣。在这首诗里,白居易的关注点仍然是文学的创作者,而陶渊明和韦应物,其实也是诗人中"不遇者"的代表,对文学史上这部分诗人的关注,也是江州时期白居易观照历史的一个较为专注的视角。

今日我们一般所称的李白墓有二,其一在安徽当涂县的青山之麓,其二在马鞍山市长江边的采石矶。采石矶就是李白曾经在诗中吟咏过的"牛渚",关于李白酒狂捉月坠入长江的故事,在唐代就有流传,晚唐诗人项斯《经李白墓》云："夜郎归未老,醉死此江边。葬阙官家礼,诗残乐府篇。"杜荀鹤《哭陈陶》:"耒阳山下伤工部,采石江边吊翰林。两地荒坟各三尺,却成开解哭君心。"北宋赵令畤《侯鲭录》云:"李白坟,在太平州采石镇民家菜圃中,游人亦多留诗。然州之南青山乃有正坟。或曰:太白平生爱谢家青山,葬其处,采石特空坟耳。世传太白过采石,酒狂捉月,窃意当时藁葬于此,至范传正侍郎迁窆青山焉。"藁葬即草葬,但赵令畤说范传正将采石草葬坟迁往青山是错误的,因为后者自己说得很清楚,元和十二年(817)正月,宣歙池三州观察使范传正将李白墓从"龙山东麓"(范传正《唐左拾遗翰林学士李公新墓碑并序》)迁至青山,以遂李白遗志。因此如果李白最初确实葬在采石矶,那么迁葬的目的地只可能是龙山。北宋王象之云:"唐李白墓在县东一十七里青山之北,李阳冰为当涂令,白往依之,悦谢家青山,欲终焉。宝应元年卒,葬龙山东。今采石亦有墓及太白藁葬之地,后迁龙山。元和十二年宣歙观察使范传正委当涂令诸葛纵改葬青山之址,去旧坟六里。"(王象之《舆地纪胜》卷18《太平府》)这是相对正确的记录。安旗先生认为,可能草葬之后不久,主管军事的地方官刘赞为扩建采石江防,将李白坟迁葬于龙山。(参见安旗《李太白别传》)故李白孙女后来对范传正说:"先祖志在青山,遗言宅兆,顷属多故,殡于龙山东麓,地近而非本意。"(范传正《唐左拾遗翰林学士李公新墓碑并序》)"多故",指的可能就是将采石藁葬迁往龙山之事。所以项斯和杜荀鹤所见所闻的李白墓,可以肯定是一座空冢或衣冠冢,但是这两首诗都可以证明,采石矶的李白墓一直保留着。

去年九月,我从芜湖出发坐高铁前往当涂,芜湖和当涂非常近,不到一刻钟即抵。可是在火车站大太阳底下等了将近一个小时才等到去青山太白墓的专线公交,有一对和我一起等车的老年夫妇,甚至因为无法忍受等待之苦,同时也舍不得打出租车,决定步行7.5公里前往,我所乘坐的公交车在中途赶上了他们,我让司机停车把他们载上,司机人也不错,同意了,此时那对夫妇大概一半路还没走到。车过姑溪河,一位中年女士突然站起来兴奋地问司机,这就是长江吗……就这样,公交车载着形形色色的李白拥趸们,抵达了青山之麓的太白墓园。

我直奔李白墓而去,经过墓前的太白祠,看到一座汉白玉的李白立像,手握宝剑,正转过头来睥睨群雄,其上匾额曰:诗无敌,我眼泪就流了下来,我想起了杜甫写李白的那些句子:"白也诗无敌,飘然思不群。"

（《春日忆李白》）"文章憎命达，魑魅喜人过。"（《天末忆李白》）"痛饮狂歌空度日，飞扬跋扈为谁雄。"（《赠李白》）"李白一斗诗百篇，长安市上酒家眠。天子呼来不上船，自称臣是酒中仙。"（《饮中八仙歌》）"出门搔白首，若负平生志。冠盖满京华，斯人独憔悴。孰云网恢恢，将老身反累。千秋万岁名，寂寞身后事。"（《梦李白》其二）还有什么人比杜甫更懂李白呢？他的这些诗句，足以勾勒出一个活生生的李白了！

　　祠堂后面就是李白墓园，圆形的墓冢以条石围砌，前嵌一碑，上书"唐名贤李太白之墓"，墓前的石供桌上摆着香炉和若干酒瓶，里面都是空的。我跪下来打开背包，把昨晚在芜湖买的一瓶米酒（李白的时代还没有现在的高纯度白酒，一般饮用的都是米酒）供在桌上，双手合十，虔诚敬拜。我在墓园流连许久，尤其喜欢池边那尊高大的李白持杯对月的雕塑，在碧空的映衬下显得那么纯洁无瑕、仙风道骨而又桀骜不驯。临离开时，我再次来到墓园向李白道别，发现那位把姑溪河当做长江的女士正默默地坐在台阶上，跟太白先生"相看两不厌"。

　　我本打算先回当涂县城再转车去马鞍山，但正好门口有一辆可以去采石矶的旅游专线公交——在中国这种公交一般很不稳定，客流不大的话随时都会被取消，因此我深感庆幸地上了车，同车的只有一对来自马鞍山的夫妇，他们刚刚退休，开始有时间四处走走，丈夫特别崇拜李白，妻子则属于夫唱妇随，跟我聊的都是家长里短。车行20公里，抵达长江边的采石矶公园，此地古称牛渚，后名翠螺山，采石矶本指其突入长江中绝壁临空的部分，为兵家必争之地，在南宋与金、明与元的交战中都有激烈的战事发生于此。先登上三台阁，观赏长江上的落日和行舟，以及城市的全貌，然后下行，在翠螺山的半山，我找到了李白的衣冠冢，墓冢亦以条石围砌，但形制比青山的墓要小得多，前面也供着一瓶酒。"李白衣冠冢"旁所立说明牌上写："自晚唐五代以来，民间便有李白在采石矶'跳江捉月'的传说。传说中，李白酒后误将水中倒影当作天上明月，'跳江捉月，骑鲸升天'，而他的宫锦袍则失落江中，后被渔人打捞，葬于采石江边，立碑'李翰林衣冠墓'。中唐诗人白居易《李白墓》诗云'……'。此衣冠墓故址在采石镇第一小学操场内，1972年迁至翠螺山腰……"可见采石矶的李白墓，在历史长河的波荡中，墓址也很不稳定了，那里面肯定也没有什么宫锦袍——李白在跳江捉月的时候，怎么能正好穿着宫锦袍呢？再说，他这么热爱生活，酒量又那么大，再怎么醉，也绝对不会去投江的。

（2021.6.12）

当涂青山李白墓

当涂青山李白墓园中的李白像

马鞍山采石矶李白衣冠冢

# 琵琶行

唐·白居易

序：元和十年，予左迁九江郡司马。明年秋，送客湓浦口，闻舟中夜弹琵琶者。听其音，铮铮然有京邑声。问其人，本长安倡女，尝学琵琶于穆、曹二善才，年长色衰，委身为贾人妇。遂命酒，使快弹数曲。曲罢，悯默。自叙少小时欢乐事，今漂沦憔悴，转徙于江湖间。予出官二年，恬然自安，感斯人言，是夕始觉有迁谪意。因为长句歌以赠之，凡六百一十二言，命曰《琵琶行》。

浔阳江头夜送客，枫叶荻花秋瑟瑟。

主人下马客在船，举酒欲饮无管弦。

醉不成欢惨将别,别时茫茫江浸月。
忽闻水上琵琶声,主人忘归客不发。
寻声暗问弹者谁,琵琶声停欲语迟。
移船相近邀相见,添酒回灯重开宴。
千呼万唤始出来,犹抱琵琶半遮面。

转轴拨弦三两声,未成曲调先有情。
弦弦掩抑声声思,似诉平生不得意。
低眉信手续续弹,说尽心中无限事。
轻拢慢捻抹复挑,初为霓裳后六幺。
大弦嘈嘈如急雨,小弦切切如私语。
嘈嘈切切错杂弹,大珠小珠落玉盘。
间关莺语花底滑,幽咽泉流冰下难。
冰泉冷涩弦凝绝,凝绝不通声暂歇。
别有幽愁暗恨生,此时无声胜有声。
银瓶乍破水浆迸,铁骑突出刀枪鸣。
曲终收拨当心画,四弦一声如裂帛。
东舟西舫悄无言,唯见江心秋月白。

沉吟放拨插弦中,整顿衣裳起敛容。
自言本是京城女,家在虾蟆陵下住。
十三学得琵琶成,名属教坊第一部。
曲罢曾教善才伏,妆成每被秋娘妒。
五陵年少争缠头,一曲红绡不知数。
钿头云篦击节碎,血色罗裙翻酒污。
今年欢笑复明年,秋月春风等闲度。
弟走从军阿姨死,暮去朝来颜色故。
门前冷落车马稀,老大嫁作商人妇。
商人重利轻别离,前月浮梁买茶去。
去来江口守空船,绕船月明江水寒。
夜深忽梦少年事,梦啼妆泪红阑干。

我闻琵琶已叹息,又闻此语重唧唧。
同是天涯沦落人,相逢何必曾相识。
我从去年辞帝京,谪居卧病浔阳城。
浔阳地僻无音乐,终岁不闻丝竹声。
住近湓江地低湿,黄芦苦竹绕宅生。
其间旦暮闻何物,杜鹃啼血猿哀鸣。
春江花朝秋月夜,往往取酒还独倾。
岂无山歌与村笛,呕哑嘲哳难为听。
今夜闻君琵琶语,如听仙乐耳暂明。
莫辞更坐弹一曲,为君翻作琵琶行。
感我此言良久立,却坐促弦弦转急。
凄凄不似向前声,满座重闻皆掩泣。
座中泣下谁最多,江州司马青衫湿。

英国学者约翰·拉斯金(John Ruskin)曾说过:"伟大的民族以三种手稿撰写自己的传记:行为之书、言词之书和艺术之书。我们只有阅读了其中的两部书,才能理解它们中的任何一部;但是,在这三部书中,唯一值得信赖的便是最后一部书。""艺术之书"作为承载一个国家、民族最深沉记忆的宝藏,已经越来越引起人们的兴味、关注与共感。中国古代文学史上没有一首诗歌如白居易的《琵琶行》那样用生动的言词描写音乐艺术,并将其与人生的因缘际会、酸甜苦乐交织在一起,成为永恒的绝唱。今天在《琵琶行》的诞生地——江西九江的长江边,仍矗立着一座高大的琵琶亭,用以纪念这一中国历史上的永恒不朽的感人故事。

元和十年(815)六月三日凌晨,堂堂的大唐宰相武元衡在长安靖安坊东门遭遇叛乱的藩镇节度使派遣的刺客袭击身亡,首级都被带走;与此同时,御史中丞兼刑部侍郎裴度也在通化里遭遇刺客,被砍伤头部,幸得随从拼死相救,才逃过一劫。消息一出,朝廷震动,时任太子左赞善大夫的白居易义愤填膺,率先上书,"请亟捕贼,刷朝廷耻,以必得为期。宰相嫌其出位,不悦。俄有言:居易母堕井死,而居易赋《新井篇》。言浮华,无实行,不可用。出为州刺史。中书舍人王涯上言不宜治郡,追贬江州司马。既失志,能顺适所遇,托浮屠生死说,若忘形骸者。"(《新唐书》本传)表面上看,白居易被贬是因为其作为东宫官员率先上书言捕刺客事,抢了谏官的风头,又因写诗被扣上"不孝"的罪名,实际上是白居易长期在朝廷积极言事,又大写"新乐府"针砭时弊的结果。被贬江州司马是白居易人生中第一次重大挫折,对其世界观、人生观和个性产生了巨大的影响。他满怀抑郁来到江州赴任,长江的壮观、庐山的秀美,似乎都无法让他彻底释怀,《琵琶行》就是在这样一种境况下创作出来的。

在江州,白居易徜徉于匡庐盛景,流连于寺庙等古迹,以此来排遣内心的愁闷。元和十一年(816)秋的一天,他在送客江州湓浦口(湓水汇入长江之处)之际,遇到了漂泊舟中的琵琶女,通过设宴赏乐,他听到了阔别已久的京都妙音,出于对琵琶女的深切同情和对自身遭际的无限感伤,写下了这首千古名作。白居易去世后,唐宣宗李忱曾写诗悼念,其诗云:"缀玉联珠六十年,谁教冥路作诗仙。浮云不系名居易,造化无为字乐天。童子解吟《长恨曲》,胡儿能唱《琵琶篇》。文章已满行人耳,一度思卿一怆然。"(《吊白居易》)可见这两首长诗在白居易众多作品中无法撼动的崇高地位。

左迁,就是贬官、降职,古人尊右卑左,故云。湓浦口在九江郡城西,为湓水入长江处,当时作为船只港口。铮铮然,形容金属、玉器等相击之声。京邑声,指唐代京城长安流行的乐曲声调。倡女,歌女,古时称歌舞艺人为倡。穆、曹二善才,"善才"是对技艺高超的琵琶演奏者的称呼,白居易同时人李绅《悲善才》诗序云:"余守郡日,有客游者,善弹琵琶,问其所传,乃善才所授。顷在内庭日,别承恩顾,赐宴曲江,敕善才等二十人备乐。"其诗中有"东头弟子曹善才,琵琶请进新翻曲。"《琵琶行》诗中亦有"十三学得琵琶成,名属教坊第一部。曲罢曾教善才服,妆成每被秋娘妒"句,"教坊第一部"为梨园的"坐部",其中擅长弹琵琶者多胡姓子弟,因为现代琵琶的原型是曲项琵琶,而后者正是五、六世纪时由中亚传入我国的。从北齐到唐代,是琵琶发展史的第一个高峰,原籍曹国(今乌兹别克斯坦撒马尔罕东北一带)的粟特人曹氏家族是其中的杰出代表,如北齐至隋代的曹妙达,因善琵琶在北齐时即被封王,入隋后又被任命为宫中乐官,于太乐(掌宫廷诸乐及行礼节奏等事务的官署)教习琵琶技艺。曹和穆,都是位于当时中亚地区粟特人城邦的名字,后为粟特人用作汉姓。委身,不得已以身相许。贾人,商人。命酒,命人设酒。悯默,因忧伤而沉默,梁朝江淹《哀千里赋》:"既而悄怆成忧,悯默自怜。"迁谪,贬官降职或流放。行,是乐府古诗的一种体裁。

全诗可分为四段。第一段，溢浦送客，循声见人。写主客与琵琶女初见的场景。浔阳江，即溢水，在溢浦口入长江，故云"浔阳江头"。荻，多年生草本植物，生在水边，叶子长形，似芦苇，秋天开紫花。瑟瑟，形容枫树、荻花被风吹动的声音，亦有"萧瑟"之意味。管弦，音乐。醉不成欢，喝醉了但仍心情郁闷。江浸月，江水里沉浸着一轮明月。发，出发，北宋柳永《雨霖铃》："兰舟催发。"欲语迟，似乎想说话却迟迟没有说话。回灯，移灯，重新掌灯。重，再。犹，还。

第二段，着重写琵琶女弹奏音乐的过程。转轴拨弦三两声，这句写定弦调音。轴，指弦乐器上用以缠绞丝弦的轴子，转动它可以调整丝弦的松紧，以控制音调高低。三两声，试着轻轻弹奏的声音，目的是测试调音的效果，以作好演奏的准备。掩抑，指声音低沉压抑，顾况《李湖州孺人弹筝歌》："武帝升天留法曲，凄情掩抑弦柱促。"思，悲伤的情思。低眉，低头。信手，随手，这是技艺高超的表现。拢，左手手指按弦向里（琵琶的中部）推。捻，揉弦的动作。抹，顺手下拨的动作。挑，反手回拨的动作。拢捻抹挑，都是弹琵琶的不同指法。霓裳，即《霓裳羽衣曲》，唐玄宗李隆基创作的宫廷乐曲，其中结合了西域乐舞的成分，在唐代盛行一时，白居易《霓裳羽衣歌》云："千歌万舞不可数，就中最爱霓裳舞。"六幺，唐大曲名，又叫《乐世》《绿腰》《录要》，配舞属软舞类，为女子单舞。贞元中，乐工献曲，唐德宗命摘录其中最精彩的部分，故名"录要"。此乐舞柔美多姿，变化无穷。曲调来源于民间，流传甚广。白居易《杂曲歌辞·杨柳枝》有"六么水调家家唱"之句。大弦，琵琶有四弦，一条比一条细，最粗的一条即是大弦。小弦，指最细的弦。嘈嘈，沉重舒长。切切，细促清幽，如切切私语。嘈嘈切切，为拟声词。间关，象声词，形容莺语。莺又叫黄鸟、黄鹂、仓庚、青鸟，属雀形目，是小型鸣禽，体型纤细瘦小，嘴细小，羽色大多比较单纯，鸣叫声尖细而清晰。滑，形容莺鸣叫的流畅。幽咽，形容遏塞不畅。冰下难，泉流冰下阻塞难通，形容乐声由流畅变为凝涩。难，与滑相对，有凝涩之意。弦凝绝，弦声凝滞停顿。幽愁暗恨，藏在内心深处的愁闷，不为外人所知的隐恨。银瓶，唐代所说的"银瓶"，一般指一种银质的汲水器皿，在文学作品中常用以比喻妙龄少女，白居易就有叙事诗《井底引银瓶》，但金属银有良好的柔韧性和延展性，要使其"乍破"颇为不易，如是此处"银瓶"则不应理解为银器，而是白色瓷瓶，如此方能让后文的"乍破水浆迸"处于情理之中。唐代陆羽在《茶经》中说"邢瓷类银，越瓷类玉"，就是用银器来比喻邢州白瓷的外观。水浆，一种较浓稠的饮料，米汤之类。白居易《观刈麦》："妇姑荷箪食，童稚携壶浆。"迸，奔流而出状。突出，骤然冲出。刀枪鸣，兵器相互触碰发出的声音。收拨：收起奏弹琵琶时所用的拨片。当心画，顺手用拨子在琵琶的中部划过四弦，是一曲结束时经常用到的手法。四弦一声如裂帛，指结束一曲"当心画"时拨弦的动作极快，四根弦几乎同时发出声音，那声音好像急速扯裂一块帛布一样。舫，船。

第三段，写琵琶女演奏完毕后的自述身世。沉吟，踌躇，欲言又止状。放拨插弦中，把拨片收起来插到弦间，表示结束演奏。衣裳，上衣下裳。敛容，收敛演奏时的情感，重新与在场诸人郑重见礼。虾蟆陵，原名下马陵，本是西汉大儒董仲舒的坟墓，后民间讹为"虾蟆陵"，位于长安东南，曲江附近，当时有不少歌楼舞榭，为歌姬舞女聚集之处。教坊：唐代禁中教习伎乐之所，分坐、立二部，以坐部为贵，"第一部"即坐部，也隐含"第一流"之意。秋娘，唐代歌伎多以"秋娘"为名者，这里指舞乐造诣高超的京城歌伎。五陵年少，这里指富豪子弟。五陵，汉元帝以前，西汉皇帝每筑一陵，要在旁近设一个陵邑，将王孙豪富、达官贵人迁往居住。西汉高祖长陵、惠帝安陵、景帝阳陵、武帝茂陵、昭帝平陵，都在渭水北岸今兴平市东北至咸阳市附近土塬上，合称"五陵"，该地又称"五陵塬"。缠头，古代艺人把锦帛缠在头上作装饰。争缠头，指争相赠送锦帛之类的贵重丝织品给歌儿舞女。绡，精细轻美的丝织品，红绡即红色的薄绸。钿头云篦，钿是把金属宝石等镶嵌在器物上作装饰，钿头云篦是指镶嵌着花钿的发篦（一种比梳子细密的栉发具）。击节，打拍子。血色罗裙翻酒污，指鲜红色的绸裙被泼翻的酒水沾污，暗指琵琶女曾经有过的那一段纸醉金迷的生活经历。等闲，随便，轻易。阿姨，教坊中管事的年长女性，即鸨母。颜色故，容貌衰老。鞍马，车马。浮梁，古县名，唐属饶州，在今江西省景德镇市，盛产茶叶。去来，来来往往之间。梦啼妆泪，梦中啼哭，匀过脂粉的脸上带着泪痕。红阑干，泪水融合脂粉流淌满面的样子，阑干，交错杂乱貌，白居易《长恨歌》："玉容寂寞泪阑干，梨花一枝春带雨。"

第四段，写作者听完琵琶女一席话之后产生的同病相怜的感触。重唧唧，又叹息起来。唧唧，形容叹息声或哭泣声，苏轼《岐亭五首》其一："醒时夜向阑，唧唧铜瓶泣。"天涯，天的边缘处，喻距离很远。涯，边际。《古诗十九首·行行重行行》："相去万余里，各在天一涯"。谪居，遭贬谪后住在某地。卧病，因病卧床。孟浩然《晚春卧病寄张八子容》："南陌春将晚,北窗犹卧病。"浔阳,即浔城、浔阳城,是今江西省九江市的古称。因古时流经此处的一段长江被称为浔阳江,而古代县治在长江之北,即浔水之阳而得名。后长江改道,县治改处江南,原九江郡分为江南江北两地,南面即今江西境内的九江市所属地区,北面包括今天的湖北省黄梅县小池至孔垅一带。丝竹,泛指各种乐器,"丝"指弦乐器,"竹"指管乐器。溢江,长江支流,发源于江西瑞昌的清溢山,汇庐山下流水,经九江溢浦口注入长江。低湿,低洼潮湿。黄芦苦竹,枯黄的芦苇,笋味发苦的竹子,《齐民要术》:"竹之丑者有四,有青苦者,白苦者,紫苦者,黄苦者。"盖即杜甫诗中所说的"恶竹"(《将赴成都草堂途中有作先寄严郑公五首》其四),这句是说居住环境的荒凉凄苦。旦暮,早晚。春江花朝秋月夜,江边春天的花丛和秋夜的明月,指当地美丽的景色。举酒还独倾,自酌自饮,落寞孤寂。呕哑,拟声词,形容单调粗陋的乐声。嘲(zhāo)哳(zhā),形容声音嘈杂,也作"啁哳"。琵琶语,即琵琶声,琵琶所弹奏的乐曲。耳暂明,耳朵得到了一时的清明,十分舒畅。更坐,再坐下来。翻作,依曲调谱写歌词。却坐,退回原处坐下。促弦,急促地弹奏琵琶。弦转急,弦声更为急促。凄凄,凄凉。向前声,刚才弹奏过的乐声。重闻,再次听到琵琶的乐声。掩泣,掩面哭泣。青衫,唐代文官品级最低者(八品、九品)服青色。白居易时任江州司马,官阶是将仕郎(最低级的文职散官),从九品,故着青衫。白居易《祭庐山文》:"维元和十二年岁次丁酉二月二十五日乙酉,将仕郎守江州司马白居易,以香火酒脯,告于庐山遗爱寺四旁上下大小诸神。"将仕郎是代表白居易官位等级的散官名称,从九品下,是唐官制总共二十九级中最低的一级;州司马则是职事官名称,江州是户数超过四万的"上州",其司马的品级为从五品下,故白居易《与元九书》中云:"今虽谪在逐郡,而官品至第五,月俸四五万。寒有衣,饥有食,给身之外,施及家人,亦可谓不负白氏之子矣。微之,微之,勿念我哉!"(白居易《与元九书》)据宋王楙《野客丛书》:"唐制,服色不视职事官,而视阶官之品。至朝散大夫,方换五品服色,衣服绯,封赠荫子。未至朝散,虽职事官高,未许易服色。"《旧唐书·舆服志》:"上元元年八月,又制:'……文武三品以上服紫,金玉带。四品服深绯,五品服浅绯,并金带。六品服深绿,七品服浅绿,并银带。八品服深青,九品服浅青,并鍮石带。庶人并铜铁带。'"

唐朝中叶以后,朝廷被贬谪的官常常降为州的刺史、司马,特别是司马这一职务,一般用以安置罪官,毫无实权可言。元和十年(815)冬初,白居易抵达江州,初到江州时,他时刻思念长安,常把江州的气候风物与京城作对比,如《浔阳早冬》诗云:"浔阳孟冬月,草木未全衰。只抵长安陌,凉风八月时。日西浔水曲,独行吟旧诗。蓼花始零落,蒲叶稍离披。但作城中想,何异曲江池?"《江州雪》云:"新雪满前山,初晴好天气。日西骑马出,忽有京都意。"十二月,自编诗集十五卷。次年春,白居易开始游历庐山,徜徉于东林、西林等古刹,并访问了陶渊明故宅。可能在这个阶段,他开始营构庐山别业。元和十二年(817)春,香炉峰下的庐山草堂初成,此后他时至庐山,在草堂居住。元和十三年(818)十二月,诏授忠州(今重庆忠县)刺史,次年春离江州赴任。白居易在江州三年多一点的时间里,政治上可谓碌碌无为,实际情况也不允许他有所作为,其间他生活的主要内容,就是闲居和写作。

《琵琶行》作于白居易到江州的第二年秋,作者时年四十五岁。其与《长恨歌》同为别具开创性的长篇叙事诗,是千古不朽的名作。到江州将近一年,白居易从初到江州的落寞中慢慢纾解出来的时候,一日在浔浦口居所附近送别友人,邂逅了一位从京城来的琵琶女,后者以出神入化的音乐技艺让白居易沉醉其中。琵琶女自述身世,先扬后抑的人生境遇让诗人同情之余,也联想到了当下的自己,从而再度深陷一种迁客骚人式的怅然感怀之中。这首诗的结构细密完满,情节波澜起伏,感情充沛外溢,描写扣人心弦,语言更是出神入化,精妙绝伦,成为白居易最为脍炙人口的作品。从某种程度上来说,这首诗比《长恨歌》意境更为深沉感人,语言更为洗练圆融,堪称是古典长诗中的巅峰之作。

第一部分是送行的场面描写,其中"枫叶荻花秋瑟瑟","醉不成欢惨将别,别时茫茫江浸月",将送别的气氛烘托得落寞而压抑,也衬托出白居易贬谪生活的凄凉惨淡。"忽闻水上琵琶声"一句则如空谷传音,转机突现,而"千呼万唤始出来,犹抱琵琶半遮面"两句,又为下文精彩的琵琶演奏作了极佳的铺垫,可谓先抑后扬写法的典范。

第二部分写音乐,可谓神来之笔,令人读后如闻其声,如睹其景。经常听器乐尤其是弦乐演出的人都知道,演奏者表演前往往会对乐器进行调音,这几乎也成为其表演的一种迷人的"引子",所谓"未成曲调先有情"者。好的、用心的演奏,其过程都充满了感情,演员认真调音的样子和乐器声音由偏转正的过程,对于听众而言,也是一种视觉和听觉的享受。"弦弦掩抑声声思,似诉平生不得志。低眉信手续续弹,说尽心中无限事"以下,不仅表现出琵琶女超人的弹奏技巧,也表现了其深厚感情的缓慢宣泄,从而与听者达成共情。而"大弦嘈嘈如急雨"到"四弦一声如裂帛"共十四句,借助拟音字摹写乐声的同时,兼用各种生动的比喻以加强其形象性,诗歌语言亦达到了炉火纯青的地步,千古之下,难有能出其右者。"大弦嘈嘈如急雨",既用"嘈嘈"这个叠字词摹声,又用"如急雨"使其形象化,"小弦切切如私语"亦然。再用"大珠小珠落玉盘"作比,视听结合,使人在得到声音形象的同时又可以在脑海中投映出相关的视觉形象,使得诗歌描写的意境得到立体化的展现,表现出作者惊人的天赋和才华。琵琶旋律继续变化,出现了"滑"——"涩"——"凝"——"绝"的四个阶段,黄莺的"间关"之声,轻快流利,而又流出于"花底",再度以优美的视觉形象强化所模拟的听觉感受。"幽咽"之声,悲抑哽塞,而这种声音又好像泉流冰下,也是以视觉形象对乐声的比喻描写进行了强化。由"冷涩"到"凝绝",是一个"声渐歇"的有序过程,而"别有幽愁暗恨生,此时无声胜有声"的佳句,为紧接着出现的高亢尾声积蓄了力量。短暂的沉默无法压制的情感终于喷薄而出,如"银瓶乍破",水浆奔迸,如"铁骑突出",刀枪轰鸣,把几乎中断的情感推向高潮,然即收拨一画,戛然而止。一曲终了,余音绕梁,"东船西舫悄无言,唯见江心秋月白"的寂静描写,表现听者听罢仙乐之后的落寞惆怅之感,仿佛从天界又重回寂寥的人间。

第三部分写琵琶女的自述,一如琵琶声抑扬起伏,令人唏嘘。第四部分写诗人闻后所感,尤其是琵琶女波澜起伏的人生和不如人意的现状,引发了作者的同病相怜之情。尽管白居易与琵琶女的身份并不对等,但人生境遇和思想感情却有着惊人的相同之处,受到琵琶女强烈感染的诗人,也开始倾诉自己因忠于国家却被不幸贬官、壮志难酬、沉沦下僚的满腔悲愤。最后以琵琶女再度演奏、诗人泪湿青衫作结,诗歌的情感再度转向落寞,凸显被贬的无奈与感伤。这首诗的"诗眼",就是那两句:"同是天涯沦落人,相逢何必曾相识。"表现了在命运面前人的平等、不同阶层人类情感的共通,更彰显了文学即人学的本原精神。宋人洪迈说:"白乐天《琵琶行》一篇,读者但羡其风姿,敬其词章。至形于乐府,咏歌之不足,遂以为真为长安故倡所作。……乐天之意,直欲抒写天涯沦落之恨耳。"(《容斋五笔》卷7)这段话点明了诗的主题,但就全诗所表现的思想内容而言,此诗也表现了诗人对一个处于社会最底层的女艺人的真挚同情。琵琶女有着可悲的命运,诗人则被贬出京,两人社会地位虽不同,但在身怀才艺而不被重用,以至沦落天涯这一点上是相通的。因此，诗人将"满腔迁谪之感，借商妇以发之，有同病相怜之意焉"（《唐宋诗醇》卷22）。

白居易这首诗，写出了普通人的情感所系，真挚动人，技艺超绝，一经写就，即刻传唱南北，晚唐人在白居易当年送行听琵琶之处，建造了一座琵琶亭以为纪念，千古之下，无数文人墨客来到九江，都要在这里凭吊一番，此处遂成文学圣地。亭原在湓浦口，即九江城西湓水入江口，历代屡毁屡建，1988年重建时，改移现址，位于九江长江大桥东侧的江畔，距原址则有十里之遥。现在的琵琶亭也不再是一座简单的小亭，而是高二十米的两层重檐建筑。当然这并不重要，物质的遗产往往不甚稳定，甚至十分脆弱，精神的遗产——《琵琶行》长诗才是永恒的存在。

真正的白居易送客处在湓水入江口，即湓浦港一带。1858年6月，根据第二次鸦片战争后签订的《中英天津条约》，九江开埠，湓浦港成了英国租界，1862年，英方填塞湓浦河，筑路建房，其他列强也随后纷至沓来，曾经的入江良港成了西式建筑汇聚之地，白乐天时代的湓浦口至今已难觅其踪，我们只能从"湓浦路"这一街道名称中想见昔日"四月未全热，麦凉江气秋。湖山处处好，最爱湓水头。湓水从东来，一派入江流。可怜似紫带，中有随风舟"（白居易《泛湓水》）的美景了。

去年十月，我第三次来到九江，前两次因为种种原因，皆未能去寻访《琵琶行》的旧迹，这回不能再错过了，我住的宾馆，就在湓浦口旧址附近，离现在的九江港亦不远，然业已毫无旧迹可循。第二天一早就坐公交车去了新的琵琶亭，尽管这片建筑刚刚整修过，显得非常新，但仍颇有感觉，大门口有毛泽东手书的《琵琶行》全文刻石，此件书法我曾在庐山美庐别墅看到过复制品，运笔潇洒秀逸。登上琵琶亭的二楼，可以俯瞰长江，大桥近在咫尺，跨入现代化时代的长江，别有一番滋味。亭前白居易的汉白玉雕像也很好，年龄、神态，都比较符合白居易在江州时的特点。景区中还有很多刻石和看板，上面全都是历代文人在琵琶亭留下的诗作，一一读来，觉得经典文学的力量，真是一种超越平凡的伟大。这一上午所见所闻所感的一切，都源于那首充满真情的天才之作，我不禁再次在心中默默感谢上苍，恩赐了白居易这样的诗人，使我们这些平凡人的生活，得以有了超脱于眼前这些物质建设的精神高度。

（2021.10.4）

毛泽东手书《琵琶行》刻石

琵琶亭与白居易像

当年白居易送别友人之处——湓浦口旧址附近的长江

# 於潜僧绿筠轩

北宋·苏轼

可使食无肉，不可使居无竹。

无肉令人瘦，无竹令人俗。

人瘦尚可肥，俗士不可医。

旁人笑此言，似高还似痴。

若对此君仍大嚼，世间那有扬州鹤。

在临安工作十年，却一直没有去过於潜和昌化两座老县城，不能不说是一种遗憾。昨日，趁着国庆假期，坐公交车前往这两个地方，打算探访一番苏东坡的遗迹。

先到於潜，如今是一个国道边很普通的镇子，但以前却曾是浙西於潜县的县治所在。於潜县初置于汉武帝元封二年（前109），直到1958年并入昌化县。在苏东坡担任杭州通判的时代，临安、於潜、昌化三县分治，他曾两次来於潜视政。熙宁六年（1073），东坡在这里写下脍炙人口的《於潜僧绿筠轩》。据《咸淳临安志》载："寂照寺,在於潜县南二里丰国乡,寺旧有绿筠轩。"如今丰国乡所在的地方,是於潜中学。我一下车,就前往於潜中学,距车站很近,可惜大门紧闭,无法进入,在门口张望,隐约能看到里面的小山,据说绿筠轩的遗址,就在这座山上。

顾名思义,绿筠轩的周边种满了竹子,而竹子恰恰是临安山区最为常见的植物,也是於潜山僧用以自励高洁的方式。"不可居无竹"出典于《世说新语·任诞》:"王子猷尝暂寄人空宅住,便令种竹,或问:'暂住,何烦尔?'王啸咏良久,直指竹曰:'何可一日无此君?'"王子猷是王羲之第五子王徽之的字,以放诞自任,是魏晋风度的典型代表,尤以爱竹闻名,《世说新语·简傲》又记:"王子猷尝行过吴中,见一士大夫家极有好竹,主已知子猷当往,乃洒扫施设,在听事坐相待。王肩舆径造竹下,讽啸良久,主已失望,犹冀还当通。遂直欲出门,主人大不堪,便令左右闭门不听出。王更以此赏主人,乃留坐,尽欢而去。"苏轼本爱竹,也擅画竹,他写过很多竹诗,比如这一首:"今日南风来,吹乱庭前竹。低昂中音会,甲刃纷相触。萧然风雪意,可折不可辱。风霁竹亦回,猗猗散青玉。故山今何有,秋雨荒篱菊。此君知健否,归扫南轩绿。"(苏轼《御史台榆、槐、竹、柏四首》其三《竹》)

苏轼《於潜僧绿筠轩》一诗,言浅意深,表达对高洁之竹的推崇,并为后人留下了"可使食无肉,不可使居无竹"的名句。最后一句的意思是:"如果面对着竹子大口吃肉,那真是大煞风景。既想着在居所的周边种植绿竹来彰显高洁,又不想放弃肉食的美妙滋味,可是世间哪有'腰缠十万贯,骑鹤下扬州'那种十全十美的事情啊!"相关典故出自南朝梁人殷芸的《殷芸小说·吴蜀人》:"有客相从,各言所志,或愿为扬州刺史,或愿多资财,或愿骑鹤上升。其一人曰:'腰缠十万贯,骑鹤上扬州',欲兼三者。"清高的操守和食欲的饱足,是无法兼得的,如果一定要加以选择,那么还是选择放弃世俗的欲望吧,这就是东坡对世人的劝谏,因为"人瘦尚可肥,人俗不可医",明代名臣吴宽因为读到这首诗,还专门在家里建了一座"医俗亭",周围遍植百杆青竹,以怡情养性,疗治自己的"俗疾",这可以说是以竹自警的典范了。

今日的於潜镇已无甚古迹存留,于是再坐车,前往浙西门户昌化镇。昌化置县晚于於潜,武周万岁通天元年(696),置武隆县,县治即今昌化镇(曾名武隆镇)。武周神龙元年(705),更武隆县名为唐山县。唐代宗大历二年(767),唐山、紫溪两县并入於潜县。唐穆宗长庆二年(821)

复置唐山县。此后唐山县又先后改名金昌县、横山县、吴昌县。北宋太平兴国四年（979），改吴昌县为昌化县。1960年，昌化县并入临安县，结束了其一千两百多年的历史。

　　昌化距杭州两百里，山高路遥，交通不便，熙宁六年（1073）春，苏轼造访完於潜，即一路向西，来到昌化，这也是他唯一一次在昌化留下自己的足迹，留有《自昌化双溪馆下步寻溪源至治平寺》二首，其一云："乱山滴翠衣裘重，双涧响空窗户摇。饱食不嫌溪笋瘦，穿林闲觅野荸苗。却愁县令知游寺，尚喜渔人争渡桥。正似醴泉山下路，桑枝刺眼麦齐腰。"昌化溪（今称昌化江）曾有南北二支流，其上原建有双溪驿，熙宁间，昌化县令陆元长临北流重建双溪馆。治平寺在原昌化县西北一里的武隆山上，这座山现在位于昌化镇的正北侧，登上可眺望全镇风光。昌化地区群山环绕，自古产竹笋和药材，故有第三、四句云。野荸又称"鹅脚板"，是伞形科植物异叶茴芹的全草。夏秋采收，可晒干或鲜用，有散风宣肺，理气止痛，消积健脾，活血通经等功用。醴泉山，在苏轼家乡四川眉山，位于"治西八里，环绕州城。山半有八角井，清甘如醴，故名。"（曹学佺《蜀中名胜记》卷12）东坡大概是觉得昌化山区的景色，跟自己家乡十分相似，颇感亲切，故有此语。

　　今日昌化镇的地标，应属昌化江南岸的南屏山和耸立其上的南屏塔，这座塔始建于北宋熙宁年间，正是苏东坡来昌化的前后。如今在南屏山上，当地人还建了一座"东坡亭"，在山下的昌化江上，一座"东坡桥"正在兴建，即将完工。可见昌化人民对这位曾经远道而来并留下诗篇而去的大文豪，依旧充满了感情。东坡的暂访，给昌化的山岭和溪湖间注入的灵动之气，千年之后，仍萦绕于青山绿水之间。

（2021.10.5）

昌化南屏塔

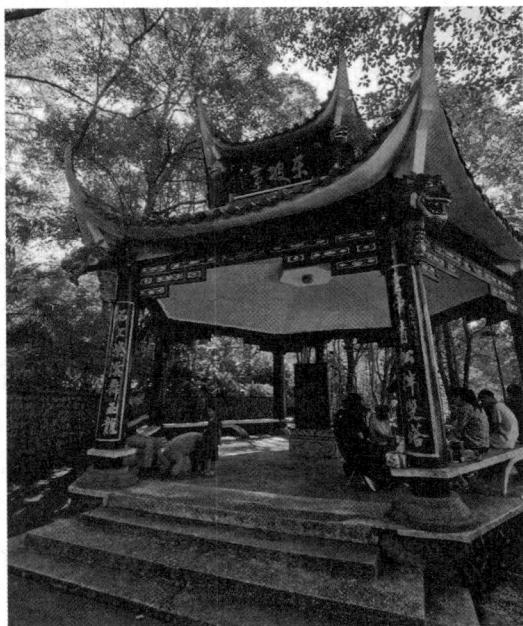

昌化南屏山上的东坡亭

# 大林寺桃花

唐·白居易

人间四月芳菲尽,山寺桃花始盛开。

长恨春归无觅处,不知转入此中来。

在牯岭有一座"庐山恋"电影院,这家影院只放映一部影片,那就是1980年拍摄的《庐山恋》,晚场放两遍,而且是连着放,我就坐在里面连续看了两遍,记得里面有一段旁白:"花径是唐代大诗人白居易咏桃花的地方,他在那儿留下了一首著名的诗:'人间四月芳菲尽,山寺桃花始盛开。长恨春归无觅处,不知转入此中来。'"大林寺旁这段开满桃花的路径,也因此被后人称为"白司马花径",而闻名于世。

如今的花径,位于庐山顶上如琴湖的西侧,大林寺遗址附近。大林寺几经兴废,遗址于20世纪60年代初修建水库(即如琴湖)时彻底被毁。花径的石门楣上大书"花径"二字,两旁石柱上刻有"花开山寺,咏留诗人"的对联。进石门行不久,草地上有座伞状红顶的圆亭,这就是花径亭,在花径亭中地上的石板上刻有"花径"二字,这两个字是1929年由学者李凤高无意中发现的,可惜边款已毁,无法确知书写者的名字。李氏欣喜之余,与诗人陈三立、方志学家吴宗慈等集资募款,在此建造了景白、花径二亭,并补种了数百棵桃树,以期再现当年白司马笔下的大林寺桃花胜景。

白居易此诗作于元和十二年(817)夏四月九日,当时他在江州(今江西九江)司马任上。白居易《大林寺诗序》云:"余与河南元余与河南元集虚、范阳张允中、南阳张深之、广平宋郁、安定梁必复、范阳张特、东林寺沙门法演、智满、士坚、利辩、道深、道建、神照、云皋、息慈、寂然凡十七人,自遗爱草堂历东、西二林,抵化城,憩峰顶,登香炉峰,宿大林寺。大林穷远,人迹罕到。环寺多清流苍石,短松瘦竹。寺中惟板屋木器,其僧皆海东人。山高地深,时节绝晚,于是孟夏,如正、二月天。山桃始华,涧草犹短,人物风候,与平地聚落不同。初到,恍然若别造一世界者。

因口占绝句云：人间四月芳菲尽，山寺桃花始盛开。长恨春归无觅处，不知转入此中来。"

就在写下这首诗的第二天，白居易给好朋友元稹写了一封信，信中说："仆去年秋始游庐山，到东西二林间香炉峰下，见云水泉石，胜绝第一，爱不能舍。因置草堂，前有乔松十数株，修竹千余竿。青萝为墙援，白石为桥道，流水周于舍下，飞泉落于檐间，红榴白莲，罗生池砌。大抵若是，不能殚记。每一独往，动弥旬日。平生所好者，尽在其中。不唯忘归，可以终老。"（《与元微之书》）此时距草堂刚刚落成不久，从书信中，也可以看出白居易的心情，比写《琵琶行》时大有不同，显然匡庐之胜，让他乐在其中。

这首小诗构思小巧，意境深邃，富于情趣，亦蕴涵物理。人间，指庐山下的平地，大林寺附近标高一千余米，诗人登山时已届孟夏，正属大地春归，芳菲落尽的时候，故云。大林寺一带的温度，比山下要低6—7摄氏度，加之庐山空气潮湿、云雾弥漫，所以山顶的时令要推迟一个月左右，桃花盛开的时节自然也就来得迟了。长恨，经常感到遗憾。春归，春天已经过去。正因如此，当诗人看到位于高山"穷远"深处的大林寺桃花盛开的春景时，感到的是无比的讶异和欣喜，正如他自己在诗序中所云"初到，恍然若别造一世界者"，原来春天跑到这里来了，我原来还不知道，真是"别有天地非人间"（李白《山中问答》）啊！这首诗，正是简单有趣的小诗中的佳品。

如今，大林寺早已难觅其踪，花径公园之内，尚有一间草堂，作为白居易的纪念馆开放。白氏草堂原址不在这里，而在香炉峰之北，遗爱寺之西，而这个香炉峰在庐山西北，石门涧以上，与李白《望庐山瀑布》所写的南香炉峰并非一处。据说，这座草堂前有古松翠竹，后有石涧瀑布，旁有水池白莲，仰可观庐山之奇秀，俯则听泉鸣之悦耳，让人心旷神怡。白居易《遗爱寺》诗云："弄石临溪坐，寻花绕寺行。时时闻鸟语，处处是泉声。"《重题香炉峰下新卜山居草堂东壁》其三云："日高睡足犹慵起，小阁重衾不怕寒。遗爱寺钟欹枕听，香炉峰雪拨帘看。匡庐便是逃名地，司马仍为送老官。心泰身宁是归处，故乡何独在长安？"《香炉峰下新置草堂即事咏怀题于石上》："香炉峰北面，遗爱寺西偏。白石何凿凿，清流亦潺潺。有松数十株，有竹千余竿。松张翠伞盖，竹倚青琅玕。其下无人居，悠哉多岁年。有时聚猿鸟，终日空风烟。时有沈冥子，姓白字乐天。平生无所好，见此心依然。如获终老地，忽乎不知迁。架岩结茅宇,斸壑开茶园。何以洗我耳,屋头飞落泉。何以净我眼,砌下生白莲。左手携一壶,右手挈五弦。傲然意自足,箕踞于其间。兴酣仰天歌,歌中聊寄言。言我本野夫,误为世网牵。时来昔捧日,老去今归山。倦鸟得茂树,涸鱼返清源。舍此欲焉往,人间多险艰。"

《登香炉峰顶》一诗,味其中之意,应作于草堂未就时,那是他第一次登上香炉峰:"迢迢香炉峰,心存耳目想。终年牵物役,今日方一往。攀萝蹋危石,手足劳俛仰。同游三四人,两人不敢上。上到峰之顶,目眩心恍恍。高低有万寻,阔狭无数丈。不穷视听界,焉识宇宙广?江水细如绳,湓城小于掌。纷吾何屑屑,未能脱尘鞅。归去思自嗟,低头入蚁壤。"爬上庐山香炉峰之巅,望着山下的遥远而渺小的尘世,他也许已经开始构想草堂的位置,也就在此时,一个全新的白居易开始慢慢萌动,因为他的内心世界开始发生转变,开始追求内心的怡然自乐,并与僧侣多有交往。

白居易在东林寺有一老友僧士坚,后来他在杭州刺史任上又与云游至天竺寺驻锡的坚上人相遇。长庆四年(824),士坚将回东林,白居易作诗送行曰:"锡杖登高寺,香炉忆旧峰。偶来舟不系,忽去鸟无踪。岂要留离偈,宁劳动别容。与师俱是梦,梦里暂相逢。"(《天竺寺送坚上人归庐山》)白居易在这首诗中,居然已经开始用禅理去劝慰高僧不要为离别而动容,而用《金刚经》"人生如梦"的教义相示,此时白居易的人生境界,早已不是湓浦口那个泪湿青衫的江州司马所能比拟的了。

(2021.10.5)

花径公园内的白居易像和草堂

建于 1934 年的庐山景白亭

# 登玲珑山

北宋 · 苏轼

何年僵立两苍龙,瘦脊盘盘尚倚空。

翠浪舞翻红罢亚,白云穿破碧玲珑。

三休亭上工延月,九折岩前巧贮风。

脚力尽时山更好,莫将有限趁无穷。

2011 年我来到位于浙西山区的临安来工作,至今已有十年之久。临安是一座山清水秀的小城,徜徉街头,常有巴山楚水之感,县域内虽有西天目、大明山、清凉峰等胜境,但都离城遥远,公共交通又不很便利,不能常往,幸城中有功臣山、太庙山(即钱王陵)可供观览,城西尚有玲珑山,高三百五十余米,则是我最常登临的地方。玲珑山也是临安的文脉所在,因为苏轼曾经登临,留下诗篇和美妙的传说故事。

玲珑山"两山屹起,盘屈凡九折,上通绝顶,名曰九折岩。南行百许步,有亭下瞰百里山,名曰三休亭。"(《临安图经》)正坐"两山屹起",故首句如是云。盘盘,盘曲回旋的样子。罢亚,稻名,也用来形容稻摇摆低垂的样子,亦可以理解为稻繁多貌。"红罢亚",《齐民要术》中有关于"赤芒稻"的记载,韦应物、皮日休也有"沃野收红稻"(《送张侍御秘书江左觐省》)、"翠浪舞绡幕"(《奉和袭美初夏游楞伽精舍次韵》)之句,故此处应是指一种稻丰茂的样子。玲珑,精巧别致的样子。三休亭,在玲珑山腰。亭名来自《旧唐书》所记司空图典故:"图有先人别墅在中条山之王官谷,泉石林亭,颇称幽栖之趣。自考槃高卧,日与名僧高士游咏其中。晚年为文,尤事放达,尝拟白居易《醉吟传》为《休休亭记》曰:'司空氏祯贻溪之休休亭,本名濯缨亭,为陕军所焚。天复癸亥岁,复葺于坏垣之中,乃更名曰'休休'。休,休也,美也,既休而具美存焉。盖量其才,一宜休;揣其分,二宜休;耄且聩,三宜休;又少而惰,长而率,老而迂,是三者,非济时之用,又宜休也。……因为《耐辱居士歌》,题于东北楹曰:'咄咄,休休休,莫莫莫,伎俩虽多性灵恶,赖是长教闲处着。休休休,莫莫莫,一局棋,一炉药,天意时情可料度。白日偏催快活人,黄金难买堪骑鹤。若问:'尔何能?'答云:'耐辱莫。'其诡激啸傲,多此类也。""有限趁无穷",杜甫《绝句漫兴九首》其四云:"莫思身外无穷事,且尽生前有限杯。"东坡自己的词中也有"世路无穷,劳生有限,似此区区长鲜欢"(《沁园春·赴密州早行马上寄子由》)句。趁,追逐意。此句云,人生有限,遇到美景应当慢慢欣赏,而不要因为俗务缠身而匆匆一过。临安出身的五代吴越国主钱镠也曾告诉他归乡省亲的夫人:"陌上花开,可缓缓归矣",亦是此意。

玲珑山上今有卧龙寺,据说唐时就有,寺后有一座坟茔,为北宋杭州名妓琴操之墓。琴操之所以葬身玲珑,跟苏轼也有莫大的关系。宋人笔记载:"杭之西湖,有一倅闲唱少游《满庭芳》,偶然误举一韵云:'画角声断斜阳。'妓琴操在侧云:'画角声断谯门,非斜阳也。'倅因戏之曰:'尔可改韵否?'琴即改作阳字韵云:'山抹微云,天连衰草,画角声断斜阳。暂停征辔,聊共饮离觞。多少蓬莱旧侣,频回首、烟霭茫茫。孤村里,寒鸦万点,流水绕低墙。魂伤,当此际,轻分罗带,暗解香囊。漫赢得青楼,薄幸名狂。此去何时见也,襟袖上、空有余香。伤心处,长城望断,灯火已昏黄。'东坡闻而称赏之。后因东坡在西湖,戏琴曰:'我作长老,尔试来问。'琴云:'何谓湖中景。'东坡答曰:'秋水共长天一色,落霞与孤鹜齐飞。'琴又云:'何谓景中人。'东坡云:'裙拖六幅潇湘水,鬓弹巫山一段云。'琴又云:'何谓人中意?'东坡云:'惜他杨学士,憋杀鲍参军。'琴又云:'如此究竟如何?'东坡云:'门前冷落车马稀,老大嫁作商人妇。'琴大悟,即削发为尼。"(吴曾《能改斋漫录》卷16《杭妓琴操》)琴操出家的地方,就是临安的玲珑山。《玲珑山志》记载:"钱塘才妓琴操,经东坡指点,削发为尼,来玲珑山修行。传操为华亭人,美而慧。少年因家变落籍,来玲珑后青年早逝。东坡为其题墓碑,葬于寺东山坞,今名琴操坞。"

　　一段暗藏机锋的对话,一颗参透人生的慧心,一缕随风而逝的芳魂,沿着玲珑山九曲回折的步道登山,看到三休亭就算到了山腰,此处可以小坐,两旁古树葱绿成荫,其下有玲珑泉潺潺涌出,以之濯手,无限清凉,汲以泡茶,爽冽助香。玲珑山虽然并不低矮,但从九折步道登上,很快就可以到顶,过卧龙寺再往上数十步,绕过一片稀疏的松林,就可以看到琴操墓,墓碑上斗大的"琴操墓"三个字被涂成黑色,笔力遒劲,不知是否还是苏轼的墨迹。墓冢不大,周围以石砌圈,水泥封顶,周边还有几座和尚塔,所以也不显得十分孤岑。我突然想起百里之外,位于西湖西泠桥头的苏小小墓,那里车水马龙,从南朝以来,无数的文人墨客都曾在杭州寻访苏小小的遗迹,并留下诗篇,成为文学史上的佳话,而琴操则在自己色艺的巅峰时期选择了退隐,走向无声的寂灭,以此来诠释人生的底色,不知东坡学士得知后,是愧悔还是赞许?

　　当然,琴操也有知音,1934年3月29日,郁达夫与林语堂等人从杭州出发前往黄山游览,途径临安,登玲珑山寻访了琴操墓,但他翻遍了《临安县志》,都没有找到对琴操事迹的记载,只说琴操墓在卧龙寺东,不平之余,他留下了一首好诗:"山既玲珑水亦清,东坡曾此访云英。如何八卷临安志,不记琴操一段情?"(《玲珑山寺琴操墓前翻阅新旧临安县志,都不见琴操事迹,但云墓在寺东》)我一直以为郁达夫是格律诗写得最好的民国文人,感情充沛,语言优美妥帖,用韵自然流畅,有了这首诗,我想九泉之下,琴操女士更能释然含笑了吧。

(2021.10.20)

三休亭

琴操墓

# 题破山寺后禅院

唐·常建

清晨入古寺,初日照高林。
竹径通幽处,禅房花木深。
山光悦鸟性,潭影空人心。
万籁此都寂,但馀钟磬音。

念初中的时候看过一部国产反特电影《黑三角》,其中两个特务接头的暗号至今仍令我印象深刻:"曲径通幽处"对"禅房花木深",我也因此记住了唐人常建的这首诗,诗歌的题目看起来有些怪异:《题破山寺后禅院》。"破山寺"是寺庙的名称,至今仍存,即常熟虞山北麓的兴福寺,该寺是南齐时郴州刺史倪德光施舍宅园改建的,初名"大悲寺",梁大同五年(539)大修并扩建,改名"福寿寺",因寺在破龙涧旁,故俗称"破山寺",唐咸通九年(868)懿宗御赐"兴福禅寺"额,这是一首题壁诗,"禅院"即僧寮,是僧侣居住之地,因此显得格外清幽肃静。

常建,邢州(今河北邢台)人,生卒年不详,其生平行事也不十分了然。我们只知道开元十五年(727)他与王昌龄中了同榜进士,天宝中曾任盱眙(今江苏盱眙县)县尉,看来仕途并不得意,最后走向隐逸,晚年隐居湖北鄂渚(今湖北武昌)山中。常建诗作"旨远"、"兴僻",且"佳句辄来,唯论意表"(殷璠《河岳英灵集》),而其中最著名的一首,就是《题破山寺后禅院》。

因为这首诗,我早就十分仰慕兴福寺,今年11月初,去上海办事,顺便去常熟游览,终于如愿以偿。为了体验常建的诗境,我特意选了一家距兴福寺不远的酒店入住,为的就是第二天能"清晨入古寺",好在天公作美,在我到达山门外时,正好看见"初日照高林"。先不急入内,在庙旁众多的面馆(多也兼茶馆)中选了一家,吃一碗有名的蕈油面,再配上一碟鲜美的山笋,真是绝美,当然价格也不菲,这一顿早饭花了48元,堪称奢侈的享受。兴福寺前有两座经幢,其一为唐宣宗大中八年(854)

的旧物。要进山门,先须跨过破龙涧,这就是"破山寺"名字的来源。

佛家称僧徒聚集之所为"丛林",故诗中的"高林",既是对虞山之麓风貌的写实之语,也是对兴福寺的崇高赞誉。入寺后,直奔"禅房"。事实上我也不知道僧寮的确切位置,只是一直朝里面走而已。顺着石级登高,又转了几个圈,也有"竹径",但好像并非联接着禅房;庙里很多地方摆着花盆,虽是初冬,但花朵仍红艳艳地可爱,却也并不构成深邃的景观。总算是来到一处门洞,挂着"游客止步"的牌子,大概就是了,可也没看到花木成丛的样子,一切似乎只能停留在遐想之中了。好在山光仍在,鸟啼不绝,还有几处潭水,游客也不多,身处市郊山下的破山寺,仍不失为一处清幽的所在。

"竹径"一句,也有版本作"曲径",余嘉锡曾云:"自宋及明,凡引此诗,无作'曲径'者。"(余嘉锡《四库提要辨证》)其实在元明两代,已有不少刻本录作"曲径",如元刻本《诗人玉屑》、明嘉靖重修本《唐诗品汇》等,入清以后,录为"曲径"者更为多见,其实,从对仗的角度而言,也是"竹径"更为贴切。此次在兴福寺内,看到一方米芾书写的此诗诗碑,也作"竹径"。此碑系清乾隆三十七年(1772)曾任襄阳知府的邑人言如泗以所得米芾真迹为本,倩名工所刻,以诗、书、刻号称"三绝"。与米芾同属北宋的欧阳修十分喜爱"竹径"两句,其《题青州山斋》云:"吾常喜诵常建诗云'竹径通幽处,禅房花木深',欲效其语作一联,久不可得,乃知造意者为难工也。晚来青州,始得山斋宴息,因谓不意平生想见而不能道以言者乃为己有,于是益欲希其仿佛,竟尔莫获一言。夫前人为开其端,而物景又在其目,然不得自称其怀,岂人才有限而不可强?将吾老矣,文思之衰邪?兹为终身之恨尔。"欧阳修的体会,生动说明了"竹径"两句的好处,"造意"就是把心中的意境通过文字传达出来,一代文豪欧阳修的慨叹,足见常建此联的高妙之处。"竹径通幽处,禅房花木深"这一联,已经饱含了禅意,那么如果"竹径"改成"曲径",则更有一层迂回曲折的意味,从而使得禅房的图景更为幽深。中国园林的构建,就十分推崇"曲径",明人程羽文云:"径欲曲,桥欲危,亭欲朴"(《清闲供》),计成则云:"不妨偏径,顿置婉转……随行而弯,依势而曲。或蟠山腰,或穷水迹,通花渡壑,蜿蜒无尽。"(《园冶》)曲径的存在,使得视线受到植物、建筑物等的阻隔,不仅平添了无限风光,也拓展了审美的场域。

"山光悦鸟性,潭影空人心"一联,通过对难以捉摸的"悦"和"空"的摹写,勾画出山、人、鸟和谐共处的清静图景,充满禅悦的空灵意境,提供了一种非有非无的中间状态。尾联引出钟磬之声，可谓余音绕梁，不绝于耳，作为尾声，最为贴切。故明人陆钿评价此诗云："读此诗，何必发禅家大藏，可当了心片偈，更妙在镜花水月。"（载周珽辑《删补唐诗选脉笺释会通评林》）

　　我离开的时候大殿里僧侣们正在唱经，钟鼓铙钹之声不绝于耳，寺庙显然没有一千多年前常建来时那般清幽，然所处的位置应该没有很大的改变，仅这一点就极不容易，我在江南寻访唐代旧迹，往往只剩地名，有的甚至连地名都湮没无闻了。回望香烟缭绕的庭院，跨过无声流淌着的破龙涧，早晨八点刚过，庙门外的人声开始嘈杂起来，我再一次经过那座唐代留下的经幢，抬头看了一眼那已经存在了 1167 年的古物，粗壮的经幢正好挡住了冬日的阳光，此刻耳边仿佛响起一声清脆的磬音，我闭上眼睛，然后终于进入了一种万籁俱寂的境界。

（2021.12.26）

"竹径通幽处"

兴福寺山门

米芾手书诗碑

# 登荆州城楼

唐·张九龄

天宇何其旷,江城坐自拘。
层楼百馀尺,迢递在西隅。
暇日时登眺,荒郊临故都。
累累见陈迹,寂寂想雄图。
古往山川在,今来郡邑殊。
北疆虽入郑,东距岂防吴。
几代传荆国,当时敌陕郭。
上流空有处,中土复何虞。
枕席夷三峡,关梁豁五湖。
承平无异境,守隘莫论夫。
自罢金门籍,来参竹使符。
端居向林薮,微尚在桑榆。
直似王陵憨,非如宁武愚。
今兹对南浦,乘雁与双凫。

　　唐代众多诗人中,张九龄是很容易被忽略的一位。在关陇人士占据要津的时代,一个岭南人居然能千里迢迢来到京城长安,考中进士,当到宰相,并且在唐朝的历史上起过非常大的作用,这实在太不容易了,这就是我格外青睐这位正直有加、目光长远的政治家兼诗人的原因。

　　张九龄(678—740)字子寿,韶州曲江(今广东韶关)人。尽管出生于当时属于偏远地区的广东,但张九龄却来自世代官宦的家族,他的先祖为范阳(今河北定兴)人,曾祖父张君政曾任韶州别驾,终于官舍,遂落籍曲江(今广东韶关);祖父张子虔出任过窦州(治所在今广东信宜县)录事参军;父亲张弘愈,曾为新州索卢县(今广东新兴县南部)丞。这样的家庭背景也给了张九龄十足的底气,去面对科场的激烈竞争和政坛的波云诡谲。

在盛唐的政坛，张九龄最讲规矩，最守原则，最能识人，正是他一眼就看出了安禄山的狼子野心，尝云："乱幽州者，此胡雏也。"并上《请诛安禄山疏》，说安禄山："形相已逆，肝胆多邪，稍纵不诛，终生大乱。"足见其远见卓识，可惜玄宗不听，"帝后在蜀，思其忠，为泣下。"在人事制度方面，张九龄曾云："古之选士，惟取称职，是以士修素行，而不为徼幸，奸伪自止，流品不杂。今天下不必治于上古，而事务日倍于前，诚以不正其本而设巧于末也。所谓末者，吏部条章，举赢千百。刀笔之人，溺于文墨；巧史猾徒，缘奸而奋。臣以谓始造簿书，备遗忘耳，今反求精于案牍，而忽于人才，是所谓遗剑中流，契舟以记者也。凡称吏部能者，则曰自尉与主簿，由主簿与丞，此执文而知官次者也，乃不论其贤不肖，岂不谬哉！"

张九龄反对违反制度和原则的越级提拔官员，"李林甫无学术，见九龄文雅，为帝知，内忌之。会范阳节度使张守珪以斩可突干功，帝欲以为侍中。九龄曰：'宰相代天治物，有其人然后授，不可以赏功。国家之败，由官邪也。'帝曰：'假其名若何？'对曰：'名器不可假也。有如平东北二虏，陛下何以加之？'遂止。又将以凉州都督牛仙客为尚书，九龄执曰：'不可。尚书，古纳言，唐家多用旧相，不然，历内外贵任，妙有德望者为之。仙客，河、湟一使典耳，使班常伯，天下其谓何？'又欲赐实封，九龄曰：'汉法非有功不封，唐遵汉法，太宗之制也。边将积谷帛，缮器械，适所职耳。陛下必赏之，金帛可也，独不宜裂地以封。'帝怒曰：'岂以仙客寒士嫌之邪？卿固素有门阀哉？'九龄顿首曰：'臣荒陬孤生，陛下过听，以文学用臣。仙客擢胥史，目不知书。韩信，淮阴一壮夫，羞绛、灌等列。陛下必用仙客，臣实耻之。'帝不悦。翌日，林甫进曰：'仙客，宰相材也，乃不堪尚书邪？九龄文吏，拘古义，失大体。'帝由是决用仙客不疑。"（《新唐书》本传）由于唐玄宗的日渐昏庸，张九龄最终在与李林甫的角斗中败下阵来，开元二十五年（737）四月，被贬为荆州大都督长史，其著名的《感遇诗》十二首，就是这次罢相之后的忧思之作。

《旧唐书》载："（唐武德）五年，荆州置大总管，管荆、辰、朗、澧、东松、沈、基、复、巴、睦、崇、硖、平十三州；统潭、桂、交、循、夔、高、康、钦、尹九州。……（七年），改大总管为大都督。……（贞观）二年，降为都督府。……龙朔二年，升为大都督，督峡、岳、复、郢四州。天宝元年，改为江陵郡。"（《旧唐书》卷39《地理二·荆州江陵府》）可见到唐玄宗统治时期，荆州大都督府长史基本上已经成为一个虚衔，尽管品级并不低，为从三品。开元二十七年（739）七月，张九龄又被封为开国伯，食邑五百户，算是玄宗对这位劳苦功高、即将退职的忠直老臣的肯定和致谢。开元二十八年（740）春，九龄请拜扫南归，五月病逝于故乡韶州，他在荆州度过了两年多的时光。到荆州日，六十岁的九龄自知自己的政治生命已经结束，故"不戚戚婴望，惟文史自娱，朝廷许其胜流。"（《新唐书》本传）张九龄存世的荆州诗作，以登临怀古最为多见，这首《登荆州城楼》就是其一，此时在九龄幕府中的孟浩然也陪同登楼，并作《陪张丞相登荆州城楼因寄苏台张使君及浪泊戍主刘家》一诗。

诗的前四句，充满了作者经历贬谪后的失落感，正因天宇之"旷"，故而来到"迢递"的"西隅"，此处虽有高楼，但因远离京城，带给作者的只有压抑和拘束之感。从地理位置来看，荆州在长安的东南，之所以说"西隅"，极言一种被贬后的落寞。把荆州称为"江城"，是因为其位于长江边。在唐诗中，常见"江城"这一称谓，尽管"江"在中国古代一般都默认为"长江"之意，但"江城"的所指却游移无定，比如汉江边的襄阳（崔湜《襄阳早秋寄岑侍郎》："江城秋气早，旭旦坐南闱"）、赣江边的洪州（张九龄《临泛东湖》："罢兴还江城，闭关聊自遣"）、钱塘江边的杭州（张籍《答白杭州郡楼登望画图见寄》："画得江城登望处，寄来今日到长安"）、长江边的江宁（王昌龄《留别岑参兄弟》："江城建业楼，山尽沧海头"）、武昌（李白《与史郎中钦听黄鹤楼上吹笛》："黄鹤楼中吹玉笛，江城五月落梅花"）、夔州（杜甫《巫峡敝庐奉赠侍御四舅别之澧朗》："江城秋日落，山鬼闭门中"）、岷江和大渡河汇流处的嘉州（杜甫《寄岑嘉州》："愿逢颜色关塞远，岂意出守江城居"）等，甚至于锦江边的成都（杜甫《出郭》："江城今夜客，还与旧乌啼"）、古淮水边的淮阴（王维《送从弟蕃游淮南》："江城下枫叶，淮上闻秋砧"）、宛溪河边的宣州（李白《秋登宣城谢朓北楼》："江城如画里，山晓望晴空"）等，也都被称为"江城"，这也是唐诗中一个很有意思的现象。

荆州也称江陵，在历史上，曾经被当作多个王国的首都，比如春秋战国时期楚国的故都郢，位于今荆州城北十里的纪南城。从楚文王元年（前689）迁都郢（纪南城）到楚顷襄王二十一年（前278）秦将白起攻克郢都，前后共411年中，楚国共有二十代国王在此建都，郢被秦军攻破后，流放途中的屈原写下了著名的《哀郢》来抒发国破家亡的痛苦。在南朝时，荆州（江陵）也曾数度成为国都，唐高宗时还曾一度以江陵为南都，所以诗中有"故都"之称。此处的"故都"应指楚国的郢都，在荆州城北十里处，故云"荒郊"，如此张九龄此次登临的当是荆州城的北城楼。

荆州不仅是故都，还是一座充满了历史风云变幻之感的古城，故云"累累见陈迹，寂寂想雄图。古往山川在，今来郡邑殊。"楚国北部与郑国接壤，时而入侵郑地，《史记·郑世家》载："定西元年，楚公子弃疾弑其君灵王而自立为平王，欲行德诸侯，归灵王所侵郑地于郑。"楚国东部与吴国接壤，尝为吴所侵。《史记·吴太伯世家》载："（吴王阖庐）九年，吴王阖庐请伍子胥、孙武曰：'始子之言郢未可入，今果如何？'二子对曰：'楚将子常贪，而唐、蔡皆怨之。王必欲大伐，必得唐、蔡乃可。'阖庐从之，悉兴师，与唐、蔡西伐楚，至于汉水。楚亦发兵拒吴，夹水陈。吴王阖庐弟夫概欲战，阖庐弗许。夫概曰：'王已属臣兵，兵以利为上，尚何待焉？'遂以其部五千人袭冒楚，楚兵大败，走。于是吴王遂纵兵追之。比至郢，五战，楚五败。楚昭王亡出郢，奔郧。郧公弟欲弑昭王，昭王与郧公奔随。而吴兵遂入郢。"

荆国即楚国，郦道元《水经注·江水二》："《禹贡》：'荆及衡阳惟荆州。'盖即荆山之称，而制州名矣。故楚也。"楚国发源于此，故有荆山楚源之说。楚国最盛的时候，边境直抵陕的外郭，郛，古代指城外面围着的大城。东周陕邑，在今河南省陕县一带。上流，指长江上游，盖巴蜀之地。中土指中原。此联意谓楚国国力强盛，四境无虞。夷，平。关梁，关口和桥梁。豁，连通。五湖，不应理解为五个湖，楚地湖泊密布，故云。此联指楚地疆域广大富足，交通便利，引出下句"承平无异境，守隘莫论夫。"

金门，指在朝为官，《史记·滑稽列传》："金马门者，宦署门也。门傍有铜马，故谓之曰'金马门'。"竹使符，《汉书·文帝纪》："初与郡守为铜虎符、竹使符。"颜师古注引应劭曰："竹使符皆以竹箭五枚，长五寸，镌刻篆书，第一至第五。"《后汉书·杜诗传》："旧制发兵，皆以虎符，其馀徵调，竹使而已。"王先谦《集解》引惠栋曰："郑康成《周礼》注云：'今日徵郡守以竹使符。'"微尚，微小的志趣。林薮、桑榆，均代指隐居之所。王陵憨，典出《史记·高祖本纪》："吕后问曰：'陛下百岁后，萧相国即死，令谁代之？'上曰：'曹参可。'问其次，上曰：'王陵可，然陵少戆，陈平可以助之。'"宁武愚，典出《论语·公冶长》："子曰：'宁武子邦有道则智，邦无道则愚。其智可及也，其愚不可及也。'"宁武子是春秋时的卫国大夫宁俞，卒谥"武"。乘雁与双凫，典出扬雄《解嘲》："旦握权则为卿相,夕失势则为匹夫。譬若江湖之崖,渤澥之岛,乘雁集,不为之多;双凫飞,不为之少。"李善注:"《方言》曰:'飞鸟曰双,四雁曰乘。'"此句意谓不论自己境遇如何,都已经无足轻重了。结合同时期同题材的作品《登荆州城望江》等来看,张九龄在荆州的心境其实并不舒畅,甚至愁肠百曲。《登荆州城望江》其二云:"东望何悠悠,西来昼夜流。岁月既如此,为心那不愁。"

荆州恰位于都城长安和故乡曲江中间,在这里,张九龄可谓是有国难投,有家难回,尽管享禄三品,但对于长期位极人臣的张九龄而言,谪居荆州的心境显然谈不上愉悦,"每读韩非《孤愤》,涕泣沾襟。"(徐浩《唐尚书右丞相中书令张公碑》)也许此刻,他内心真的如诗中所表达的那样,一意归乡隐居,不再过问世事。九龄一生虽不以诗歌扬名,但《望月怀远》和《感怀》十二首却当得上是唐诗中的经典之作,尤其是后者,为贬居荆州后的真情流露,托物喻人,为台阁诗中典范。而这首《登荆州城楼》,也是借古论今,引出胸臆,其用辞古朴,寄旨遥深,不脱张九龄以"雅正冲淡"(高棅《唐诗品汇·叙目》)为鲜明特色的一贯诗风。

如今的荆州古城仍是中国保存最好的古代城池之一,当然,唐时的遗迹已基本无存,唯一保存完整的古代城楼是城北拱极门上的朝宗楼,系清道光十八年(1838)重建。古城南门上原有一座"曲江楼",当地还有一条"曲江路",都是为了纪念张九龄而命名的,如今路名仍在,楼则早已无存。我骑着一辆共享电单车,花了两个多小时,几乎转遍了荆州古城的每个角落,发现不少汉末关羽的纪念地,除了祠庙,还有相传曾经洗过赤兔马的池塘。我登上朝宗楼,想象着汉代的将军和唐代的名臣,都曾经在这里眺望远方。纪南城是望不见的,古人的怀古早已成为今人的远古。我骑车穿过南门,本来想探访一下曲江楼的遗址,却无从登上此处的城墙,城墙下有很多老人三五成群,有的打牌,有的唱戏,城门外不远处还矗立着一座白色的天主教堂,也已经显得古色古香。我站在教堂下回望南纪门,城墙下护城河边传来戏曲之声,滴笃的胡板和嘹亮的嗓音穿过城门外的空阔,仿佛轻而易举地沟通了时间与空间。

(2021.12.31)

荆州古城南纪门"曲江楼"遗址

荆州古城唯一一座保存完好的古城楼——拱极门朝宗楼

荆州洗马池,传说三国关羽镇守荆州时,曾在此为赤兔马洗尘

# 寻陆鸿渐不遇

唐·皎然

移家虽带郭,野径入桑麻。

近种篱边菊,秋来未著花。

扣门无犬吠,欲去问西家。

报道山中去,归来每日斜。

去年底,去湖州办事,顺便在湖州的杼山和长兴的顾渚一带游历,寻访茶圣陆羽和诗僧皎然的遗迹。这也是我第一次到长兴,长兴古称雉州、长城,五代时吴越国主钱镠为避后梁太祖朱温父亲朱诚讳,改长城为长兴。长兴濒临太湖,位于苏浙皖三省交界处,唐朝时,曾以出产贡茶著名,而顾渚贡焙的建立,与茶圣陆羽也不无关系,北宋钱易《南部新书》载:"唐制,湖州造茶最多,谓之顾渚贡焙。……故陆鸿渐与杨祭酒书云:'顾渚山中紫笋茶两片,此物但恨帝未得尝,实所叹息。一片上太

夫人,一片充昆弟同啜。'"杨祭酒即杨绾,字公权,华阴人,杨绾出身弘农杨氏原武房,唐玄宗时登进士第,授太子正字。天宝十三载(754),授右拾遗。安史乱起,在灵武,历任起居舍人、职方郎中、中书舍人、礼部侍郎。代宗时任中书侍郎、同平章事,卒谥"文简"。此书当作于大历五年(770)顾渚紫笋茶开始进奉前后。

陆羽,复州竟陵(今湖北天门)人,其自传云上元辛丑(761)年"阳秋二十有九"(陆羽《陆文学自传》),推算其生于开元二十一年(733)。唐肃宗至德初年,为逃避安史之乱而移居江南。上元年间隐居于苕溪(今浙江湖州),在此期间与诗僧皎然、文人张志和、孟郊、皇甫冉等往来酬唱,又与湖州刺史颜真卿有过比较深入的交往,其一生最重要的著作《茶经》就著于此时。德宗建中年间,诏拜太子文学,迁太常寺太祝,不就。贞元末,卒。

陆羽平生嗜茶,人称"一生为墨客,几世作茶仙。"(耿湋《连句多暇赠陆三山人》)其一生著述博杂,涉猎颇广,然多数已佚,今存《全唐文》收录的《游惠山记》《僧怀素传》《陆文学自传》和《论徐颜二家书》四篇散文,及《全唐诗》收录的诗二首,句三条,参与联句十四首。但除《茶经》而外,影响都不大。宋人陈师道在《茶经序》中说:"夫茶之著书,自羽始,其用于世,亦自羽始,羽诚有功于茶者也。"又说"上自宫省,下迨邑里,外及戎夷蛮狄。宾祀燕享,预陈于前。山泽以成市,商贾以起家,又有功于人者也,可谓智矣。"(陈师道《茶经序》)用这样的话来评价陆羽为中国文化作出的贡献,其实并不过分,因为就在陆羽生活的唐代,他已经被贩茶的商人当做"茶神"来加以崇拜,《新唐书》本传说:"羽嗜茶,著《经》三篇,言茶之源、之法、之具尤备,天下益知饮茶矣。时鬻茶者,至陶羽形置炀突间,祀为茶神。"正如这部正史所言,陆羽之所以在当时和后世拥有如此崇高的地位,就是因为《茶经》的写作。

陆羽尝自云:"上元初,结庐于苕溪之湄,闭关对书,不杂非类,名僧高士,谈宴永日。常扁舟往山寺,随身惟纱巾、藤鞋、短褐、犊鼻。往往独行野中,诵佛经,吟古诗,杖击林木,手弄流水,夷犹徘徊,自曙达暮,至日黑兴尽,号泣而归。故楚人相谓,陆羽盖今之接舆也。"性格方面,陆羽"为人才辩,为性褊噪,多自用意,朋友规谏,豁然不惑。凡与人宴处,意有所适,不言而去。人或疑之,谓生多嗔。"(陆羽《陆文学自传》)安史乱后,陆羽去楚入吴,在吴兴山中继续隐居,他虽然承认因为他性格的乖僻,"俗人多忌之。"(陆羽《陆文学自传》)但事实上,他也非常积极地融入当地文人群体,其中最具代表性的,便是参与了以颜真卿为核心的大历浙西文人的联唱活动。

《元和郡县志》云:"顾渚与义兴接,唐代宗以其岁造数多,遂命长兴均贡,自大历五年始分山析造,岁有定额,鬻有禁令,诸乡茶芽,置焙于顾渚,以刺史主之,观察史和之。"唐代宗始创的贡茶院是中国最早的官办茶场。大历七年(772)九月,颜真卿授湖州刺史,次年正月到任,即开始着手续编大历三年(768)他任抚州刺史时就开始编纂的《韵海镜源》,而编写《韵海镜源》也成为该群体进行诗歌创作和讨论的契机。颜真卿在《湖州乌程县杼山妙喜寺碑铭并序》中述:"大历七年,真卿蒙刺是邦,时浙江西观察判官殿中侍御史袁君高巡部至州,会于此土。真卿遂立亭于东南,陆处士以癸丑岁冬十月癸卯朔二十一日癸亥建,因名之曰三癸亭。西北于蓁桂之间创桂棚,左右数百步,有芳林茂树,悉产丹青紫三桂,而华叶各异。树桂之有支径,以袁君步焉,因呼为御史径。真卿自典校时,即考五代祖隋外史府君与法言所定切韵,引《说文》《苍雅》诸字书,穷其训解,次以经史子集中两字已上成句者,广而编之,故曰《韵海》。以其镜照原本,无所不见,故曰《镜源》。天宝末,真卿出守平原,已与郡人渤海封绍高篑、族弟今太子通事舍人浑等修之,裁成二百卷。属安禄山作乱,止具四分之一。及刺抚州,与州人左辅元、姜加璧等增而广之,成五百卷。事物婴扰,未遑刊削。大历壬子岁,真卿叨刺于湖。公务之隙,乃与金陵沙门法海、前殿中侍御史李萼、陆羽、国子助教州人褚冲、评事汤某、清河丞太祝柳察、长城丞潘述、县尉裴循、常熟主簿萧存、嘉兴尉陆士修、后进杨遂初、崔宏、杨德元、胡仲、南阳汤涉、颜祭、韦介、左兴宗、颜策,以季夏于州学及放生池日相讨论。至冬,徙于兹山东偏。来年春,遂终其事。前是颜浑、正字殷佐明、魏县尉刘茂、括州录事参军卢锷、江宁丞韦宁、寿州仓曹朱弁、后进周愿、颜暄、沈殷、李莆亦尝同修,未毕,各以事去。而起居郎裴郁、秘书郎蒋志、评事吕渭、魏理、沈益、刘全白、沈仲昌、摄御史陆向、沈祖山、周阆、司议邱悌、临川令沈咸、右卫兵曹张著、兄谟、弟荐、萚,校书郎权器、兴平丞韦桓尼、后进房夔、崔密、崔万、窦叔蒙、裴继、侄男超、岘、愚子颛、顾,往来登历。时杼山大德僧皎然工于文什,惠达、灵煜味于禅诵,相与言曰:'昔庐山东林,谢客有遗民之会;襄阳南岘,羊公流润甫之词。况乎兹山深邃,群士响集,若无记述,何以示将来?'乃左顾以来蒙,俾记词而藏事。"当时参与颜真卿所倡起之文会的,除与修《韵海镜源》者外,还有浙西观察使判官袁高等二十余人,而陆羽及其方外好友皎然不仅参与其中,而且扮演了重要的角色。

　　陆羽和颜真卿的交游很可能始于李齐物,后者在出任竟陵太守时结识陆羽,并提供了其很多文教方面的帮助,而颜真卿与李齐物友善,故《颜真卿年谱》这样描述颜、陆之初识:"天宝五载,颜真卿友人州牧李齐物教(羽)以诗书,始为士人。"颜、陆在湖州一见如故,故李云二人"素相厚善"(李肇《唐国史补》卷中)。颜真卿素有隐逸之志,最爱陶渊明,自然对陆羽这样的真隐士青眼有加,《唐才子传》卷四《皎然》载,陆羽"与灵彻、陆羽同居妙喜寺。羽于寺旁创亭,以癸丑岁癸卯癸亥日落成,湖州刺史颜真卿名以'三癸',皎然赋诗,时称三绝。"从颜真卿的诗句"款构三癸亭,实为陆生故"(颜真卿《题杼山癸亭得暮字》)来推断,此亭的落成应少不了颜真卿的帮助。由此可见,陆羽曾在以颜真卿为核心人物的大历浙西文人群体活动中十分活跃。在颜真卿任湖州刺史的四年半时间里,组织了多次诗会,号为"浙西联唱",与会者有数十人之多,陆羽是其中的核心人物之一,作为长居湖州的隐士,他自始至终参加了联唱活动。这一时期联唱诗人群的作品由颜真卿集为《吴兴集》十卷,虽已散佚,然仍可辑考者尚有五十余首。这些诗作清新朴雅,充满文人意趣,同时又由于有了皎然、尘外、法海等方外人士,自幼生长于寺庙的陆羽,雅好佛事的潘述、汤衡、崔子向等人的参与,诗中时常流露佛意,亦多隐逸之趣,在联句中,除五、六、七言之外,又多了三言联句体,拓展了联句的艺术境界。

　　陆羽在湖州隐居期间,最重要的交游是与诗僧皎然的来往。陆羽自幼在寺庙长大,由曾在长安参与义净禅师主导的译经工作的智积禅师抚养长大,虽未入佛门,但受其影响甚巨,周愿《牧守竟陵因游西塔著三感说》一文有云:"羽之出处,无宗祊之籍,始自赤子,洎乎冠岁,为竟陵苾蒭之所生活。老奉其教,如声闻辟支,以尊乎竺乾圣人也。"晚唐诗僧齐己也说他"佯狂未必轻儒业,高尚何妨诵佛书。"(《过陆鸿渐旧居》)陆羽在湖州杼山时,曾一度居于山阳之妙喜寺,与僧人皎然、灵澈等为伍,日探讨诗文和佛法。陆羽比皎然年轻十四岁,故自云两人为"缁素忘年之交"。(陆羽《陆文学自传》)皎然俗姓谢,湖州人,据《唐才子传》的说法,是南朝大诗人谢灵运的十世孙。《宋高僧传》则说他"清净其志,高迈其心,浮名薄利所不能啖,惟事林峦,与道者游,故终身无惰色。"显然他的言行非常符合陆羽心目中"精行俭德"(陆羽《茶经·一之源》)的茶人本色,这也是两人交好的基础。由于陆羽的诗歌存世太少,关于两人的交游情况,我们只能从皎然的诗集中窥见一二。

　　对茶的共同爱好显然是促成皎然与陆羽忘年之交的首要原因。作为一代名僧,皎然精于茶事,且多见于诗歌,其《顾渚行寄裴方舟》云:"我有云泉邻渚山,山中茶事颇相关。鶗鴂鸣时芳草死,山家渐欲收茶子。伯劳飞日芳草滋,山僧又是采茶时。由来惯采无近远,阴岭长兮阳崖浅。大寒山下叶未生,小寒山中叶初卷。吴婉携笼上翠微,蒙蒙香刺胃春衣。迷山乍被落花乱,度水时惊啼鸟飞。家园不远乘露摘,归时露彩犹滴沥。初看怕出欺玉英,更取煎来胜金液。昨夜西峰雨色过,朝寻新茗复如何。女宫露涩青芽老,尧市人稀紫笋多。紫笋青芽谁得识,日暮采之长太息。清泠真人待子元,贮此芳香思何极。"从诗中可知,皎然在顾渚山一带辟有茶园,种植名品紫笋。对于茶的品饮,皎然也颇有自己独到的见解,其《饮茶歌诮崔石使君》诗中写道:"越人遗我剡溪茗,采得金牙爨金鼎。素瓷雪色缥沫香,何似诸仙琼蕊浆。一饮涤昏寐,情来朗爽满天地;再饮清我神,忽如飞雨洒轻尘,三饮便得道,何须苦心破烦恼? 此物清高世莫知,世人饮酒多自欺。愁看毕卓瓮间夜,笑向陶潜篱下时。崔侯啜之意不已,狂歌一曲惊人耳。孰知茶道全尔真,唯有丹丘得如此。"皎然在诗中指出,饮茶能祛疲、清神、得道、全真,在他的诗中,饮茶的境界十分超拔。

　　皎然集中与陆羽有关的诗作甚多,其中也有不少描述两人品茶的作品,如入选《唐诗三百首》的《九日与陆处士羽饮茶》:"九日山僧院,东篱菊也黄。俗人多泛酒,谁解助茶香?"但更多的是隐逸题材的诗歌。皎然《赠韦早陆羽》一诗云:"只将陶与谢,终日可忘情。不欲多相识,逢人懒道名。"将陆羽等人比作陶渊明、谢灵运之类隐逸空灵之高士,突显了僧侣与隐士之间高尚而朴雅的友谊与情操。又《同李侍御萼李判官集陆处士羽新宅》:"素风千户敌,新语陆生能。借宅心常远,移篱力更弘。钓丝初种竹,衣带近裁藤。戎佐推兄弟,诗流得友朋。柳阴容过客,花径许招僧。不为墙东隐,人家到未曾。"从皎然的这些记述中,我们可以看到陆羽当时在湖州居所的概貌和日常生活的枯淡与平和。

　　由于陆羽此时遍访江南考察茶山和名泉,行踪不定,从皎然《同李司直题武丘寺兼留诸公与陆羽之无锡》(《全唐诗》卷818)这首诗来看,他与陆羽还曾共同造访过苏州虎丘山,并游历苏城诸景,顺道去了无锡,闻名天下的惠山泉自然在此次考察的范围中。可见陆羽在湖州时虽是隐居,但对茶事和品水的痴迷和著书立说的志向,使他对周边地区茶事的考察极为勤奋。正因为如此,陆羽的友人前往探访之时,常常寻人不遇,皎然《访陆处士羽》便云:"太湖东西路,吴主古山前。所思不可见,归鸿自翩翩。何山赏春茗,何处弄春泉?莫是沧浪子,悠悠一钓船。"此类作品,还有《往丹阳寻陆处士不遇》《寻陆鸿渐不遇》等。

陆羽的新居虽离城不远,但十分幽静,顺着荒野的小径前往,直走到桑麻丛中,颇能见其隐者之风。正值初秋,篱边的菊花尚未开放。叩打柴门,不仅不闻人声,连犬吠都没有,问一问附近的邻居,回答说,陆处士往山中去了,按照他往常的习惯,恐怕要到太阳西下的时候才能回来。一个"每"字,说明陆羽平居出行的频繁和归来的迟延,从而勾画出陆羽不为世俗为拘的逸性与高怀。

陆羽和皎然生前是相知的好友,死后也同埋杼山。我先是在湖州西南郊的妙西镇杼山上找到了三癸亭、陆羽墓和皎然塔,又去长兴顾渚山深处的贡茶院寻访了寿圣寺、吉祥寺、金沙泉等名迹,贡茶院虽为复建,但高大的陆羽阁巍峨耸立,里面供奉的陆羽像是我认为最像陆羽的一尊。作为曾经教过八年《茶经》的我来说,来到顾渚山,也算是一种"朝圣"。

陆羽曾经是一个弃婴,在寺庙中长大,相貌平平,口吃而好辩,性耿直,然好交游,讲信义,重然诺,他在《茶经》中强调"精行俭德"是茶之根本。广德初年,陆羽在润州时,曾经向宣尉江南的李季卿献茶,后著《毁茶论》。对于此事,《封氏闻见记》记之甚详:"御史大夫李季卿宣慰江南,至临淮县馆,或言伯熊善茶者,李公请为之。伯熊着黄被衫,乌纱帽,手执茶器,口通茶名,区分指点,左右刮目。茶熟,李公为啜两杯而止。既到江外,又言鸿渐能茶者,李公复请为之。鸿渐身衣野服,随茶具而入,既坐,教摊如伯熊故事,李公心鄙之,茶毕,命奴子取钱三十文酬煎茶博士。鸿渐游江介,通狎胜流,及此羞愧,复著《毁茶论》。"事实上,陆羽才是当时茶道的原创者,常伯熊不过是因袭而已,唐人云:"楚人陆鸿渐为《茶论》,说茶之功效,并煎茶、炙茶之法,造茶具二十四事,以都统笼贮之,远近倾慕,好事者家藏一副。有常伯熊者,又因鸿渐之论广润色之,于是茶道大行,王公朝士,无不饮者。"而常伯熊并未做到精通茶法与茶道,史载其"饮茶过度,遂患风,晚节亦不劝人多饮也。"(封演《封氏见闻记》卷6《饮茶》)

对于陆羽向李季卿奉茶事,辛文房《唐才子传》亦有记载:"初,御

史大夫李季卿宣尉江南,喜茶,知羽,召之。羽野服挈具而入。李曰:
'陆君善茶,天下所知,扬子中泠水,又殊绝,今二妙千载一遇,山人不可
轻失也。'茶毕,命奴子与钱。羽愧之,更著《毁茶论》。"陆羽在李季卿
面前"野服挈具而入",更能解释为何季卿不为礼遇的原因,而李季卿的
一番话似乎更有深意蕴涵其内,惜陆羽山人内质,难为更变。茶罢与钱,
陆羽感觉受辱,故作《毁茶论》。陆羽的个性,注定了他的布衣终身,和
失意的命运,但他坚持的"精行俭德",确是茶人应当遵循的基本原则,
因为《茶经》言:"茶之为用,味至寒","茶性俭,不宜广,广则其味黯淡"。
今之所谓"茶人"者,不可不谨记乎?

（2022.1.1）

长兴顾渚山陆羽阁内供奉的陆羽像

湖州杼山陆羽墓

# 灵岩寺

唐·赵嘏

馆娃宫畔千年寺，水阔云多客到稀。
闻说春到更惆怅，百花深处一僧归。

十几年前在苏州读书的时候经常去木渎爬灵岩山，所以对这座山非常熟稔，边边角角都转到了，连山下茂密的树林里的几座古墓——包括韩世忠和周必大的墓都去看过。那时候读书在独墅湖，一般是上午出发，坐一个小时的公交车先到相门内的校本部，在食堂吃了午饭，再到干将路对面去坐2路车，再行一个小时，差不多就到了。灵岩不算高，爬山的时间远没有坐车的时间长。山上有个庙，门票至今仍是一元钱。庙里有塔，还有一个庭院，里面还能看到一些春秋时吴王宫的遗迹。

春秋吴王夫差二年（前494），吴军于太湖中的夫椒（即西洞庭山，今苏州市吴中区金庭镇）大败越军，越王勾践退守会稽山（今浙江绍兴南），吴军乘胜追击，占领会稽城（今浙江绍兴市），包围会稽山。越王派大夫文种以美女、财宝贿赂吴太宰伯嚭,请其劝夫差准许越国归附。夫差不听伍子胥的劝谏,依伯嚭之言撤军。此后夫差建姑苏台,"三年聚材,五年乃成,高见二百里。"(赵晔《吴越春秋》)夫差于台上"别立春宵宫,为长夜之饮。作天池,以泛青龙舟,舟中盛致妓乐,日与西施为嬉。又于宫中作海灵馆、馆娃阁,皆铜沟玉槛,饰以珠玉。"(乾隆《吴县志》卷22引《洞冥记》)夫差十四年(前482),越军突袭吴国,吴太子友战败被俘,姑苏台亦被越军纵火焚烧。越王勾践灭吴后,"徙治姑胥台。"(袁康、吴平《越绝书》)公元前210年,秦始皇曾上姑苏台。西汉司马迁在弱冠之年亦曾"登姑苏,望五湖。"(司马迁《史记》卷29《河渠书》)

李白《苏台览古》诗云:"旧苑荒台杨柳新,菱歌清唱不胜春。只今惟有西江月,曾照吴王宫里人。"皎然《姑苏行》诗:"古台不见秋草衰,却忆吴王全盛时。千年月照秋草上,吴王在时几回望。至今月出君不还,世人空对姑苏山。山中精灵安可睹,辙迹人踪麇鹿聚。婵娟西子倾国容,化作寒陵一堆土。"可见此台至唐时已完全荒芜,难觅旧迹。史载姑苏台建于姑苏山上,由于年代久远,现在已经很难说清姑苏山究竟是今天的哪一座山,但是为了营建姑苏台,大量的木材被转运到此地,造成了"积木塞渎"的奇景,这就是灵岩山下的木渎古镇名字的由来。

这首诗的作者赵嘏是中唐诗人,楚州山阳(今江苏淮安)人,年轻时曾为浙东观察使元稹和宣歙观察使沈传师幕宾。武宗会昌四年(844)登进士第。宣宗大中年间,入仕为渭南(今陕西渭南)尉。其后之行止及卒年均不可考。其《早秋》诗中有句:"残星几点雁横塞,长笛一声人倚楼。"杜牧因呼之为"赵倚楼"。许学夷《诗源辩体》认为赵嘏的七言律"声皆浏亮,语皆俊逸,亦晚唐一家。"《唐诗归折衷》对其评价曰:"嘏虽举进士,尉渭南,而烟霞性成,故其诗曰:'早晚粗酬身事了,水边归去一闲人。'出世之情,累见乎词,非可强效以欺人也。"我想赵嘏的这种"烟霞性",在这首《灵岩寺》中就有鲜明的体现。

灵岩寺,东晋末陆沅舍宅所建,梁天监时重建寺,并增佛塔一座。山寺历史悠久,风景优美,但因离苏州城有二十五里之遥,所以在当时游客稀少。春花烂漫之时,诗人来到寺中,礼佛怀古之余,幽深的古寺更平添寂寥之感,于是一个僧侣的背影,也会轻轻煽起内心惆怅的情绪。从内容和感情而言,这首诗都显得十分单纯,但如果我们认真地去灵岩山走一走,就会发现极多的历史遗迹,这些遗迹堆积了出一座厚重的灵岩山,值得我们一再前往探访寻幽。

　　明朝正德十一年（1516）四月，曾官至太仆少卿的都穆陪同明史上大名赫赫、曾任内阁首辅的王鏊游灵岩，同行的除了王鏊的两个弟弟，还有藏书家和茶学家顾元庆。这几位都是苏州本地人，王鏊弟兄三人的老家就在距离灵岩山不远处的洞庭东山，我们无法确知这次游历的细节，只是可以在灵岩寺以西的古迹"西施琴台"——传说西施曾于此处操琴——上找到一块方石，上面刻着都穆的几行楷书，记录了这次旅行。

　　一直到现在，城西诸山——灵岩、天平、穹隆等，仍是苏州人游玩的好去处，这一带临近太湖，山水俱佳，又是人文遗迹荟萃之地。范成大《吴郡志》引《方言》曰："吴有馆娃宫，今灵岩寺即其地也。山有琴台、西施洞、砚池、玩花池，山前有采香径、皆宫之故迹。""采香径，在香山之傍，小溪也。吴王种香于香山，使美人泛舟于溪以采香。今自灵岩山望之，一水直如矢，故俗又名箭泾。"今自灵岩山向南下望，仍能看到这条笔直如箭径的小河。香水溪，其源在吴王宫中，"俗云：西施浴处，人呼为脂粉塘。吴王宫人濯妆于此溪，上源至今馨香。"（范成大《吴郡志》）这条溪水从灵岩山上流到木渎镇上，至今仍叫香溪，千百年来哺育着镇上的居民，滋润着当地的文脉。

　　灵岩山不高，适宜今天的人们攀登健身，还可在灵岩寺访幽怀古，自是姑苏一处绝佳的消闲之地。从山上下来，在木渎古镇上觅食，也总能有惊喜的发现，现在又通了地铁，来往城中更为便利，所以说苏州人有福，正在于此。

（2022.1.2）

灵岩山远眺太湖方向，左侧那条笔直向前的河流就是采香泾，今名"箭泾河"

灵岩寺内的吴王井

灵岩山寺内的"玩花池"

西施琴台上1516年都穆、王鏊等人的游山刻石

# 登柳州城楼寄漳汀封连四州

唐·柳宗元

城上高楼接大荒,海天愁思正茫茫。

惊风乱飐芙蓉水,密雨斜侵薜荔墙。

岭树重遮千里目,江流曲似九回肠。

共来百越文身地,犹自音书滞一乡。

从成都坐了15个小时的卧铺,清晨五点多到达柳州,来柳州只为一个人,那就是柳宗元。八月的早晨,天已经亮了,很多人坐在冰凉的花坛边缘等待头班公交。我举起手机,拍了一张火车站的照片,车站后面是一座不高的山头,那就是柳宗元曾经登过的峨山,还留下了一首思乡之作《登柳州峨山》:"荒山秋日午,独上意悠悠。如何望乡处,西北是融州。"

坐公交到了市内,看到碧绿的柳江,周围人的讲话已经完全听不懂,我终于有了深入异乡之感。由于到得太早,网上订的酒店还没有到入住的时间,甚至连一个空房间都没有,只得寄存了行李先出来。早餐还没有吃,到了南国自然是吃粉,好在街边有的是粉店,整个柳州城几乎都弥漫着一股令人难忘的螺蛳粉的气味。进入柳侯公园,感到阵阵的倦意,毕竟躺了一夜的卧铺,并没有睡好,早锻炼的人很多,这里的植被再次提醒我已经到了岭南,树木高大,树干圆润,比如说此前见过的棕榈,比如说第一次看到的柠檬桉,还有一种外形奇特的苹婆树,有几个老人在树下捡拾落到地上的裂开的果实,种子有点像板栗,据说可以食用。

柳侯公园里最重要的遗迹是柳侯祠,原名罗池庙,始建于柳宗元去世后的第三年。祠堂后面还建有衣冠冢,公园里尚有思柳溪、柑香亭等,都与柳宗元有关。祠内最珍贵的文物是一块石碑,上刻韩愈所撰的《迎享进神诗》,此诗本为韩愈《柳州罗池庙碑》结尾所附,用以供当地人祭祀柳宗元时吟诵。南宋嘉定十年(1217),苏轼书写的这首诗被刻石珍藏于罗池庙,由于诗的开头为"荔子丹兮蕉黄,杂肴蔬兮进侯之堂",故此碑被俗称为"荔子碑",留存至今,堪称国宝。看完"荔子碑",感觉实在难挡困乏,居然靠着柳侯祠的柱子打起盹来。

好不容易熬到近午,总算办理了酒店入住,先补了一觉,起来后,到楼下吃了点心,便直奔东门城楼,据说那是柳州仅存的古城墙遗址,更重要的是,我非常想体验一下在柳州登上城楼的感受,当然,还是跟柳宗元有关。《登柳州城楼寄漳汀封连四州》一诗,一般认为是元和十年(815)柳宗元初到柳州后所作。815年对柳宗元而言是极为痛苦的一年,1月,柳宗元接到诏书,要他立即回京。2月,经过一个多月的跋涉,柳宗元满怀期待地回到了阔别近十年的都城长安。然而一个多月的等待,并没有盼来令他欣慰的消息。3月,柳宗元被改贬为柳州刺史。3月底,柳宗元从长安出发赴任,路上走了三个月,抵达这座岭南小城的时候,正是一年中最热的时候。

读这首诗,我们能想见一位瘦削的疾病缠身的大唐中年官员,在经历了千辛万苦的旅程之后,还没有完全恢复体力,便登上这异乡的城头,茫然地望向远方的情景。"二王八司马"事件的主角们,王叔文和王伾早已不在人世,凌准、韦执谊则死于贬所,程异先被起用,此次进京的是五个人,而他们进京后等来的结果却是再次被贬,除了柳宗元出任柳州刺史外,韩泰为漳州刺史,韩晔为汀州(今福建长汀)刺史,陈谏为封州(今广东封开)刺史,刘禹锡初贬播州(今贵州遵义)刺史,后来,正如韩愈《柳子厚墓志铭》中说的那样："子厚泣曰：'播州非人所居，而梦得亲在堂，吾不忍梦得之穷，无辞以白其大人；且万无母子俱往理。'请于朝，将拜疏，愿以柳易播，虽重得罪，死不恨。遇有以梦得事白上者，梦得于是改刺连州。"连州，就是今天的广东连州市，为粤北重镇，在当时比起播州来当然算是理想得多了。这首诗就是寄给另外四位同病相怜的同僚的。

大荒，有两层意思，一是写柳州城外的荒凉，二是指这五州刺史所居之地，都位于南方的荒僻地区。由此带来的愁绪绵长而广阔，不可断绝，故有第二句。元和年间的柳州，"户一千二百八十七"（李吉甫《元和郡县图志》），属于人口稀少、经济落后的下州，而柳宗元之前长期生活的永州，至少还是个中州。颔联历来为人称颂，以芙蓉和薜荔比喻被贬者高尚的情操，以惊风和密雨比喻不公的命运，甚至将矛头指向在"永贞内禅"之后始终对八司马们不依不饶的朝廷势力。芙蓉和薜荔的意象，都在放逐者的哀歌《离骚》中出现过，是高洁人格的象征。惊风而乱飐，密雨而斜侵，既有可能是写实景，又是命运对自己接二连三又似乎无休无止的鞭挞所带来的内心悸动的反映。岭树重遮，相望而不见；江流九曲，欲接而无望。这两句再度融合了写实与比兴，柳江在恰在今天的柳州城东门城楼下绕出一个 U 字形的大弯，正与这首诗中的描写相合，而同时又令人联想起命运不济的司马迁在《报任安书》中所提及的"肠一日而九回"式的内心煎熬。最后一联，回归到残酷的现实，又紧扣诗题。"共来"二字仿佛是写友人同行，但虽然"八司马"变成"五刺史"，境遇上似乎有了一些改观，但所贬之地仍然是蛮荒烟瘴之地，且有万水千山阻隔，音信难通，这无疑是命运给予政治失意、生活流离的五人更进一步的心灵打击。

这首诗所寄送的四位刺史中，与柳宗元关系最好的还属刘禹锡，此次出贬，两人再度同行，最后在衡阳歧路分别，柳宗元写下《衡阳与梦得分路赠别》，诗云："十年憔悴到秦京，谁料翻为岭外行。伏波故道风烟在，翁仲遗墟草树平。直以慵疏招物议，休将文字占时名。今朝不用临河别，垂泪千行便濯缨。"刘禹锡回以《再授连州至衡阳酬柳柳州赠别》，以西汉黄霸、春秋柳下惠的故事自嘲。柳宗元再赠《重别梦得》："二十年来万事同，今朝歧路忽西东。皇恩若许归田去，晚岁当为邻舍翁。"刘禹锡答以《重答柳柳州》，柳宗元又写了第三首临别诗《三赠刘员外》："信书成自误，经事渐知非。今日临歧别，何年待汝归。"诗写得越来越短,沧桑之感也越来越强烈,在赠别刘禹锡诗作的执着上我们也可以想见柳宗元内心剧烈的痛苦。

唐宪宗在元和十三年(818)春实行大赦,柳宗元等人都不在被赦之列,这与史书"始,坐叔文贬者八人,宪宗欲终斥不复,乃诏虽后更赦令不得原"(《新唐书》本传)的记载相符合,也再度证实了柳宗元不得起用的真正根源,在于唐宪宗对他的不谅解。元和十四年(819)七月,宪宗因受尊号再度实行大赦,在裴度的劝说下,才同意召回柳宗元,可惜为时已晚,长期的贬谪生活和抑郁心境早已摧毁了柳宗元的健康,就在那一年的冬天,他在柳州去世,时年四十七岁。

柳宗元在永州和柳州的诗作,尤其是自述身世之作,总给人哀怨之感,这首登楼诗,虽然开局气度不凡,但最后还是回到了感时伤世的氛围中不能自拔。刘柳二人的性格差异,在他们在贬谪生涯中的诗文创作和其中蕴含的个体性格、人生态度中表现得淋漓尽致。但我们实在不能说这里面存有高下之分,尤其是在文学层面上,多种个性带来的多重风格实在是文学世界之所以迷人的重要因素。柳宗元的诗作中经常强化自己的痛苦,这与擅长消解痛苦的刘禹锡正好相反。作于柳州的《与浩初上人同看山寄京华亲故》,简直要把自己的身体割裂开来,这种痛苦和折磨对他的伤害之大是可想而知的:"海畔尖山似剑铓,秋来处处割愁肠。若为化得身千亿,散上峰头望故乡。"永远不能忘怀朝廷功业和北方家乡柳宗元,最终只能魂归故土,而他的这首登楼诗,却成为中国文学史上不可多得的杰作,很多人来到柳州,都要登一登这里的城楼,并对伟大而不幸的诗人作一番凭吊,这首诗也引出了后人大量的追和之作,成为传世佳话。

柳州城东门谯楼高耸,屋角飞檐凌空,且微微上卷,很有岭南特色。上楼可以看到九曲的柳江碧绿的江水,以及江对岸外形奇特的"似剑铓"一般的山体。我在城墙内侧发现镶嵌着的一块诗碑,上面就刻了柳宗元的这首诗,柳州,果然是柳宗元的柳州。"柳州柳刺史,种柳柳江边"(柳宗元《种柳戏题》),这可能是一种巧合,也许是朝中某些人的存心戏弄,但柳宗元一旦来到这里,就永远无法与她分离了。每一个中国人都是读着韩柳欧苏的文章长大的,我们都爱柳宗元。我有时在想,如果没有永州和柳州的经历,文学史上会呈现怎样的一个柳宗元?关于这一点,柳宗元的好友韩愈在《柳子厚墓志铭》(又是一篇中学课文)也说到了:"然子厚斥不久,穷不极,虽有出于人,其文学辞章,必不能自力,以致必传于后如今,无疑也。虽使子厚得所愿,为将相于一时,以彼易此,孰得孰失,必有能辨之者。"虽然韩愈向有"谀墓"之名,但给挚友写的墓志铭,说的不愧为肺腑之言,而且大概,也不至于索要润笔吧。

（2022.1.3）

"荔子碑"

柳州东门城楼

柳州龙潭,古称雷塘,柳宗元曾在此为民众祷雨

# 蜀　相

唐·杜甫

丞相祠堂何处寻,锦官城外柏森森。

映阶碧草自春色,隔叶黄鹂空好音。

三顾频烦天下计,两朝开济老臣心。

出师未捷身先死,长使英雄泪满襟。

　　成都的南郊有一座惠陵,那是蜀汉先主刘备的陵墓,其昭烈庙就在陵旁,但今天到成都去旅行的绝大多数人,只知道那里是纪念诸葛亮的武侯祠。武侯祠因诸葛亮生前被封为武乡侯而得名,诸葛亮于公元234年病逝于五丈原(今陕西岐山县南)前线军营中,随后葬于沔阳县(今陕西勉县)定军山下,景耀六年(263),蜀汉后主刘禅下诏于沔阳县立祠。后成都亦立武侯祠,有二,一在城东,因诸葛亮凿井通地脉处而建;一

在城南,位于昭烈庙"西偏稍南"的位置,并且"老柏参天,气象甚古。"(任渊《重修先主武侯庙记》)由于诸葛亮深得百姓之心,造成了"帝陵孤冢累然,侯祠丹碧岿然"(宋可发《重修忠武侯祠碑记》)的局面,明洪武二十四年(1391),朱元璋十一子蜀王朱椿下令将诸葛亮灵位移出武侯祠,附祀昭烈庙,以凸显君主的尊贵,但这样做,毕竟与此前历代建庙专祀诸葛亮的传统不合,故清初时,改"以前殿祀昭烈,两庑列从龙诸名臣;后殿奉侯,配以子瞻、孙尚"(宋可发《重修忠武侯祠碑记》),这就形成了今天武侯祠"君臣合祀"的格局。

　　杜甫一生写了很多跟三国故事有关的诗歌,其名作《咏怀古迹五首》中,有两首写到了蜀汉的刘备、诸葛亮君臣,在写到诸葛亮时他用"诸葛大名垂宇宙"来表达自己的崇敬之情。在夔州,他写下了《八阵图》《古柏行》《诸葛庙》《武侯庙》等纪念诸葛亮的诗作。他在成都居住时,也经常去武侯祠一带游走,《蜀相》就是写于此时,也是杜甫写诸葛亮的众多作品中的集大成者。

　　首联写位置和环境,与南宋人任渊《重修先主武侯庙记》中的描述十分吻合。三四句写眼前武侯祠的近景,春意盎然,令人愉悦,然"自""空"二字,蕴藉沉郁之感。诗的后半部分,突转沉挚悲壮,"三顾"两句,写诸葛亮从隆中定计到辅弼刘禅,由青年才俊变为开创先主、辅助后主的老臣,为蜀汉的建立和北伐事业鞠躬尽瘁。尾联感叹诸葛亮壮志未酬的命运,抒发作者的深切同情与感伤。

　　杜甫在成都,只能说是客居,因为两京沦陷,中原大乱,所以他只能逃避西南一隅,以为安身立命之所,但他无时无刻不想着国家重新安定,这样他本人也能够回归故里,所以就格外企盼像诸葛亮那样才华横溢、不辞辛苦而且能够扭转乾坤的人出现,使得混乱中的国家重新走上正轨。但要达成这样的愿望又何其艰难,由眼前之景想到自身的遭际,年近半百的杜甫,对未来也已经不敢有太多美好的期许了,所以对诗的最后两句,王嗣奭曾有过有这样的评价:"出师未捷,身已先死,所以流千古英雄之泪者也。盖不止为诸葛悲之,而千古英雄有才无命者,皆括于此,言有尽而意无穷也。"(王嗣奭《杜臆》卷4)

　　诸葛亮的《出师表》曾是我中学时的课文,当时要求全文背诵,我们着实以为大麻烦,并且一度"深恶痛绝"之。然人到中年,再读此文,不禁热泪盈眶,武侯对先主之感恩图报,对后主之谆谆嘱托,无不出于至诚。而刘备心怀匡扶之雄心,在汉末的乱世几乎是白手起家,凭着一腔仗义与忠勇,锐意进取,礼贤下士,创下西南一片基业,做到了三分天下有其一,也堪称那个英雄辈出的时代的豪杰。故此,"彼其君臣,仗义而行,正大如此,是以海内之士,心与而诚服之,举无异论。虽厄于运数,屈其远图,而后世有读其遗书、过其陵庙者,未尝不咨嗟流涕、尊仰而怀思之也。夫义之所在,俯仰无愧天地;且将直之,见信于人,亦其理之然哉!"(任渊《重修先主武侯庙记》)古往今来,皆是如此。

一如前文所述,现今的武侯祠早已不是杜甫曾经到访过的那个武侯祠了,随着时代的变迁,"锦官城外柏森森"的景象也已不复存在,如今的武侯祠一带热闹非凡,与之紧邻的锦里是年轻人云集的地方,一边是沉重的历史,一边繁闹的当下,这恐怕就是最真实的人间吧。

(2022.1.4)

成都武侯祠内的诸葛亮塑像

刘备墓——惠陵

# 杜工部蜀中离席

唐·李商隐

人生何处不离群，世路干戈惜暂分。

雪岭未归天外使，松州犹驻殿前军。

座中醉客延醒客，江上晴云杂雨云。

美酒成都堪送老，当垆仍是卓文君。

李商隐的这首诗题目很有意思，"杜工部"指模拟杜甫的七律风格，"蜀中离席"是本题。之所以在写这首诗时想到杜甫，原因恐怕有三：第一，杜甫是七律圣手，他的创作成就代表了七律的成熟，《登高》一诗更是被誉为"古今七言律第一"；（胡应麟《诗薮》内编卷5）第二，创作地在成都，正是杜甫曾经居住之地；第三，李商隐作此诗时，正在东川节度使柳仲郢幕府中做节度判官,正值巴南地区频繁爆发起义,唐政府与吐蕃、党项的关系也很紧张,恰与杜甫在成都避安史之乱时的情形相类。此诗将时事引入酬赠之作,对杜甫七律感时伤世和忧国忧民的风格既有继承又有创新,无论从形式还是内容方面来看,都是唐代最为出色的七律作品之一。

大中五年(851),正在穷愁中的李商隐又失去了他的夫人王氏,是年秋,被任命为东川节度使的柳仲郢邀请他入自己的幕府,李商隐乃于十一月入川赴职,东川节度使的驻地在梓州(今四川三台)。同年冬,他被派往西川推狱,来到成都,直到次年春才返回梓州,这首诗,就是在返程前夕所作。

首联写离别,揭示当时"世路干戈"的社会现实,正因为局势危急,所以哪怕暂时的分离也有可能成为永别,必须格外珍惜。写这首诗的时候,大唐西南边患不断,吐蕃、党项不断骚扰边境。额联写当时局势的紧张,雪岭是唐和吐蕃边境的雪山,天外使是唐朝派到吐蕃、党项的使者,味其文意,当时应有唐使被扣留异邦。松州,今四川松潘县,唐蕃边境重镇,殿前军本指神策军(禁军),负责保卫京师和戍卫宫廷以及行征伐事,为唐廷直接控制的主要武装力量,唐中叶以后,边兵为了提高给养标准,往往要求改隶神策军,这样的军队当时称为"神策行营"。当时边境剑拔弩张之状,读此两句便可想而知。

颈尾二联转而写眼前之景。"醉客延醒客",将宴席上推杯换盏觥筹交错景象写得活灵活现,李商隐本人,大概是那个"醒客",因为此时他还能注意到窗外:"江上晴云杂雨云"。这句既是实写——因为成都的天气确实非常湿润,时常下雨——同时又是诗人内心忧虑不安的写照,此处还暗用了屈原《渔父》中"举世皆浊而我独清,众人皆醉而我独醒"之意。此二句上下对仗,极具音韵之美,且还是"当句对",即不但上下句互相对仗,而且每句当中又自为对仗,如杜甫《闻官军收河南河北》中的"即从巴峡穿巫峡,便下襄阳向洛阳"即是,此外杜诗中还有:"桃花细逐杨花落,黄鸟时兼白鸟飞"(《曲江对酒》),"戎马不如归马逸,千家今有百家存。"(《白帝》)李商隐诗歌中也经常使用这种手法,如"纵使有花兼有月,可堪无酒又无人"(《春日寄怀》),"池光不定花光乱,日气初涵露气干"(《当句有对》)等。

尾联话题仍回到饯别,有人认为这是主人留客之语。送老,度过晚年。当垆,主持卖酒之事,当,主也。垆,酒肆。卓文君,西汉司马相如妻,《史记·司马相如列传》:"司马相如者,蜀郡成都人也,字长卿。……卓王孙有女文君新寡,好音,故相如……以琴心挑之。相如之临邛,从车骑,雍容闲雅甚都;及饮卓氏,弄琴,文君窃从户窥之,心悦而好之,恐不得当也。既罢,相如乃使人重赐文君侍者通殷勤。文君夜亡奔相如,相如乃与驰归成都。家居徒四壁立。卓王孙大怒曰:'女至不材,我不忍杀,不分一钱也。'人或谓王孙,王孙终不听。文君久之不乐,曰:'长卿第俱如临邛,从昆弟假货犹足为生,何至自苦如此!'相如与俱之临邛,尽卖其车骑,买一酒舍酤酒,而令文君当垆。相如身自著犊鼻裈,与保庸杂作,涤器于市中。卓王孙闻而耻之,为杜门不出。昆弟诸公更谓王孙曰:'有一男两女,所不足者非财也。今文君已失身于司马长卿,长卿故倦游,虽贫,其人材足依也。且又令客,独奈何相辱如此!'卓王孙不得已,分予文君僮百人,钱百万,及其嫁时衣被财物。文君乃与相如归成都,买田宅,为富人。"此二句之意云,成都生活舒适,产美酒,多美人,值得留下来。当然,说这些话的人,多半是那些座中的"醉客"了。

李商隐此诗继承了杜甫诗的风格,把时事引入传统的酬赠之作,显得别具一格。何焯《义门读书记》论曰:"一则干戈满路,一则人丽酒浓,两路夹写出惜别,如此结构,真老杜正嫡也。诗至此,一切起承转合之法,何足绳之?然'离席'起,'蜀中'结,仍是一丝不走也。"也有的论者云,李商隐作此诗完全模拟杜甫的身份写杜甫时期的事迹,不仅仅是风格的模拟,由于年代久远,也很难确考,亦可聊备一格。李商隐历次入幕,都没有这次蜀中之行长久,大中九年(855年)十一月,朝廷调柳仲郢回京出任吏部侍郎,李商隐随行,由此,他在东川节度使幕中待了整整四年的时间。次年十月,仲郢充诸道盐铁转运使,奏商隐充盐铁推官。大中十一年(857),李商隐以盐铁推官事去江东。大中十二年(858),柳仲郢任刑部尚书,李商隐亦罢盐铁推官,还闲居郑州,不久就去世了。

前年和父亲在成都的几日,基本上都在下雨,不下雨也是阴沉沉的天,去百花潭的那天早上沿河步行时,看到河面上升腾着一层淡淡的水汽,于是就突然想到了李商隐诗中我最爱的两句:"座中醉客延醒客,江上晴云杂雨云。"河的对岸有一座古楼,走近了才发现是李白曾经登临的散花楼,当然不是原物,据说位置也改动过了。散花楼的另一侧有古琴台,传说是司马相如奏琴向卓文君示爱之所,壁上还镌着《凤求凰》的篇章。那天还去了锦江边的望江楼和薛涛墓、薛涛井,成都古建筑的檐角翘得很高,用色也比较鲜艳,给人多姿多彩的感觉,千年的古城也因此少了几分沉重,多了几分跳脱,正如《杜工部蜀中离席》结尾两句所说的,这是一座非常适合生活的都市。

(2022.1.7)

锦江之畔的散花楼,河面上升腾着雾气

薛涛井

崇丽阁,俗称"望江楼"

# 晚 晴

唐·李商隐

深居俯夹城,春去夏犹清。

天意怜幽草,人间重晚晴。

并添高阁迥,微注小窗明。

越鸟巢乾后,归飞体更轻。

到了柳州,势必要去近在咫尺的桂林。在高铁上一路看到越来越典型的喀斯特地貌,山峦独立而密集,形态多姿。吃完了晚饭,先去了漓江边的逍遥楼,据说此楼始建于唐高祖武德年间,登楼可以眺望远处奇特的锯齿形的山峰。第二天去磨盘山码头坐船往阳朔,一路饱览了著名的桂林山水,然而近四个小时的航程,到最后也有些审美疲劳,反倒是阳朔十元五个的火龙果颇足解渴,至今印象十分深刻。

坐汽车回到桂林,第二天去靖江王府,登上独秀峰,俯瞰整个城市。在前一天晚上,我查找了一些关于桂林夹城的资料,想去寻访一下李商隐笔下的旧迹。大中元年(847),桂州刺史、桂管都防御经略使郑亚邀请时任秘书省正字的李商隐往赴桂林任职。五月,李商隐同郑亚来到桂林。郑亚的这次南迁,是牛党清洗计划的一部分。李商隐愿意主动跟从一位被贬谪的官员,表明他对自己的升迁不再抱有幻想,毕竟秘书省正字仅为正九品下的小官,况且他还一直夹在牛李二党之间,两头都不受待见。

在桂林不到一年的时间里,李商隐远离政治纷争的中心,这里的奇山丽水又带给他新颖的诗材,使他的身心处于比较愉悦的状态。《桂林道中作》诗云:"地暖无秋色,江晴有暮晖。空馀蝉嘒嘒,犹向客依依。村小犬相护,沙平僧独归。欲成西北望,又见鹧鸪飞。"李商隐在桂林创作的诗歌平和而温暖,尤以这首《晚晴》为最。这首诗描绘桂林雨后明净清新的境界,从其第二句来判断,应是初到桂州时的作品。

深居,居于幽僻之处,犹言隐居,不过在当时,一个原本在京城为官的人生活在偏远的桂州,本身就算是"深居"了。夹城,一般有两层意思,一是沿城壁所修的复道,与外城平行,在经过城门时,于城门的两侧以石铺的磴道登城楼越过,此种夹城专为皇帝等潜行往来,不使外人所窥知而建,杜牧诗中有"六飞南幸芙蓉苑,十里飘香入夹城"(《长安杂题长句》其五),描写了圣驾从夹城中前往芙蓉园游幸时的情景;二是城门外夹筑的具有联通、防御功能的城池,俗称"瓮城"。这里的"夹城",显然是指后者。

第二句写初夏的清新,虽处岭南,但天气还不是十分燠热。额联最佳,诗人触景生情,却把情感投放到一棵生长在幽暗处的小草身上,它在云开雾散,阳光照拂之后重新焕发了生机。"怜",怜爱,这里作者寄托了深厚的情感,不仅是说天意怜之,更多投射了自己的同病相怜——自己到了桂州以后,才摆脱了政治风波的羁绊,重获新生,就像眼前的这株"幽草"一样。

李商隐本是一个有才华有理想的青年,却因为卷入了"牛李党争"而造成政治上的终生悲剧。李商隐出身贫寒,却极富天资,早年曾得到宰相令狐楚及其子令狐绹的大力提携,并由此于开成二年(837)中了进士,而就在同一年令狐楚去世。开成三年(838)春,李商隐应博学宏辞试不取,遂应泾原节度使王茂元之聘,去泾州(治所在今甘肃泾川)做了王的幕僚。王茂元对李商隐的才华非常欣赏,以女妻之。不幸的是,这桩婚姻将李商隐拖入了牛李党争的政治漩涡,其尴尬之处在于:王茂元与李德裕交好,被视为"李党"的成员;而令狐楚父子属于"牛党"。李商隐的行为被令狐绹等人解读为对刚刚去世的恩主的背叛,并为此付出了惨重的代价。

开成四年(839),李商隐再试吏部,得到了秘书省校书郎的职位,不久,被调任弘农(今河南灵宝)县尉,他在这个职位上过得很不开心,开成五年(840),辞归。会昌二年(842),李商隐以书判拔萃复入秘书省为正字,旋丁母忧居家三载,而这三年,正是李德裕当政时期,李商隐却无法出仕得到提拔,会昌三年(843),岳父王茂元病故,李商隐失去了最可靠的扶持。会昌五年(845)十月,李商隐服阕入京,为秘书省正字,而此时,李德裕的执政已经进入倒计时,次年三月,支持李德裕的唐武宗去世,武宗的叔叔光王李忱在左神策军中尉宦官马元贽等人的拥立下即位,是为宣宗。宣宗登基后,立即驱逐了李德裕,李党人物迅速被排挤出政治中心。在新帝的支持下,以白居易从弟白敏中为首的牛党新势力逐渐占据了主流,而曾经与李商隐过从甚密的令狐绹以白敏中荐,大中元年(847)六月擢为考功郎中、知制诰。二年(848)二月为翰林学士。四年(850)十月拜相。大中十三年(859)八月宣宗病逝,令狐绹于十二月罢政事,他事实上是宣宗后期的牛党党魁。可悲的是,李商隐却很难从中获得太多的好处,令狐绹对李商隐的"背信弃义"显得非常不谅解,尽管李商隐不停地写信或送诗给他,但并没有得到太多的回应,这就是为什么李商隐在大中元年(847)会同意放弃自己在秘书省的职务,跟随李党的郑亚一起前往贬斥之地桂州。

晚晴,就是近晚雨过天晴,"人间重晚晴",是与"天意怜幽草"的对应,恐怕也是作者一厢情愿式的感受,他在《登乐游原》中就抒发过"夕阳无限好,只是近黄昏"的类似情感。桂林的晚晴看来十分美好,令李商隐生发无尽愉悦之感,也说明此时他的心境是较为开阔的。此时的"晴"是"晚晴",也蕴涵着李商隐对自己的身世之悲。关于李商隐的生年,多有争议,一般认为是在元和六年(811)到元和八年(813)之间,因此写这首诗的时候大概也就是三十五到三十八岁之间,像他这样才华横溢的文人,在此前并没有享受多少愉快的时光,尤其在政治生涯的前期屡遭挫折,且其中多有机缘巧合,可谓生不逢时,来到桂州,方有了一丝轻快之感,于是,在这个岁数就开始讴歌"晚晴"之美好,这的确令人唏嘘。

颈联中,"并"是更的意思。高阁,遥应首句,指自己位于城中高处可以俯视夹城的住宅。迥,远。第六句可理解为"夕阳的余晖流注在阁楼的小窗上显得细弱而柔和",这里表达的仍是"晚晴"带来的温馨之感,即便是微弱的夕阳之光,也能给敏感的诗人以无限的慰藉。尾联写高眺所见。越鸟是南方的鸟,《古诗十九首》中有"胡马依北风,越鸟巢南枝"(《行行重行行》)句。小鸟被雨水打湿的羽翼和巢窠都已经晒干,它们归巢时的体态也变得更为轻盈。此句仍然蕴涵着作者心情的愉悦和轻快。可以说,这首《晚晴》是李商隐极为罕见的表达内心快乐的作品。

游宦桂州给了李商隐休憩心灵的机会,也许还有对未来无尽的期许。可惜在桂林工作了不到一年,对他多有照顾的郑亚就再次被贬官为循州(治所在今广东惠州东北)刺史,李商隐也随之失去了工作。大中二年(848)秋冬之交,他回到长安,再度陷入困窘之中,不久就被迫去做了盩厔县尉,从此陷入了又一个痛苦的轮回。

李商隐的诗里写得很明白,他在桂州时曾居住在可以俯瞰夹城的楼阁之中,其《思归》诗云:"固有楼堪倚,能无酒可倾"也印证了这一点。另据其《自桂林奉使江陵途中感怀寄献尚书》对自己居宅的描述:"既载从戎笔,仍披选胜襟。泷通伏波柱,帘对有虞琴。宅与严城接,门藏别岫深。阁凉松冉冉,堂静桂森森。"明人张鸣凤《桂故》云:"此数句状府廨与独秀相接,如在目中。"此诗中"泷"疑为"栊"之误,作"栊"方能与后数句中的首字"帘"、"宅"、"门"相对应。"栊"即窗棂,引申为窗户。此句言窗外可以望见城东漓江边伏波山的石柱,该柱位于还珠洞内,上粗下细,离地仅寸许,亦名"试剑石",托为东汉伏波将军马援南征试剑之处。"有虞"指的是城北的虞山,因舜帝南巡经此得名,舜为有虞氏,曾作《韶》乐。"宅与严城接,门藏别岫深",是说住宅紧挨着严城,同时还在山峰旁边。严城,一般解释为戒备森严的城池,考虑到夹城的防御功能,也可以认为"严城"是"夹城"的另一种称呼。也就是说,李商隐在桂州的寓所,能从窗户向外看到漓江边的伏波山和虞山,还紧挨着夹城和山峰。这座位于城内的山峰,只有可能是独秀峰。结合武德五年(622),李靖为岭南道抚慰大使兼桂州总管后,"择独秀峰正南100余步处筑桂州衙城"的记载,更能说明这一点。光启二年(886),"都督陈环调集军民1万人,建夹城于独秀山北。"(《桂林漓江志》)虽然史料中的桂林夹城建于李商隐离开之后,但并不能排除李商隐生活于此之时就存在夹城的可能性,如果有,那么其位置最大的可能仍在独秀山之北,陈环只是依原来的基础扩修加固。根据李商隐所作诗歌中提供的这些信息,大致可以做出对其寓所位置的判断,即在今靖江王城以北的一片区域内。

我从独秀峰顶眺望了北侧的虞山之后,又从北门出城,从妇女儿童医院一路往北,走到了叠彩山下,又经过第二人民医院,再沿着漓江往南走,走过伏波山,我想这一番步行覆盖的范围,一定已经包含了李商隐旧居的位置。直到再次来到逍遥楼下,初唐诗人宋之问曾登楼赋诗,楼下的刻石《重建逍遥楼记》中也全文引用了宋之问的题诗。无论从文学还是人品上来考量,宋之问都无法与李商隐相提并论,然而在桂林,李商隐几乎没有任何遗迹可供凭吊,也确实是有些遗憾的。

李商隐任盩厔县尉不久,大中三年(849)冬,又得到武宁军节度使卢弘正的邀请,前往徐州幕中任判官。卢弘正是著名诗人卢纶之子,对李商隐十分欣赏,可惜大中五年(851)春,他就不幸病故,李商隐被迫再返长安。此时令狐绹已经出任宰相,李商隐再次以文章献之,终于得到了太学博士的职务,秩正六品上,这是他一生得到的最高官阶。但不知何故,他在这个位置上也没做太久,仅仅几个月后,他就跟着东川节度使柳仲郢去往了蜀地。

才华横溢的李商隐在每一个职位上都干不长久,这确实有些令人费解。这里面有命运的捉弄,可能也有性格方面的因素。对于古代的知识分子而言,读书求仕似乎是唯一的正路,这也是很多知识分子人生悲剧的根源。我觉得李商隐很可能并不适应官场的沉浮,他一生所做的基本都是文职工作,因此我们很难对他的行政能力加以判断。李商隐的学识有目共睹,他写诗多用典故,后人也曾就此开他的玩笑。《吕氏·春秋孟春》:"鱼上冰,獭祭鱼。"高诱注:"獭獱,水禽也。取鲤鱼置水边,四面陈之,世谓之祭。"南宋吴炯《五总志》云:"唐李商隐为文,多检阅书史,鳞次堆集左右,时谓为'獭祭鱼'。"元辛文房《唐才子传》也说:"商隐工诗,为文瑰迈奇古,辞难事隐。及从楚学,俪偶长短,而繁缛过之。每属缀,多检阅书册,左右鳞次,号'獭祭鱼'。"场景很像是今天的大学老师写论文,相对而言,倒是令狐绹帮助他获得的太学博士职位,看起来最为理想,但最终他也没有坚持下去,时也运也命也!

（2022.1.10）

桂林至阳朔途中

在桂林,看到了柳宗元笔下"似剑铓"的"尖山"

独秀峰顶东眺,画面左侧近处的山峰为漓江之畔的伏波山

# 诗三百三首(其三十一)

唐·寒山

杳杳寒山道,落落冷涧滨。

啾啾常有鸟,寂寂更无人。

淅淅风吹面,纷纷雪积身。

朝朝不见日,岁岁不知春。

寒山是唐代最重要的诗僧之一,一称寒山子,生平事迹不详。传为贞观时人,曾于苏州结庵而居,后寺名寒山,名扬天下。居始丰县(今浙江天台)翠屏山寒岩数十载,自号寒山子,吟诗唱偈,与国清寺僧丰干、拾得等游。寒山为人行为怪诞,言语疯魔,"唯于林间缀叶书词颂,并村墅人家屋壁所抄录,得二百余首,今编成一集,人多讽诵。"(赞宁《宋高僧传》)其诗语言通俗浅白,风格近王梵志,内容除演说佛理之外,多描

述山水景物和世态人情,在海外亦享有一定的知名度。

此诗境界冷寂,但特色鲜明,钱锺书曾云:"寒山妥帖流谐之作,较多于拾得。如《杳杳寒山道》一律,通首叠字,而不觉其堆垛。"(钱锺书《谈艺录》)"杳杳",幽远貌。"落落",冷落寂静的样子。"淅淅",状风雨声,一作"碛碛","碛",沙也。全诗明白如话,描写了诗人隐居寒岩时的枯淡生活和超然物外的心境。

顾炎武《日知录》说:"诗用迭字最难。《卫风》'河水洋洋,北流活活,施罛濊濊,鳣鲔发发,葭菼揭揭,庶姜孽孽'。连用六迭字,可谓复而不厌,赜而不乱矣。古诗'青青河畔草,郁郁园中柳。盈盈楼上女,皎皎当窗牖。娥娥红粉妆,纤纤出素手。'连用六迭字,亦极自然。下此即无人可继。"(王夫之《日知录》卷21)顾炎武提出了迭字使用的最高准则:重复而不令人生厌,精妙而不显得混乱。而寒山的这首诗,恰恰就符合这一准则,虽然每一句都用迭词,但变化多端,别致有序。"杳杳"提供了寒岩幽暗深邃的总体概貌,"落落"既传达出环境的冷清寂寞,从字面来看,还包含着一种高低上下的寓意,从而和"杳杳"相呼应,构筑了寒岩立体而全面的观感。"啾啾"模拟鸟声,"寂寂"则表示无人声,与"鸟鸣山更幽"(王籍《入若耶溪》)异曲同工,但书写更为具象,意境更为幽冷。"淅淅"模拟风雨的声音,"纷纷"则状写雪的样貌,虽同是世间动态,但维度不同,显得丰富多姿。"朝朝"与"岁岁"虽都表示时间,但一长一短,寓意短长堆叠,岁月绵长,貌似单调,实则饱含天地至理,以及平凡世界中所隐含的禅意。这首诗巧用迭词来书写寒山在寒岩日复一日、年复一年的隐居生活,又毫无人工做作的痕迹,极见作者的文字功力,以及对人生哲理的深刻体悟。

去年盛夏,我去天台,特地去看了寒岩。史载寒岩在"始丰县西七十里",(《景德传灯录》卷27《天台寒山子》)今天从天台县城到寒岩的直线距离大约是20公里,而且公共交通并不十分方便,先要坐公交车到街头镇,再换乡村公交车到寒岩,街头镇的公交车站位于一片农田里,田野里有好几头黄牛在悠闲地吃草。打听到下一班去寒岩的乡村公交要一个多小时以后才会发车,只能在镇中心公园叫了一部网约车前往。见到碧水潺潺的始丰溪,我赶忙叫司机停下,决定步行走这最后一公里的路程。

尽管阳光炽烈,但乡村的风景令人愉悦,高大连绵的寒岩近在眼前,道边野花盛开,还有一个一亩见方的莲池,芙蓉盛放,与远山相映成趣。

到了通往寒岩的一条岔路，路口有一个小卖部，说明平时也会不时有人过来寻访。此地已经非常荒凉，如果没有这个小卖部，面对杂草丛生的小径，我恐怕还会踌躇一番。小径两边插着简陋的木牌，上面用毛笔书写着寒山的诗作，登上石阶，可以看到一线细细的瀑布从岩顶泻下，再往左转登上，便能看到寒山曾经隐居的岩洞。

岩洞出人意料地宽广，但并不高深，从里面朝外望，则视野非常开阔，能看到远处的山峦和近处的林木，洞口还有一堆大石可作遮掩，其中一块石头如龟远眺之状，别有生趣。尽管如此，在这样远离尘嚣甚至可以说荒无人迹的地方居住数十年，没有超强的毅力和开阔的心胸是不可能做到的。

史料中说，僧"以其本无氏族，越民唯呼为'寒山子'。"（赞宁《宋高僧传》）时人不知其所来，今人亦不知其所往，唯有诗歌语录流传人间，这也许是真正的大彻大悟者之所为。既然已经来过了寒山尊者的居所，我还是需要多读一读他的作品才是……带着无限的怀想，我又回到了始丰溪畔，在当地村民的指点下找到了乡村公交的停靠点，笃笃定定地等待着从寒岩方向开来的下一班回街头镇的汽车。

（2022.1.11）

天台山国清寺内的寒山、拾得和丰干像

国清寺隋塔

寒岩下的一片莲池

宽阔的寒岩洞穴

寒岩洞穴外望

始丰溪畔望寒岩

# 渔 翁

唐·柳宗元

渔翁夜傍西岩宿，晓汲清湘燃楚竹。
烟销日出不见人，欸乃一声山水绿。
回看天际下中流，岩上无心云相逐。

  从广西桂林到湖南永州，普速列车两个半小时，订票的时候却没有注意桂林北站的位置，差点没赶上火车。一路飞奔气喘吁吁地上了车，随着列车的开动，气息逐渐平复，饶有兴致地观察车厢里的小小世界——只有在面对面而坐的绿皮火车里才有的风景，车窗外的山峦也渐渐变得连绵而齐整起来。

  傍晚将近六点抵达永州火车站，但这里叫作冷水滩区，既然此行的目的地是柳宗元的永州，那还得再坐将近三十公里的公交车，前往零陵区——唐代永州的治所。颠簸一个多小时,天将擦黑,才来到预订的酒店——柳子酒店,一进大门就看到柳宗元的石像——零陵,真不愧为柳宗元的永州!

第二天就在酒店吃完早饭出来,一路向西,先经过一个怀素公园,提醒游人这里也是唐代著名书法家,人称"草圣"的怀素的故乡。再前行可以看到东山,上面的东山寺曾是柳宗元在永州的重要活动场所之一。永贞元年(805)年底,初到永州,官衔为"永州司马员外置同正员"的柳宗元并无编制,同样也没有居所,刚刚结束舟车劳顿的一家人只得寄住在城中的龙兴寺内西厢房,该寺原在太平门内千秋岭上,现已无存,我坐公交车的时候注意到在今中山路千秋岭小学一带,地面确实有一段隆起,看来这就是以前的千秋岭了。到永州的第二年夏,柳宗元六十八岁的母亲卢氏夫人就去世了。元和五年(810)四月,女儿和娘殁,年仅十岁。柳宗元自己也因水土不服和长期积郁,身体每况愈下:"兀兀忘行,尤负重忧,残骸余魂,百病所集。痞结伏积,不食自饱。或时寒热,水火互至,内消肌骨,非独瘴疠为也。"(《寄京兆许孟容书》)"行则膝颤,坐则髀痹。"(《与李翰林建书》)

柳宗元与东山法华寺中长老友善,元和三年(808),他用官俸在寺边构建西亭,后常与元克己等友人在西亭饮酒赋诗。元和四年(809)九月二十八日,柳宗元坐在西亭内眺望潇水对岸风景时,发现了西山之胜,于是写下著名的《始得西山宴游记》,紧接着,他又沿着冉溪游览了钴鉧潭、钴鉧潭西小丘、小石潭等景观,并一一写下游记,此为《永州八记》开头的四篇。

元和五年(810)初冬,柳宗元正式迁居冉溪之侧,并为其改名为"愚溪",并云:"余以愚触罪,谪潇水上,爱是溪,入二三里,得其尤绝者家焉。"(《愚溪诗序》)"方筑愚溪东南为室,耕野田,圃堂下,以咏至理,吾有足乐也。"(《与杨诲之书》)"吾不智,触罪摈越、楚间六年,筑室茨草,为圃乎湘之西,穿池可以渔,种黍可以酒,甘终为永州民。"(《送从弟谋归江陵序》)根据这些描述,柳宗元愚溪旧居的位置,应该就在今天的柳子庙斜对面的愚溪对岸。愚溪卜居之初,柳宗元度过了一段相对愉快的时光:"把锄荷锸,决溪泉为圃以给茹,其隙则浚沟地,艺树木,行歌坐钓,望青天白云,以此为适,亦足老死,无戚戚者。时时读书,不忘圣人之道。"(《与杨诲之第二书》)但事实上,我们从其《愚溪诗序》中对"愚"字的使用频率来看,柳宗元还是过于执着:"予以愚触罪,谪潇水上。爱是溪，入二三里，得其尤绝者家焉。古有愚公谷，今余家是溪，而名莫能定，土之居者，犹龂龂然，不可以不更也，故更之为愚溪。愚溪之上，买小丘，为愚丘。自愚丘东北行六十步，得泉焉，又买居之，为愚泉。愚泉凡六穴，皆出山下平地，盖上出也。合流屈曲而南，为愚沟。遂负土累石，塞其隘，为愚池。愚池之东为愚堂。其南为愚亭。池之中为愚岛。嘉木异石错置，皆山水之奇者，以予故，咸以愚辱焉。夫水，智者乐也。今是溪独见辱于愚，何哉？盖其流甚下，不可以溉灌。又峻急多坻石，大舟不可入也。幽邃浅狭，蛟龙不屑，不能兴云雨，无以利世，而适类于予，然则虽辱而愚之，可也。宁武子'邦无道则愚'，智而为愚者也；颜子'终日不违如愚'，睿而为愚者也。皆不得为真愚。今予遭有道而违于理，悖于事，故凡为愚者，莫我若也。……于是作《八愚诗》，纪于溪石上。"（《愚溪诗序》）柳宗元钻牛角尖般地想要把造成自己贬谪命运的事理搞个明白透彻，最终的结果就是归罪于自己的"愚"，而愈加自责，就愈不能跳出自身、超然事外，反而妨碍了他的了悟，这大概也是一种性格的悲剧。

　　下东山，出永州古城西门，有浮桥可通潇水对岸。上岸就是愚溪之畔的柳子街，青石铺路，古色古香。沿街溯溪而上二三里，有柳子庙。永州的柳子祠堂始建于北宋至和三年（1056），原址在东山的永州府学学舍之东，南宋绍兴二十年（1150）迁建于愚溪之北，历年修缮，现存以晚清建筑为主。过柳子庙，沿愚溪往西，可先后经过《永州八记》中所写的钻鉧潭、西小丘、小石潭和西山。千余年过去，沧海桑田，如今还能观其十一、结合文章想见当年的概貌，已是大功德。在小石潭边小坐，潭中居然还有小鱼可数十头，皆灵动可爱。小石潭以南，有小径可通西山之顶。

　　下午在宾馆午睡后，打车至西山东南的朝阳岩公园，朝阳岩又名西岩，是潇水西岸的著名古迹。唐代宗永泰二年（766）道州（今湖南道县）刺史元结途径永州，"以其东向，遂以朝阳命之焉。"（元结《朝阳岩铭》）岩分上下二洞，幽邃深旷，清泉潺潺，怪石嶙峋，雅致清丽。柳宗元曾有《游朝阳岩遂登西亭二十韵》，后亦多有文人在此题刻，累计达一百余处摩崖，可惜去时铁锁挡道，不得入内观赏。柳宗元在此还留下一首名作，那便是《渔翁》，是其诗中最为人所称道者之一。但是要想直观其境，最好要到西岩之下体验一番，既然不得而入，只得到对岸隔水而望。于是又打车来到潇水东岸，找到正对西岩之处，一直等到落日，终于隐约体会到了清净的潇水之滨，"渔翁夜傍西岩宿"的幽邃意境。

　　诗中写的渔翁，仿佛是一个特立独行的玄幻之形，充满了"奇趣"（东坡语,见释惠洪《冷斋夜话》)之所以这么说,我们不妨看一看晚唐诗人皮日休笔下的渔翁:"严陵滩势似云崩,钓具归来放石层。烟浪溅篷寒不睡,更将枯蚌点渔灯。"(《钓侣二章》其二)渔翁的生活,恐怕不可能像柳宗元笔下那般洒脱而富于诗意,那其实是一个诗人主观构筑的、富于浪漫情怀的内心世界的客体化形象。柳宗元用一首七言古诗来描述渔翁在西岩下过夜、次晨炊饭、离开西岩的过程,但诗笔是跳脱的,作者使用了"蒙太奇"一般的手法,将几个生活片段剪辑在一起,从而营造了一种空灵脱俗的幻境,这与皮日休诗作长镜头式地写实现实生活的一个片段完全不同。

"楚竹""清湘",既含诗意,又是写实,"楚竹"从字面上可以理解为楚地之竹,同时令人联想到湘妃竹,而西岩下的潇水,实是湘江的上游河段,这两个独特词汇在诗中的运用,表现了柳宗元超凡脱俗的语言功力。第二句下启第三句中的"烟销日出","不见人"则引出第四句。"欸乃一声山水绿"一句更妙,"欸乃"出自元结《欸乃曲》,作者在句下自注:"欸音襖,乃音霭,棹船之声。"不见人而闻其声,进而将读者的视角从局部扩大至周边环境,之前未被注意到的江畔山水美景被彰显了出来。等到读者再次将焦点凝聚到渔翁身上时,他早已驾着小船,随着江心的"中流"漂到了"天际",抵达了视线的尽头。最后一句,写直到看不见渔翁之后,再次将视线摇回到西岩之上,只看见山间的云雾自由自在地缠绕分合,仿佛人世间发生的一切都与之毫无关碍,方才还生活在这里的渔翁甚至像从未出现过一样。这里作者似乎化用了陶渊明《归去来兮辞》中的那句"云无心而出岫",但事实上却又隐约透露着作者的一种幻灭怅惘之感。

尽管苏轼认为"其尾两句,虽不必亦可",但后人对此评论并不完全认可,明代人郝敬《批选唐诗》谓此诗"无色无相,潇然自得",大概也只说对了一部分。柳宗元是一个很难忘世的人,在其人生的最后十四年中,无论在永州还是柳州,他始终深陷痛苦和绝望中,难以自拔,而那些看似超脱的作品,实则几乎无一例外地隐含着其内心的深深哀怨,这首《渔翁》,也是如此,尤以最后两句中,看得最明白,高逸中透着凄清。

柳宗元在潇水之滨生活了足足九年,这首《渔翁》给中国文学提供了一个伟大的样本,它是那样的卓尔不群,傲然屹立,以至于我在永州期间,只要看到潇水那清灵透彻而孤寒的波光,就会想起这首诗来。而这一带别具特色的覆着棚盖的小舟点缀于水际,又将渔翁遗世独立的幻影烘托出来,远山近水和空荡荡的渔舟,构造出一幅幅具有典型意义的图景,让人一看便知,这里是柳宗元笔下的清冷潇湘。

（2022.1.16）

柳子庙

永州柳子庙内的柳宗元坐像

小石潭遗迹

隔水望西岩

潇水上的渔舟

永州：近水和远山

# 宿洞霄宫

北宋·林逋

秋山不可尽,秋思亦无垠。

碧涧流红叶,青林点白云。

凉阴一鸟下,落日乱蝉分。

此夜芭蕉雨,何人枕上闻?

在今临安和余杭的交界线上,深山之中,隐藏着一处历史上曾经极为辉煌的道教圣地,那便是洞霄宫。上周末,从临安学校出发,坐地铁16号线到南峰站下,扫码租一辆公共自行车一路上坡骑行 2.5 公里,来到宫里村,从这个与众不同的村名可知,这里就是洞霄宫曾经的所在了。

之所以说洞霄宫曾经辉煌过,并不仅仅因为其历史悠久——早在汉武帝元封三年(前 108)这里就开始有了道教活动——更因为其曾是吴越国王钱镠、宋高宗赵构的祈福之地。从五代至元朝,洞霄宫一直兴盛不衰,历代文人也多有访幽吟咏之作,使洞霄宫的名声更为远播。洞霄宫的建筑群,原本位于宫里村天柱山和大涤山之间的一块平地上,去此以南里许,有大涤洞。道家称神仙及有道之士栖居之地为"洞天"、"福地","四海之内,凡大小洞天三十有六,福地七十有二,而洞霄咸有一焉。"大涤洞被列为道教第三十四洞天;天柱山则是第五十七福地。北宋时,洞霄宫"与嵩山崇福(宫)独为天下宫观称首"。(邓牧《洞霄图志》卷 1)

关于洞霄宫的发展历程,《临安志》记之甚详:"在余杭县西南十八里,汉武帝元封三年,创宫坛于大涤洞前,为投龙祈福之所。唐高宗时迁于前谷,为天柱观。光化二年,钱王更建。国朝大中祥符五年,漕臣陈文惠公尧佐以三异奏(一地泉涌、一祥光现、一枯木荣),赐额为洞霄宫,仍赐田十五顷,复其赋。后毁于兵。"(潜说友等《咸淳临安志》卷 75)所谓的"投龙",即帝王在举行黄箓大斋、金箓大斋之后,为酬谢天地水三官神灵,把写有祈请者消罪祈福愿望的文简和玉璧、金龙、金钮用青丝捆扎起来,分成三简,并取名为山简、土简、水简。山简封投于灵山之诸天洞府绝崖之中,奏告天官上元;土简埋于地里以告的官中元;水简投于潭洞水府以告水官下元,目的都是祈求天地水神灵保护帝王无恙、社稷平安。吴越国王钱镠和宋高宗赵构都曾亲临洞霄宫,祈福后遣使者将龙简投于大涤洞内石井中。

两晋之交的道士郭文和东晋名道士许迈都曾在大涤洞一带修行,郭文逢"晋室乱,乃入余杭大涤山,伐木倚林,苫覆为舍,不置四壁。时猛兽害人,先生独居十余年,无害。"许迈于"永和二年,入临安西山,登岩茹芝,渺然自得,有终焉之志,即今大涤也。"(邓牧《洞霄图志》卷5)唐代,此地有天柱观,当时道士吴筠所撰《天柱山天柱观记》载:"自余杭郭,溯溪十里,登陆而南,弄潺湲,入峥嵘,幽径窈窕。才越千步,忽岩势却倚,襟领环掩,而清宫辟焉。于是旁讯有识,稽诸实录,乃知昔高士郭文举创隐于兹。以云林为家,遂长住不复。……自先生阆景潜升,而遗庙斯立。暨我唐弘道元祀,因广仙迹,为天柱之观。有五洞相邻,得其名者,谓之大涤。虽寥邃莫测,盖与林屋、华阳,密通太帝阴宫耳。爰有三泉、二氿、一滥,殊源合流,水旱不易,拥为曲池,萦照轩宇;夏寒而辨沙砾,冬温而育萍藻,既漱而饮之,曲肱而枕之,乐在其中矣。土无沮洳,风木飘历,故栖迟者心畅而寿永。盘礴纡燠,气淳境美,虎不搏,蛇不螫,而况于人乎!贞观初,有许先生曰迈,怀道就闲,荐征不起。后有道士张整、叶法善、朱君绪、司马子微、暨齐物、夏侯子云,皆为高流,继踵不绝,或游或居,穷年忘返。宝应中,群寇蚁聚,焚爇城邑,荡然煨烬,唯此独存。非神灵扶持,曷以臻是?"

宋仁宗天圣四年(1026),诏道院详定天下名山洞府,凡二十处,大涤洞在焉,仍命每岁投龙简。洞霄宫逐渐成为游览胜地,苏轼为官杭州时,就曾多次游览洞霄宫,并留下诗作。北宋末年,洞霄宫毁于兵火,南宋绍兴二十五年(1155),高宗赵构下旨赐钱重建,历经十余年方成,"一旦告成,金碧之丽,光照林谷,钟磬之作,声摩云霄,见者疑其天降地涌而神运鬼输也,可谓盛矣!"(陆游《渭南文集》卷16《洞霄宫碑》)乾道二年(1166),已是太上皇帝的赵构与太上皇后乘舆到此祷祝,次年,太上皇后复来游。其后南宋历代帝王往往将洞霄宫作为避暑的行宫,南宋自高宗、孝宗至光宗、宁宗、理宗,均赐洞霄宫以御书。有宋一代,亦有章衡、吕惠卿、蔡京、张浚、王炎、朱熹等名臣出任"提举"洞霄宫。极盛时的洞霄宫拥有殿堂、道舍千余间，道士数百人，南宋人宇文十朋云："洞霄发源天目，蕴为洞天福地，大涤、天柱诸山所融结环抱者，止于一区。故其源深流长，本大枝茂，若宫若观若道院，支分派别，远近咸有，羽流之盛，足拟一中郡。"（《洞晨观记》）

宋度宗咸淳十年（1274），洞霄宫再遭火焚，此后屡修屡毁，至明末，已"半颓残"，（黄汝亨《洞霄游记》）乾隆三十四年（1751）时人记云："昔时三清、无尘诸殿，悉毁兵火，惟是残碑断碣，磊磊于荒草颓垣间也。穿竹林石径而右，历石磴数十级而上，有瓦屋数楹，为道人栖止之所，是当年方丈旧处，墙壁间有前人题咏……"（陈梦说《两游洞霄宫记》）

在宫里村向当地村民打听后，我终于找到了洞霄宫留下的一些残迹，有始建于南宋的元同桥，桥身上镌"淳熙甲辰（按即淳熙十一年，公元1184年）重九日锦城盛十宣教施钱造"；还有群山环绕间的一块平坦之地上的一眼泉水"天柱泉"。据说在20世纪末，曾有开发商在洞霄宫遗址上复建了一些亭台坛池，然工程不久便辍止了，至今仍能看到在荒草中残存着一些水泥建筑如台阶、寰丘等，并可以通过这些遗留想见当年气势恢宏的道教建筑群鳞次栉比的盛大场景。顺着这片空地西沿的一条小径南行里许，便是大涤洞，洞口不远处尚建有一座道观，然大门紧闭，经过时里面犬吠不止，据说至今仍有道士于此居住修行。

林逋这首诗，写于洞霄宫的盛时。洞霄一带，风景至今依旧十分优美，尽管高速公路和高架桥早已修到距宫里村口不远处，但身处遗址的中心地带，仍然仿佛置身世外。"碧涧流红叶"的景观虽未见到，但"青林点白云"却是实实在在地展现在眼前。站在洞霄宫的故址上，除了附近的农舍，已经看不到任何成形的建筑，当然也不再有那些曾经生长于宫观深处的碧绿的芭蕉，但这首诗却真切地告诉我们，梅妻鹤子的隐士林和靖，曾经在这里——在眼前的这片荒芜中度过一个难忘的夜晚。末句的那个设问很有意思，谁在与作者共同聆听这蕉叶上的雨滴之声呢？自然是这里的道士了，或者，还有和他一样来此游历、借宿的行人？抑或者，还有诗人思念的友人，作者希望对方也有机会来此寂静之地，与他一起体味这样的妙境？那就真有些"山中何所有？岭上多白云。只可自怡悦，不堪持寄君"（陶弘景《诏问山中何所有赋诗以答》）的玄妙意味了。

鸟啼空谷，云浮叠嶂，洞霄宫陈迹不再，或可曰一无所有，但正坐一无所有，所以反而给人一种怀想的空间。其实汉唐时的旧迹，在林逋前往之时也几已成空，他的另一首关于洞霄宫的诗歌写道："风霜唐碣朽，草木汉祠空。"（《洞霄宫》）"今之视昔，亦犹后之视今"（王羲之《兰亭集序》），信夫！古人来到洞霄，多是为了祈福寿、观斋醮，或观赏美景、交往道士，如今唯有这空灵的土地山川展示了她永恒的魅力，令人欣然忘返的也只剩这清静澄澈的自然境界。

（2022.3.10）

建于南宋淳熙年间的元同桥

洞霄宫遗址

临安博物馆内的洞霄宫建筑群复原沙盘

大涤洞

# 欸乃曲（五首其四）

唐·元结

零陵郡北湘水东，浯溪形胜满湘中。
溪口石颠堪自逸，谁能相伴作渔翁？

　　元结（719—772），字次山，拓跋鲜卑后裔，鲁山（今河南省鲁山县）人，其先祖多是武弁。天宝十二载（753）进士及第。安史之乱爆发后，他在鲁山、叶县一带抵抗叛军，收复十余座城池。时史思明攻河阳，元结上时议三篇，帝悦，擢右金吾兵曹参军，后以讨贼之功，迁监察御史，充山南西道节度参谋，又进水部员外郎，调荆南节度判官，领兵有效抵御了叛将刘展的西侵。代宗时，以亲老归樊上（在今湖北省鄂州市），著书自娱。广德元年（763），拜道州刺史，在任上免徭役，收流亡，进授容州都督兼容管经略使，身谕蛮豪，绥定诸州，民乐其教。后罢还京师，卒于长安，著有《元次山集》，其所编诗选《箧中集》亦尚存。元结为官清明，爱护百姓，并对社会不公进行严厉批判，作诗注重反映政治现实和人民疾苦，触及天宝中期日益尖锐的社会矛盾，其作品如《春陵行》《贼退示官吏》等，曾得到杜甫的推崇。元结的散文也不同于流俗，多出于愤世嫉俗、忧道悯人，具有揭露人间伪诈、鞭挞黑暗现实的功能，后人把他看作韩柳古文运动的先驱。

　　这组《欸乃曲》一共五首，作于大历二年（767），当时正在道州刺史任上的元结赴潭州都督所在的长沙汇报军事，诗作于归还道州途中。其诗序云："大历丁未中，漫叟结为道州刺史，以军事诣都使。还州，逢春水，舟行不进，作欸乃五首，令舟子唱之，盖以取适于道路云。"《欸乃曲》为民歌体七言绝句，"欸乃"是船夫打桨时所唱的歌谣，即元结这组诗其二中所说的"唱桡"："湘江二月春水平，满月和风宜夜行。唱桡欲过平阳戍，守吏相呼问姓名。"所谓"欸乃"，"殆舟人于歌声之外，别出一声，以互相其歌也。"（程大昌《演繁露》）"欸乃之声，或如唐人唱歌和声，所谓号头者。盖逆流而上，棹船劝力之声也。"（陈廷敬等编《康熙词谱》上册）

元结在任道州刺史时，曾数次经过湘江边的一片小阜，上有乱石林立，一条小溪穿流其间，汇入湘江，他舣舟观览，钟爱异常，遂于道州任满后，移家此地，并进行了一系列的经营修建。大历元年（766）三月所作《浯溪铭》曰："浯溪在湘水之南，北汇于湘。爱其胜异，遂家溪畔。溪世无名称者也，为自爱之，故命浯溪。铭曰：湘水一曲，渊洄傍山。山开石门，溪流潺潺。山开如何？巉巉双石。临渊断崖，夹溪绝壁。水实殊怪，石又尤异。吾欲求退，将老兹地。溪古地荒，芜没已久。命曰浯溪，旌吾独有。人谁知之，铭在溪口。"这是他移家浯溪之始，"浯溪"是他对这条小溪的命名，乃是造字，意为"吾之溪"。次年六月，这篇铭文以篆书上石。此后，元结的另外两篇描绘浯溪风光和自身感悟的短文又先后以篆体镌刻上石，难能可贵的是，这三篇铭文至今保存基本完好，合称"三吾铭"。

如今的浯溪已是全国文物保护单位，不仅是因为这三方刻石，更闻名者，乃是《大唐中兴颂》。《大唐中兴颂》作于上元二年（761），当时元结正担任水部员外郎兼殿中侍御史，帅荆南之兵镇于九江。颂文仿秦始皇金石刻辞体例，采用三句一韵的手法，共十五韵。序用散句，字数极少，却把"安史之乱"的来龙去脉交代得清楚明了，风格刚峻有力。

大历三年（768）四月，元结晋授广西容管经略使，即容州都督府经略使。唐开元中，容州置都督府，治所在北流县（今广西合浦县），辖十州。元结将家眷留在浯溪，只身赴任。大历四年（769）四月，元结母亲病逝，其回到浯溪守制三年。大历六年（771），守制期满，特请颜真卿大书《大唐中兴颂》，并于六月刻于浯溪石壁，从而一举奠定了浯溪这个名不见经传的小地方在中国文化史上的崇高地位。

《大唐中兴颂》前有序，其全文如下："天宝十四载，安禄山陷洛阳。明年，陷长安。天子幸蜀，太子即位于灵武。明年，皇帝移军凤翔。其年复两京，上皇还京师。于戏！前代帝王有盛德大业者，必见于歌颂。若今歌颂大业，刻之金石，非老于文学，其谁宜为！颂曰：噫嘻前朝，孽臣奸骄，为昏为妖。边将骋兵，毒乱国经，群生失宁。大驾南巡，百僚窜身，奉贼称臣。天将昌唐，繄晓我皇，匹马北方。独立一呼，千麾万旟，戎卒前驱。我师其东，储皇抚戎，荡攘群凶。复服指期，曾不逾时，有国无之。事有至难，宗庙再安，二圣重欢。地辟天开，蠲除祅灾，瑞庆大来。凶徒逆俦，涵濡天休，死生堪羞。功劳位尊，忠烈名存，泽流子孙。盛德之兴，山高日升，万福是膺。能令大君，声容沄沄，不在斯文。湘江东西，中直浯溪,石崖天齐。可磨可镌,刊此颂焉,何千万年!"(元结《大唐中兴颂并序》)最后两句,当为刻石浯溪前所加,款署:"上元二季秋八月撰,大历六季夏六月刻。"

《大唐中兴颂》摩崖极其宏伟,全碑高、宽均超过 4 米,字径在 20 厘米左右,尽管刻石去今已有一千两百余年,但这些不朽的文字在风雨冲刷乃至战乱洗礼之后,依旧清晰可辨,站在她的面前,令人肃然起敬。这方刻石在中国书法史上的地位毋庸赘言,元人郝经曾云:"书至于颜鲁公,鲁公之书又至于《中兴颂》,故为书家规矩准绳之大匠。"(郝经《书摩崖碑后》)就在《大唐中兴颂》上石那年冬天,元结护送母亲灵柩回归河南。次年春,奉诏入京,受到朝廷礼遇,代宗皇帝正准备给他加官晋秩,元结却已身患重病,在长安永崇坊的旅舍中去世,葬于河南鲁山青岭泉陂原,颜真卿书墓碑文,即著名的"元次山碑",今仍存于鲁山县城。

2020 年 8 月 11 日,我从零陵出发,先坐巴士到冷水滩,再从永州火车站坐动车抵达祁阳,正是正午时分。祁阳火车站也是近年来新建,离城区较远,我又坐错了公交车,因此在暴烈的太阳底下步行了将近一个小时才来到湘江边的浯溪。在门口吃了点干粮,就去寻找溪水,上得小阜,首先映入眼帘的是碧绿的湘江水,和东面美丽的湘江大桥相映成趣。相比之下,浯溪已经很不好找,这不奇怪,早在崇祯十年(1637)徐霞客来此时,也说浯溪"其流甚细"(徐弘祖《徐霞客游记》卷 2 下《楚游日记》),更何况时间又过去了 383 年! 最终在一座小山边找到了一条几近枯涸的细流,当是,于是摄影留念。在浯溪汇入湘水处左近,确也见到元结诗中所说的"石颠"——几块形色各异的方石矗于水中,虽显突兀,也堪称一奇。

浯溪是南方难得一见的唐代旧迹,由于《大唐中兴颂》和"三吾铭"的存在,后代许多文人墨客来此凭吊遗迹,并将自己的诗文刻石于此,久而久之,其规模已蔚为壮观,成为金石圣地,历代文人均来此拓碑,徐霞客来时虽在病中,却也"卧崖边石上,待舟久之,恨磨崖碑拓架未彻而无拓者,为之怅怅。"(徐弘祖《徐霞客游记》卷 2 下《楚游日记》)今日崖边立有二层亭阁,既使刻石免受风吹雨打,又使游人得以从不同高度观览书法胜迹,可谓两全,当然,拓碑是根本不可能了,徐霞客所见的"光黑如漆"的崖石也早已露出了其灰白的原色。

立在湘水岸边,可以看到对岸的县城,高楼已经开始林立,势如雨后之笋,而湘水的这边,是古人的遗迹,而且从元结到徐霞客文字记录中的景象,在这里几乎全部可以得到一一的指认。这真是一种奇妙的感觉,在中国这片古老的土地上,能够为古人与今人提供这种跨越千年神交的场所,实在是不多了啊。

(2022.3.21)

盛夏时节已经近乎枯竭的浯溪

浯溪汇入湘江处的奇石

美丽的湘水和湘江大桥

# 梦游天姥吟留别

唐·李白

海客谈瀛洲，烟涛微茫信难求。

越人语天姥，云霓明灭或可睹。

天姥连天向天横，势拔五岳掩赤城。

天台四万八千丈，对此欲倒东南倾。

我欲因之梦吴越，一夜飞度镜湖月。

湖月照我影，送我至剡溪。

谢公宿处今尚在，渌水荡漾清猿啼。

脚著谢公屐，身登青云梯。

半壁见海日，空中闻天鸡。

千岩万转路不定，迷花倚石忽已暝。

熊咆龙吟殷岩泉，栗深林兮惊层巅。

云青青兮欲雨，水澹澹兮生烟。

列缺霹雳，丘峦崩摧。

洞天石扉，訇然中开。

青冥浩荡不见底，日月照耀金银台。

霓为衣兮风为马，云之君兮纷纷而来下。

虎鼓瑟兮鸾回车，仙之人兮列如麻。

忽魂悸以魄动，恍惊起而长嗟。

惟觉时之枕席，失向来之烟霞。

世间行乐亦如此，古来万事东流水。

别君去时何时还，且放白鹿青崖间，须行即骑访名山。

安能摧眉折腰事权贵？

使我不得开心颜。

去年暑假，我和父亲踏上了从浙中到浙南的"诗路之旅"，而这条路上最重要的一个地方，就是天姥山。嵊州和新昌两个县城紧邻，可以坐公交抵达。住宿于新昌江边的酒店，可以看到不远处的鼓山和天姥阁，视野很好。

次日早饭后，即坐班车前往斑竹村，据此前所作的调研，通往天姥山极顶北斗尖（亦名拔云尖）的道路，就从这个村庄起步。斑竹村口立着一通显然是新立的石牌坊，上书"天姥门户"四字。走过一座铺着鹅卵石的小桥，桥下溪流潺潺，嘉泰《会稽志》云："司马悔桥在县东南四十里，一云落马桥。旧传唐司马子微隐天台山，被征，至此而悔，因以为名。"桥下溪水为惆怅溪，传说这就是《搜神记》中刘晨、阮肇与仙女离别后寻访旧迹之处。过桥便是司马悔庙，晨间前往，水雾蒸腾，确实别有一番意境。

贞元十五年（799），进士及第后的孟郊在越中漫游，他作诗指出此地为"山水之州"，并描摹当地景物云："蓬瀛若仿佛，田野如泛浮。碧嶂几千绕，清泉万余流。……越水净难污，越天阴易收。气鲜无隐物，目视远更周。"（《越中山水》）确实，不深入越中山水，就难以体味其中的佳处，一千多年前孟郊笔下的风景，即今虽然打了不少折扣，但还是能看出一些端倪。过司马悔庙，沿惆怅溪前行，还能见到一座新建的太白殿，此时若回头再看司马悔桥，由于隔了一段距离，溪上的云雾蒸腾缭绕，弥漫开来，就更觉得孟郊的诗写得恰切了。

继续往前走，就踏上了一条纵贯斑竹村的卵石小径，据称这是一条古驿道，尝设"斑竹铺"供路人投宿，明崇祯五年（1632）三月，徐霞客从天台一路翻山越岭而来,"宿班竹旅舍"(徐弘祖《徐霞客游记》卷一下《游天台山日记后》)。古驿道自会稽来,从原嵊县的黄泥桥入新昌境,从新昌城旧东门到天台县界,此路最早为谢灵运所拓,故又称"谢公道"。斑竹村四围皆是高山,村东即天姥山。村中房屋多经修缮,但也有一些低矮的老宅,能看得出来是用"干打垒"的方式所筑。村中有章氏祠堂,盖为此地望族。

沿着这条驿道来到村子的尽头,发现一条向东上山的岔道,指示牌标明此路通向"青云梯"——来自李白的诗句,跋涉四小时左右可登天姥山顶峰北斗尖,海拔 900 米。我此行因为是跟年过八旬的父亲同来,所以并没有登山的打算,原路返回,边走边眺望着李白笔下"连天向天横"的天姥山。天姥山之所以如此闻名,很大程度上源于李白的这首《梦游天姥吟留别》,而山下的这条驿道,也因此成为"浙东唐诗之路"的重要干线。

《梦游天姥吟留别》应作于李白从翰林待诏任上被"赐金放还",离开长安之后。李白曾与杜甫、高适同游梁、宋、齐、鲁,又返回东鲁家中小住,然而,李白是不会甘于安稳平庸的生活的,在即将开启再度漫游时代的前夕,他写下这首传世名作,故此诗又题为《留别东鲁诸公》,一作《梦游天姥山别东鲁诸公》。顾名思义,这是一首记梦诗,而从内容来看,这同时也是一首游仙诗,意境雄浑,想象奇丽,充满了光怪陆离的迷幻色彩,同时也抒发了作者不屈服于权贵、崇尚正义与自由的胸臆,为历代读者所推重,被认为是李白最重要的作品之一。

李白对剡中山水的钟爱由来已久,这不仅由于当地秀美的风光和深厚的历史积淀,很大程度上也源于他的道教信仰。早年李白在江陵(今湖北荆州)遇到先时隐居于天台桐柏宫,后应诏出山的道士司马承祯,极为见重,李白曾自云:"余昔于江陵,见天台司马子微,谓余有仙风道骨,可与神游八极之表。"(《〈大鹏赋〉序》)天姥山是一座道教名山,为七十二福地之一,又有着西王母和东汉刘阮遇仙的传说,因此格外引人入胜。刘禹锡《吐绶鸟词》云:"四明天姥神仙地,朱鸟星精钟异气。"许浑《早发天台中岩寺度关岭次天姥岑》亦云:"来往天台天姥间,欲求真诀驻衰颜。"同时,天姥山也是隐逸之地,温庭筠《宿一公精舍》诗云:"茶炉天姥客,棋席剡溪僧。"李洞《赠宋校书》:"长言买天姥,高卧谢人群。"李白也曾去剡中一带游历,并在诗中表达了归隐天姥的意愿:"借问剡中道,东南指越乡。舟从广陵去,水入会稽长。竹色溪下绿,荷花镜里香。

辞君向天姥，拂石卧秋霜。"（《别储邕之剡中》）李白在全国各地居住时，也有很多诗写到剡溪和剡中，但写到天姥山的作品，仅有《别储邕之剡中》和《梦游天姥吟留别》这两首，但一是向天姥而行，一是"梦游"天姥，因此我们至今仍很难判断李白究竟是否亲临过这座名山。

天姥山，位于今新昌县城东南五十里，"东接天台华顶峰，西北联沃洲山"（施宿《嘉泰会稽志》卷9），为"一邑之主山"（民国《新昌县志》）。天姥即西王母，最早见于东汉张衡《同声歌》："众夫所希见，天老教轩皇。"注云："'老'旧作'姥'，……惟'天老'、'天姥'，本同。"《后吴录·地理志》载："剡县有天姥山，传云登者闻天姥歌谣之响。"东晋谢灵运《登临海峤初发疆中作与从弟惠连可见羊何共和之》其四有云："攒念攻别心，且发清溪阴。暝投剡中宿，明登天姥岑。高高入云霓，还期那可寻？傥遇浮丘公，长绝子徽音。"天姥山自谢灵运吟咏以来便成为文人向往之地，除了李白之外，杜甫《壮游》诗云："剡溪蕴秀异，欲罢不能忘。归帆拂天姥，中岁贡旧乡。"白居易《沃洲山禅院记》中亦云："东南山水，越为首，剡为面，沃洲、天姥为眉目。"

"海客"指在海上来往，或经商或旅行的人。"瀛洲"是神话里的海上仙山，《史记·封禅书》载："自威、宣、燕昭，使人入海求蓬莱、方丈、瀛洲。此三神山者，其传在勃海中，去人不远；患且至，则船风引而去。盖尝有至者，诸仙人及不死之药皆在焉。其物禽兽尽白，而黄金银为宫阙。未至，望之如云；及到，三神山反居水下。临之，风辄引去，终莫能至云。世主莫不甘心焉。"《史记·始皇本纪》："既已，齐人徐市等上书，言海中有三神山，名曰蓬莱、方丈、瀛洲，仙人居之。请得斋戒，与童男女求之。于是遣徐市发童男女数千人，入海求仙人。"《十洲记》云："瀛洲在东海中，地方四千里，大抵是对会稽，去西岸七十万里。上生神芝仙草，又有玉石，高且千丈。出泉如酒，味甘，名之为玉醴泉，饮之，数升辄醉，令人长生。洲上多仙家，风俗似吴人，山川如中国也。"

烟涛微茫，波涛浩渺似烟雾笼罩，使得海上的景象模糊不清。信，确实。越人，越为春秋时国名，都会稽（今浙江省绍兴市），后以"越人"代指今浙江一带的人。云霓，彩云，彩霞。明灭，忽明忽暗，指天姥山在云彩中时隐时现。连天，形容天姥山脉高耸入云，与天相连。拔，超出，高出。五岳，指东岳泰山、西岳华山、中岳嵩山、北岳恒山、南岳衡山。掩，遮盖。赤城即赤城山，位于浙江天台县西北，高三百余米，山色赤赭如火，又称"烧山"，是水成岩剥蚀残余的一座孤山，因山上赤石屏列如城，望之如霞,故此得名,是天台山中唯一的丹霞地貌景观。东晋孔晔《会稽记》载:"赤城山,土色皆赤,状似云霞,望之如雉堞。……旧志一名烧山,西有玉京洞,道书以为第六洞天。"天台,指天台山,在今浙江省天台县北部。"对此欲倒东南倾",面对着高大的天姥山,天台山就好像要因错愕而后仰,倒向它的东南方向。天台山位于天姥山之东南方不远处,故云。以上为此诗第一部分,描绘作者"听闻中的天姥山"。

"因之梦吴越",按照听闻中的传说在梦中前往江南吴越的故地。吴越,泛指长江下游地区,尤指今江浙一带。"一夜飞度镜湖月",一晚上就飞越了月光笼罩下的镜湖。镜湖,一名鉴湖,横贯山阴、会稽两县。该湖是古代江南历史上一项著名的水利工程,由东汉会稽太守马臻(88—141)于永和五年(140)征调当地民工修筑,汇聚三十六源之水于湖中,"水高丈余,田又高海丈余。若水少则泄湖灌田,如水多则闭湖泄田中水入海,以无凶年。其堤塘,周回三百一十里,溉田九千余顷。"(杜佑《通典》卷182《州郡十二》)李白《子夜吴歌》(其二)云:"镜湖三百里,菡萏发荷花。五月西施采,人看隘若耶。回舟不待月,归去越王家。"

剡溪,水名,位于嵊县(今浙江省嵊州市)境内,剡溪由南来的澄潭江和西来的长乐江汇流而成,流至上虞,与曹娥江相接,以风景优美著称。谢公宿处,指谢灵运《登临海峤初发疆中作与从弟惠连可见羊何共和之》其四中所云"暝投剡中宿,明登天姥岑"之处。渌,清澈。清,凄清。谢公屐,《南史·谢灵运传》:"寻山陟岭,必造幽峻,岩嶂数十重,莫不备尽。登蹑常着木屐,上山则去其前齿,下山去其后齿。尝自始宁南山伐木开径,直至临海,从者数百。"青云梯,指直上云霄的山路,谢灵运《登石门最高顶诗》:"惜无同怀客,共登青云梯。""半壁见海日",在高峭的石壁上攀爬到一半的时候,就能看到东海上旭日东升。天鸡,传说中的神鸡,任昉《述异记》载:"东南有桃都山,上有大树,名曰桃都。枝相去三千里,上有天鸡。日初出照此木,天鸡则鸣,天下鸡皆随之鸣。"迷花倚石,靠着石头迷恋地欣赏山中的花草。暝,日落,眼中的景物变得模糊。殷,盛大貌,此处读作yǐn,用为动词,引申为声音盛大,震荡于山间。栗,使战栗。层巅,层层叠叠的山崖。澹澹,水波动貌。

列缺,闪电,司马相如《大人赋》:"贯列缺之倒景"。摧,崩坏。洞天,道教称仙人居住的洞府,含有洞中别有天地的意思。石扉,石门。訇然,大声。青冥,青天,屈原《九章·悲回风》:"据青冥而摅虹兮,遂倏忽而扪天。"浩荡,广阔远大的样子。金银台,神仙所居之金阙银台。郭璞《游仙诗十九首》其六:"神仙排云出,但见金银台。"云之君,云之神,屈原《九歌》有《云中君》篇。虎鼓瑟,张衡《西京赋》:"白虎鼓瑟,苍龙吹箎。"鸾回车,鸾鸟驾着车。鸾,传说中的如凤凰一类的神鸟。回,旋转,运转。《太平御览·道部·真人》上引《白羽经》:"太真丈人,登白鸾之车,驾黑凤于九源。"列如麻,像苎麻一般密集,《汉武帝内传》引上元夫人《步玄之曲》:"忽过紫微垣,真人列如麻。"以上为诗的第二部分,写梦游天姥所见景象。

魂悸以魄动,魂魄悸动。恍,猛然。嗟,叹。向来,指觉醒之前的梦中。烟霞,烟雾云霞,指仙境。亦如此,指也像梦境一般虚幻。白鹿,神仙隐士的坐骑,庄忌《哀时命》:"浮云雾而入冥兮,骑白鹿而容与。"青崖,青山。访名山,前往名山求道学仙。摧眉,垂眉,作谄媚之态。折腰,鞠躬下拜,萧统《陶渊明传》:"渊明叹曰:'我岂能为五斗米,折腰向乡里小儿!'即日解绶去职,赋《归去来》。"此为全诗第三部分,写梦醒后的所思,表达自己追求自由、不违初心的志向。

"此行不为鲈鱼鲙,自爱名山入剡中"(《秋下荆门》),李白在写这首诗的时候并虽然已经有过江南漫游的经历,但没有到过天姥山,因此全凭想象,故云"梦游"。此诗先以"越人"之口,极言天姥山的高峻险拔和云遮雾绕,并以"海客"所说的"瀛洲"相映衬,突出天姥山虚无缥缈的玄幻意境,字里行间,充满了作者对如仙盛境的向往之情。

才华横绝一世的李白,对天姥这座名山的梦游的描写,充满了道家特有的奇思妙想,可以说别开生面,光怪陆离。他再次发挥了自己超人的想象力,从"一夜飞度镜湖月"到"湖月照我影,送我至剡溪",短短几句话,就完成了从东鲁到镜湖、从镜湖到剡溪的两连跳。他在梦中见到了谢灵运当年为攀登天姥山而留宿的地方,又循着他的脚步,踏上了天姥的陡峭山道。登到一半时遥望海上日出,又听见空中"天鸡"打鸣之声,虚实相间,令人迷醉,非胸中素有烟霞之人不能道出此境。而登山的艰苦过程中,又有极其曼妙的景物作伴,乃不知暮之将至。待天色晦暗下来,在深山密林中耳闻熊咆龙吟之声,则又令人不寒而栗。直到电闪雷鸣,山石崩裂,一个仙人的世界又呈现在诗人的笔下,他眼中看到的是湛蓝深邃的天空下,日月照耀着金碧辉煌的楼台,仙人们身着五彩的云霓,驾风而至,老虎弹着琴,鸾凤拉着车,在飘飘的仙乐中,神仙密密麻麻地列队而出,真是美轮美奂,令人目不暇接。

全诗的重心在于第三部分,因为第三部分又落回了现实。梦境终究是虚无的，这一点，在长安为官的两年多里，李白已经有了深刻的体会，那装饰豪奢的宫殿、衣着华丽的仙人，不正是帝京生涯的写照吗？然而他最终离开了"仙界"，回到了"人间"，惆怅之余，只能让他进一步感受到本真生活的可贵，而最后两句的直抒胸臆，更是彰显了李白式的高度自信、坚强不屈与桀骜不驯，使全诗超脱于单纯的游仙记梦，呈现出超拔的精神力量。

《梦游天姥吟留别》是李白的代表作，也是"浙东唐诗之路"上的诗眼，很难想象如果没有这首喷薄有力的作品存世，有多少人会特意来到新昌，来到天姥山下，甚至历经艰险，跋涉山间，登上顶峰，望着四下里算不上十分出众的风景，却内心感慨欢喜，庆幸终于如愿以偿？而在中国，因李白的作品或行迹而闻名天下的山川形胜，又何止一个天姥山呢。

（2022.3.26）

惆怅溪

天姥连天向天横

# 重经昭陵

杜甫

草昧英雄起,讴歌历数归。

风尘三尺剑,社稷一戎衣。

翼亮贞文德,丕承戢武威。

圣图天广大,宗祀日光辉。

陵寝盘空曲,熊罴守翠微。

再窥松柏路,还见五云飞。

唐代是中国古代史上最为辉煌的时期,总共经历了20位帝王(如计

入改朝的武则天则为 21 位），其中 18 位（计入武则天则为 19 位，其与唐
高宗同葬于乾陵）安葬于今陕西关中地区，世称"关中十八唐陵"，是中
国乃至世界的重要文化遗产。这十八座唐陵分布于都城长安的西北到
东北一线，自西至东依次为：唐高宗李治和武则天的合葬陵乾陵、唐僖
宗李儇的靖陵（均位于乾县）、唐肃宗李亨的建陵和唐太宗李世民的昭陵
（均位于礼泉县）、唐宣宗李忱的贞陵和唐德宗李适的崇陵（均位于泾阳
县）、唐敬宗李湛的庄陵、唐武宗李炎的端陵、唐高祖李渊的献陵（均位于
三原县）、唐懿宗李漼的简陵、唐代宗李豫的元陵、唐文宗李昂的章陵、唐
中宗李显的定陵、唐顺宗李诵的丰陵（均位于富平县）、唐睿宗李旦的桥
陵、唐宪宗李纯的景陵、唐穆宗李恒的光陵、唐宣宗李隆基的泰陵（均位
于蒲城县）。十八陵中，只有年代最晚的靖陵是平地起冢，其余皆因山为
陵，地势高峻，气势如虹，即便是千年之后，仍然充分展现了大唐气象，
令见之者无不神往。

从关中十八唐陵起建开始，就不断地有文人墨客对其进行文学上的
书写，尤以诗歌最多。唐代的著名诗人中，杜甫、韩愈、张籍、卢纶、权德
舆、李商隐等，都曾写过唐陵诗作，虽然数量不多，但几乎都是精品。唐
人歌咏唐陵，其观察视角多为远眺，往往寄寓生活于圣朝之激烈壮怀，
其中以杜甫的《重经昭陵》最为精彩。杜甫一共写过两首昭陵诗，此为
第二首。肃宗至德二载（757）八月，杜甫自行在凤翔回鄜州（今陕西富
县）的羌村探亲，途径昭陵九嵕山下，作《行次昭陵》，九月长安收复，十
月肃宗还京，杜甫即从鄜州返京，途中再次经过昭陵，写下此作。此二诗
虽然创作时间只隔了一两个月，其内蕴的格调气度却迥然有异。先前的
《行次昭陵》，极言感念陵主唐太宗的不凡功绩，而其中"往者灾犹降，苍
生喘未苏。指麾安率土，荡涤抚洪炉"四句，既表达了对唐太宗在平定
隋末混乱中的英明神武的感怀，更寄寓了当时在国事摧颓的形势下伤今
怀古的感叹，而末尾数句："壮士悲陵邑，幽人拜鼎湖。玉衣晨自举，铁
马汗常趋。松柏瞻虚殿，尘沙立暝途。寂寥开国日，流恨满山隅。"更是
直截了当地抒发对太宗显圣、扭转乾坤的期许，将壮烈的历史景观与惨
痛的现实格局进行了反差极大的对比描写，充满了悲凉沉痛的内蕴。一
个多月后，时势扭转，肃宗銮舆还京，杜甫再度经过昭陵，诗作的气度便
完全不同于此前，《重经昭陵》虽然在主旨上仍然是对唐太宗不世功业
的缅怀，但笔调轻快了许多，"讴歌历数回"、"宗祀日光辉"两句，更像是
对当下局势的褒扬，充满了时局扭转之后的欣喜之情。此情此景之下，

再度仰望雄伟的九嵕山,更多了几分幽情,诗情画意又重新回到了诗句之间,其中最后四句,回味绵长,意境旷远。

杜甫对唐睿宗李旦桥陵的书写,也十分引人注目。杜甫当时困守长安,衣食无着,一度将妻小寄养于奉先(即桥陵所在县,今蒲城),故于当地风物多有熟悉,与地方官也有交流。桥陵兴建于盛唐时期,唐玄宗又以孝友闻名,其规模之宏大,石刻之精丽,在唐陵中颇具代表性。当时的桥陵必然守备森严,故杜甫途径之时,只能远观。这首诗用宏观的笔法描述了桥陵的总体风貌:"先帝昔晏驾,兹山朝百灵。崇冈拥象设,沃野开天庭。即事壮重险,论功超五丁。坡陀因厚地,却略罗峻屏。云阙虚冉冉,松风肃泠泠。……高岳前嵂崒,洪河左滢濴。金城蓄峻址,沙苑交回汀。永与奥区固,川原纷眇冥。居然赤县立,台榭争岧亭。"基本上是全景视角下的描写。而局部的细节描写则显然出于想象:"石门霜露白,玉殿莓苔青。宫女晚知曙,祠官朝见星。空梁簇画戟,阴井敲铜瓶。"(《桥陵诗三十韵因呈县内诸官》)这首诗的最终目的是向奉先的地方官示好,以求得对方的一些照顾,但对当地最重要的景观桥陵的描写,不仅饱含忠君爱国之气,更对鼎盛时期的桥陵进行了忠实的记录,很有史料价值。

昭陵也是有唐一代武功的象征,李商隐《复京》诗云:"虏骑胡兵一战摧,万灵回首贺轩台。天教李令心如日,可要昭陵石马来。"李商隐的两首唐陵诗歌,都是咏史之作,但与传统意义上的咏史诗所不同的是,他咏的是"当代史"。此诗言唐德宗时李晟协力平定泾原兵变之事,"石马"指的就是著名的"昭陵六骏",也是唐代强盛的军事力量的象征。另一首是《过景陵》:"武皇精魄久仙升,帐殿凄凉烟雾凝。俱是苍生留不得,鼎湖何异魏西陵。"景陵的主人是唐宪宗李纯,史家誉其为"中兴之主",事实上唐宪宗执政前期确实让人看到了复兴的希望,然李商隐咏史诗惯用讽喻,唐宪宗执政后期日渐自傲昏聩,沉迷神仙道术,难以克终。末句以曹操比宪宗,据《邺中故事》:"魏武帝遗命诸子曰:'吾死之后,葬于邺之西冈上,妾与妓人,皆著铜雀台。台上施六尺床,下繐帐,朝晡,上酒脯粮糗之属。每月朔十五,辄向帐前作伎。汝等时登台望吾西陵墓田。'"(郭茂倩《乐府诗集》卷 31 注引《邺都故事》)晚岁一心迷恋延年法术的唐宪宗,与幻想死后仍能像生前一样享受歌舞之欢的曹操,从本质上并无什么不同。

昭陵位于咸阳市礼泉县的九嵕山,地势高峻,远离闹市,而且并无直达的公共交通方式。在九嵕山下的烟霞镇,有唐朝开国功臣徐懋功之墓和昭陵博物馆,博物馆藏品丰富,文物多从昭陵陪葬墓中出土,尤其是墓志铭、彩俑和壁画,很值得一看。我和父亲先坐中巴车从兴平市至礼泉县城,那是 2020 年的 7 月底,正值当地特产苹果的采摘之季,一路上看到很多满载的苹果车——新鲜的礼泉苹果有一种独特的鲜脆口感,令吃惯了冷库苹果的我难以忘怀。再换车到烟霞镇,参观完徐懋功墓和昭陵博物馆后,再通过博物馆工作人员联系了一辆当地的出租车,商定参观位于礼泉县境内的两座帝陵——唐太宗昭陵和唐肃宗建陵。

昭陵确实高峻,海拔有 1188 米,汽车盘山而上,来到昭陵神道入口,发现昭陵不愧为唐朝最伟大皇帝的陵墓,山色青碧,其形极有虎踞龙盘之势。神道前残损的毕沅碑依然矗立,毕沅在乾隆年间曾在陕西任职十五年之久,其中有五年担任陕西巡抚,身为金石学家的毕沅对文物大省陕西的众多古迹倾注了大量心血,不仅奏请朝廷修建了西岳庙和周公墓,而且对汉唐陵阙也进行了识别和立碑,对断碑残碣、石刻造像、建筑遗迹等均加以辨识订正,最后编成《关中胜迹图志》一书,流布后世,可谓功莫大焉。

昭陵神道两边已经没有石刻留存,直上陵山,在北司马门遗址看到了著名的"昭陵六骏"的复刻品,左右各三方,安放于两侧,此处本来还安放着"十四番君长"石像,其上还有廊房遮蔽风雨,如今廊房早已塌毁,"十四番君长"像也移往他处进行保护,只留下空荡荡的遗址,地表仅见一些复原性质的地基构建。顺小道上陵山,十几分钟便可到顶,四望视野极佳,可谓一览众山小。不上昭陵,确实很难对唐太宗一手奠基的"大唐盛世"有一个直观的认识,我去过很多历代的皇陵,但论气魄宏大,恐怕无一能与昭陵相提并论。杜甫当年,恐怕无缘如此近距离地瞻仰昭陵,但他的昭陵诗句,尤其是"陵寝盘空曲,熊罴守翠微。再窥松柏路,还见五云飞"几句,还是把昭陵的雄伟写得活灵活现。当然,陵墓气势恢宏并不能代表墓主的伟大,但我想唐太宗这样的千古一帝,还是无愧于静卧在这九嵕山之巅的。

（2022.3.27）

昭陵博物馆位于昭陵的陪葬墓徐懋功(即李勣)墓旁,墓冢由 3 个高约 6 丈的锥形土堆组成,土堆下部合在一起,上部形成倒"品"字形的 3 个山头,象征阴山、铁山和乌德鞬山,以表彰墓主人生前破突厥、薛延陀之战功。

徐懋功墓前石碑,高 5.6 米,碑座为长 1.2 米巨龟,碑首雕刻 6 龙,居昭陵陪葬墓碑之冠,碑文由唐高宗李治亲自撰书。

徐懋功墓前石羊

唐太宗昭陵陵山——九嵕山

九嵕山之巅

九嵕山下望昭陵北司马门祭坛遗址

断折野中的建陵望柱

精美绝伦的建陵翼马

# 塞下曲（六首其三）

唐·李白

骏马似风飙,鸣鞭出渭桥。

弯弓辞汉月,插羽破天骄。

阵解星芒尽,营空海雾消。

功成画麟阁,独有霍嫖姚。

  2000 年 7 月 28 日上午,与父亲从西安抵兴平县,先吃了一碗"杨凌蘸水面",端出来居然是脸盆那么大一盆,经过观察旁边的食客,才学到了正确的吃法,是先把宽宽的面片从"脸盆"里捞出来,盛到旁边装满汤汁的小碗里蘸料再吃。当地的面量很大,一向健饭的父亲居然吃不完。然后步行到汽车站,坐上据说一天只有一班的公交车到茂陵博物馆,先游茂陵的几个陪葬墓:霍去病墓、卫青墓和金日磾墓,据茂陵的工作人员讲,大概是因为疫情的原因,他们已经有好几个月没有看到这辆公交车了。公交车上只有我们两人,我估计平时也不会有很多人坐这趟公交车。司机说他下午五点回来,可以在下车的地方等,有的是时间逛,然后就一溜烟开走了。

  茂陵博物馆中陈列着大量从汉武帝茂陵及周边陪葬墓中出土的文物,和昭陵博物馆围绕着徐懋功墓建造一样,茂陵博物馆的主体是霍去病墓,霍去病墓的西东两侧分别为卫青和金日磾之墓。史书上记载霍去病墓上的封土被刻意堆成祁连山的形状,以纪念他在河西之战中击败匈奴控制祁连山、贯通河西走廊的伟大功绩,今日终得一见,但更有看头的,却是这里出土的众多石兽,其中就包含了历史课本上常见的"马踏匈奴"和曾登上美术课本的石伏虎。汉墓石刻的独特之处在于,其风格较为粗犷,多基于石料的本来形状,稍予加工,便赋予这些冰冷的石块以新的生命,有的石刻如石鱼、石蛙等,刻工仅寥寥数凿,便造就了栩栩如生、活泼可爱的形象,令人惊叹。还有的作品极富想象力,如怪兽食羊、巨人搏熊等,创意及造型均出人意表,我们面对这样的艺术创造,不得不感慨于那无拘无束的生命力的喷薄张扬,也许这就是大汉的风度,正因为如此,才会产生像李广、卫青、霍去病这样的奇人。

霍去病出生于西汉建元元年(前140),是平阳侯府的侍女卫少儿与小吏霍仲孺的私生子,霍仲孺当差期满,回到家乡平阳县(今山西省临汾市南),又生子霍光。霍去病直到成为骠骑将军后,才与父亲相认,后将异母弟霍光带回长安,大力扶持。建元二年(前139),卫少儿的妹妹卫子夫得到汉武帝宠幸,后被册封为皇后,卫氏全家得以贵幸,卫少儿得嫁曲逆侯陈平的曾孙詹事陈掌,霍去病幼年即过着锦衣玉食的富贵生活,后来在仕途上也一帆风顺。

霍去病在少年时代就善于骑射,年十八为侍中,后跟从大将军也就是自己的舅舅卫青出兵,作为"剽姚校尉",率轻骑八百直弃大军数百里,相机与匈奴战,斩首捕虏二千余级,武帝封冠军侯,以表彰其勇冠三军的战斗力。元狩二年(前121),武帝任命二十岁的霍去病为骠骑将军,于春、夏两次率兵出击占据河西(今河西走廊及湟水流域)地区东部的匈奴势力,皆获大捷,自此,汉朝控制了河西地区,为打通内地通往西域的道路奠定了基础,匈奴人为此悲歌道:"亡我祁连山,使我六畜不蕃息;失我焉支山,使我妇女无颜色。"(《两汉魏晋南北朝民歌集·匈奴歌》)

元狩四年(前119)春,汉武帝命卫青与时年二十二岁的霍去病各率骑兵五万,后续部队数十万,分别出定襄和代郡,深入漠北与匈奴主力作战。霍去病率部以李广之子李敢等为大校,出代郡、右北平郡,北进两千多里,与匈奴左贤王部接战,大破之,并乘胜追击,封狼居胥山以祭天,禅姑衍山(两山均在今蒙古国境内)以祭地,至瀚海(今俄罗斯贝加尔湖)而还。此役之后,"匈奴远遁,而漠南无王庭"(《史记》卷110《匈奴列传》),汉王朝还加强了对东北地区的控制。为表彰霍去病的不世之功,汉武帝以大将军卫青、骠骑将军霍去病同为大司马。元狩六年(前117),霍去病却因病早逝,年仅二十四岁,汉武帝因此被迫暂时停止了对匈奴的征伐。

霍去病一生共六次率军出击匈奴,"斩捕首虏十一万余级,及浑邪王以众降数万,遂开河西酒泉之地,西方益少胡寇。"可谓是战神级别的人物,他不仅骁勇善战,且志存高远,汉武帝曾为他建造豪华的府第,想让他去看一看,霍去病对以"匈奴未灭,无以家为也!"为武帝所刮目。传说汉武帝赏赐御酒犒赏霍去病,去病以为功在全军,不敢独享,于是倾酒于泉，与众将士取而共饮，这便是河西重镇"酒泉"得名的由来。当然，霍去病亦非完人，他也有很多缺点，比如不爱学习，"天子尝欲教之孙、吴兵法，对曰：'顾方略何如耳，不至学古兵法。'"而且出征不爱惜士兵，"少而侍中，贵，不省士。其从军，天子为遣太官赍数十乘，既还，重车余弃粱肉，而士有饥者。其在塞外，卒乏粮，或不能自振，而骠骑尚穿域蹋鞠。事多此类。"（司马迁《史记》卷111《卫将军骠骑列传》）这似乎与酒泉的得名传说相违背。更有甚者，霍去病自作主张，在甘泉宫随驾狩猎时射杀了自己曾经的部将关内侯李敢，只因为李敢因父亲李广之死实在冤屈，一时激忿而出手打了大将军卫青。汉武帝为了包庇霍去病，对外宣称李敢是狩猎时被鹿撞死的，这也是霍去病人生的一大污点。

李白的这组《塞下曲》，源于汉乐府，郭茂倩《乐府诗集》将《塞上曲》、《塞下曲》列为横吹曲辞，演奏乐器主要是鼓角与箫笳，间或羌笛，多是军中所用，其声或粗犷、雄壮，或哀怨、凄切，荡气回肠。由于国力兴盛，边战不断，唐代边塞诗大兴，作为新乐府题，"塞下曲"这一体裁为众多诗人所钟爱，并留下了大量的作品。李白的这组诗共有六首，以第一首最为著名："五月天山雪，无花只有寒。笛中闻折柳，春色未曾看。晓战随金鼓，宵眠抱玉鞍。愿将腰下剑，直为斩楼兰。"但其中最为英武雄壮的，则是这第三首。

诗的开首写渭桥上响起清脆的鞭声，骏马如风驰电掣般飞奔西去，这是多么慷慨雄壮的出征场面！渭桥，本名横桥，在咸阳县东南二十二里渭水之上，唐军西征，常出此桥。"弯弓"、"插羽"二句写行军作战的过程。插羽，萧士赟注云："箭在腰也。""羽"指箭尾的羽毛。天骄，指当时的胡人，《汉书·匈奴传》："单于遣使遗汉书云：'南有大汉，北有强胡。胡者，天之骄子也。'""插羽破天骄"指战争已经以我方的胜利结束，作者以洗练的手笔，省却了鏖战和厮杀的烦冗描写，将汉军的勇武和战事的高效表现得一览无余。

五、六句，写战后的景象。"星芒"，客星的白芒，古人认为客星有白光乃兵气之象。《后汉书·天文志》："客星芒气白为兵。"敌阵瓦解，星芒已尽，就意味着战争结束。北方的荒漠广阔无垠，浩瀚如海，故称"瀚海"，"海雾"，指瀚海的夜雾。这句是说，敌军被击败，营帐已空，战争的云雾也随之消散。

末二句中的"麟阁"，即麒麟阁，汉代阁名，在未央宫中，因汉武帝元狩年间狩猎时获麒麟而命名。汉宣帝时曾绘十一位功臣像于其上，后即以此代表卓越的功勋和最高荣誉,事实上,麒麟阁十一功臣中并没有霍去病,有的只是霍去病的异母弟霍光。末句中"独有"二字,似有讥刺之意,进而凸显了一线战士为国家的无私付出,众多诗人对此话题均有自己的表述,如曹松《己亥岁二首》其一云:"凭君莫话封侯事,一将功成万骨枯。"

从功绩来看,霍去病确为不世出的一代名将。唐建中三年(782),礼仪使颜真卿向唐德宗建议,将古今名将六十四人图形配享武成庙,当中就包括"大司马冠军侯霍去病"。(《新唐书》卷15《志第五》)宋政和三年(1113),宋徽宗将霍去病与丞相公孙弘、大将军卫青、车骑将军金日磾配享于汉武帝庙廷。宣和五年(1123),宋室依唐例为古代名将设庙,霍去病位列七十二位名将之中。至于历代文人诗咏霍去病事迹的实例,更是比比皆是。有唐一代,李白、杜甫、高适、王维、韦应物、李商隐等大家均有诗写到霍去病,诗中也多称其为"霍嫖姚"。

从茂陵博物馆出来,才两点多,随即不想再等之前那班"宝贵"的公交车,在去茂陵的路上碰到一辆电动三轮车,司机先送我们到茂陵,看了看一代雄主汉武帝的陵寝,然后继续送我们到了大路口,转中巴车回到兴平汽车站,再坐上1路公交车,前往杨贵妃墓。

(2022.3.29)

霍去病墓石刻之石虎

霍去病墓石刻之"马踏匈奴"

霍去病墓碑

汉武帝茂陵

# 马嵬二首（其二）

李商隐

海外徒闻更九州，他生未卜此生休。
空闻虎旅传宵柝，无复鸡人报晓筹。
此日六军同驻马，当时七夕笑牵牛。
如何四纪为天子，不及卢家有莫愁。

　　从杨贵妃墓出来，在公路对面坐公交车往兴平方向行一站路下车，就能看到一条向北笔直延伸且高度不断抬升的道路，父亲说，这就是马嵬坡吧。大致不错，手机地图显示，沿着这条路步行一公里，就是一个现在被称作"马嵬驿民俗文化体验园"的地方。

　　毕竟父亲已经八十岁了，一公里上坡路，走了将近半个小时，直至看到一个城门楼，额书"马嵬驿"，城头上还有三个塑料做的人物模型，中间是穿着黄袍的唐明皇，他的两边站着的一文一武，应该是宦官高力士和大将军陈玄礼吧。此时已近下午五点钟，一束柔弱的阳光通过券门在我们眼前投射出一个无力的半圆，一辆电动三轮车从里面开出来，把这个半圆切割成两半，我们穿过城门，里面亮堂堂的，沿街有很多店铺，还有不少游乐设施，吸引了很多游人，完全无法想象这是当年帝王逃难途中的一座凄凉的驿站，眼前的景象反而使我产生了一种幻觉，我似乎迈进了唐代的长安西市街道。

　　一千一百多年前，李商隐大概也来过这里，我想当时的景象肯定跟今天不同，没有"民俗文化体验园"带来的一场热闹，有的只有历史的陈迹和无尽的凄凉，比李商隐稍早的诗人李益《过马嵬二首》其一云："路至墙垣问樵者，顾予云是太真宫。太真血染马蹄尽，朱阁影随天际空。丹壑不闻歌吹夜，玉阶唯有薜萝风。世人莫重霓裳曲，曾致干戈是此中。"实写当时马嵬驿景象。李商隐的咏史诗总是写得鞭辟入里，出人意表，从总体成就上来看，绝不比那些更为人所津津乐道的无题诗逊色。《马嵬二首》，其一为七绝，云："冀马燕犀动地来，自埋红粉自成灰。君王若道能倾国，玉辇何由过马嵬。"平平。第二首七律则堪称李商隐咏史诗中的佳作，也是众多咏马嵬事诗中的翘楚。

　　更九州，古人认为九州之外还有九州。《史记·孟子荀卿列传》记载了战国时邹衍的理论："中国名曰赤县神州。赤县神州内自有九州，禹之序九州是也，不得为州数。中国外如赤县神州者九，乃所谓九州也。"《淮南子》："九州之大，纯方千里。九州之外，乃有八殥，亦方千里。……八殥之外，而有八紘，亦方千里。……八紘之外，乃有八极。……"九州之外更有九州，乃是古代流行一时的说法。唐玄宗回銮长安后，曾派出方士在海外寻找杨贵妃的魂魄，《长恨歌传》云："适有道士自蜀来，知上心念杨妃如是，自言有李少君之术。玄宗大喜，命致其神。方士乃竭其术以索之，不至。又能游神驭气，出天界，没地府以求之，不见。又旁求四虚上下，东极天海，跨蓬壶。见最高仙山，上多楼阙，西厢下有洞户，东向，阖其门，署曰'玉妃太真院'。……见一人冠金莲，披紫绡，佩红玉，曳凤舄，左右侍者七八人，揖方士，问'皇帝安否？'次问天宝十四载以还事。言讫，悯然。"他生，来世；未卜，无法预知。

　　虎旅，虎贲氏与旅贲氏的并称，周礼，前者掌宫廷禁卫，后者掌天子出行仪仗,二者均属天子警卫。此处指唐玄宗奔蜀途中的卫队。另说,"武王率兵车以伐纣。纣虎旅百万,陈于商郊,起自黄鸟,讫于赤斧,走如疾风,声如振霆。三军之士,靡不失色。武王乃命太公把旄以麾之,纣军反走。"(《文选》李善注引《鬻子》)似将唐玄宗与商纣王相类比,可参看。宵柝,敲击木梆子以巡夜警戒,也有击刁斗者,《乐府诗集·木兰诗》:"朔气传金柝,寒光照铁衣。"鸡人,周官名。掌供办鸡牲。凡举行大典,则报时以警夜。《周礼·春官·鸡人》:"鸡人掌共鸡牲,辨其物。大祭祀,夜嘑旦,以叫百官。"后指宫廷中专管更漏之人。报晓筹,报时,"筹"指漏壶中的筹签,上有刻度,可以读取时间,报时人根据刻度指示的时间敲击钟鼓等器物进行报时。据《旧唐书·职官志》载,当时一夜分五更,每更分五点,每一更击鼓,每一点敲钟,报出时刻。

此日,指天宝十五载(756)六月十四(公历为 7 月 15 日)马嵬事变发生的日子。六军,《新唐书》:"左右龙武、左右神武、左右神策,号六军。"《旧唐书》所载略有不同,其"六军统军"条下记:"兴元元年正月二十九日敕,左右羽林、左右龙武、左右神武各置统军一人,秩从二品。""当时七夕笑牵牛",《长恨歌传》:"玉妃茫然退立,若有所思,徐而言曰:'昔天宝十载,侍辇避暑于骊山宫。秋七月,牵牛织女相见之夕,秦人风俗,是夜张锦绣,陈饮食,树瓜华,焚香于庭,号为乞巧。宫掖间尤尚之。时夜殆半,休侍卫于东西厢,独侍上。上凭肩而立,因仰天感牛女事,密相誓心,愿世世为夫妇。言毕,执手各呜咽。此独君王知之耳。'"

四纪,岁星(木星)每十二年绕日一周,古人记为一纪,唐玄宗在位四十五年,约为四纪。卢家莫愁,梁武帝萧衍《河中之水歌》:"河中之水向东流,洛阳女儿名莫愁。莫愁十三能织绮,十四采桑南陌头。十五嫁于卢家妇,十六生儿字阿侯。卢家兰室桂为梁,中有郁金苏合香。头上金钗十二行,足下丝履五文章。珊瑚挂镜烂生光,平头奴子提履箱。人生富贵何所望?恨不嫁与东家王!""莫愁"和"罗敷"一样,是南朝民歌体诗作中常见的美女名。

唐人咏马嵬诗中多有杰作,但多说理和评论,李商隐这首诗只用了一些字眼来暗寓褒贬,只有尾联属于评价,但又很巧妙地将家国大事从小处道出,只说男女之情,反而令人深思,发人感叹。跟"托君休洗莲花血,留记千年妾泪痕。"(李益《过马嵬》)"谁为君王重解得,一生遗恨系心肠。"(张祜《太真香囊子》)"贵妃胡旋惑君心,死弃马嵬念更深。"(白居易《胡旋女》)"军家诛戚族,天子舍妖姬。"(刘禹锡《马嵬行》)这些写马嵬事件的唐诗相比，李商隐此诗不直书其事、直抒议论而尽用虚语，反而达到了最佳的文学效果。此诗前四句，连用"徒""休""空""无"等字，突出讽喻和无奈之感。论者多以为"徒闻""空闻"犯复，但事实上读起来并无不妥之感，反而强化了作者的讥刺之意。"六军驻马"和"七夕牵牛"，是第一层对比，用场景作比；尾联则是第二层对比，以地位（帝王和平民）作比，更显辛辣，也蕴涵了一定的悲悯之意。全诗简单，流畅，用典密集却并不生涩，令人过目不忘，且结合史书记载来看，"他生未卜此生休"亦是晚年唐玄宗心态的绝妙写照。

李商隐这首马嵬怀古题材的诗作，为后人开辟了一条新的偏重于抒情感事的诗径，由于国势日颓，诗人们不知不觉地对马嵬事件少了几分批判，对当事人尤其是杨贵妃产生了无限的同情和悲悯。尤其是身处国难中的晚唐诗人们，更是如此。高骈《马嵬驿》云："玉颜虽掩马嵬尘，冤气和烟锁渭津。蝉鬓不随銮驾去，至今空感往来人。"于濆《马嵬驿》诗云："常经马嵬驿，见说坡前客。一从屠贵妃，生女愁倾国。是日芙蓉花，不如秋草色。当时嫁匹夫，不妨得头白。"晚唐罗隐《帝幸蜀》诗云："马嵬烟柳正依依，又见銮舆幸蜀归。泉下阿蛮应有语，这回休更怨杨妃。"黄滔《马嵬》诗云："锦江晴碧剑锋奇，合有千年降圣时。天意从来知幸蜀，不关胎祸自蛾眉。"

在中国的历史和传统文化中，唐明皇和杨玉环的悲情故事，已经成为永恒的话题，正如伽尔文·托马斯所云："对于我们的祖先来说，死亡是最大的不幸，是最可怕的事情，也因此是最能够吸引他们的想象力的事情。"（伽尔文·托马斯《悲剧和悲剧欣赏》）唐明皇是悲剧的制造者，也是悲剧的受害人，杨贵妃则似乎连悲剧的制造者都算不上，却成了这场悲剧的牺牲品。在这史上著名死亡事件的发生地马嵬坡，诞生了无数的感事伤怀和论史凭吊之作，从而形成了一个独特的文学场域，仿佛神奇的漩涡和黑洞一般吸引着无数过客驻足观览，抚今追昔。马嵬之行，对于任何熟悉这一事件和熟知众多相关作品的人来说，都会是一场梦幻之旅，而这一切带来的感动，与眼前热闹的"民俗文化"毫无关碍。

（2022.4.1）

马嵬驿

马嵬驿景区内的唐代妇女形象雕塑

马嵬驿景区内的"贵妃赐死"场景还原设置

# 哀江头

杜甫

少陵野老吞声哭，春日潜行曲江曲。
江头宫殿锁千门，细柳新蒲为谁绿？
忆昔霓旌下南苑，苑中万物生颜色。
昭阳殿里第一人，同辇随君侍君侧。
辇前才人带弓箭，白马嚼啮黄金勒。
翻身向天仰射云，一笑正坠双飞翼。
明眸皓齿今何在？血污游魂归不得。
清渭东流剑阁深，去住彼此无消息。
人生有情泪沾臆，江水江花岂终极。
黄昏胡骑尘满城，欲往城南望城北。

2020 年 7 月 27 日，与父亲游西安城南之曲江。先坐公交车到寒窑遗址公园，看了看戏曲故事中薛平贵和王宝钏的"寒窑"，公园中有饮马池，水与著名的曲江池相通。曲江因水流曲折得名，秦始皇曾在此修建离宫"宜春宫"，汉武帝时因其水波浩渺，池岸曲折，形似广陵之江，取名"曲江"，并把曲江列入皇家苑囿，修建离宫"宜春苑"。隋营大兴城时，纳曲江入城郭，称"芙蓉池"，称苑为"芙蓉园"，唐玄宗时恢复"曲江"之名，而苑仍名"芙蓉园"。唐代大规模营建曲江，凿黄渠，辟御苑，筑夹城，建大雁塔，修新开门，曲江池成为游赏胜地。

当唐代曲江全盛之时，沿江两岸宫殿连绵，楼阁起伏，垂柳如云，景色绮丽，贵族仕女，车马侍从，笙歌画船，悠游宴乐于曲江。唐玄宗每年两次在此宴会群臣，蔚为大观。而每当朝廷选取进士，又有在曲江杏园举行宴会进行庆祝的传统，新科进士们置杯于盘，放盘于流水，按照古人"曲水流觞"的习俗，执杯畅饮，并当场作诗，时称"曲江流饮"。

安史之乱爆发，长安沦陷后，曲江两岸的建筑物受到严重破坏，昔日繁盛的景象一去不返。天宝十四载（755）十一月，安史之乱爆发，次年六月，潼关失守，玄宗仓惶西逃。七月，太子李亨即位于灵武（今宁夏灵武市），是为肃宗。这时的杜甫已将家搬到鄜州（今陕西富县）羌村避难，听闻肃宗即位，就在八月只身北上，投奔灵武，途中为叛军俘虏，押回长安。由于杜甫地位低微，因此没有受到羁押和严格的看管。至德二载（757）年四月，郭子仪大军来到长安北方，杜甫冒险从城西金光门逃出长安，穿过对峙的两军，到凤翔（今陕西宝鸡）投奔肃宗。五月，授左拾遗。这首诗是诗人困居长安时所作，时间应在至德二年（757）春季的某一天。

杜甫悄悄来到曲江边，在万物复苏的时节，看着眼前凄凉的景色，他悲从中来，感慨万千，作成此诗。江头，即江边。少陵野老，是杜甫的自称，少陵是汉宣帝皇后许平君的陵墓，紧依宣帝杜陵，因规模略小，被称为"少陵"，"少"即"小"，其东即杜曲，为大姓杜氏聚居之地，亦是杜甫的祖籍地。野老，村野老人。吞声哭，哭泣时不敢出声。潜行，偷偷地出行。曲江曲，曲江边曲折隐蔽的地方，当时长安处于叛军的掌控之下，故不得不如此。细柳新蒲，春天新生的柳丝和蒲草。

霓旌，云霓般的彩旗，指天子仪仗。《文选》司马相如《上林赋》："拖霓旌，靡云旗。"张揖曰："析羽毛，染以五采，缀以缕，为旌，有似虹霓之气也。画熊虎于旒为旗，似云气也。"南苑，指芙蓉苑，因在曲江之南，故称。生颜色,焕发光彩。昭阳殿,汉宫殿名,汉成帝皇后赵飞燕之妹赵合德为昭仪,居住于此,此处喻唐帝的后宫。第一人,最得宠之人,在这里指杨贵妃。辇,秦汉以后特指帝后所乘之车驾。"辇前才人带弓箭",唐宫中有专门讲习武艺的宫女,称"射生","才人"本指宫中女官,这里"带弓箭"的才人,应指"射生"之类以武艺侍奉皇帝的宫嫔。啮,咬。黄金勒,黄金做的衔勒(马嚼子),马嚼子就是在马嘴里套上的一条铁链子,在马嘴两侧各挂上一个圆圈,让铁链子穿过圆圈,再挂到马颈部。驾马者拉动马嚼子,使马咬着铁链,上牙和下牙被马嚼子分开,嘴巴合不上,就变得驯服。骑手可以通过马嚼子控制马匹前进速度或者让马停下。马嚼子也可以防止马匹偷吃东西。《明皇杂录》卷下:"上幸华清宫,贵妃姐妹各购名马,以黄金为衔勒,组绣为障泥,同入禁中,观者如堵。""翻身向天仰射云",指才人射术高超,仰射云,仰射云间飞鸟。一笑,指杨贵妃赞赏于才人的射术。双飞翼,空中双飞之鸟。此段为回忆当年贵妃游苑,宫人射禽供笑事。

明眸皓齿,指杨贵妃的美貌。皓,洁白。"血污游魂归不得",指杨贵妃在马嵬驿被缢死事。游魂,杨贵妃死于逃亡途中,故云。清渭,即渭水。剑阁,在四川剑阁县北。仇兆鳌云:"考马嵬驿,在京兆府兴平县,渭水自陇西而来,经过兴平,盖杨妃藁葬渭滨,上皇巡行剑阁,是去住西东,两无消息也。"(《杜诗详注》卷4)去住,犹去留。

泪沾臆,泪水沾湿胸口。终极,穷尽。此二句意谓江水江花仿佛无情,年年依旧,而人生有情,则不免感怀今昔而悲伤落泪。"欲往城南望城北",句下原注:"甫家居城南",仇兆鳌云:"北人谓'向'为'望',欲往城南乃向北,亦不能记南北之意。"(《杜诗详注》卷4)杜甫那一年才四十六岁,虽然早衰,但当不至于老迈到连南北都分不清楚的程度,长安的街道呈棋盘式排列,非常整齐,也不容易不辨南北,但因为当时"黄昏胡骑尘满城",天色昏暗,尘烟飞舞,加上杜甫内心激愤与惊惧交织,自然难免会有些昏乱。

这首诗可以分为四个层次,围绕着一个"哀"字展开。第一层写眼前景,欣欣向荣的春色与凄凉萧疏的人事相对应,当然是令人悲哀的。第二层追忆当年大唐全盛时期唐玄宗和杨贵妃在此游乐的场景,展现曲江曾经的辉煌。但帝王整日行乐,骄奢淫逸,为国家的变乱埋下了祸根。第三层由杨贵妃曲江观射时的欢乐场景转入马嵬之变时的凄惨血腥,她与唐玄宗也因此阴阳两隔,是为帝王的悲哀。第四层转回眼前之景，作者面对美丽的江水，想到山河破碎的现状，落下哀伤之泪，当黄昏来临时他想回家，却因为日光昏暗，胡尘漫天，居然迷失了回家的方向。当然，对这最后一句，还有一种解释，也是不容忽视的，那便是陈寅恪先生的说法："杜少陵《哀江头》诗末句'欲往城南望城北'者，子美家居城南，而宫阙在城北也。自宋以来注杜诗者，多不得其解，乃妄改'望'为'忘'，或以'北人谓向为望'为释，……殊失。少陵以虽欲归家，而犹回望宫阙为言，隐示其眷念迟回不忘君国之本意矣。"（《元白诗笺证稿》）大明宫在城北，所以往南走的时候还恋恋不舍地回望宫阙所在的方向，这样的场景似乎更能表现出作者内心对家国现状的深切哀恸之情。

显然，在安史之乱以后，曲江当年的繁华再也没有重现过，以至于数十年以后，唐文宗在读到杜甫的这首诗时，才知道玄宗时代"曲江四岸皆有行宫台殿、百司廨署。"（《旧唐书》卷17下《文宗本纪》下）他又下旨在曲江边重修了紫云楼等建筑，当然，唐文宗是一个自身难保的皇帝，不用说重兴唐室、恢复当年的荣耀了。

如今的曲江边又修建了很多的仿古建筑，其中的阅江楼有四层之高，气势恢宏。我和父亲在曲江边租了一只脚踏船，放舟而行，徜徉于曾经的皇家御苑，清风徐来，倍感惬意，那感觉与荡舟西湖并无二致。登岸后，又沿着曲江岸边走了一圈，在曲江亭旁的水面上看到了一尊铜像，他正背手而立，形容憔悴，因为之前在阅江楼下看到月亮上的李白石像，我姑且把他当做是杜甫的写照吧。看着眼前这清丽的水面，我实在难以想象，在那个烟尘四起的黄昏，瘦削的诗人一面往南走，一面不住回头北望的凄惨景象。

（2022.4.2）

新建的阅江楼

曲江亭旁的杜甫像

# 游山西村

南宋·陆游

莫笑农家腊酒浑，丰年留客足鸡豚。

山重水复疑无路，柳暗花明又一村。

箫鼓追随春社近，衣冠简朴古风存。

从今若许闲乘月，拄杖无时夜叩门。

　　由于硕士论文做的是陆游，八卷本的《剑南诗稿校注》看了多遍，因此对这位南宋第一大诗人不仅熟悉，而且深有感情。早就听说绍兴营建了三山陆游故里景区，前年去柯桥开会，可惜身不由己，擦肩而过，去年暑假刚刚开始之时，就专程前往绍兴去参观。

　　乾道二年（1166）陆游罢隆兴通判归乡，始居山阴的三山别业，史载："陆放翁宅，宋宝谟阁待制陆游所居，在三山，地名西村。山在府城西九里鉴湖中。"（《乾隆绍兴府志》卷71《古迹志一》）陆游在《春尽遣怀》一诗中自注："予以乾道乙酉卜筑湖上，今三十有二年矣。"乾道乙酉为乾道元年（1165），陆游尚在镇江通判任上。陆游又在《幽栖二首》（其二）诗中自注："乾道丙戌，始卜居镜湖之三山。"乾道丙戌为乾道二年（1166），陆游从隆兴通判任上被免，回归乡里。由此我们得知，陆游的三山别业，营建了一年左右的时间，费用来自镇江通判的俸禄，其大概的规模，在陆游《家居自戒六首》（其一）诗中可以窥得一二："曩得京口俸，始卜湖边居。屋财十许间，岁久亦倍初。艺花过百本，啸咏已有余。犹愧先楚公，终身无屋庐。"

　　陆游著名的书房"老学庵"也位于三山别业之中。除了屋宇之外，还有园林，陆游《秋怀十首以竹药闭深院琴樽开小轩为韵》其一诗云："我非王子猷，赋性亦爱竹。舍外地十亩，不艺凡草木。长吟杂清啸，触目皆此族。更招竹林人，枕藉糟与曲。"可见三山别业所附属的园林规模不小，且遍植丛竹。园林之内，还有小池，陆游《方池》诗云："莫笑方池小，清泉数斛宽。照花红锦烂，洗砚黑蛟蟠。日取供茶鼎，时来掷钓竿。

秋风过栏角,也解作微澜。"此外,在住宅的东边,还辟有一个小花园,陆游有诗名《予所居三山在镜湖上近取舍东地一亩种花数十株强名小园因戏作长句》:"出郭西南十里过,小园风月得婆娑。翠屏三扇恰相倚,玉镜一奁谁为磨。投镊未嫌衰鬓白,插花聊喜醉颜酡。耶溪更尽青鞋兴,免使将军怒脱靴。"

陆游之所以选择建宅镜湖旁的三山作为归老后的主要居住地,是有他周到的考虑的。首先,卜宅所处地区风景优美,"湖光涨绿分烟浦"(《春日》)。镜湖之美,使得早已厌弃尘网的陆游深受吸引。其次,交通十分便捷,"野渡村桥处处通"(《秋晚书感》),这也为陆氏闲居期间遍游家乡湖山村镇提供了有利条件。畅游之便,使得生性好动的陆游在晚年拥有了更大的生活空间。第三,经济繁荣,"荞花雪无际,稻米玉新春"(《步至东庄》)。镜湖地区不仅农林副渔业都相当发达,而且市场体系已初步形成,因此在这里定居会给生活带来很大的方便。镜湖物产之丰富,市场之便利,让日渐衰老的诗人感到拥有基本生活的保证。陆游对于自己的家族在三山繁衍生息下去充满了希冀,在《三山卜居今三十有三年矣屋陋甚而地有余数世之后当自成一村今日病少间作诗以示后人》一诗中这样写道:"不如短褐归乡舍,上毕租庸下婚嫁。横陂引水莳禾黍,高陆犁荒种桑柘。比邻毕出观夜场,老稚相呼作春社。鸡争春米茅檐底,犬吠行人槿篱罅。数椽幸可传子孙,此地他年名陆村。藜羹一饱能世守,殊胜养牛并上尊。"

这首《游山西村》,可以说是陆游描写家乡镜湖地区风物的诗歌中流传最广的一首。不仅表现了越地水乡的美景和民风,更表现出陆游与农民的融洽关系。陆游十分热爱镜湖地区的风土山水,写了大量诗歌颂咏之。他曾说:"予居镜湖北渚,每见村童牧牛于风林烟草之间,便觉身在图画。自奉诏细史,年不复见此,寝饭皆无味。"(陆游《渭南文集》卷29《跋韩晋公牛》)其《思故山》诗曰:"千金不须买画图,听我长歌歌镜湖。湖山奇丽说不尽,且复为子陈吾庐。柳姑庙前鱼作市,道士庄畔菱为租。一弯画桥出林薄,两岸红蓼连菰蒲。陂南陂北鸦阵黑,舍西舍东枫叶赤。正当九月十月时,放翁艇子无时出。船头一束书,船后一壶酒,新钓紫鳜鱼,旋洗白莲藕,从渠贵人食万钱,放翁痴腹常便便。莫归稚子迎我笑,遥指一抹西村烟",描绘了自己归隐镜湖后生活的悠闲。至于《春游》,则极写其游览繁盛之貌:"镜湖春游甲吴越,莺花如海城南陌。十里笙歌声不绝,不待清明寒食节。青丝玉瓶挈新酿,细柳穿鱼初出浪。

花外金羁络雪驹,桥边翠幄围螭舫。怕雨愁阴人未知,时时微雨却相宜。养花天色君须记,正在轻云嫩霭时。"著名的《夏日六言》之三:"溪涨清风拂面,月落繁星满天。数只船横浦口,一声笛起山前。"意境优美,几可入画,非得镜湖湖山之助而不能作。

陆游在家乡居住的这五六十年,基本上是以一种写日记的态度进行勤劳的诗歌创作,其记载镜湖流域农村民间事象之详备是令人叹为观止的。陆游似乎尤其关注当地的众多民俗活动,诸如祭祀、赛神之类,通过他的诗歌记录,我们也可以得到大量来自南宋基层社会的民俗活动的第一手资料。而与此同时,这些有众多乡民参与的热闹的世俗生活方式载体似乎也成了作为士大夫的陆游在读书之余的一种消遣,在看似宁静的乡村世界中,一声锣鼓、一阵喧哗,也许也能成为平淡无奇的日常生活中的一种刺激,使其更为多元、多姿和多彩。

陆游的农村诗歌中有很多作品写到镜湖流域的"社",即祭祀土神的活动。每到社日,就格外热闹,社日有春秋之分,一般以立春后第五个戊日为春社,立秋后第五个戊日为秋社。农民在社日先要举行祭祀活动,然后分享贡品,饮酒狂欢。陆游《闲咏》诗云:"社日连村餍酒肉"又《丰年行》云:"南村北村春雨晴,东家西家地碓声。稻陂正满绿针密,麦陇无际黄云平。前年谷与金同价,家家涕泣伐桑柘。岂知还复有今年,酒肉如山赛春社。吏不到门人昼眠,老稚安乐如登仙。县前归来传好语,黄纸续放身丁钱。"秋社则主要庆祝丰收,所以更为热闹,喜庆的气氛也更为浓厚,有时要狂欢到夜晚才罢休,陆游《秋社二首》其一诗云:"明朝逢社日,邻曲乐年丰。稻蟹雨中尽,海氛秋后空。不须谀土偶,正可倚天公。酒满银杯绿,相呼一笑中。"

陆游深居农村的时间,恐怕是历代大诗人中最长的,他亲身在漫长的岁月中体味着农村生活,这就造成了陆游田园诗的独特风格,即以亲切直白的笔调写出自己与身边农人生活的苦与乐,并甘于与农民为伍:"身杂老农间"(《晚秋农家》),沉浸自己入广阔的农村天地之中,相关描写真实周到,"闲适细腻,咀嚼出日常生活的深永的滋味"(钱锺书《宋诗选注》),表现出鲜明的生活情趣。陆游在镜湖流域的乡村,有着非常融洽的社会关系,尤其是与村民的关系,达到了水乳交融的程度,这对于他保持村居心态的平和安宁极有帮助,与村民的频繁互动,也是其乡居生活的一种重要的调剂:"出户语邻叟"(《戏作野兴六首》其五),"出寻邻叟语,归读古人书"(《遂初》),"高谈对邻父,朴学付痴儿。"(《纵笔三首》其二）"今日病良已,筇枝发兴新。高居遗世事,一笑过吾邻。"
（《过邻家》）

晚年的陆游,常因身体欠佳而久居不出,一旦恢复康宁,他就会四
处转转,乡邻见了他也都十分欢欣,《秋晚闲步邻曲以予近尝卧病皆欣
然迎劳》:"放翁病起出门行,绩女窥篱牧竖迎。酒似粥醲知社到,饼如
盘大喜秋成。归来早觉人情好,对此弥将世事轻。红树青山只如昨,长
安拜免几公卿。"当时的镜湖地区,民风淳朴,即便是不相识的农家,在
陆游漫步乏累之时,也会热情地提供休憩之所:"瓜蔓缘篱竹,芦芽刺岸
沙。横陂浮雁鹜,古道暗桑麻。适遇扶犁叟,同休织屦家。村童亦可念,
唤客手吒叉。"（《晚步湖塘少休民家》）陆游在与农民的交往中体悟出
"野人易与输肝肺"（《睡起至园中》）,还在诗中表白自己从中受到了深
刻的教育:"几年羸疾卧家山,牧竖樵夫日往还。至论本求编简上,忠言
乃在里闾间。私忧骄虏心常折,念报明时涕每潸。（自注:二句实书其语）
寸禄不沾能及此,细听只益厚吾颜。"（《识愧》）,进而说:"老农自是吾
师"（《感事六言》）。在中国古代士大夫中,对农民有如此深切认识和如
此之高评价的,除陆游外很少看到,他对农民的认识,已经超越了传统
的表层形象,将其提升到了精神的层面,从而更显难能可贵。

《游山西村》作于乾道三年（1167）,陆游时年四十三岁。此诗描写
自己在春社到来之前游历一个小山村的经历和感受,为文学史上不可多
得的佳作。山西村名今已不存,因此具体地点难以确考,陆游研究专家
邹志方教授认为:"山西村在云门精舍西,即今同康村一带。"（《陆游研
究》）首联即表现出作者与农民的情谊。腊酒,腊月里酿制的米酒。酒
以清者为贵,浑则味薄。豚,小猪。在祈祷丰年的节日来临之际,农民拿
出了最好食物和饮品来招待陆游这位贵客,另外,社日的祭祀活动,也
可以聚餐饮酒食肉,陆游《春社四首》其二云:"社肉如林社酒浓,乡邻
罗拜祝年丰。太平气象吾能说,尽在鼕鼕社鼓中。"

"山重水复"二句,历来最为称道。其实前人诗句中已多见类似表述,
如"遥爱云木秀,初疑路不同。安知清流转,偶与前山通。"（王维《蓝田
山石门精舍》）"暗入无路山,心知有花处。登高日转明,下望见春城。"（卢
纶《送吉中孚校书归楚州旧山》）"花明柳暗绕天愁,上尽重城更上楼。"
（李商隐《夕阳楼》）"花落寻无径,鸡鸣觉近村。"（耿湋《仙山行》）"青
山缭绕疑无路,忽见千帆隐映来。"（王安石《江上》）但都不如陆诗洗练
而富于新鲜感,读之如在目前。

　　箫鼓追随,古人社日有"以灵鼓鼓社祭"(《周礼·鼓人》)的习俗,王维有诗句云:"婆娑依里社,箫鼓赛田神。"(《凉州郊外游望》)苏轼《蝶恋花·密州上元》词云:"击鼓吹箫,却入农桑社。"古风存,保留着古人的风度,也是作者内心的向往。此处"箫鼓追随"、"衣冠简朴",其实都是"古风存"的表现。若许,如果还能允许。无时,无定时,随时。"夜叩门",暗含《世说新语》王子猷雪夜访戴乘兴而行和《古诗十九首》"昼短苦夜长,何不秉烛游"的意味,也就是诗人所推崇的"古风"的表现之一。

　　陆游写这首诗的时候,是在卜居三山后的第二年,他的岁数也不过四十出头,但这首七律,圆熟无瑕,已经是南宋诗歌的巅峰之作。这首诗技巧高超而又浑然无迹,寓巧于朴,令人过目不忘,百读不厌。前人喜欢以此诗与孟浩然《过故人庄》作比:"故人具鸡黍,邀我至田家。绿树村边合,青山郭外斜。开筵面场圃,把酒话桑麻。待到重阳日,还来就菊花。"两诗题材相类,孟诗也是田园诗的典范之作,若与这首陆诗相比,则略显平直,拙朴有余而灵动不足。《唐宋诗醇》评价陆游此诗"有如弹丸脱手"(《唐宋诗醇》下),实是行家之语。

　　尽管无法确定"山西村"的位置,但在陆游故里景区附近,我看到了之前反复读《剑南诗稿》时非常熟悉的柳姑庙(今名"柳古庙")和湖桑埭(今名壶觞村)等地名。镜湖淤塞已久,在陆游的时代,湖面就大为缩水,至今更是支离破碎,但在三山故居前,还能看到大片的水域,尤其从绍兴城里到柯岩的游船还从眼前经过,实在令人欢喜赞叹,毕竟沧海桑田,已经过去了八百多年的时光,人们还在使用陆游时代的交通工具出行,这种场景的出现,本身就有着永恒的意义。

(2022.4.4)

绍兴三山陆游故里景区

镜湖风光

# 后　记

　　这本书从 2017 年的寒食节开始写第一篇,到今天 2022 年的寒食节,整整写了五年。写作的初衷是想给当时还不到两岁的女儿编写一套唐宋诗词的初级读本,因此刚开始选的几首诗歌,都还是比较脍炙人口的作品。但是写着写着就变成了一种游记式的记录,主题也从启蒙选本变成了"文学走读"。尽管这五年时间中有两年多受到了新冠肺炎疫情的严重影响,但我还是走了一些地方,得以挑选了七十余首作品,给它们作了注解,并加上了读后感和"游后感"。

　　旅行是人生重要的组成部分,读书之余,我也喜欢走走,尤其喜欢去那些有历史文化积淀的地方,那里哪怕只剩下一个书上读到过的地名,我也会觉得兴奋而亲切,这不仅仅是职业影响,恐怕也是命中注定吧。

　　我一直在课堂上主张尽可能多地去"走读"那些经典文学作品,那样可以获得更为深入的体验,这也是我接下来一段时间会去努力开拓的一个领域,我将给中文专业的同学开一门关于"浙江诗路文化"的课程,让他们关注身边的文学遗迹,告诉他们其实文学是有永恒的生命力的、立体的存在,我们不应该仅仅从字面上去接触文学,尤其是诗歌,更是如此,寥寥数行文字之下,其实隐含着巨大的、有形或无形的文化场域,这不仅需要解读,更需要去还原和开拓。文学不仅仅是文学本身,文学还包含历史、艺术、哲学等各个领域的内容,如果我们一直以一种平面式的接触方式去探讨她,那我们的所得势必会远远少于我们之所应得。

　　在踏勘祖国的山河时,在行走于那些永恒的文字组成的历史和地理空间时,我无时无刻不在感叹着祖国文化的博大伟岸,文化会凝聚成一股精神力量,让我们平静淡然地面对一切。只有深入地了解,才会越来越热爱。必然是这样。

作　者

2022 年 4 月 4 日